suhrkamp taschenbuch 888

Cordwainer Smith (1913-1966) hieß mit bürgerlichem Namen Paul Myron Anthony Linebarger und war Professor für Soziologie und Asienkunde an der Hopkins Universität. Sein Vater, ein Richter, gehörte zum Beraterstab Sun Yatsens. Cordwainer Smith war gleichfalls ein hervorragender Asien-, vor allem Chinakenner und lebte lange Zeit in China. Zeitweilig beriet er die amerikanische Regierung, auch Kennedy, zog sich aber zurück, weil er das amerikanische Engagement in Vietnam für einen Fehler hielt. Er war auch Spezialist für psychologische Kriegführung, sein Buch *Psychological Warfare* (dt. *Schlachten ohne Tote*) gehört noch heute zu den Standardwerken auf diesem Gebiet. Wie seine Witwe berichtet, schätzte er Alfred Döblins *Berge, Meere und Giganten* sehr, und der Einfluß dieser eigenartigen Utopie läßt sich tatsächlich in seinem Werk feststellen.
Cordwainer Smith ist ein Fabulierer von schier unerschöpflicher Phantasie, ein Erfinder stimmungsvoller, von starken Gefühlen gefärbter Mythen und Legenden künftiger Jahrtausende. In bewußt einfacher, klangreich-eindrucksvoller, zuweilen ritueller Sprache liefert er SF-Nacherzählungen literarischer Stoffe und Muster aus der reichen Überlieferung der Menschheit. Smith versteht es, diese Motive in eine überraschend originelle Form zu bringen, die vertraut und doch zugleich fremdartig ist. So ist »Die klainen Katsen von Mutter Hudson« eine Adaption von »Ali Baba und die vierzig Räuber«, »Das trunkene Schiff« andererseits verwertet – in sehr freier Form – Elemente aus dem Leben Rimbauds. Wie natürlich gewachsene Mythen sind Cordwainer Smiths Ausblicke in die Zukunft des öfteren widersprüchlich, in der Zeit nicht exakt fixiert, und die geschilderten Taten und unerhörten Ereignisse sind von den Erzählern deutend überhöht worden. Sie geben nicht so sehr zukünftige Fakten wieder als eine Einstellung, ein Weltgefühl. Ehre und Ruhm, die Achtung der Mitmenschen, Integrität und persönliche Verantwortung sind in diesen Erzählungen zentral.

Cordwainer Smith
Herren im All

Science-fiction-Erzählungen

Phantastische Bibliothek
Band 93

Suhrkamp

Redaktion und Beratung: Franz Rottensteiner
Titel der Originalausgabe: *Space Lords*
Deutsch von Rudolf Hermstein
Umschlagzeichnung von Thomas Franke

suhrkamp taschenbuch 888
Erste Auflage 1983

Druck: Ebner Ulm · Printed in Germany
Umschlag nach Entwürfen von
Willy Fleckhaus und Rolf Staudt

1 2 3 4 5 6 - 88 87 86 85 84 83

Inhalt

Gewidmet dem Andenken
von Eleanor Jackson aus Louisa, Virginia
20. Februar 1919 bis 30. November 1964

Liebe Eleanor:
Du kamst in mein Haus, um mich zu pflegen, Eleanor, als ich krank war und dieses Buch vollenden wollte. Du starbst in dem kleinen Gästezimmer neben meinem Schlafzimmer. Du verbrachtest die Nacht dort, weil Du mir ein besonders gutes Frühstück machen wolltest, Eleanor, da ich krank zu Hause lag, als auch meine Frau ins Krankenhaus gebracht worden war.
Du starbst dort in meinem Haus, Eleanor; du sahst sehr müde aus, als du tot warst, wie eine dieser kleinen »farbigen« Puppen, die es in den Warenhäusern Amerikas zu kaufen gibt.
Du warst eine Negerin, Eleanor, und mich nennt man einen Weißen. Siebzehn Jahre hast Du unter meinem Dach gelebt, für mich gekocht, gewaschen und aufgeräumt. Du warst eine Frau, und ich bin ein Mann. In den siebzehn Jahren waren wir tausendmal allein im Haus, nur Du und ich, und niemals gab es eine unanständige Geste oder ein unkeusches Wort vom einen zum andern. Ich war freundlich, großzügig, höflich und aufmerksam zu Dir, und Du warst freundlich, großzügig, höflich und aufmerksam zu mir.
Erst als die Polizisten in ihren blauen Uniformen Deinen kleinen Körper hinaustrugen, sagte ich endlich zu dem Leichenwagen jene Worte, die ich Dir nie gesagt habe, als Du lebtest: »Ich liebe Dich, Eleanor. Wohin gehst Du, mein kleines braunes Mädchen?«
Ich weiß, wo Du bist, Eleanor. Dein kleiner Körper liegt in einer Kiste irgendwo auf der anderen Seite der Welt, in Virginia. Ich bin wieder hier in Austra-

lien. Aber ich kann Dir eines sagen, Eleanor. Ich denke voll Dankbarkeit an die siebzehn Jahre Deiner Intelligenz und Deiner Freundlichkeit, in denen man mich einen Herrn und Dich eine Dienerin nannte. Ich werde Dein wahres Selbst, Eleanor, an einem freundlichen Ort wiedertreffen, an den wir beide glauben.

Cordwainer Smith

Prolog

Fürs erste ein Prolog.
Dies hier.
Dieses Papier in Ihrer Hand, bedruckt. Ich weiß wo ich bin. *Ich* bin hier in Canberra, A.C.T. – das ist die Abkürzung für Australian Capital Territory, und wir haben es mit dem Auto einen halben Tag bis nach Sydney. Der Bankdirektor kennt mich, und der Geistliche der Church of England kennt mich, und Sie können sogar bei Mr. Greenish, dem Börsenmakler, vorbeischauen und ihn fragen, ob ich kreditwürdig sei. Er wird Ihre Frage wahrscheinlich bejahen, aber er wird Ihnen auch sagen, jeder wisse hier, daß ich kein reicher Mann bin. Aber ich komme zurecht.
Hier also habe ich die Zeilen geschrieben, die Sie jetzt schwarz auf weiß in Händen halten. Das ist der Prolog. Sie und ich. Ich, der ich bequem hier unten in Australien sitze, und Sie, die Sie mit dem Kopf nach unten auf der anderen Seite des Erdballs herumlaufen.
Wenn Sie wach sind, dann liege ich wahrscheinlich am Morgen des folgenden Tages in tiefem Schlaf. Prüfen Sie es auf Ihrem Globus nach.
Diese Geschichten sind für uns – für mich, der ich sie schrieb, weil ich sie gern hatte; für Sie, die sie jetzt vor Augen haben.
Es sind fünf Geschichten. Sie spielen alle in der Zukunft, so um 15 000 n.Chr.
Die erste Geschichte ist eine Nacherzählung eines Teils von Ali Baba und die vierzig Räuber; es ist die Geschichte von Mutter Hudson und ihren unbeschreiblichen »klainen Katsen«.
Die zweite Erzählung ist eine Version der wahren Geschichte der Johanna von Orléans, oder Jeanne d'Arc, die im Jahre 1429 n. Chr. auf dem Scheiterhaufen verbrannt wurde. Größere Schriftsteller als ich haben diese Geschichte oft erzählt, doch bin ich vermutlich der erste, der mit der »Toten Lady von Clown-

town« eine Science-Fiction-Story daraus gemacht hat. Andere berühmte Versionen dieses Motivs finden sich im Werk von Voltaire, Schiller, Mark Twain, Percy MacKaye, Anatole France und Bernard Shaw.

Die dritte Story befaßt sich mit Leben und Erlebnissen von Arthur Rimbaud, 1854–1891, dessen Hauptwerk das Gedicht *Le bateau ivre* war. Dies ist einer meiner kühnsten Versuche, etwas von der großen französischen Dichtung Menschen außerhalb Frankreichs nahezubringen. Ich hoffe sehr, daß Sie, wenn Ihnen meine Version gefällt, später einmal Rimbaud selbst lesen werden.

Die vierte Geschichte, »Die Ballade von der verlorenen K'mell«, wurde durch einige der magischen und konspirativen Szenen in *Die Romanze von den drei Königreichen* inspiriert, die Lo Kuan-Chung Anfang des vierzehnten Jahrhunderts schrieb.

Die letzte Geschichte habe ich direkt von Dante Alighieri übernommen. »Schayol« ist nichts anderes als das arabische und hebräische Wort für Hölle, *Scheol*. Für B'dikkat gibt es, abgesehen von seinem türkischen Namen, kein unmittelbares Vorbild, und sollten Sie einmal Condamine besuchen, so werden Sie dort, dessen bin ich sicher, keine Drogen finden.

Dies ist Science Fiction, gewiß. Aber sie kommt aus Ihrer eigenen Zeit, aus Ihrer eigenen Welt, ja sogar aus Ihrem eigenen Geist.

Ich kann nichts weiter tun, als die Symbole wirken zu lassen.

Die Magie und die Schönheit wird aus Ihrer eigenen Vergangenheit kommen, Ihrer Gegenwart, Ihren Hoffnungen und Ihren Erfahrungen. Was hier erzählt wird, mag Ihnen fremdartig erscheinen, aber es ist Ihnen in Wahrheit so nahe wie Ihre eigenen Finger. Manche werden es sehr schön finden. Manche werden es nicht verstehen und weglegen. Das ist ihr eigener Schaden, Leser, nicht Ihrer und nicht meiner.

Wir beide, wir haben diese Geschichten miteinander gemeinsam.

In diesem Augenblick sind Sie selbst der Prolog. Ich

habe nicht mehr getan, als das Rohmaterial zu liefern.

Die klainen Katsen von Mutter Hudson

1

Der Mond rotierte. Die Frau wachte. Einundzwanzig Facetten waren am Mondäquator poliert worden. Die Funktion der Frau war, ihn zu bewaffnen. Sie war Mutter Hudson, die Waffenmeisterin von Altnordaustralien.

Sie war eine heitere Blondine von rosiger Gesichtsfarbe und unbestimmbarem Alter. Ihre Augen waren blau, ihr Busen schwer und ihre Arme stark. Sie sah aus wie eine Mutter, aber ihr einziges Kind war vor vielen Generationen gestorben. Jetzt war sie Mutter für einen Planeten, nicht einen Menschen; die Norstrilier konnten ruhig schlafen, weil sie wußten, daß sie wachte. Die Waffen schliefen ihren langen, widernatürlichen Schlaf.

Diese Nacht schaute sie schon zum zweihundertsten Mal auf die Warntafel. Aber alles blieb ruhig. Kein Gefahrensignal blinkte. Trotzdem fühlte sie einen Feind irgendwo draußen im Universum – einen Feind, der nur darauf wartete, loszuschlagen gegen sie und ihre Welt, die Hand auszustrecken nach dem unermeßlichen Reichtum der Norstrilier –, und sie schnaubte vor Ungeduld. *Komm nur, Menschlein,* dachte sie. *Komm nur, Menschlein, und stirb. Laß mich nicht so lange warten.*

Sie lächelte, als ihr bewußt wurde, wie absurd solche Gedanken waren.

Und sie wartete auf ihn.

Und er wußte es nicht.

Er, der Räuber, war ganz entspannt. Er war Benjacomin Bozart, und er war bestens geübt in der Kunst der Entspannung.

Niemand in Sunvale, hier auf Ttiollé, konnte auf den Gedanken kommen, daß er ein Zunftmeister der Gilde der Diebe war, aufgewachsen unter dem Licht des veilchenblauen Sterns. Niemand konnte an ihm den Geruch von Viola Siderea wahrnehmen. »Viola Siderea«, hatte die Lady Ru gesagt, »war einst die schönste aller Welten und ist heute die verkommenste. Ihre Bewohner waren einst Vorbilder für die Menschheit, und jetzt sind sie Diebe, Lügner und Mörder. Man riecht ihre Seelen am hellichten Tag.« Die Lady Ru war vor langer Zeit gestorben. Sie genoß hohes Ansehen, aber sie irrte. Der Räuber hatte überhaupt keinen auffallenden Geruch an sich. Er wußte es. Er verriet sich genausowenig wie ein Hai, der sich einem Schwarm Thunfische nähert. So war nun einmal das Leben, und ihn hatte man gelehrt, so zu leben, wie er leben mußte – vom Beutefang.

Wie hätte er anders leben können? Viola Siderea war vor langer Zeit bankrott gegangen, als die photonischen Segel aus dem Weltraum verschwanden und die Planoform-Schiffe fast lautlos ihre Bahnen zwischen den Sternen zu ziehen begannen. Seine Ahnen waren auf einem abgelegenen Planeten sich selbst überlassen worden, zum Aussterben verurteilt. Aber sie wollten nicht sterben. Ihre Ökologie wandelte sich, und sie wurden Raubfeinde des Menschen, die sich im Laufe der Zeit durch genetische Veränderungen an ihre tödliche Aufgabe anpaßten. Und er, der Räuber, war der Champion unter all seinen Landsleuten – der beste unter den Besten.

Er war Benjacomin Bozart.

Er hatte geschworen, Altnordaustralien zu berauben oder bei dem Versuch sein Leben zu lassen, und er hatte nicht vor zu sterben.

Der Strand von Sunvale war warm und lieblich. Ttiollé war ein freier, zwangloser Transitplanet. Bozarts Waffen waren Glück und er selbst: Er hatte sich vorgenommen, beides voll auszuspielen.

Die Norstrilier konnten töten.

Er auch.

In diesem Moment, an diesem Ort, war er ein fröhlicher Tourist an einem lieblichen Strand. Anderswo, zu einer anderen Zeit, konnte er zum Frettchen unter

Kaninchen, zum Falken unter Tauben werden. Benjacomin Bozart, Dieb und Zunftmeister. Er wußte nicht, daß jemand auf ihn wartete. Jemand, der seinen Namen nicht wußte, war bereit, den Tod zu wekken, extra für ihn. Noch war er heiter und gelassen. Mutter Hudson war weder heiter noch gelassen. Sie spürte ihn vage, konnte ihn aber noch nicht orten. Eine ihrer Waffen schnarchte. Sie drehte sie um. Tausend Sterne entfernt lächelte Benjacomin Bozart, als er zum Strand ging.

2

Benjacomin fühlte sich wie ein Tourist. Sein gebräuntes Gesicht war entspannt. Seine stolzen, halb durch die Lider verdeckten Augen waren ruhig. Sein schöner Mund bewahrte auch ohne sein charmantes Lächeln eine Spur von Freundlichkeit in den Winkeln. Er wirkte attraktiv, ohne im geringsten als fremdartig aufzufallen. Er sah viel jünger aus, als er tatsächlich war. Er ging mit federnden, beschwingten Schritten den Strand von Sunvale entlang.

Die Wellen rollten heran, von weißem Schaum gekrönt, wie die Brecher auf der Mutter Erde. Die Leute von Sunvale waren stolz darauf, wie sehr ihre Welt der Heimat der Menschen ähnelte. Nur wenige von ihnen hatten die Erde je gesehen, aber sie hatten alle ein bißchen Geschichte gelernt, und die meisten von ihnen spürten eine leichte Beklemmung, wenn sie an die alte Regierung dachten, die immer noch über die Tiefe des Weltraums hinweg politische Macht ausübte. Sie mochten die alte Instrumentalität der Erde nicht, aber sie respektierten und fürchteten sie. Die Wellen erinnerten sie vielleicht an die schöne Seite der Erde; an die weniger schöne Seite wollten sie lieber nicht denken.

Dieser Mensch war die schöne Seite der alten Erde. Sie spürten nicht die Macht, die er besaß. Die Leute von Sunvale lächelten ihm zerstreut zu, als er am Strand entlang an ihnen vorbeiging.

Die Atmosphäre war ruhig, und alles um ihn herum war heiter. Er hielt sein Gesicht in die Sonne. Er machte die Augen zu. Er ließ das warme Sonnenlicht durch seine Augenlider scheinen, ihn mit seiner tröstlichen, beruhigenden Berührung erleuchten.
Benjacomin träumte vom größten Diebstahl, den je ein Mensch geplant hatte. Er träumte davon, der reichsten Welt, die Menschen sich je geschaffen hatten, einen riesigen Teil ihres Reichtums zu entwenden. Er malte sich aus, wie es sein würde, wenn er schließlich Reichtümer auf den Planeten Viola Siderea mitbringen würde, auf dem er aufgewachsen war.
Benjacomin wandte sein Gesicht von der Sonne ab und betrachtete nacheinander die anderen Leute am Strand.
Bis jetzt waren noch keine Norstrilier zu sehen. Sie waren leicht von den anderen zu unterscheiden. Hochgewachsene Menschen mit rötlicher Hautfarbe, hervorragende Athleten und doch auf ihre Art unschuldig, jung und sehr zäh. Er hatte zweihundert Jahre für diesen Diebstahl trainiert, sein Leben war eigens zu diesem Zweck von der Gilde der Diebe auf Viola Siderea verlängert worden. Auf ihm ruhten die Hoffnungen und Träume seines Planeten, eines armen Planeten, der einst ein Knotenpunkt des Handels gewesen und jetzt zu einem unbedeutenden Stützpunkt für Diebstahl und Plünderung abgesunken war.
Er sah eine Norstrilierin aus dem Hotel kommen und zum Strand hinuntergehen. Er wartete und schaute, und er träumte. Er hatte eine Frage, die kein erwachsener Australier ihm beantworten würde.
»Komisch«, dachte er, »daß ich sie auch jetzt noch ›Australier‹ nenne. Das ist der alte, uralte Erdenname für sie – reiche, tapfere, zähe Menschen. Kämpfende Kinder, denen die halbe Welt untertan war ... und jetzt sind sie die Tyrannen der ganzen Menschheit. Ihnen gehört aller Reichtum. Sie haben das Santaclara, und andere Menschen sind auf Leben und Tod von dem Handel abhängig, den sie mit den Nor-

striliern treiben. Aber ich nicht. Und mein Volk auch nicht. Wir sind Menschen, die den anderen Menschen Wölfe sind.«

Benjacomin wartete mit Anstand. Gebräunt von den Strahlen vieler Sonnen, wirkte er wie vierzig, obwohl er zweihundert war. Er war salopp gekleidet, nach Art der Urlauber. Er hätte ein interkultureller Handelsvertreter, ein erfahrener Spieler, stellvertretender Leiter eines Weltraumhafens sein können. Er hätte sogar ein Wirtschaftsdetektiv sein können. Er war es nicht. Er war ein Dieb. Und er war ein so guter Dieb, daß die Leute zu ihm kamen und ihm ihr Eigentum anvertrauten, weil er so vertrauenerweckend, gesetzt, grauäugig und blond war. Benjacomin wartete. Die Frau sah ihn an, ein rascher, unverhohlen mißtrauischer Blick.

Aber der Augenschein mußte sie beruhigt haben. Sie ging weiter, an ihm vorbei. Sie rief über die Düne zurück: »Komm, Johnny, hier können wir hinausschwimmen.« Ein kleiner Junge, wahrscheinlich acht bis zehn Jahre alt, kam hinter der Düne hervor und rannte auf seine Mutter zu.

Benjacomin straffte sich wie eine Kobra. Seine Augen wurden scharf, seine Lider verengten sich.

Das war die Beute. Nicht zu jung, nicht zu alt. Wäre das Opfer zu jung, wüßte es die Antwort nicht; wäre das Opfer zu alt, hätte es keinen Zweck gehabt, sich mit ihm einzulassen. Die Norstrilier waren gefürchtete Kämpfer; als Erwachsene waren sie geistig und physisch zu stark, als daß ein Angriff vertretbar gewesen wäre.

Benjacomin wußte, daß jeder Dieb, der sich dem Planeten der Norstrilier genähert hatte – der einen Raubzug in die Traumwelt von Altnordaustralien versucht hatte –, die Verbindung mit seinem Volk verloren hatte und gestorben war. Von keinem hatte man je wieder etwas gehört.

Und doch mußten Hunderttausende von Norstriliern *das* Geheimnis kennen. Ab und zu machten sie Witze darüber. Er hatte solche Witze als junger

Mann selbst gehört, und jetzt war er mehr als ein alter Mann und war der Antwort nicht näher als damals. Leben war teuer. Er war schon weit in seinem dritten Leben, und die Lebensjahre waren von seinem Volk redlich erworben worden. Sie alle waren gute Diebe, und sie hatten mühsam zusammengestohlenes Geld für die Medizin ausgegeben, die ihren größten Dieb am Leben erhielt. Benjacomin war gegen Gewalt. Aber wenn Gewalt den Weg zum größten Diebstahl aller Zeiten ebnen konnte, war er bereit, sie anzuwenden.
Die Frau sah ihn wieder an. Die Maske des Bösen, die sein Gesicht verfinstert hatte, löste sich in Wohlwollen auf; er beruhigte sich. Genau in diesem entspannten Moment sah sie ihn an. Er gefiel ihr.
Sie lächelte und fragte mit dem schüchternen Zögern, das für die Norstrilier so charakteristisch ist: »Könnten Sie bitte eine Weile auf meinen Sohn aufpassen, solange ich im Wasser bin? Ich glaube, wir haben uns im Hotel schon gesehen.«
»Natürlich«, sagte er. »Sehr gerne. Komm her zu mir, mein Junge.«
Johnny ging über den besonnten Strand seinem Tod entgegen. Benjacomin packte den Jungen an der Schulter. Er drehte ihn zu sich her und drückte ihn zu Boden. Bevor das Kind schreien konnte, hatte Benjacomin ihm die Wahrheitsdroge injiziert.
Johnny reagierte nur auf den Schmerz und dann auf den Hammerschlag in seinem Kopf, als die starke Droge zu wirken begann.
Benjacomin sah aufs Meer hinaus. Die Mutter war schon ein gutes Stück vom Ufer entfernt. Es sah aus, als blickte sie sich um. Offenbar schöpfte sie keinen Verdacht. Für sie mußte es so aussehen, als schaute das Kind ruhig und gelöst auf etwas, was der Fremde ihm zeigte.
»Also los, Kleiner«, sagte Benjacomin, »jetzt sagst du mir, was eure äußere Verteidigung ist.«
Der Junge gab keine Antwort.
»Was ist die äußere Verteidigung, Kleiner? Was ist

die äußere Verteidigung?« wiederholte Benjacomin. Der Junge sagte noch immer nichts.
Etwas wie Schreck durchzuckte Benjacomin Bozart, als ihm plötzlich klarwurde, daß er seine Sicherheit auf diesem Planeten, ja seine ganzen Pläne aufs Spiel setzte, nur um eine Chance zu bekommen, das Geheimnis der Norstrilier zu brechen.
Mit simpelsten Vorkehrungen war dafür gesorgt worden, daß er sein Ziel nicht erreichte. Das Kind war bereits gegen Angriffe konditioniert worden. Jeder Versuch, es zur Preisgabe seines Wissens zu zwingen, löste den bedingten Reflex absoluter Stummheit aus. Der Junge war buchstäblich unfähig zu sprechen.
Die Sonne glitzerte auf ihrem Haar, als die Mutter sich umdrehte und zurückrief: »Ist alles in Ordnung, Johnny?«
Benjacomin winkte ihr an seiner Stelle zu. »Ich zeige ihm meine Bilder, sie gefallen ihm. Lassen Sie sich ruhig Zeit.« Die Mutter zögerte, drehte sich dann aber um und schwamm langsam wieder hinaus.
Johnny, ganz benommen von der Droge, saß schlaff, wie ein Schwerkranker, auf Benjacomins Schoß.
Benjacomin sagte: »Johnny, du wirst jetzt sterben, und es wird fürchterlich weh tun, wenn du mir nicht sagst, was ich wissen will.« Der Junge wehrte sich matt gegen seinen Griff. Benjacomin wiederholte: »Ich werde dir weh tun, wenn du mir nicht sagst, was ich wissen will. Was ist die äußere Verteidigung?«
Der Junge versuchte sich zu befreien und Benjacomin begriff, daß er sich losmachen wollte, um dem Befehl gehorchen zu können, nicht, um davonzulaufen. Er ließ ihn zu Boden gleiten, und der Junge schrieb etwas mit dem Finger in den nassen Sand. Die Buchstaben waren deutlich zu sehen.
Ein Mann tauchte hinter ihnen auf.
Benjacomin, alle Fasern aufs äußerste angespannt, bereit herumzuwirbeln, zu töten oder davonzulaufen, streckte sich neben dem Kind aus und sagte: »Das ist ein hübsches Rätsel. Ich finde es wirklich gut.

Weißt du noch eins?« Er lächelte zu dem vorbeigehenden Erwachsenen hinauf. Der Mann war ein Fremder. Er schien zunächst sehr mißtrauisch, war aber sofort beruhigt, als er in das freundliche Gesicht von Benjacomin sah, der so nett mit dem Jungen spielte.
Die Finger malten immer noch Buchstaben in den Sand.
Endlich war das Rätsel fertig: DIE KLAINEN KATSEN VON MUTTER HUDSON.
Die Frau kam aus dem Wasser, die Mutter, die Fragen stellen würde. Benjacomin fuhr sich mit der Hand über den Ärmel und holte die zweite Spritze hervor, ein oberflächlich wirkendes Gift, für dessen Nachweis tage- oder sogar wochenlange Laborarbeit nötig sein würde. Er stieß die Nadel direkt in das Gehirn des Jungen, vom Haaransatz schräg nach oben. Das Haar verdeckte den winzigen Einstich. Die unglaublich harte Nadel drang unter dem Schädelrand ein. Das Kind war tot.
Der Mord war vollbracht. Benjacomin wischte lässig die Buchstaben im Sand aus. Die Frau kam näher. Mit besorgter, mitfühlender Stimme rief er ihr zu: »Madame, kommen Sie schnell, ich glaube, Ihr Sohn ist in der Hitze ohnmächtig geworden.«
Er legte der Mutter den toten Sohn in die Arme. Ihr Gesichtsausdruck schlug in panische Angst um. Sie war zugleich erschrocken und mißtrauisch. Sie wußte nicht, was sie tun sollte.
Einen schrecklichen Augenblick lang sah sie ihm in die Augen.
Zweihundert Jahre Training taten ihre Wirkung . . . Sie sah nichts. Der Mörder ließ sich den Mord nicht anmerken. Der Falke war unter der Taube verborgen. Das trainierte Gesicht maskierte das Herz.
Benjacomin umgab sich mit professioneller Selbstsicherheit. Er war darauf gefaßt gewesen, auch die Mutter zu töten, obwohl er nicht sicher war, ob er imstande gewesen wäre, eine erwachsene Norstrilierin zu töten. Sehr überzeugend heuchelte er Hilfsbereit-

schaft: »Bleiben Sie mit dem Jungen hier. Ich laufe zum Hotel und hole Hilfe. Ich mache, so schnell ich kann.«
Er drehte sich um und rannte los. Ein Strandwärter sah ihn und kam auf ihn zugelaufen. »Das Kind ist ohnmächtig«, rief er. Er kam noch rechtzeitig zu der Mutter zurück, um auf ihrem Gesicht den Ausdruck stumpfen, fassungslosen Entsetzens zu sehen, und noch etwas anderes als Entsetzen: Zweifel.
»Er ist nicht ohnmächtig«, sagte sie. »Er ist tot.«
»Das ist doch nicht möglich.« Benjacomin sah besorgt aus. Er war besorgt.
So gut hatte er sich in der Gewalt, daß seine ganze Haltung, jeder einzelne Muskel seines Gesichts Mitgefühl ausdrückten. »Das kann doch nicht sein. Ich habe doch eben noch mit ihm gesprochen. Wir haben kleine Rätsel in den Sand gezeichnet.«
Die Mutter sprach mit einer hohlen, gebrochenen Stimme, die sich anhörte, als würde sie nie mehr zum normalen Klang menschlicher Sprache zurückfinden, sondern für immer auf die tonlose Flachheit unverhofften Kummers angewiesen bleiben. »Er ist tot«, sagte sie. »Sie sahen ihn sterben, und ich glaube, auch ich sah ihn sterben. Ich weiß nicht, was passiert ist. Der Junge war voller Santaclara. Er hatte tausend Jahre zu leben, aber jetzt ist er tot. Wie heißen Sie?«
»Eldon«, sagte Benjacomin. »Eldon, der Handelsvertreter. Ich bin sehr oft hier.«

3

»Die klainen Katsen von Mutter Hudson. Die klainen Katsen von Mutter Hudson.«
Der alberne kleine Satz ging ihm immer wieder durch den Kopf. Wer war diese Mutter Hudson? Wessen Mutter war sie? Was waren die *Katsen*? War es ein Schreibfehler und sollte es eigentlich »Katzen« heißen? Oder was war sonst damit gemeint?
Hatte er einen Narren getötet, um die Antwort eines Narren zu bekommen?

Wieviel Tage mußte er noch hier bei der argwöhnischen, fassungslosen Mutter bleiben? Wieviel Tage mußte er auf der Hut sein und warten? Er wollte zurück nach Viola Siderea, um das Geheimnis, so rätselhaft es war, seinen Landsleuten vorzulegen. Wer war Mutter Hudson?
Er mußte sich zwingen, um das Zimmer zu verlassen und nach unten zu gehen.
Die angenehme Eintönigkeit eines großen Hotels sorgte dafür, daß die anderen Gäste interessiert zu ihm hersahen. Er war der Mann, der gesehen hatte, wie das Kind am Strand gestorben war.
Ein paar berufsmäßige Lästermäuler, wie man sie in jedem Hotel fand, verbreiteten die abenteuerliche Version, er habe das Kind umgebracht. Andere erklärten, an diesen Geschichten sei kein wahres Wort, sie wüßten genau, wer Eldon sei. Er sei Eldon, der Handelsvertreter. Solche Anschuldigungen seien einfach lächerlich.
Die Menschen hatten sich kaum verändert, obwohl die Schiffe, in deren Herzen die Go-Kapitäne saßen, leise säuselnd von Stern zu Stern fuhren, obwohl die Menschen – wenn sie das Geld für die Hin- und Rückfahrt hatten – zwischen den Welten pendelten wie im sanften verspielten Wind fallende Blätter. Benjacomin stand vor einem tragischen Dilemma. Er wußte recht gut, daß er mit jedem Versuch, die Antwort zu entschlüsseln, direkt in die von den Norstriliern errichteten Abwehrfallen laufen würde.
Altnordaustralien war ungeheuer reich. Selbst auf den fernsten Sternen wußte man, daß die Norstrilier mit bezahlten Schnüfflern arbeiteten, mit Spionen, Geheimagenten und Warnsystemen.
Sogar die Urheimat des Menschen – Mutter Erde selbst, die nicht mit Geld zu kaufen war –, hatten sie sich mit der Lebensdroge gefügig gemacht. Mit einer Unze der Droge Santaclara, reduziert, kristallisiert und dann als »Stroon« bezeichnet, konnte man sein Leben um vierzig bis sechzig Jahre verlängern. Stroon gelangte unzen- und pfundweise in die übri-

gen Gegenden der Erde, doch in Nordaustralien wurde es tonnenweise gewonnen. In diesen Schätzen besaßen die Norstrilier eine unvorstellbare Welt, deren Reichtum weit über alles hinausging, was Geld vermochte. Sie konnten sich alles kaufen. Sie konnten mit dem Leben anderer Völker bezahlen.
Jahrhundertelang hatten sie sich mit Geheimfonds die Hilfe von Ausländern beim Aufbau ihres Sicherheitssystems gekauft.
Benjacomin stand in der Hotelhalle: »Die klainen Katsen von Mutter Hudson.«
Er hatte die ganze Weisheit, den ganzen Reichtum von tausend Welten im Kopf, aber er wagte nirgends zu fragen, was der Satz bedeutete.
Plötzlich hellte sich seine Miene auf.
Er sah aus wie ein Mann, dem der Gedanke an ein schönes Spiel gekommen ist, an eine willkommene Abwechslung, einen vergessenen Freund, ein delikates Gericht, das er schon immer einmal probieren wollte. Er hatte einen sehr glücklichen Einfall.
Es gab eine Informationsquelle, die nichts verraten würde. Die Bibliothek. Er konnte zumindest die naheliegenden, einfachen Dinge nachprüfen und feststellen, was von dem Geheimnis, das er dem sterbenden Jungen abgerungen hatte, schon Gemeingut war.
Er hatte seine Sicherheit nicht umsonst aufs Spiel gesetzt, Johnnys Leben war nicht sinnlos geopfert worden, wenn er eines der vier Wörter als Schlüssel finden konnte. *Mutter* oder *Hudson* oder *klain,* in der speziellen Bedeutung, oder *Katsen.* Noch hatte er eine Chance, bis zur Beute von Norstrilien vorzudringen.
Innerlich jubelnd, schwang er auf dem Ballen des rechten Fußes herum. Gelöst und heiter, durchquerte er das Billardzimmer, an das sich die Bibliothek anschloß. Er ging hinein.
Es war ein sehr teures und sehr altmodisches Hotel. Es besaß sogar Bücher aus Papier, mit richtigen Einbänden. Benjacomin ging die Regale entlang. Er sah,

daß sie die *Galaktische Enzyklopädie* in zweihundert Bänden hatten. Er nahm den Band »Hu-Hu« herunter. Er blätterte ihn von hinten auf und fand auch gleich, was er suchte. »Hudson, Benjamin – Pionier von Altnordaustralien. Gilt als Erfinder eines Teils des Verteidigungssystems. Lebte 10719–17213 n.Chr.« Das war alles. Benjacomin suchte weiter. Das Wort »Katsen« war in dieser Schreibweise nirgends zu finden, weder in der Enzyklopädie noch in irgendeinem anderen Werk. Er verließ die Bibliothek und ging wieder in sein Zimmer hinauf.
»Klain« hatte er auch nirgends gefunden. Wahrscheinlich hatte der Junge nur einen Rechtschreibfehler gemacht.
Er beschloß, es darauf ankommen zu lassen. Die Mutter, halb blind vor Trauer und Bestürzung, saß in einem Sessel mit hoher Lehne auf der Veranda. Die anderen Frauen sprachen mit ihr. Sie wußten, daß ihr Mann auf dem Weg nach Sunvale war. Benjacomin ging zu ihr, um ihr seine Aufwartung zu machen. Sie sah ihn nicht.
»Ich reise jetzt ab, gnädige Frau. Ich fahre auf den nächsten Planeten, aber ich werde in zwei oder drei subjektiven Wochen zurück sein. Und für den Fall, daß Sie mich dringend brauchen, hinterlasse ich bei der Ortspolizei meine Adresse.«
Benjacomin verließ die weinende Mutter.
Benjacomin verließ das ruhige Hotel. Er buchte eine Vorzugspassage.
Die gemütliche Polizei von Sunvale erhob keine Einwände, als er so plötzlich ein Ausreisevisum beantragte. Schließlich konnte er sich ausweisen und verfügte über ausreichende Geldmittel, und es war in Sunvale nicht der Brauch, Gäste gegen ihren Willen festzuhalten. Benjacomin bestieg das Schiff, und als er auf die Kabine zuging, in der er ein paar Stunden ruhen konnte, stand auf einmal ein Mann neben ihm. Es war ein jüngerer, untersetzter Mann mit Mittelscheitel und grauen Augen.
Dieser Mann war der örtliche Agent der norstrili-

schen Geheimpolizei.
Obwohl er ein ausgebildeter Dieb war, erkannte Benjacomin nicht den Polizisten. Er war nicht auf den Gedanken gekommen, daß auch die Bibliothek überwacht wurde und daß das Wort »Katsen« in der besonderen norstrilischen Schreibweise ein Warnsignal war. Indem er dieses Wort nachschlug, hatte er einen kleinen Alarm ausgelöst. Er hatte den Stolperdraht berührt.

Der Fremde nickte. Benjacomin nickte zurück. »Ich bin Handelsvertreter und muß die Zeit bis zu meinem nächsten Auftrag überbrücken. Die Geschäfte sind in letzter Zeit nicht besonders gut gegangen. Und bei Ihnen?«

»Solche Sorgen habe ich nicht. Ich verdiene kein Geld. Ich bin Techniker. Mein Name ist Liverant.«

Benjacomin taxierte ihn. Der Mann sah wirklich wie ein Techniker aus. Sie gaben sich flüchtig die Hand. Liverant sagte: »Wir können uns ja nachher in der Bar ein bißchen zusammensetzen. Ich denke, ich ruhe mich erst mal ein bißchen aus.«

Sie legten sich beide hin und sprachen sehr wenig, während der Planoformstoß das Schiff durchzuckte. Die Erschütterung ging vorüber. Aus Büchern und Schulunterricht wußten sie, daß das Schiff in zwei Dimensionen dahinraste, während irgendwie die Wut des Weltraums selbst den Computern eingegeben wurde – und daß diese wiederum von dem Go-Kapitän überwacht wurden, der das Schiff lenkte.

Sie wußten das alles, aber sie spürten nichts davon. Alles, was sie fühlten, war ein leichter, stechender Schmerz.

Das Sedativ war der Atemluft beigemengt, die durch das Belüftungssystem in die Kabine gepumpt wurde. Sie waren beide darauf gefaßt, daß sie davon leicht betrunken würden.

Der Dieb Benjacomin Bozart war darauf trainiert, mit Rauschzuständen und Überraschungen fertig zu werden. Schon das geringste Anzeichen dafür, daß ein Telepath versuchte, seine Gedanken zu lesen,

wäre auf heftigsten animalischen Widerstand gestoßen, der in den ersten Jahren seiner Ausbildung seinem Unterbewußtsein eingepflanzt worden war. Aber Bozart war nicht gefeit gegen die Täuschung durch einen Techniker; nie war die Gilde der Diebe daheim auf Viola Siderea auf den Gedanken gekommen, daß ihre eigenen Leute auch gegen Betrüger immun sein müßten. Liverant hatte bereits Kontakt mit Norstrilien aufgenommen – Norstrilien, dessen Geld bis zu den fernsten Sternen reichte, Norstrilien, das hunderttausend Welten gegen den bloßen Gedanken einer Übertretung in Alarmbereitschaft gesetzt hatte.
Liverant begann zu plaudern. »Ich wollte, ich könnte eine weitere Reise machen als diese. Ich wollte, ich könnte nach Olympia fahren. Auf Olympia kann man alles kaufen.«
»Ich habe davon gehört«, sagte Bozart. »Das ist doch so ein komischer Handelsplanet, auf dem Geschäftsleute nicht viel Chancen haben, nicht wahr?«
Liverant lachte, und sein Lachen klang fröhlich und echt. »Handel? Die handeln nicht. Die tauschen. Sie übernehmen das ganze Diebesgut von tausend Welten und verkaufen es weiter, und sie verändern und bemalen und markieren die Sachen. Das ist ihr Metier. Die Leute sind blind. Eine sonderbare Welt, und man braucht nur hinzufahren und kriegt alles, was man sich wünschen kann. Mann«, sagte Liverant, »was ich dort in einem Jahr alles anstellen könnte! Alle blind außer mir und ein paar Touristen. All das Zeug, das irgend jemand verloren oder vergessen hat, ist dort, die Hälfte von allen kaputten Schiffen, die vergessenen Kolonien (sie sind alle ausgeräumt worden) – alles landet auf Olympia.«
Olympia war in Wirklichkeit gar nicht so gut, und Liverant wußte nicht, warum es seine Aufgabe war, den Mörder dorthin zu dirigieren. Er wußte nur, daß er eine Pflicht hatte, und seine Pflicht war es, den Frevler zu dirigieren.
Viele Jahre bevor diese beiden Männer geboren wurden, war das Codewort in Nachschlagewerken und

Büchern eingetragen, auf Verpackungsmaterial und Rechnungen vermerkt worden – in der falschen Schreibweise *Katsen*. Das war der Deckname für den äußeren Mond der norstrilischen Verteidigung. Sobald irgendwo der Deckname gebraucht wurde, trat ein unerbittliches Alarmsystem in Funktion, dessen Nerven so heiß und schnell waren wie Wolframfaden.
Als sie dann an die Bar gingen, um eine Erfrischung zu sich zu nehmen, hatte Benjacomin schon fast vergessen, daß es sein neuer Bekannter gewesen war, der ihn darauf gebracht hatte, Olympia jedem anderen Ort vorzuziehen. Er mußte zuerst nach Viola Siderea, um sich den Kredit für den Flug zu verschaffen, den Reichtum zu gewinnen und die Welt von Olympia zu erobern.

4

Daheim auf seinem Planeten war Bozart der Held einer verhaltenen, doch sehr aufrichtigen Feier.
Die Ältesten der Gilde der Diebe begrüßten ihn. Sie gratulierten ihm. »Wer außer dir hätte das fertiggebracht, was du getan hast, Junge. Du hast den Eröffnungszug in einer ganz neuen Schachpartie getan. Nie hat es ein solches Gambit gegeben. Wir haben einen Namen; wir haben ein Tier. Wir werden es gleich hier bei uns überprüfen.« Der Rat der Diebe schlug in seiner eigenen Enzyklopädie nach. Sie lasen den Eintrag bei »Hudson« und fanden dann auch das Stichwort »Katsen«. Keiner von ihnen wußte, daß hier eine falsche Spur gelegt worden war – von einem Agenten, der in ihrer Welt lebte.
Der Agent war seinerseits vor Jahren verführt worden; mitten in seiner Karriere hatte man ihn vom rechten Weg abgebracht, ihn zu vorübergehender Ehrlichkeit gezwungen, erpreßt und nach Hause geschickt. All die Jahre, in denen er auf das gefürchtete Losungswort gewartet hatte – ein Losungswort, von dem er selbst nicht wußte, daß es vom norstrilischen Geheimdienst stammte –, hatte er sich nie träumen

lassen, daß er seine Schuld gegenüber der äußeren Welt auf so einfache Weise würde begleichen können. Sie hatten nichts weiter getan, als ihm eine einzige Seite zu schicken, die er in die Enzyklopädie einfügen sollte. Er erledigte diese Aufgabe und ging schwach vor Erschöpfung nach Hause. Die Jahre der Angst und des Wartens waren fast zuviel für den Dieb gewesen. Aus Angst, er würde sonst Selbstmord begehen, hatte er sich dem Trunk ergeben. Seither waren die Seiten unverändert geblieben, einschließlich der neuen, die den Zusatz enthielt. In der Enzyklopädie war der Nachtrag wie jeder andere vermerkt, obwohl der Zusatz neueren Datums und gefälscht war:

Dieser Artikel wurde im 24. Jahr der zweiten Auflage durch folgenden Nachtrag ergänzt.

Bei den sogenannten »Katsen« von Norstrilien handelt es sich um nichts anderes als den Einsatz organischer Mittel zur Erregung der Krankheit in auf der Erde mutierten Schafen, die ihrerseits ein Virus hervorbringt, aus dem die Droge Santaclara gewonnen werden kann. Der Ausdruck »Katsen« war für kurze Zeit sowohl zur Bezeichnung der Krankheit als auch ihrer Zerstörungswirkung im Falle eines Angriffs von außen gebräuchlich. Man nimmt an, daß hier Zusammenhänge mit der Laufbahn von Benjamin Hudson bestehen, einem der frühesten Pioniere von Norstrilien.

Der Rat der Diebe las den Nachtrag, und der Ratsvorsitzende sagte: »Ich habe deine Papiere fertig. Du kannst sie jetzt ausprobieren. Wohin willst du fahren? Nach Neuhamburg?«

»Nein«, sagte Benjacomin. »Ich hatte an Olympia gedacht.«

»Olympia ist gut«, sagte der Vorsitzende. »Laß dir Zeit. Die Wahrscheinlichkeit, daß du scheiterst, ist nur eins zu tausend. Doch wenn du scheiterst, müssen wir es wahrscheinlich teuer bezahlen.«

Er lächelte gequält und überreichte Benjacomin einen Blanko-Schuldschein über die gesamte Arbeitskraft

und den gesamten Besitz von Viola Siderea.
Der Vorsitzende lachte schnaubend. »Es wäre schon hart für uns, wenn du auf dem Handelsplaneten so viel borgen müßtest, daß wir gezwungen wären, ehrlich zu werden – und dann alles verspielen würdest.«
»Keine Angst«, sagte Benjacomin. »Ich schaffe das schon.«
Es gibt Welten, wo alle Träume sterben, aber Olympia mit seinen viereckigen Wolken gehörte nicht dazu. Auf Olympia sind die Augen der Männer und Frauen hell und klar, denn sie sehen nichts.
»Helligkeit war die Farbe des Schmerzes«, sagte Nachtigall, »als wir noch sehen konnten. Ärgert dich dein Auge, dann reiße dich selbst aus, denn der Fehler liegt nicht im Auge, sondern in der Seele.«
Derlei konnte man oft auf Olympia hören, wo die Siedler vor langer Zeit blind geworden sind und sich jetzt den sehenden Menschen überlegen fühlen. Radardrähte kitzeln ihre lebenden Gehirne; sie können Strahlung genausogut wahrnehmen wie ein Tiermensch, der kleine Aquarien vor seinem Gesicht hängen hat. Ihre Bilder sind scharf, und sie verlangen Schärfe. Ihre Bauwerke ragen in unglaublich anmutenden Winkeln auf. Ihre blinden Kinder singen Lieder, während das maßgeschneiderte Klima seinen zahlenmäßig festgelegten Fortgang nimmt, geometrisch wie ein Kaleidoskop.
Dorthin begab sich der Mann, Bozart persönlich. Unter den Blinden schwangen sich seine Träume auf, und er bezahlte für Informationen, die kein Lebender je bekommen hatte.
Mit scharfkantigen Wolken am wäßrigen Himmel schwamm Olympia an ihm vorbei wie der Traum eines anderen Menschen. Er wollte dort nicht verweilen, denn er hatte ein Rendezvous mit dem Tode in dem stickigen, glitzernden Raum um Norstrilien.
Auf Olympia angekommen, machte Benjacomin sich an die Vorbereitungen für seinen Angriff auf Altnordaustralien. An seinem zweiten Tag auf dem Planeten hatte er großes Glück gehabt. Er lernte einen Mann

namens Lavendel kennen, und er war überzeugt, diesen Namen schon einmal gehört zu haben. Er war kein Mitglied seiner eigenen Diebesgilde, doch ein waghalsiger, auf allen Sternen berüchtigter Schurke.
Es war kein Wunder, daß er Lavendel gefunden hatte. Sein Kopfkissen hatte ihm während der letzten Wochen wohl fünfzehnmal im Schlaf Lavendels Geschichte erzählt. Und sooft er träumte, träumte er Träume, die seinem Unterbewußtsein von der norstrilischen Abwehr eingepflanzt worden waren. Sie waren vor ihm auf Olympia gewesen, und sie hatten alle Vorbereitungen getroffen, ihm zu geben, was er verdient hatte. Die norstrilische Polizei war nicht grausam, aber sie war entschlossen, ihre Welt zu verteidigen, und sie war entschlossen, den Mord an einem Kind zu rächen.
Die letzte Unterredung, die Benjacomin mit Lavendel hatte, bevor dieser dem vorgeschlagenen Handel zustimmte, verlief dramatisch.
Lavendel wollte nicht mitziehen.
»Ich werde nirgends abspringen. Ich werde nirgends einen Raubzug machen. Ich werde überhaupt nicht stehlen. Ich hab' schon oft krumme Dinger gedreht, sicher, das habe ich. Aber ich habe keine Lust, mich umbringen zu lassen, und genau das verlangen Sie von mir.«
»Denken Sie doch daran, was uns das alles einbringen wird. Dieser Reichtum. Ich sage Ihnen, da ist mehr Geld drin, als jemals irgendwo anders zu holen war.«
Lavendel lachte. »Meinen Sie, ich hätte das nicht schon mal gehört? Sie sind ein Gauner, und ich bin ein Gauner. Ich lasse mich auf keine Spekulation ein. Ich will erst bares Geld sehen. Ich bin ein Schläger, und Sie sind ein Dieb, und ich werde Sie nicht fragen, was Sie im Schilde führen ... aber ich will erst Geld sehen.«
»Ich hab' keins«, sagte Benjacomin.
Lavendel stand auf.
»Dann hätten Sie erst gar nicht mit mir reden sollen. Mein Schweigen wird Sie nämlich in jedem Fall et-

was kosten, ob Sie mich engagieren oder nicht.«
Das Feilschen begann.
Lavendel sah wirklich häßlich aus. Er war ein sanfter, einfacher Mensch, der sich viel Mühe gegeben hatte, um böse zu werden. Sünde ist harte Arbeit. Die schiere Anstrengung, die sie erfordert, ist einem Menschen oft am Gesicht anzusehen.
Bozart starrte ihn an, bis er verlegen wurde, und lächelte dabei ungezwungen und nicht einmal verächtlich.
»Legen Sie auf mich an, ich muß was aus der Tasche nehmen«, sagte Bozart.
Lavendel reagierte nicht. Er zog keine Waffe. Mit dem linken Daumen strich er sich langsam über die Handkante. Benjacomin begriff, ließ sich aber nichts anmerken.
»Hier«, sagte er. »Ein planetarischer Kreditbrief.«
Lavendel lachte. »Die Tour kenne ich auch schon.«
»Nehmen Sie«, sagte Bozart.
Der Abenteurer nahm die in Kunststoff eingeschweißte Karte. Seine Augen weiteten sich. »Die ist ja echt«, sagte er atemlos. »Die ist ja echt.« Er schaute auf, ungleich freundlicher als vorher. »So ein Ding hab' ich noch nie gesehen. Was sind Ihre Bedingungen?«
Unterdessen gingen die hellen, lebhaften Olympier in beiden Richtungen an ihnen vorbei, und alle trugen sie Gewänder in hart kontrastierendem Schwarz und Weiß. Unglaubliche geometrische Muster flimmerten auf ihren Kleidern und Hüten. Die zwei Feilschenden ignorierten die Einheimischen. Sie konzentrierten sich auf ihre Verhandlungen.
Benjacomin fühlte sich recht sicher. Er verpfändete die Dienste des gesamten Planeten Viola Siderea für ein ganzes Jahr gegen die volle und uneingeschränkte Unterstützung von Hauptmann Lavendel, früher Mitglied der Internen Weltraumpatrouille der Kaiserlichen Marine. Er übergab den Schuldschein. Die einjährige Garantie war eingetragen. Selbst auf Olympia gab es Buchungsmaschinen, die den Handel zur Erde funkten, wodurch der Schuldschein den

Charakter einer gültigen und bindenden Verpflichtung für den ganzen Planeten der Diebe bekam.
»Das«, dachte Lavendel, »war der erste Schritt zur Rache.« Wenn der Killer erst einmal beseitigt war, würde sein Volk die Verpflichtung getreu erfüllen müssen. Lavendel sah Benjacomin mit dem sachlich prüfenden Blick eines Wissenschaftlers an.
Benjacomin mißdeutete seinen Ausdruck als Freundlichkeit und lächelte sein langsames, gewinnendes, ungezwungenes Lächeln. Aus einem spontanen Glücksgefühl heraus streckte er Lavendel seine Rechte hin, um den Handel feierlich zu besiegeln. Sie schüttelten sich die Hände, und Bozart sollte nie erfahren, wem er da die Hand geschüttelt hatte.

5

»Grau, o grau lag das Land. Graues Gras von Himmel zu Himmel. Hüte dich vor dem Killer, mein Freund. Kein Berg weit und breit, nicht hoch oder niedrig – Hügel nur und Grau, Grau. Sieh das flakkernde, flimmernde Blinken blühen auf der Sternenschranke.
Das ist Norstrilien.
All die Plackerei ist vorbei – all die Arbeit und das Warten und der Schmerz.
Beigebraune Schafe liegen auf blaugrauem Gras, indes die Wolken schnell dahinziehen, niedrig über dem Land, wie ein Plafond aus Eisenrohren für die Welt.
Triff deine Wahl unter den kranken Schafen, Mann, die kranken sind es, die zählen. Niese mir einen Planeten, Mann, oder huste mir einen Flecken Unsterblichkeit. Wenn es zu verrückt ist, wo Narren und Trolle wie du leben, so ist es hier zu normal.
Das ist das Buch, Junge.
Wenn du Norstrilien nicht gesehen hast, hast du es nicht gesehen. Wenn du es gesehen hättest, würdest du es nicht glauben.
Auf den Landkarten heißt es Altnordaustralien.«

Hier im Herzen der Welt war die Farm, die die Welt bewachte. Das war Mutter Hudsons Sitz.
Türme umgaben ihn und Drähte hingen zwischen den Türmen, von denen manche sonderbar durchhingen und manche auf eine Weise glänzten wie kein anderes von irdischen Menschen hergestelltes Metall. Die Türme umschlossen offenes Land, und das offene Land umschloß zwölftausend Hektar Beton. Radar reichte millimetergenau bis auf die Oberfläche des Betons hinab, und das andere Radar warf Muster hin und her, Muster von molekularer Feinheit. Die Farm ging an. In der Mitte war eine Gruppe von Gebäuden. Dort arbeitete Katherine Hudson an der Aufgabe, die ihre Familie zur Verteidigung der Welt übernommen hatte.
Keine Bakterie erreichte diesen Ort, keine verließ ihn. Alle Nahrung kam aus dem Weltraum. In diesen Gebäuden lebten Tiere. Die Tiere waren ganz auf sie angewiesen. Für den Fall, daß sie starb, durch eine Verletzung oder weil eines der Tiere sie angriff, hatten die Behörden ihrer Welt vollkommene Faksimiles von ihr, mit denen sie unter Hypnose neue Tierhalterinnen ausbilden konnten.
Dies war der Ort, wo der graue Wind von den Hügeln herabkam, wo er über den grauen Beton fegte, wo er um die Radartürme pfiff. Der polierte, facettierte, gefangene Mond stand stets am selben Platz über der Farm. Der Wind traf die Gebäude, die ebenfalls grau waren, mit der Wucht eines Schlages, ehe er über die hinter ihnen liegende offene Betonfläche raste und heulend in die Hügel entschwand.
Das Tal, in dem die Gebäude lagen, hatte kaum der Tarnung bedurft. Es sah aus wie das übrige Norstrilien. Der Beton selbst war leicht getönt, um den Eindruck von kargem, ausgedörrtem Erdboden zu erwecken. Das war die Farm, und das war die Frau. Zusammen bildeten sie das äußere Verteidigungssystem der reichsten Welt, die Menschen je aufgebaut hatten.
Katherine Hudson sah aus dem Fenster und dachte

bei sich: »Noch zweiundvierzig Tage, bevor ich auf den Markt gehe, und ich freue mich auf diesen Tag, an dem ich dort sein und die lustige Musik hören werde.
Oh, wenn ich so über den Marktplatz geh'
Und die fröhlichen, stolzen Leute seh'!«
Sie holte tief Luft. Sie liebte die grauen Hügel – obwohl sie in ihrer Jugend viele andere Welten gesehen hatte. Und dann wandte sie sich vom Fenster ab und ging zurück zu den Tieren und den Pflichten, die auf sie warteten. Sie war die einzige Mutter Hudson, und das waren ihre kleinen Katsen.
Sie ging zwischen den Tieren auf und ab. Sie und ihr Vater hatten sie aus irdischen Nerzen gezüchtet, aus den wildesten, kleinsten, verrücktesten Nerzen, die je aus der Heimat des Menschen verschickt worden waren. Aus diesen Nerzen hatten sie einen neuen Bestand herangezüchtet, zur Abwehr anderer Raubtiere, die die Schafe bedrohten, auf denen das Stroon wuchs. Doch diese Nerze waren wahnsinnig.
Generationen von ihnen waren gezüchtet worden, und jedes einzelne Exemplar war psychotisch bis auf die Knochen. Sie lebten nur, um zu sterben, und sie starben, damit sie am Leben bleiben konnten. Das waren die Katsen von Norstrilien. Tiere, bei denen Angst, Wut, Hunger und Sex unlösbar miteinander verquickt waren, die sich selbst oder einander auffressen konnten, die ihre Jungen, oder Menschen, alles Organische, auffressen konnten, Tiere, die vor Mordlust kreischten, wenn sie Liebe verspürten, Tiere, die dafür geboren waren, sich selbst mit einem wütonden, rasenden Haß zu verabscheuen, und die nur überlebten, weil sie ihre wachen Momente auf Couches verbrachten, fest angeschnallt, Klaue an Klaue, so daß sie sich nicht selbst oder gegenseitig verletzen konnten. Mutter Hudson weckte jedes nur für ein paar Augenblicke seines ganzen Lebens. Sie vermehrten sich und töteten. Sie weckte immer nur zwei von ihnen gleichzeitig auf.
Den ganzen Nachmittag ging sie von Käfig zu Käfig.

Die schlafenden Tiere schliefen gut. Die Nahrung wurde in ihren Blutkreislauf gepumpt; sie lebten manchmal jahrelang ohne aufzuwachen. Zur Fortpflanzung weckte sie die Männchen nur teilweise auf und die Weibchen nur so weit, daß sie ihre veterinäre Behandlung annahmen. Sie selbst mußte die neugeborenen Jungen von den schlafenden Müttern abnehmen. Dann nährte sie die Jungen ein paar glückliche Wochen lang, bis sich die wahre Natur der ausgewachsenen Tiere zu zeigen begann, ihre Augen sich vor Wahnsinn und Hitzigkeit rot färbten und ihre Emotionen sich in schrillen, gräßlichen kleinen Schreien äußerten, die durch das Gebäude hallten; und dann verzerrten sie ihre hübschen, bepelzten Gesichtchen und rollten mit ihren irre leuchtenden Augen und krümmten ihre messerscharfen Klauen.
Diesmal weckte sie keines von ihnen auf. Statt dessen schnallte sie die Riemen fester. Sie entzog ihnen die Nährflüssigkeit. Sie gab ihnen eine anregende Medizin mit verzögerter Wirkung, die sie, wenn sie geweckt wurden, schlagartig ganz wach machen würde, ohne die übliche anfängliche Benommenheit.
Zuletzt nahm sie selbst ein starkes Sedativ, lehnte sich in ihrem Sessel zurück und wartete auf den Ruf, der kommen würde.
Wenn der Schock kam, der Ruf, würde sie tun müssen, was sie schon tausendmal getan hatte.
Sie würde einen unerträglich lauten Ton durch das ganze Laboratorium hallen lassen.
Hunderte der mutierten Nerze würden erwachen. Und erwachend würden sie sich mit Hunger, mit Haß, mit Wut und mit Sex ins Leben stürzen, würden an ihren Fesseln zerren und danach trachten, ihre Artgenossen zu töten, ihre Jungen, sich selbst, sie. Sie würden gegen alles und überall kämpfen, und alles tun, um in dieser Raserei fortfahren zu können.
Sie wußte das.
Mitten im Raum stand ein Tuner. Der Tuner war ein direktes, empathisches Relaisgerät, das die einfacheren telepathischen Ausstrahlungen auffangen konn-

te. In diesen Tuner wurden die konzentrierten Emotionen von Mutter Hudsons kleinen Katsen geleitet.
Die Wut, der Haß, der Hunger und der Sex wurden alle bis weit über das Maß des Erträglichen hinaus gesteigert, und dann wurde das alles verstärkt. Anschließend wurde das Wellenband, auf dem diese telepathischen Strahlen ausgesandt wurden, verstärkt, gleich hinter dem Studio, auf den hohen Türmen, die den Bergrücken säumten, oberhalb und jenseits des Tales, in dem das Laboratorium lag. Und Mutter Hudsons Mond, der sich geometrisch drehte, strahlte die Wellen kugelförmig ab.
Von dem facettierten Mond aus gelangten die Wellen zu den Satelliten – sechzehn an der Zahl, dem Anschein nach alles Wettersatelliten. Diese deckten nicht nur den Raum, sondern auch den umliegenden Unterraum ab. Die Norstrilier hatten an alles gedacht.
Von Mutter Hudsons Warntafel kamen die kurzen Stöße eines Alarms.
Ein Ruf kam. Ihr Daumen wurde taub.
Das Geräusch schrillte.
Die Nerze erwachten.
Augenblicklich war der Raum erfüllt von Keckern und Kratzen, Zischen, Knurren und Heulen.
Inmitten der Tierstimmen hörte man noch ein anderes Geräusch: ein kratzendes, schnappendes Geräusch wie von Hagel, der auf einen zugefrorenen See fällt. Es waren die Klauen von Hunderten von Nerzen, die an Metallplatten kratzten.
Mutter Hudson hörte ein Gurgeln. Einer der Nerze hatte seine Klaue freibekommen und offenbar begonnen, sich selbst den Hals zu zerfleischen. Sie hörte, wie Pelz zerriß, Adern platzten.
Sie wartete darauf, daß diese eine Stimme verstumme, doch sie war sich nicht sicher. Die anderen machten zuviel Lärm. Ein Nerz weniger.
Wo sie saß, war sie teilweise von den telepathischen Wellen abgeschirmt, aber nicht vollständig. Sie selbst, so alt, wie sie war, fühlte, wie wilde Träume

sie durchliefen. Sie bebte vor Haß, während sie an die Wesen dachte, die draußen, fern von ihr, litten – fürchterlich litten, weil sie nicht durch die eingebauten Schutzvorrichtungen des norstrilischen Kommunikationssystems abgeschirmt waren.
Sie fühlte das wilde Pochen längst vergessener Lust.
Sie hungerte nach Dingen, an die sie sich seit Ewigkeiten nicht mehr erinnert hatte. Sie zuckte unter den Krämpfen der Angst, die von den Hunderten von Tieren ausgingen.
Doch halb unbewußt stellte sie sich bei alledem noch die Frage: »Wie lange kann ich das noch ertragen? Wie lange noch muß ich es ertragen? Lieber Gott, sei gut zu den Menschen hier auf dieser Welt! Sei gut zu mir armen alten Frau.«
Das grüne Licht ging an.
Sie drückte auf einen Knopf auf der anderen Seite ihres Stuhles. Zischend strömte das Gas ein. Während sie das Bewußtsein verlor, wußte sie, daß auch ihre Katsen augenblicklich total betäubt wurden.
Sie würde vor ihnen aufwachen, und dann würden ihre Pflichten beginnen: Sie würde die lebenden Tiere überprüfen, das eine herausnehmen, das sich selbst die Gurgel zerfetzt hatte, diejenigen herausnehmen, die einem Herzanfall erlegen waren, die übrigen neu verteilen, ihre Wunden versorgen, sie lebend und schlafend behandeln – schlafend und glücklich – sich vermehrend, im Schlaf lebend – bis der nächste Ruf kam, um sie zu wecken für die Verteidigung der Schätze, die Fluch und Segen ihrer Welt waren.

6

Alles war ganz nach Wunsch verlaufen. Lavendel hatte ein illegales Planoform-Schiff aufgetrieben. Das war keine geringe Leistung, denn das Zulassungssystem für Planoform-Schiffe war sehr streng, und sich unterderhand eines zu beschaffen, war eine Aufgabe, an der ein ganzer Planet von Gaunern leicht ein Menschenleben lang zu tun gehabt hätte.

Lavendel war mit Geld überschüttet worden – mit Benjacomins Geld.
Der ehrlich erworbene Reichtum des Planeten der Diebe war für die Fälschungen und die hohen Schulden verpfändet worden, imaginäre Transaktionen, die den Computern für Schiffe und Ladungen und Passagiere eingegeben wurden, die sich fast unentwirrbar vermischen würden im Handel zwischen zehntausend Welten.
»Soll er doch dafür bezahlen«, sagte Lavendel zu einem seiner Genossen, einem offenkundigen Kriminellen, der außerdem norstrilischer Agent war. »Damit gibt er gutes Geld für schlechtes. Am besten gibst du einen Großteil davon aus.«
Kurz bevor Benjacomin abflog, gab Lavendel noch eine Meldung durch.
Er sandte sie direkt an den Go-Kapitän, der normalerweise keine Meldungen übermittelte. Der Go-Kapitän war ein Kommandeur der norstrilischen Flotte, aber er hatte ausdrücklichen Befehl erhalten, sich das auf keinen Fall anmerken zu lassen.
Die Meldung betraf die Planoform-Zulassung – weitere rund zwanzig Tabletten Stroon, die eine weitere vierhundertjährige Belastung für Viola Siderea bedeuten konnten. Der Kapitän sagte: »Das brauche ich gar nicht durchzugeben. Die Antwort lautet ja.«
Benjacomin kam in den Kontrollraum. Das war gegen die Bestimmungen, aber er hatte das Schiff gemietet, um gegen Bestimmungen zu verstoßen.
Der Kapitän sah ihn scharf an. »Sie sind Passagier, gehen Sie hinaus.«
Benjacomin antwortete ihm: »Sie haben meine kleine Fähre an Bord. Ich bin, abgesehen von Ihren Leuten, der einzige Mensch an Bord.«
»Hinaus. Wenn Sie hier erwischt werden, ist eine Strafe fällig.«
»Macht nichts«, sagte Benjacomin. »Ich zahle sie.«
»So, meinen Sie?« sagte der Kapitän. »Sie können doch nicht zwanzig Tabletten Stroon bezahlen. Das ist doch lächerlich. Kein Mensch könnte sich soviel

Stroon beschaffen.«
Benjacomin lachte, denn er dachte an die tausend und aber tausend Tabletten, die er bald haben würde. Er brauchte nichts weiter zu tun, als das Planoform-Schiff zu verlassen, einmal zuzuschlagen, an den Katsen vorbeizukommen und zurückzukehren.
Seine Macht und sein Reichtum erwuchsen aus der Gewißheit, daß er sein Ziel jetzt erreichen konnte. Die Belastung seines Planeten mit zwanzig Tabletten Stroon war ein niedriger Preis, wenn er das Tausendfache davon mitbrachte. Der Kapitän antwortete: »Es steht nicht dafür, es lohnt sich einfach nicht, zwanzig Tabletten Stroon zu riskieren, nur um hier drin sein zu können. Aber ich kann Ihnen sagen, wie Sie das norstrilische Kommunikationsnetz umgehen können, wenn Ihnen das siebenundzwanzig Tabletten wert ist.«
Benjacomin erschrak.
Einen Augenblick lang glaubte er, er müsse sterben. All die Arbeit, all die Ausbildung – der tote Junge am Strand, das riskante Spiel mit dem Kredit, und jetzt dieser unvermutete Gegner!
Es beschloß, es darauf ankommen zu lassen. »Was wissen Sie?« fragte Benjacomin.
»Nichts«, sagte der Kapitän.
»Sie sagten ›norstrilisch‹.«
»Stimmt«, sagte der Kapitän.
»Wenn Sie von Norstrilien sprechen, müssen Sie etwas wissen. Wer hat es Ihnen gesagt?«
»Wo sollten Sie sonst hin wollen, wenn Sie auf unermeßliche Reichtümer aus sind? Wenn Sie durchkommen. Zwanzig Tabletten sind nichts für einen Mann wie Sie.«
»Immerhin der Gegenwert von zweihundert Jahren Arbeit von dreihunderttausend Menschen«, sagte Benjacomin sarkastisch.
»Wenn Sie durchkommen, haben Sie mehr als zwanzig Tabletten, desgleichen Ihr Volk.«
Und Benjacomin dachte an die tausend und aber tausend Tabletten. »Ja, das weiß ich.«

»Und wenn Sie nicht durchkommen, haben Sie die Karte.«
»Das stimmt. Also gut. Bringen Sie mich durch das Kommunikationsnetz. Ich zahle Ihnen siebenundzwanzig Tabletten dafür.«
»Geben Sie mir die Karte.«
Benjacomin weigerte sich. Er war ein ausgebildeter Dieb, und er witterte Diebstahl. Dann überlegte er es sich noch einmal. Dies war die Krise seines Lebens. Er mußte es riskieren, auf jemanden zu setzen.
Er mußte die Karte aufs Spiel setzen. »Ich trage es auf der Karte ein und gebe Sie Ihnen dann wieder.«
So aufgeregt war Benjacomin, daß er nicht merkte, daß die Karte in einen Duplikator gesteckt wurde, daß die Transaktion verbucht wurde, daß ans Olympische Zentrum gemeldet wurde, daß der Verlust und die Belastung des Planeten Viola Siderea gewissen Handelsagenturen auf der Erde für die kommenden dreihundert Jahre gutgeschrieben werden solle.
Benjacomin bekam die Karte zurück. Er fühlte sich als ehrlicher Dieb.
Wenn er umkam, ging auch die Karte verloren, und sein Volk brauchte nicht zu bezahlen. Wenn er Erfolg hatte, konnte er die Kleinigkeit aus der eigenen Tasche begleichen.
Benjacomin setzte sich. Der Go-Kapitän gab das Signal. Das Schiff ruckte.
Eine halbe subjektive Stunde flogen sie; der Kapitän trug einen Helm aus Raum auf dem Kopf und suchte sich tastend und fühlend und ratend seinen Weg, etappenweise, bis zu seiner Heimat. Er mußte sich auf seinen Spürsinn verlassen, denn sonst wäre Benjacomin vielleicht der Verdacht gekommen, er sei in den Händen von Doppelagenten.
Aber der Kapitän war gut ausgebildet. Genauso gut ausgebildet wie Benjacomin.
Agenten und Diebe fuhren im selben Schiff.
Sie planoformierten innerhalb des Kommunikationsnetzes. Benjacomin schüttelte den Besatzungsmit-

gliedern die Hand. »Sie können auftauchen, sobald ich sie rufe.«
»Viel Glück, Sir«, sagte der Kapitän.
»Ich kann es brauchen«, sagte Benjacomin.
Er stieg in seine Raumfähre. Er war noch keine Sekunde im realen Raum, als die graue Weite von Norstrilien unter ihm auftauchte. Das Schiff, das aussah wie ein einfaches Lagerhaus, verschwand im Planoform, und die Fähre war allein.
Die Fähre sank.
Während sie sank, erlebte Benjacomin einen gräßlichen Augenblick der Verwirrung und der Angst.
Er wußte nichts von der Frau dort unten, aber sie spürte ihn deutlich, als ihn der Zorn der vielfach verstärkten Katsen traf. Sein bewußter Verstand erbebte unter dem Anprall. In einer Verlängerung der subjektiven Erfahrung, die ein oder zwei Sekunden wie Monate trunkenen Wahns erscheinen ließ, sank Benjacomin Bozart unter die Flut seiner eigenen Persönlichkeit. Der Relaismond bombardierte ihn mit Nerz-Emotionen. Die Synapsen seines Gehirns bildeten sich neu und gaukelten ihm Mögliches, nie Gewesenes vor, schreckliche Dinge, wie sie kein Mensch je erlebt hat. Dann zerrann sein Bewußtsein unter der ungeheuren Belastung.
Sein subkortikales Selbst lebte noch ein bißchen länger.
Sein Körper kämpfte minutenlang. Rasend vor Lust und Hunger, bäumte er sich im Pilotensitz auf, und sein Mund biß tief in seinen eigenen Arm. Von Lust getrieben, krallte sich die linke Hand in sein Gesicht und riß seinen linken Augapfel aus. Er kreischte vor animalischer Lust, während er versuchte, sich selbst aufzufressen . . . nicht ganz ohne Erfolg.
Die überwältigende telepathische Botschaft von Mutter Hudsons klainen Katsen bohrte sich in sein Gehirn. Die mutierten Nerze waren hellwach.
Der Relaissatellit hatte den ganzen Raum um ihn herum mit dem Wahnsinn vergiftet, der den Nerzen angezüchtet war.

Bozarts Körper lebte nicht mehr lange. Nach ein paar Minuten waren die Arterien offen, der Kopf fiel nach vorne, und die Fähre sank führerlos den Lagerhäusern entgegen, die sie hatte angreifen sollen. Norstrilische Polizei barg sie.
Auch den Polizisten war übel. Ihnen allen war übel. Alle waren sie bleich im Gesicht. Ein paar hatten sich übergeben. Sie waren durch die Randzone der Nerzverteidigung gekommen. Sie hatten das telepathische Band an seiner dünnsten und schwächsten Stelle durchquert. Das hatte gereicht, um sie halb krank zu machen.
Sie wollten nichts wissen.
Sie wollten vergessen.
Einer der jüngeren Polizisten sah sich den Leichnam an und sagte: »Was um alles in der Welt kann einen Menschen so zurichten?«
»Er hatte sich den falschen Job ausgesucht«, sagte der Polizeihauptmann.
Der junge Polizist fragte: »Was ist der falsche Job?«
»Der falsche Job ist zu versuchen, uns zu berauben, mein Junge. Wir werden verteidigt, und wir wollen gar nicht wissen, wie.«
Der junge Polizist war gedemütigt und fast zornig, und man hatte fast den Eindruck, er wolle sich gegen seinen Vorgesetzten auflehnen, während er den Blick vom Leichnam Benjacomin Bozarts abgewandt hielt.
Der ältere Mann sagte: »Schon gut. Er hat nicht lange gelitten, und außerdem ist er der Mann, der vor kurzem den kleinen Johnny umgebracht hat.«
»Ach, der ist das? So rasch ist es gegangen?«
»Wir haben ihn in unsere Gewalt gebracht.« Der alte Polizeibeamte nickte. »Wir haben ihn seinen Tod finden lassen. So können wir leben. Hart, nicht wahr?«

Die Ventilatoren surrten leise, sanft. Die Tiere schliefen wieder. Ein Luftstrom umfächelte Mutter Hudson. Das telepathische Relaisgerät war noch an. Sie spürte sich selbst, die Gebäude, den facettierten

Mond, die kleinen Satelliten. Von dem Räuber keine Spur.

Sie erhob sich ächzend. Ihre Kleider waren schweißnaß. Sie mußte sich duschen und umziehen ...

Weit weg auf der Erde gab der Computer der Zentralen Kreditkontrolle ein lautes Signal von sich, um einen Menschen herbeizurufen. Ein junger Unterbeamter der Instrumentalität ging zu der Maschine hinüber und hielt die Hand auf.

Die Maschine warf eine Karte aus.

Er sah auf die Karte.

»Lastschrift Viola Siderea – Gutschrift Reserven Erde – Unterkonto Norstrilien – vierhundert Millionen Menschen-Megajahre.«

Obwohl er ganz allein war, pfiff er in dem leeren Raum durch die Zähne. »Wir werden alle längst tot sein, mit oder ohne Stroon, bis die das abgezahlt haben!« Er ging hinaus, um seinen Freunden die sonderbare Neuigkeit mitzuteilen.

Da die Maschine ihre Karte nicht zurückbekam, stellte sie eine neue aus.

Die tote Lady von Clowntown

1

Ihr kennt schon das Ende – das gewaltige Drama von dem Lord Jestocost, dem siebten seiner Linie, und dem Katzenmädchen K'mell, das die große Verschwörung anzettelte. Aber ihr wißt noch nicht, wie es anfing, wie der erste Lord Jestocost zu seinem Namen kam, aufgrund des Entsetzens und der Inspiration nämlich, die seiner Mutter, der Lady Goroke, aus dem berühmten Drama des Hundemädchens H'jeanne erwuchsen, das sich wirklich zugetragen hat. Diese Geschichte wird manchmal als die der »namenlosen Hexe« bezeichnet, aber das ist absurd, denn in Wirklichkeit hatte sie einen Namen. Sie hieß »Elaine« – ein alter, verbotener Name.

Elaine war ein Irrtum. Ihre Geburt, ihr Leben, ihre Laufbahn, alles waren Irrtümer. Der Rubin machte einen Fehler. Wie konnte das geschehen?

Gehen wir zurück nach An-Fang, dem Friedensplatz in An-Fang, wo alle Dinge beginnen. Hell war es dort. Roter Platz, toter Platz, leerer Platz, unter einer gelben Sonne.

Das war die richtige Erde, die Urheimat der Menschen selbst, wo Erdhafen durch Hurrikanwolken aufragte, die höher waren als die Berge.

An-Fang lag in der Nähe einer Stadt, der einzigen bewohnten Stadt mit einem präatomaren Namen. Ihr schöner, sinnloser Name war Meeya Meefla, wo die Linien der uralten Straßen, seit Jahrtausenden von keinem Rad berührt, auf ewig parallel zu den hellen, klaren Stränden des Alten Südostasiens verliefen.

Das Hauptquartier des Menschenprogrammierers lag in An-Fang, und dort passierte der Irrtum:

Ein Rubin zitterte. Zwei Turmalinnetze versagten, so daß der Laser nicht korrigiert wurde. Ein Diamant registrierte den Fehler. Der Fehler und die Korrek-

tur wurden beide dem allgemeinen Computer eingegeben.
Durch den Fehler wurde auf dem allgemeinen Geburtskonto für Fomalhaut III der Beruf »Laientherapeut«, weiblich, intuitive Fähigkeit zur Korrektur menschlicher Physiologie mit lokal vorhandenen Mitteln« verbucht. Auf manchen der frühen Schiffe hatte man diese Frauen als *Hexen* bezeichnet, weil sie auf unerklärliche Weise Krankheiten heilten. Für Pioniertrupps waren diese Laientherapeutinnen von unschätzbarem Wert; in gefestigten Nach-Riesmannschen Gesellschaften erwiesen sie sich dagegen als ungemein lästig. Mit den verbesserten Lebensbedingungen verschwanden die Krankheiten, Unfälle kamen praktisch nicht mehr vor und die medizinische Arbeit wurde institutionalisiert.
Wozu braucht man noch Hexen, und seien sie noch so tüchtig, wenn ein Krankenhaus mit tausend Betten bereitsteht, dessen Personal auf klinische Erfahrung aus ist ... und in dem nur sieben von den tausend Betten mit richtigen Menschen belegt sind? (In die übrigen Betten legte man menschenähnliche Roboter, damit die Angestellten üben konnten und ihre Moral sich nicht verschlechterte. Sie hätten natürlich an Untermenschen arbeiten können – Tiere in Menschengestalt, die die schweren und eintönigen Arbeiten ausführten, die als das *Caput mortuum* einer perfektionierten Wirtschaft übriggeblieben waren – aber Tieren, selbst wenn sie Untermenschen waren, war es gesetzlich verboten, in ein menschliches Krankenhaus zu gehen. Wenn Untermenschen krank wurden, nahm sich die Instrumentalität ihrer an – in Schlachthäusern. Es war leichter, neue Untermenschen für bestimmte Arbeiten zu züchten, als kranke zu reparieren. Außerdem wären sie womöglich durch die liebevolle Pflege in einem Krankenhaus nur auf dumme Gedanken gekommen. Etwa den, sie seien Menschen. Das wäre nach der damals herrschenden Ansicht bedauerlich gewesen. Deshalb standen die menschlichen Krankenhäuser fast leer, während ein

Untermensch, der viermal nieste oder sich einmal erbrach, abgeholt wurde, um fortan nie mehr krank zu sein. Und in den leeren Betten lagen unterdessen die Roboterpatienten, an denen in endloser Wiederholung die menschlichen Verletzungs- oder Krankheitszustände simuliert wurden.) Deshalb gab es keine Arbeit mehr für gezüchtete, ausgebildete Hexen.

Aber der Rubin hatte gezittert; das Programm hatte tatsächlich einen Fehler gemacht; die Geburtsnummer für einen »Laientherapeuten, weiblich, sofortige Verwendung« war für Fomalhaut III bestellt worden. Viel später, als die Geschichte bis in ihr letztes historisches Detail bekannt war, wurde eine Untersuchung über Elaines Herkunft durchgeführt. Als der Laser gezittert hatte, waren sowohl der ursprüngliche Auftrag als auch die Korrektur gleichzeitig in die Maschine eingegeben worden. Die Maschine erkannte den Widerspruch und legte beide Papiere prompt dem menschlichen Inspektor zur Entscheidung vor, einem richtigen Menschen, der seit sieben Jahren diese Aufgabe wahrnahm.

Er studierte Musik, und er langweilte sich. Das Ende seiner Dienstzeit stand so kurz bevor, daß er schon die Tage bis zu seiner Entlassung zählte. Unterdessen arbeitete er an neuen Arrangements für zwei Schlager. Der eine war *Der große Bambus*, ein primitives Stück, das an die ursprüngliche Magie des Menschen erinnern wollte. Der andere Schlager handelte von einem Mädchen, *Elaine, Elaine*, das von seinem Verehrer angefleht wurde, sein Herzeleid zu lindern. Keines der beiden Lieder war bedeutend; aber miteinander beeinflußten sie den Gang der Geschichte, zuerst ein bißchen und dann ganz beträchtlich.

Der Musiker hatte jede Menge Zeit zum Üben. In den ganzen sieben Jahren hatte es nie einen wirklichen Notfall gegeben. Von Zeit zu Zeit hatte die Maschine ihm Bericht erstattet, aber er hatte ihr jedesmal gesagt, sie solle gefälligst ihre Fehler selbst korrigieren, was sie auch immer getan hatte.

An dem Tag, als der Unfall mit Elaine passierte, übte er gerade auf der Gitarre, einem uralten Instrument, das angeblich aus der Zeit vor der Raumfahrt stammte. Er zupfte zum hundertstenmal die Begleitung zu *Der große Bambus*.
Die Maschine machte zunächst mit einem harmonischen Klingelton auf ihren Fehler aufmerksam. Der Inspektor hatte längst all die Instruktionen vergessen, die er sich vor sieben langen Jahren so mühsam eingeprägt hatte. Der Alarm war wirklich kein Grund zur Besorgnis, weil die Maschine unweigerlich ihre eigenen Fehler korrigierte, ob der Inspektor nun seinen Dienst versah oder nicht.
Als die Maschine auf ihr Klingeln keine Antwort bekam, schaltete sie die nächsthöhere Alarmstufe ein. Aus einem in die Wand eingelassenen Lautsprecher kreischte sie mit einer hohen, klaren menschlichen Stimme, der Stimme irgendeines Angestellten, der vor Jahrtausenden gestorben war:
»Achtung, Achtung! Notfall. Korrektur verlangt. Korrektur verlangt!«
Die Antwort, die sie darauf bekam, hatte die Maschine noch nie gehört, so alt sie schon war. Die Finger des Musikers glitten flink und fröhlich über die Saiten der Gitarre, und dazu sang er mit klarer und lauter Stimme der Maschine eine Nachricht, die über alles Begriffsvermögen einer Maschine hinaus sonderbar war:

Schlag, schlag, schlag den großen Bambus
Schlag, schlag den großen Bambus
für mich ...!

Hastig setzte die Maschine ihre Gedächtnisspeicher und Computer in Betrieb und suchte nach der Codebezeichnung für »Bambus«, um das Wort in den vorliegenden Kontext einzupassen. Sie fand das Wort nicht. Die Maschine belästigte den Mann noch ein bißchen mehr.
»Instruktionen unklar. Instruktionen unklar. Bitte korrigieren.«

»Halt's Maul«, sagte der Mann.
»Befehl undurchführbar«, erklärte die Maschine. »Bitte korrigieren und wiederholen, bitte korrigieren und wiederholen, bitte korrigieren und wiederholen.«
»Gib doch endlich Ruhe«, sagte der Mann, aber er wußte, die Maschine würde das nicht befolgen. Gedankenlos nahm er sich seine zweite Melodie vor und sang zweimal nacheinander die ersten beiden Zeilen:

Elaine, Elaine, mein Herz,
komm, heil den Schmerz!
Elaine, Elaine, mein Herz,
komm, heil den Schmerz!

Wiederholung war der Maschine als Sicherung eingegeben worden, ausgehend von der Überlegung, daß kein echter Mensch einen Fehler wiederholen würde. Der Name »Elaine« hatte nicht die richtige Codenummer, aber die vierfache Betonung schien eine Bestätigung für die Notwendigkeit, einen »Laientherapeuten, weiblich« zu produzieren. Die Maschine registrierte, daß ein echter Mensch die Korrektur vorgenommen hatte.
»Akzeptiert«, sagte die Maschine.
Dieses Wort endlich schreckte den Inspektor aus seinen musikalischen Übungen auf, doch zu spät.
»Was akzeptiert?« fragte er.
Es kam keine Antwort. Es war überhaupt nichts zu hören außer dem Zischeln der leicht angefeuchteten warmen Luft in den Ventilatoren.
Der Inspektor schaute aus dem Fenster. Er konnte eine Ecke von der blutschwarz roten Farbe des Friedensplatzes von An-Fang sehen; dahinter lag der Ozean, unendlich schön und unendlich langweilig.
Der Inspektor seufzte hoffnungsvoll. Er war jung. »Wahrscheinlich spielt es keine Rolle«, dachte er und nahm wieder seine Gitarre zur Hand.
(Siebenunddreißig Jahre später erfuhr er, daß es doch eine Rolle spielte. Die Lady Goroke persönlich,

die einer der Lords der Instrumentalität war, schickte einen Unterbeamten der Instrumentalität aus, damit er feststelle, wie H'jeanne entstanden war. Als der Mann herausfand, daß die Hexe Elaine die Wurzel des Übels war, schickte sie ihn abermals aus, um zu erkunden, wie Elaine in ein wohlgeordnetes Universum gekommen war. Der Inspektor wurde gefunden. Er war immer noch Musiker. Er erinnerte sich überhaupt nicht mehr an die Geschichte. Er wurde hypnotisiert. Er erinnerte sich immer noch nicht. Der Unterbeamte schlug Alarm, und die Polizeidroge Vier (»klares Gedächtnis«) wurde dem Musiker verabreicht. Da entsann er sich sofort der ganzen albernen Szene, aber er behauptete immer noch, das hätte keine Rolle gespielt. Man brachte die Sache vor die Lady Goroke, und die wies die Behörden an, man solle dem Musiker die ganze schreckliche, schöne Geschichte von H'jeanne auf Fomalhaut erzählen – dieselbe Geschichte, die Sie gerade lesen –, und er weinte. Von einer weiteren Bestrafung sah man ab, doch die Lady Goroke ordnete an, daß diese Erinnerungen in seinem Gedächtnis bleiben müßten, solange er lebe.)

Der Mann nahm seine Gitarre, die Maschine aber ging an die Arbeit.

Sie suchte einen befruchteten menschlichen Embryo aus, hängte ihm den wunderlichen Namen »Elaine« an, bestrahlte den genetischen Code mit starken Anlagen zur Hexerei und vermerkte dann auf der Stammkarte, daß die Person in Medizin auszubilden, per Segelschiff nach Fomalhaut III zu bringen und dort für den Dienst auf diesem Planeten freizustellen sei.

Elaine wurde geboren, ohne gebraucht zu werden, ungewollt und ohne eine Fähigkeit, die irgendeinem existierenden Menschen nützen oder schaden konnte.

Zur Nutzlosigkeit verdammt trat sie ins Leben.

Das Bemerkenswerte war nicht, daß sie geboren wurde. Fehler kommen vor. Bemerkenswert war die

Tatsache, daß sie es schaffte zu überleben, ohne verändert, korrigiert oder getötet zu werden durch die Sicherheitsvorrichtungen, die der Mensch zu seinem eigenen Schutz in die Gesellschaftsordnung eingebaut hatte.
Ungewollt, unnütz, wanderte sie durch die eintönigen Monate und nutzlosen Jahre ihres Daseins. Sie war gut genährt, reich gekleidet, in verschiedenen Wohnungen untergebracht. Sie hatte Maschinen und Roboter, die ihr dienten, Untermenschen, die ihr gehorchten, Menschen, die sie vor den anderen Menschen und vor ihr selbst schützten, falls das nötig wurde. Aber sie konnte nie Arbeit finden; ohne Arbeit hatte sie keine Zeit für Liebe; ohne Arbeit und Liebe gab es keine Hoffnung für sie.
Wäre sie nur an die richtigen Experten oder die richtigen Behörden geraten, sie hätten sie geändert oder umgeschult. Dadurch wäre eine annehmbare Frau aus ihr geworden; aber sie fand die Polizei nicht, und die Polizei fand sie nicht. Sie war unfähig, ihre eigene Programmierung zu ändern, absolut unfähig. Sie war ihr in An-Fang mitgegeben worden, weit weg in An-Fang, wo alle Dinge beginnen.
Der Rubin hatte gezittert, der Turmalin versagt, der Diamant war unbeachtet geblieben. So war Elaine schon von Geburt an verdammt.

2

Viele Jahre später, als die Menschen Lieder über den sonderbaren Fall des Hundemädchens H'jeanne machten, hatten die Balladen- und Schlagersänger sich auszumalen versucht, wie Elaine sich gefühlt hatte, und sie hatten *Das Lied von Elaine* auf sie gedichtet. Es ist nicht authentisch, aber es zeigt, wie Elaine ihr eigenes Leben sah, bevor der merkwürdige Fall von H'jeanne sich aus ihrem eigenen Handeln entwickelte:

Andre Frauen hassen mich,
Männer rühren mich nicht an.
Ich bin zu sehr ich.
  Eine Hexe bin ich!
Mama hat mich nie gehätschelt.
Papa hat mich nie getätschelt.
Kleine Kinder schmähen mich.
  Eine Hexe bin ich!
Menschen hab' ich nie gekannt,
Vor Hunden bin ich nie gerannt.
Oh, ich bin so sehr ich selbst.
  Eine Hexe bin ich!
Sollen Sie mich doch verklagen!
Niemals werden sie mich jagen.
Doch sie werden mich befragen.
  Eine Hexe bin ich!
Alle werden sie mich meiden.
Oh, ich bin nicht zu beneiden.
Warum kann mich niemand leiden?
  Eine Hexe bin ich!
Andre Frauen hassen mich.
Männer rühren mich nicht an.
Ich bin zu sehr ich.
  Eine Hexe bin ich!

Das Lied übertreibt. Die Frauen haßten Elaine nicht; sie sahen sie gar nicht. Die Männer wichen Elaine nicht aus; auch sie bemerkten sie gar nicht. Es gab keinen Ort auf Fomalhaut III, wo sie mit menschlichen Kindern hätte zusammentreffen können, denn die Kinderhorte lagen wegen der gefährlichen Strahlung und des rauhen Wetters tief unter der Erde. Das Lied will den Eindruck erwecken, als sei Elaine von Anfang an der Meinung gewesen, sie sei kein Mensch, sondern ein Untermensch und durch Geburt ein Hund. Das war aber zu Beginn noch nicht der Fall, sondern erst ganz am Ende, als man sich schon auf allen Sternen die Geschichte von H'jeanne erzählte und sie mit allerlei Legenden ausschmückte. Sie wurde nie wahnsinnig.

(»Wahnsinn« ist ein seltener Zustand und besteht aus einem menschlichen Verstand, der seine Umwelt nicht richtig in den Griff bekommt. Elaine näherte sich diesem Zustand, bevor sie H'jeanne traf. Elaine war nicht der einzige Fall, aber ein seltener und echter. Ihr Leben, dem jeder Wachstumsversuch fehlgeschlagen war, war auf sich selbst zurückgeworfen worden, und ihr Geist hatte sich in immer enger werdenden Kreisen zusammengezogen, nach innen, zu der einzigen Sicherheit, die es für sie wirklich geben konnte, der Psychose. Wahnsinn ist immer besser als X, und X ist für jeden Patienten individuell, persönlich, geheim und ungeheuer wichtig. Elaine war normal wahnsinnig geworden; die ihr vorbestimmte Karriere war die falsche. »Laientherapeuten, weiblich« waren für entschlossene, autonome, schnelle, auf eigener Autorität beruhende Arbeit codiert. Diese Arbeitsbedingungen waren auf neuen Planeten nötig. Sie waren nicht darauf codiert, andere Leute um Rat zu fragen; an den meisten Orten gab es niemanden, den man hätte um Rat fragen können. Elaine tat, was ihr in An-Fang einprogrammiert worden war, bis hinunter zur individuellen chemischen Zusammensetzung ihrer Rückenmarksflüssigkeit. Sie selbst war der Fehler, aber das wurde ihr nie bewußt. Der Wahnsinn war viel weniger schmerzlich als die Erkenntnis, daß sie nicht sie selbst war, eigentlich nicht leben durfte und bestenfalls ein Fehler war, für den ein zitternder Rubin und ein junger, sorgloser Mann mit einer Gitarre verantwortlich waren.)

Sie fand H'jeanne, und die Welten gerieten aus den Fugen.

Sie lernten sich an einem Ort kennen, der den Spitznamen »Rand der Welt« trug, weil dort die Unterstadt ans Tageslicht kam. Das war an sich schon ungewöhnlich; aber Fomalhaut III war überhaupt ein ungewöhnlicher und unwirtlicher Planet, wo das wilde Wetter und die Launen der Menschen die Architekten zu wahnwitziger Planung und grotesker

Ausführung trieben.
Elaine ging durch die Stadt, insgeheim wahnsinnig, und suchte nach den kranken Menschen, denen sie hätte helfen können. Sie war für diese Aufgabe abgestempelt, geprägt, entworfen, geboren, gezüchtet und ausgebildet. Aber es gab diese Aufgabe nicht.
Sie war eine intelligente Frau. Ein scharfer Verstand dient dem Wahnsinn genauso wie der Vernunft – nämlich sehr gut. Sie kam nie auf den Gedanken, ihrer Mission zu entsagen.
Die Menschen auf Fomalhaut III sind, wie die Bewohner der Urheimat des Menschen selbst, der Erde, fast unterschiedslos schön; nur auf den entlegensten, schwer zu erreichenden Welten wirken die Menschen, gezeichnet vom Kampf ums schiere Dasein, häßlich, müde oder eigenartig. Sie unterschied sich kaum von den anderen intelligenten, schönen Menschen, die die Straßen bevölkerten. Ihr Haar war schwarz, und sie war groß. Ihre Arme und Beine waren lang, ihr Rumpf kurz. Sie trug das Haar von ihrer hohen, schmalen, geraden Stirn glatt nach hinten gekämmt. Ihre Augen waren von einem sonderbaren, tiefen Blau. Ihr Mund hätte hübsch sein können, aber er lächelte nie, so daß man eigentlich nie wissen konnte, ob er schön war oder nicht. Ihre Haltung war stolz und aufrecht; aber das galt auch für alle anderen. Ihr Mund wirkte gerade in seinem Ernst apart, und ihr Blick schweifte hin und her, hin und her wie altmodisches Radar und suchte nach den Kranken, den Bedürftigen, den Geschlagenen, denen zu helfen ihr leidenschaftlicher Wunsch war.
Wie konnte sie unglücklich sein! Sie hatte nie Zeit, glücklich zu sein. Es war ganz natürlich, daß sie dachte, Glück sei etwas, was mit der Kindheit entschwindet. Hin und wieder, hie und da, vielleicht wenn ein Brunnen im Sonnenschein plätscherte oder die Blätter im stupenden Frühling auf Fomalhaut explodierten, wunderte sie sich, daß andere Leute – Leute, die nach Alter, Klasse, Geschlecht, Ausbildung und Karrierenummer genauso verantwortungsbe-

wußt waren wie sie – glücklich waren, während nur sie allein keine Zeit für das Glück zu haben schien. Aber stets zwang sie sich, nicht mehr daran zu denken, und sie ging über die Rampen und Straßen, bis ihr die Füße weh taten, und schaute nach Arbeit aus, die es noch nicht gab.

Das menschliche Fleisch, das älter ist als die Geschichte und hartnäckiger als die Kultur, hat seine eigene Weisheit. Die Körper der Menschen sind gezeichnet mit den archaischen Listen des Überlebens, so daß auf Fomalhaut III Elaine selbst die Fertigkeiten von Urahnen bewahrte, an die sie nicht einmal dachte – jenen Ahnen, die in unglaublich ferner Vergangenheit die schreckliche Erde selbst bezwungen hatten. Elaine war wahnsinnig. Aber mit einem Teil ihres Selbst argwöhnte sie, daß sie wahnsinnig war.

Vielleicht überkam sie diese Weisheit, als sie von der Waterrocky Road zu den hellen Esplanaden der Shopping Bar hinüberging. Sie sah eine vergessene Tür. Die Roboter konnten das Pflaster bis dicht an die Schwelle saubermachen, aber wegen der sonderbaren altertümlichen Bauweise konnten sie direkt unter dem Türbogen nicht kehren und polieren. Eine dünne, harte Linie aus altem Staub und eingetrocknetem Poliermittel verschloß wie eine Dichtung die Fuge zwischen Tür und Schwelle. Es war offenkundig, daß seit langer, langer Zeit niemand mehr durch die Tür gegangen war.

In zivilisierten Gegenden wurde man in der Regel auf Zutrittsverbote sowohl telepathisch als auch durch Symbole hingewiesen. Die gefährlichsten Stellen wurden durchweg von Robotern oder Untermenschen bewacht. Aber alles, was nicht verboten war, war erlaubt. So hatte Elaine zwar kein Recht, die Tür zu öffnen, aber sie war auch nicht verpflichtet, es nicht zu tun. Sie machte sie auf ...

Aus einer Laune heraus.

So glaubte sie jedenfalls.

Von dem »Eine Hexe bin ich«-Motiv, wie es ihr später

in der Ballade unterstellt wurde, konnte also noch keine Rede sein. Sie war noch nicht außer sich, noch nicht verzweifelt, sie war noch nicht einmal edel.
Dieses Öffnen einer Tür veränderte ihre eigene Welt und veränderte das Leben auf Tausenden von Planeten auf Generationen hinaus, aber das Öffnen an sich war noch nichts Besonderes. Es war die müde Laune einer durch und durch frustrierten, vage unglücklichen Frau. Sonst nichts. Alle anderen Versionen beruhen auf Idealisierung, Beschönigung, Entstellung.
Sie erlebte tatsächlich einen Schock, als sie die Tür öffnete, aber nicht aus den Gründen, die ihr später von Bänkelsängern und Historikern nachgesagt wurden.
Sie war schockiert, weil hinter der Tür Stufen waren und weil diese Stufen in eine besonnte Landschaft hinabführten – fürwahr ein unverhoffter Anblick auf jeder Welt. Sie schaute aus der Neuen Stadt in die Alte Stadt hinunter. Die Neue Stadt erhob sich auf ihrer Schale über der alten Stadt, und als sie »hinein«schaute, sah sie den Sonnenuntergang über der Stadt, die unter ihr lag. Es verschlug ihr den Atem angesichts solch unerwarteter Schönheit.
Dort die offene Tür – *und dahinter eine andere Welt.* Hier die alte vertraute Straße, sauber, stattlich, ruhig, nutzlos, auf der ihr eigenes nutzloses Selbst schon tausendmal gegangen war.
Dort etwas Neues. Hier die Welt, die sie kannte. Sie kannte nicht die Wörter »Märchenland« oder »verzauberter Ort«, aber hätte sie sie gekannt, in diesem Moment hätte sie sie ausgesprochen.
Sie blickte nach rechts, nach links.
Die Passanten bemerkten weder sie noch die Tür. In der oberen Stadt fing der Sonnenuntergang gerade erst an. In der unteren Stadt war dagegen der Himmel schon blutrot und von goldenen Streifen durchzogen, die wie riesige gefrorene Flammen leuchteten. Elaine merkte nicht, daß sie schnuppernd die Luft einsog, sie merkte nicht, daß sie zitterte und den

Tränen nahe war, sie merkte nicht, daß ein sanftes Lächeln, das erste Lächeln seit Jahren, ihren Mund löste und ihrem müden abgespannten Gesicht eine flüchtige Anmut verlieh. Sie war zu sehr damit beschäftigt, sich umzusehen.

Die Leute gingen ihren Geschäften nach. Am Ende der Straße machte ein Untermenschentyp – weiblich, wahrscheinlich Katze – einen großen Bogen um einen langsam gehenden echten Menschen. In der Ferne umflatterte ein Polizei-Ornithopter langsam einen der Türme; falls nicht Roboter sie mit einem Teleskop beobachteten und falls sie hier nicht einen der seltenen Falken-Untermenschen hatten, die manchmal als Polizisten eingesetzt wurden, konnte sie unbemerkt bleiben.

Sie trat durch die Tür und zog sie hinter sich zu.

Ohne es zu wissen, hatte sie damit bewirkt, daß ungeborene Zukünfte nie mehr Wirklichkeit wurden, daß Rebellion in kommenden Jahrhunderten aufflammte, daß Menschen und Untermenschen an unerkannten Krankheiten starben, Mütter die Namen ungeborener Lords änderten und Sternenschiffe aus Welten zurückkamen, von denen der Mensch bislang nicht einmal geträumt hatte. Raum, der immer dagewesen war, nur auf die Entdeckung durch die Menschen gewartet hatte, würde nun um so früher kommen – wegen ihr, wegen der Tür, wegen der nächsten paar Schritte, wegen der Worte, die sie und das Kind sagen würden, das sie treffen würde. (Die Balladendichter erzählten später die ganze Geschichte, aber sie erzählten sie im nachhinein, als sie H'jeannes Schicksal kannten und wußten, was Elaine getan hatte, um die Welten in Brand zu stecken. Die schlichte Wahrheit ist, daß eine einsame Frau durch eine geheimnisvolle Tür ging. Das ist alles. Alles andere geschah später.)

Oben auf der Treppe stand sie, die Tür hinter ihr war zu, und vor ihr verströmte sich das Gold des Sonnenuntergangs über der unbekannten Stadt. Sie konnte sehen, wo die große Schale der Neuen Stadt Kalma sich dem Himmel entgegenwölbte; sie sah, daß die Gebäude hier älter, weniger harmonisch waren als die, welche sie hinter sich gelassen hatte. Den Begriff »malerisch« kannte sie nicht, sonst hätte sie ihn verwendet. Sie hatte keine Worte, die Szene zu beschreiben, die ihr friedlich zu Füßen lag.

Kein Mensch war zu sehen.

In der Ferne pulsierte ein Feuerdetektor auf der Spitze eines alten Turmes. Sonst gab es nichts außer der gelbgoldenen Stadt unter ihr und einem Vogel – war es ein Vogel, oder ein großes, vom Wind aufgewirbeltes Blatt? – im Mittelgrund.

Voller Angst, Hoffnung, Erwartung und einer Ahnung sonderbarer Begehrlichkeiten stieg sie langsam hinunter, ohne zu wissen, warum.

3

Am Fuße der Treppen, neun Fluchten waren es gewesen, wartete ein Kind – ein Mädchen von ungefähr fünf Jahren. Das Kind trug einen hellblauen Kittel und hatte rotbraunes Haar und die zierlichsten Hände, die Elaine je gesehen hatte.

Elaine sah sie nur an und hatte sie schon ins Herz geschlossen. Das Mädchen schaute zu ihr auf und schrak zurück. Elaine wußte, was diese hübschen braunen Augen, diese stumme Bitte um Vertrauen, dieses Zurückschrecken vor den Menschen zu bedeuten hatten. Es war kein Kind – nur irgendein Tier in Menschengestalt, ein Hund vielleicht, den man später lehren würde zu sprechen, zu arbeiten, nützliche Dienste zu verrichten.

Das kleine Mädchen stand auf, und es schien, als wollte es loslaufen. Elaine hatte das Gefühl, daß das kleine Hundemädchen sich noch nicht schlüssig war, ob es vor ihr davon oder zu ihr hin laufen sollte. Sie wollte nichts mit einem Untermenschen zu tun haben – welche Frau hätte das schon gewollt? –, aber sie wollte dem kleinen Ding auch keine Angst einjagen. Es war ja noch so klein, so jung.

Die beiden standen sich einen Augenblick gegenüber, das kleine Ding unsicher, Elaine entspannt. Dann sprach das kleine Tiermädchen.
»Frag sie«, sagte es, und es war ein Befehl.
Elaine war überrascht. Seit wann gaben Tiermenschen Befehle?
»Frag sie!« wiederholte das kleine Ding. Es zeigte auf ein Fenster, über dem das Wort REISEAUSKUNFT stand. Dann rannte das Mädchen davon. Ein blaues Flattern von ihrem Kleid, ein weißes Aufblitzen von ihren Sandalen, und sie war verschwunden.
Elaine stand reglos und verwirrt in der verlorenen, menschenleeren Stadt.
Das Fenster sprach sie an. »Kommen Sie ruhig näher. Sie würden es nachher doch tun.«
Es war die weise, reife Stimme einer erfahrenen Frau – eine Stimme, an deren phonetischem Rand ein leises, glucksendes Lachen mitschwang, mit einem Unterton von Sympathie und Enthusiasmus. Die Aufforderung war nicht bloß eine Aufforderung. Sie war von Anfang an ein heiterer, intimer Scherz unter zwei weisen Frauen.
Elaine wunderte sich nicht, daß eine Maschine zu ihr sprach. Fast alles, was sie wußte, hatte sie aus Tonkonserven erfahren. Aber sie durchschaute die Situation nicht ganz.
»Ist da jemand?« fragte sie.
»Ja und nein«, sagte die Stimme. »Ich bin die ›Reiseauskunft‹ und ich helfe jedem, der hier durchkommt. Sie haben sich verirrt, sonst wären sie nicht hier. Legen Sie Ihre Hand in mein Fenster.«
»Ich wollte eigentlich wissen«, sagte Elaine, »sind Sie ein Mensch, oder sind Sie eine Maschine?«
»Wie man's nimmt«, sagte die Stimme. »Ich bin eine Maschine, aber ich war einmal ein Mensch, vor sehr langer Zeit. Sogar eine Lady, eine von der Instrumentalität. Aber als meine Zeit gekommen war, sagten sie zu mir: ›Hätten Sie etwas dagegen, wenn wir einen maschinellen Abdruck von Ihrer ganzen Persönlichkeit anfertigen? Das wäre für die Informations-

stände eine große Hilfe.‹ Ich willigte natürlich ein, und sie machten diese Kopie, und ich starb, und sie schossen meinen Körper mit den üblichen Ehren in den Weltraum. Da hatte ich es. Ein ziemlich komisches Gefühl war das, in dem Ding hier zu sitzen, aber ich sah aus dem Fenster und sprach mit den Leuten und gab ihnen gute Ratschläge und hatte immer zu tun, bis sie die neue Stadt bauten. Also, was würden Sie sagen? Bin ich ich oder bin ich es nicht?«

»Ich weiß es nicht, Madame.« Elaine trat einen Schritt zurück.

Die warme Stimme verlor ihren humorvollen Unterton und wurde herrisch. »Dann geben Sie mir jetzt ihre Hand, damit ich Sie identifizieren und Ihnen sagen kann, was Sie tun sollen.«

»Ich glaube, ich werde einfach wieder die Treppen hinaufsteigen und durch die Tür in die obere Stadt zurückkehren.«

»Und mich«, sagte die Stimme in dem Fenster, »um mein erstes Gespräch mit einem richtigen Menschen seit vier Jahren bringen?« Die Stimme klang immer noch ein bißchen herrisch, aber es lagen auch Wärme und Humor in ihr; und auch Einsamkeit. Die Einsamkeit gab bei Elaine den Ausschlag. Sie trat an das Fenster und legte ihre Hand flach auf den Sims.

»Du bist Elaine«, rief das Fenster aus. »Du bist *Elaine!* Die Welten warten auf dich. Du bist aus An-Fang, wo alle Dinge beginnen, vom Friedensplatz in An-Fang, auf der guten alten Erde!«

»Ja«, sagte Elaine.

Die Stimme überschlug sich fast vor Begeisterung. »Er wartet auf dich. Oh, er hat lange, so lange auf dich gewartet. Und das kleine Mädchen, das du getroffen hast. *Das war keine andere als H'jeanne.* Die Geschichte hat begonnen. ›Das große Zeitalter der Welt beginnt von neuem‹. Und wenn es zu Ende ist, kann ich sterben. Ach, entschuldige, Liebes. Ich wollte dich nicht verwirren. Ich bin die Lady Panc Ashash. Du bist Elaine. Deine Nummer endete ursprünglich auf 783, und du dürftest eigentlich gar nicht auf diesem Planeten sein. Alle wichtigen Leute enden auf 5 oder 6. Du bist Laientherapeutin, und du bist am falschen Ort, aber dein Geliebter ist schon unterwegs, und du hast noch nie geliebt, und es ist alles furchtbar aufregend.«

Elaine blickte sich rasch um. Die alte untere Stadt verlor mit dem fortschreitenden Sonnenuntergang immer mehr ihren roten und goldenen Glanz. Die Treppen hinter ihr kamen ihr schrecklich hoch vor, als sie sich umschaute, und die Tür winzig klein. Womöglich war sie hinter ihr ins Schloß gefallen. Womöglich konnte sie die alte untere Stadt nie mehr verlassen.

Das Fenster mußte sie irgendwie beobachtet haben, denn die Stimme der Lady Panc Ashash wurde zärtlich.

»Setz dich, mein Liebes«, sagte die Stimme aus dem Fenster. »Als ich noch ich selbst war, war ich viel höflicher. Seit langer, langer Zeit bin ich nicht mehr ich selbst. Ich bin eine Maschine, aber ich fühle mich noch immer wie ich selbst. Setz dich, und verzeih mir, bitte.«

Elaine blickte sich um. Hinter ihr stand eine Marmorbank am Straßenrand. Folgsam setzte sie sich darauf. Das Glücksgefühl, das sie erfüllt hatte, als sie auf der obersten Stufe gestanden hatte, lebte wieder auf. Wenn diese weise alte Maschine soviel von ihr wußte, dann konnte sie ihr vielleicht auch sagen, was sie tun sollte. Was meinte die Stimme mit »falscher Planet«? und was mit »Geliebter«? Und was mit »er kommt dich jetzt holen« – oder hatte die Stimme sich anders ausgedrückt?

»Verschnauf dich ein wenig, Liebes«, sagte die Stimme der Lady Panc Ashash. Sie war vielleicht schon seit Hunderttausenden von Jahren tot, aber sie sprach immer noch mit der Autorität und Freundlichkeit einer großen Lady.

Elaine atmete tief ein. Sie sah eine riesige rote Wolke, dick wie ein schwangerer Wal, die drauf und dran war, an den Rand der oberen Stadt anzustoßen, hoch über ihr und weit draußen über dem Meer. Sie fragte sich, ob Wolken wohl Gefühle hätten.

Die Stimme sprach wieder. Was hatte sie gesagt? Offenbar wiederholte sie ihre Frage. »Hast du gewußt, daß du kommen würdest?« fragte die Stimme aus dem Fenster.

»Natürlich nicht«, sagte Elaine achselzuckend. »Da war nur diese Tür, und ich hatte gerade nichts zu tun, also machte ich sie auf. Und da war eine ganze neue Welt im Innern eines Hauses. Sie sah sonderbar aus und recht hübsch. Deshalb bin ich heruntergekommen. Hätten Sie nicht dasselbe getan?«

»Ich weiß nicht«, sagte die Stimme aufrichtig. »Ich bin ja eine Maschine. Seit undenklichen Zeiten bin ich nicht mehr ich selbst. Vielleicht hätte ich es genauso gemacht, wenn ich noch am Leben wäre. Ich weiß das nicht, aber sonst weiß ich sehr viel. Vielleicht kann ich in die Zukunft sehen, oder vielleicht errechnet der maschinelle Teil meiner selbst so gute Wahrscheinlichkeiten, daß es mir so scheint. Ich weiß, wer du bist und was dir geschehen wird. Du solltest jetzt dein Haar kämmen.«

»Wofür denn?« fragte Elaine.

»Er kommt«, sagte die glückliche alte Stimme der Lady Panc Ashash.

»*Wer* kommt?« erkundigte sich Elaine fast gereizt.

»Hast du einen Spiegel? Ich wollte, du würdest dir einmal dein Haar ansehen. Nicht, daß es nicht auch so hübsch wäre, aber es könnte noch hübscher sein. Du willst doch sicher schön sein, so schön wie möglich. Wer kommt, willst du wissen. Dein Geliebter natürlich.«

»Ich habe keinen Geliebten«, sagte Elaine. »Man hat mir noch keinen genehmigt, erst muß ich einen Teil meines Lebenswerks vollbracht haben, und ich habe mein Lebenswerk noch nicht einmal gefunden. Ich bin nicht so ein Mädchen, das den Unterbeamten um die Dreamies bitten würde, solange es einen Anspruch auf das echte Erlebnis hat. Ich bin vielleicht keine wichtige Persönlichkeit, aber ich weiß, was ich

mir schuldig bin.« Elaine wurde so ärgerlich, daß sie sich auf der Bank herumdrehte und dem Fenster, dem nichts zu entgehen schien, den Rücken kehrte. Bei den nächsten Worten bekam sie eine Gänsehaut an den Armen, mit so tiefem Ernst, so entwaffnender Aufrichtigkeit wurden sie gesprochen. »*Elaine, Elaine, hast du wirklich keine Ahnung, wer du bist?*«
Elaine schwang wieder herum und schaute in das Fenster. Ihr Gesicht wurde von den Strahlen der untergehenden Sonne rot beleuchtet. Es hatte ihr fast die Sprache verschlagen.
»Ich weiß nicht, was Sie meinen ...«
Die Stimme sprach unerbittlich weiter. »Denk nach, Elaine, denk nach. Sagt dir der Name ›H'jeanne‹ gar nichts?«
»Ich nehme an, sie ist ein Untermensch, ein Hund. Das bedeutet doch das H, nicht?«
»Das war das kleine Mädchen, das du getroffen hast«, sagte die Lady Panc Ashash, als sei das wunder wie wichtig.
»Ja«, sagte Elaine pflichtschuldig. Sie war eine höfliche Frau und stritt sich nie mit Fremden.
»Warte einen Augenblick«, sagte die Lady Panc Ashash. »Ich will doch meinen Körper hervorholen. Der Himmel weiß, wann ich ihn zum letzten Mal getragen habe, aber so wirst du dich nicht mehr ganz so unbehaglich mit mir fühlen. Entschuldige meinen Aufzug, es sind alte Klamotten, aber ich denke, der Körper wird noch einwandfrei funktionieren. Das ist der Anfang der Geschichte von H'jeanne, und ich möchte, daß dein Haar gekämmt ist, selbst wenn ich es eigenhändig kämmen müßte. Bleib, wo du bist, Mädchen, und warte einen Moment. Es dauert nur eine Minute.«
Die Wolken verfärbten sich von Dunkelrot nach Leberschwarz. Was konnte Elaine tun? Sie blieb auf der Bank sitzen. Sie fuhr ein bißchen zusammen, als die altmodischen Straßenlampen der unteren Stadt mit scharfer geometrischer Plötzlichkeit angingen; sie gaben kein so weiches, stufenlos regulierbares

Licht wie die neueren Lampen in der oberen Stadt, wo der Tag ohne jähen Farbwechsel sacht in die gleißend helle Nacht überging.
Die Tür neben dem kleinen Fenster ging quietschend auf. Alter Kunststoff rieselte auf das Trottoir.
Elaine war fassungslos.
Elaine dachte, daß sie sich unbewußt ein Monster ausgemalt hatte, aber statt dessen stand nun eine charmante Frau vor ihr, etwa von ihrer Größe und angetan mit gespenstisch altmodischen Kleidern. Die sonderbare Frau hatte glänzend schwarzes Haar, und Elaine konnte keine Anzeichen für eine in letzter Zeit geheilte oder noch bestehende Krankheit entdecken, kein Anzeichen für schwere Verletzungen in der Vergangenheit, keine Beeinträchtigung von Gehör, Gesicht oder Beweglichkeit. (Geruchs- und Geschmackssinn konnte sie vorerst nicht prüfen, aber das war die medizinische Beurteilung, für die sie von Geburt an befähigt war – eine Prüfung, der sie bis jetzt jeden Erwachsenen unterzogen hatte, den sie getroffen hatte. Sie war als »Laientherapeut, weiblich« programmiert, und sie war eine gute Therapeutin, auch wenn es niemanden gab, den sie hätte behandeln können.)
Der Körper war wirklich luxuriös. Er mußte ein Vermögen gekostet haben, bestimmt soviel wie die Landegebühren für vierzig oder fünfzig Planetenfälle. Die menschliche Gestalt war perfekt nachgebildet. Der Mund hatte richtige Zähne; die Worte wurden von Kehlkopf, Gaumen, Zunge, Zähnen und Lippen geformt und kamen nicht etwa aus einem im Kopf installierten Kleinlautsprecher. Der Körper war wirklich ein Museumsstück. Wahrscheinlich war er eine genaue Kopie der Lady Panc Ashash, wie sie zu ihren Lebzeiten ausgesehen hatte. Als das Gesicht lächelte, war der Eindruck ungemein gewinnend. Die Lady trug das Kostüm eines verschollenen Zeitalters – ein prunkvolles Kleid aus schwerem blauem Material, dessen Saum, Taille und Ausschnitt mit einem rechteckigen Goldmuster bestickt waren. Ihr Haar

war hochgekämmt und mit juwelenbesetzten Kämmen aufgesteckt. Es wirkte völlig naturgetreu, nur war es an einer Seite leicht angestaubt.
Der Roboter lächelte: »Ich bin aus der Mode. Es ist ja schon so lange her, daß ich noch ich selbst war. Aber ich dachte, mein Liebes, daß du dich lieber mit diesem Körper unterhalten würdest als mit dem Fenster dort drüben ...«
Elaine nickte stumm.
»Du weißt, daß das nicht ich bin?« fragte der Körper scharf.
Elaine schüttelte den Kopf. Sie wußte es nicht; sie hatte das Gefühl, überhaupt nichts mehr zu wissen.
Die Lady Panc Ashash sah sie ernst an. »Das bin nicht ich. Das ist ein Roboterkörper. Du hast ihn angesehen wie einen echten Menschen. Und ich bin auch nicht ich selbst. Es tut manchmal weh. Wußtest du, daß eine Maschine Schmerzen empfinden kann? Ich kann es. Aber – ich bin nicht *ich*.«
»Wer sind Sie?« fragte Elaine die hübsche alte Frau.
»Bevor ich starb, war ich die Lady Panc Ashash, das habe ich dir ja schon gesagt. Jetzt bin ich eine Maschine und ein Teil deines Schicksals. Wir werden einander helfen, das Schicksal der Welten zu verändern und vielleicht sogar die Menschheit zur Menschlichkeit zurückbringen.«
Elaine sah sie in ratloser Verwirrung an. Das war kein gewöhnlicher Roboter. Er wirkte wie ein echter Mensch und sprach mit soviel Wärme und Autorität. Und dieses Ding, was immer es war, dieses Ding schien viel über sie zu wissen. Niemand hatte sich bisher um sie geschert. Die Pflegemütter im Kinderhaus auf der Erde hatten gesagt, »wieder so ein Hexenkind, und auch noch hübsch, die machen nicht viel Ärger«, und hatten ihr Leben vorübergehen lassen.
Endlich konnte Elaine in das Gesicht schauen, das eigentlich kein Gesicht war. Der Charme, die Ausdrucksfähigkeit waren ihm geblieben.
»Was – was«, stammelte Elaine, »soll ich jetzt tun?«
»Nichts«, erwiderte die längst verstorbene Lady Panc

Ashash, »du brauchst dich nur deinem Schicksal zu stellen.«
»Meinem Geliebten, meinen Sie?«
»Nicht so ungeduldig!« lachte die Kopie der toten Frau auf sehr menschliche Art. »Wer wird es denn so eilig haben. Erst der Geliebte, dann das Schicksal. Aber ich war als Mädchen genauso.«
»Aber was soll ich tun?« beharrte Elaine.
Über ihnen war es jetzt vollständig Nacht geworden. Die Straßenlampen warfen ihr grelles Licht auf die leeren, ungekehrten Straßen. Ein paar Türen, keine einzige weniger als eine volle Straßenbreite entfernt, bildeten Rechtecke aus Licht oder Schatten – Licht, wenn sie so weit von der nächsten Straßenlampe weg waren, daß ihr eigenes Licht von innen sie erhellte, Schatten, wenn sie so dicht unter einer der großen Lampen waren, daß sie aus der gleißenden Helligkeit ausgespart blieben.
»Geh durch diese Tür«, sagte die nette alte Frau.
Aber sie zeigte auf das gleichförmige Weiß einer kahlen Wand. Es war überhaupt keine Tür in dem Haus.
»Aber da ist keine Tür«, sagte Elaine.
»Wenn da eine Tür wäre«, sagte die Lady Panc Ashash, »würdest du mich nicht brauchen, um zu erfahren, daß du hineingehen sollst. Du brauchst mich aber.«
»Warum?« wollte Elaine wissen.
»Weil ich jahrhundertelang auf dich gewartet habe, darum.«
»Das ist keine Antwort!« hauchte Elaine.
»Es ist doch eine Antwort«, lächelte die Frau, und ihre Unerschütterlichkeit wirkte gar nicht roboterhaft. Es war die Freundlichkeit und Nachsicht eines reifen Menschen. Sie sah Elaine in die Augen und sagte mit sanftem Nachdruck: »Ich weiß es, weil ich es weiß. Nicht weil ich ein toter Mensch bin – das zählt nicht mehr –, sondern weil ich schon eine sehr alte Maschine bin. Du wirst in den Braunen und Gelben Korridor gehen und an deinen Geliebten denken,

und du wirst deine Arbeit tun, und die Menschen werden dich jagen. Aber am Schluß wirst du glücklich herauskommen. Hast du das verstanden?«

»Nein«, sagte Elaine. Aber sie streckte der lieben alten Frau ihre Hand hin. Die Lady nahm Elaines Hand. Ihre Hand fühlte sich warm und sehr menschlich an.

»Du brauchst es auch nicht zu verstehen. Du mußt es nur tun. Und ich weiß, du wirst es tun. Da du also ohnehin gehen wirst, geh.«

Elaine wollte sie anlächeln, aber sie war beunruhigt, auf bewußtere Weise beunruhigt als je zuvor in ihrem Leben. Endlich, nach all den Jahren, geschah etwas Wirkliches mit ihr, mit ihrem eigenen, individuellen Selbst. »Wie komme ich durch die Tür?«

»Ich öffne sie dir«, lächelte die Lady und ließ Elaines Hand los, »und du wirst deinen Geliebten erkennen, wenn er dir das Gedicht singt.«

»Was für ein Gedicht?« fragte Elaine, um Zeit zu gewinnen, denn sie hatte Angst vor der Tür, die es gar nicht gab.

»Es beginnt ›Ich kannte und liebte und verlor dich, in Kalma . . .‹ Du wirst es erkennen. Geh nur hinein. Anfangs wird es unangenehm sein, aber wenn du den Jäger triffst, wird alles anders aussehen.

»Waren Sie selbst schon einmal dort drinnen?«

»Natürlich nicht«, sagte die liebe alte Lady. »Ich bin eine Maschine. Der ganze Ort ist gedankensicher. Niemand kann in ihn hinein oder aus ihm heraus sehen, hören, denken oder sprechen. Es ist ein Zufluchtsort aus der Zeit der alten Kriege, als schon das leiseste Anzeichen eines Gedankens zur Vernichtung des ganzen Ortes geführt hätte. Das war der Grund, weshalb der Lord Englok ihn baute, lange vor meiner Zeit. Aber du kannst hineingehen. Und du wirst hineingehen. Hier ist die Tür.«

Die alte Roboter-Lady wollte nicht länger warten. Sie sah Elaine mit einem sonderbaren, freundlichen, gezwungenen Lächeln an, halb stolz und halb entschuldigend. Sie nahm Elaine am Arm, ihre Finger schlos-

sen sich mit sanfter Gewalt um Elaines linken Ellenbogen. Sie gingen die paar Schritte bis zu der Mauer.
»Hier hinein«, sagte die Lady Panc Ashash und gab Elaine einen Stoß.
Elaine zuckte zusammen, als sie die Wand auf sich zukommen sah. Ehe sie wußte, wie ihr geschah, war sie hindurch. Gerüche drangen auf sie ein wie Schlachtenlärm. Die Luft war heiß. Das Licht war schwach. Es sah aus wie ein Bild vom Planeten der Schmerzen, der irgendwo im Weltraum verborgen ist. Dichter versuchten später, Elaine an der Tür mit einem Gedicht zu beschreiben, dessen erste Strophe wie folgt lautete:

Es gab Braune und Blaue
Und Weiße und Weißere,
  In der verborgenen, verbotenen
  Unterwelt Clowntown.
Gräßliche Gestalten mußte sie schaun
In dem Korridor gelb und braun.

Die Wahrheit war viel einfacher.
Ausgebildete Hexe, geborene Hexe, die sie war, erfaßte sie die Wahrheit auf den ersten Blick. All diese Menschen, zumindest alle, die sie sah, waren krank. Sie brauchten Hilfe. Sie brauchten sie.
Aber sie war wieder die Betrogene, denn sie konnte keinem einzigen von ihnen helfen. Nicht einer von ihnen war ein richtiger Mensch. Es waren Tiere in Menschengestalt. Untermenschen. Abschaum.
Und sie war durch und durch konditioniert, *ihnen* zu helfen.
Sie wußte nicht, warum die Muskeln ihrer Beine sie vorwärts gehen ließen, aber sie taten es.
Es gibt viele Bilder von dieser Szene.
Die Lady Panc Ashash, mit der sie vor wenigen Augenblicken noch gesprochen hatte, schien bereits in die ferne Vergangenheit entrückt. Und die Stadt Kalma selbst, die neue Stadt, zehn Stockwerke über ihr, schien es nie gegeben zu haben. Das hier, das

war real.
Sie starrte die Untermenschen an.
Und diesmal, zum erstenmal in ihrem Leben, starrten die Untermenschen auch sie an. So etwas hatte sie noch nicht erlebt.
Sie hatte keine Angst vor ihnen, sie war nur überrascht. Die Angst, das spürte Elaine, würde später kommen. Vielleicht schon bald, doch nicht hier, nicht jetzt.

4

Ein Wesen, das aussah wie eine Frau mittleren Alters, trat dicht vor sie hin und fauchte sie an.
»Bist du der Tod?«
Elaine sah sie verständnislos an. »Der Tod? Was meinst du damit? Ich bin Elaine.«
»Verdammt sollst du sein!« sagte die Tierfrau. »Bist du der Tod?«
Elaine kannte das Wort »verdammt« nicht, aber sie war ziemlich sicher, daß »Tod« auch für diese Kreaturen einfach »Ende des Lebens« bedeutete.
»Natürlich nicht«, sagte Elaine. »Ich bin nur ein Mensch. Eine Hexe würden normale Menschen mich nennen. Wir haben nichts mit euch Untermenschen zu tun. Ganz und gar nichts.« Elaine sah, daß die Tierfrau ihr weiches braunes schmuddeliges Haar zu einer riesigen Frisur aufgetürmt trug, daß sie ein von Schweiß gerötetes Gesicht und krumme Zähne hatte, die entblößt wurden, wenn sie grinste.
»Das sagen sie alle. Sie wissen nie, daß sie der Tod sind. Wie meinst du, daß wir sterben, wenn nicht dadurch, daß deine Leute mit Krankheiten verseuchte Roboter zu uns schicken? Wir sterben alle dahin wie die Fliegen, wenn ihr das tut, und später finden dann andere Untermenschen den Weg hierher und suchen hier Zuflucht und leben ein paar Generationen hier, bis die Todesmaschinen, Dinger wie du, über die Stadt herfallen und sie wieder totmachen. Das hier ist Clowntown, die Stadt der Untermenschen. Hast

du nie davon gehört?«
Elaine wollte an der Tierfrau vorbeigehen, aber sie spürte, wie sie am Arm gepackt wurde. So etwas hatte es noch nicht gegeben, seit die Welt bestand – ein Untermensch, der einen echten Menschen anfaßte!
»Laß mich los!« schrie sie.
Die Tierfrau ließ ihren Arm los und wandte sich zu den anderen um. Ihre Stimme klang jetzt anders. Sie war nicht mehr schrill und aufgeregt, sondern leise und verwundert. »Ich kann es nicht feststellen. Vielleicht ist sie wirklich ein echter Mensch. Ist das nicht ein Witz? Hier unten gefangen, mit uns zusammen. Aber vielleicht ist sie doch der Tod. Ich weiß es nicht. Was meinst du, Charley-ist-mein-Darling?«
Der Mann, den sie angeredet hatte, trat vor. In einer anderen Zeit, dachte Elaine, an einem anderen Ort, hätte dieser Untermensch als attraktiver Mann gelten können. Sein Gesicht wirkte intelligent und wach. Er sah Elaine direkt an, als hätte er sie nie zuvor gesehen, was ja auch der Fall war, aber sein unverwandter Blick war so scharf, so sonderbar, daß ihr unbehaglich wurde. Seine Stimme – als er dann sprach – war frisch, hoch, klar, freundlich; an diesem tragischen Ort war sie die Karrikatur einer Stimme, als sei das Tier nach den Gewohnheiten eines Menschen für die Sprache programmiert worden, eines Menschen, dessen Beruf es ist, die anderen zu überreden, ihnen Dinge zu erzählen, die weder gut noch wichtig, sondern nur gerissen waren. Die Schönheit selbst war Mißgestalt. Elaine fragte sich, ob er von Ziegen abstammte.
»Willkommen, junge Frau«, sagte Charley-ist-mein-Darling. »Jetzt sind Sie hier, aber wie wollen Sie hier wieder herauskommen? Wenn wir ihr den Kopf umdrehen würden, Mabel«, sagte er zu der Tierfrau, die als erste Elaine angesprochen hatte, »wenn wir ihn acht- oder zehnmal umdrehen würden, wäre er ab. Dann könnten wir noch ein paar Wochen oder Monate länger leben, bevor unsere Herren und Schöp-

fer uns fänden und uns alle umbrächten. Was meinen Sie, junge Frau? Sollen wir Sie töten?«

»Töten? Du meinst, meinem Leben ein Ende setzen? Das könnt ihr nicht. Das ist gegen das Gesetz. Nicht einmal die Instrumentalität ist ohne Gerichtsverfahren dazu berechtigt. Ihr könnt das nicht tun. Ihr seid bloß Untermenschen.«

»Aber wir werden sterben«, sagte Charley-ist-ein-Darling und ließ sein rasches, intelligentes Lächeln aufblitzen, »sobald Sie zu dieser Tür hinausgehen. Die Polizei wird in Ihren Gedanken vom Braunen und Gelben Korridor lesen und uns in Gift ertränken oder Krankheit hereinsprühen, so daß wir und unsere Kinder sterben müssen.«

Elaine starrte ihn an.

Der leidenschaftliche Zorn konnte weder sein Lächeln noch den verbindlichen Klang seiner Stimme beeinträchtigen, aber die Muskeln seiner Augenhöhlen und seiner Stirn verrieten die unheimliche Spannung. Das Ergebnis war ein Ausdruck, den Elaine nie zuvor gesehen hatte, eine Art Selbstbeherrschung, die über die Grenzen des Wahnsinns hinausreichte.

Er hielt ihrem Blick stand.

Sie hatte nicht wirklich Angst vor ihm. Untermenschen konnten echten Menschen nicht den Kopf abdrehen; das war gegen jede Vorschrift.

Ein Gedanke schoß ihr durch den Kopf. Vielleicht galten die Vorschriften nicht an einem solchen Ort, wo illegale Tiere ständig auf einen plötzlichen Tod warteten. Das Wesen, dem sie gegenüberstand, war stark genug, ihren Kopf zehnmal umzudrehen, rechts oder links herum. Aufgrund ihrer Anatomie-Ausbildung war sie ziemlich sicher, daß ihr Kopf irgendwann im Verlauf einer solchen Behandlung herunterkommen würde. Sie musterte ihn interessiert. Gegen Angst vom animalischen Typ war sie konditioniert worden, aber sie hatte, so stellte sie fest, eine ausgeprochene Abneigung dagegen, ihr Leben unter auffälligen Umständen zu beenden. Vielleicht würde ihre »Hexen«-Ausbildung ihr helfen. Sie beschloß, so zu tun, als sei sie wirklich ein Mensch. Die Diagnose »Hypertension, chronische Aggressivität, jetzt frustriert, als Ursache für Überreizung und Neurose: schlechter Ernährungszustand: Hormonstörung wahrscheinlich« kam ihr plötzlich in den Sinn.

Sie versuchte, mit einer neuen Stimme zu sprechen. »Ich bin kleiner als du«, sagte sie, »und du kannst mich genausogut erst später ›töten‹. Wir können uns genausogut erst miteinander bekannt machen. Ich bin Elaine, hierher geschickt von der Erde, der Heimat der Menschen.«

Die Wirkung ihrer Worte war unbeschreiblich.

Charley-ist-mein-Darling wich zurück. Mabel blieb der Mund offen. Die anderen starrten sie fassungslos an. Einer oder zwei, die sich schneller wieder gefaßt hatten als die übrigen, begannen mit ihren Nachbarn zu tuscheln.

Schließlich hatte Charley-ist-mein-Darling seine Sprachc wiedergefunden. »Willkommen, Lady. Darf ich dich Lady nennen? Wahrscheinlich nicht. Willkommen, Elaine. Wir sind dein Volk. Wir werden alles tun, was du befiehlst. Natürlich kamst du herein. Die Lady Panc Ashash hat dich geschickt. Sie hat uns seit hundert Jahren erzählt, einmal werde jemand von der Erde kommen, ein echter Mensch mit einem Tiernamen, nicht einer Nummer, und wir würden ein Kind namens H'jeanne haben, das bereit sein werde, die Fäden des Schicksals aufzunehmen. Bitte, bitte, setz dich. Möchtest du etwas Wasser trinken? Leider haben wir kein sauberes Gefäß hier. Wir sind hier alles Untermenschen, und wir haben alles hier schon gebraucht, so daß es für echte Menschen verseucht ist.« Er hatte einen Einfall. »Baby-Baby, hast du eine neue Tasse im Brennofen?« Offenbar sah er jemanden nicken, denn er sprach gleich weiter. »Dann hol sie für unseren Gast heraus, mit der Zange. Einer neuen Zange. Faß sie nicht an. Mach sie voll Wasser, vom obersten Teil des kleinen Wasser-

falls. Auf die Art kommt unser Gast zu einer unverseuchten Tasse Wasser, einem reinen Trunk.« Er strahlte vor Gastfreundschaft, und das wirkte so lächerlich, wie es aufrichtig gemeint war.
Elaine brachte es nicht über sich, ihm zu sagen, daß sie kein Wasser trinken wollte.
Sie wartete. Die anderen warteten.
Mittlerweile hatten ihre Augen sich an die Dunkelheit gewöhnt. Sie konnte jetzt erkennen, daß der Hauptkorridor in einem verblichenen Gelb und einem kontrastierenden, fleckigen Hellbraun ausgemalt war. Sie fragte sich, welcher Mensch wohl eine so häßliche Zusammenstellung ausgewählt haben konnte. Offenbar gab es auch Seitengänge, denn weiter unten sah sie erleuchtete Mauerbögen, aus denen Leute rasch herausgelaufen kamen. Niemand kann mit raschen Schritten und natürlichem Gang aus einer bloßen Nische herauskommen; deshalb war sie ziemlich sicher, daß die Bogengänge irgendwohin führen mußten.
Auch die Untermenschen konnte sie sehen. Sie sahen echten Menschen weitgehend ähnlich. Hie und da sah sie ein Individuum, das sich zur Tiergestalt zurückentwickelt hatte – ein Pferdemensch, dessen Schnauze sich zu der ursprünglichen Form zurückgebildet hatte, eine Rattenfrau mit durchaus menschlichen Zügen, bis auf nylonartige Schnurrhaare, die zwanzig Zentimeter lang waren und seitlich abstanden, etwa zwölf oder vierzehn Stück auf jeder Seite ihres Gesichts. Eine sah wirklich ganz menschlich aus – eine schöne junge Frau, die auf einer Bank etwa acht oder zehn Meter weiter hinten in dem Korridor saß und weder die Menge, Mabel und Charley-ist-mein-Darling noch Elaine selbst beachtete.
»Wer ist das?« erkundigte sich Elaine und zeigte mit einer Hebung des Kopfes auf die schöne junge Frau.
Mabel, von der die Spannung, unter der sie gestanden hatte, als sie Elaine gefragt hatte, ob sie der »Tod« sei, ganz abgefallen war, plapperte mit einer Vertraulichkeit drauflos, die in dieser Umgebung

reichlich deplaziert wirkte. »Das ist Crawlie.«
»Was macht sie?« fragte Elaine.
»Sie hat ihren Stolz«, sagte Mabel. Ihr groteskes rotes Gesicht glühte jetzt vor Begeisterung, und ihr Mund versprühte beim Sprechen Speichel.
»Aber *tut* sie denn nichts?« fragte Elaine.
Charley-ist-mein-Darling mischte sich ein. »Hier hat niemand etwas zu tun, Lady Elaine.«
»Es ist ungesetzlich, mich mit ›Lady‹ anzureden«, wies Elaine ihn zurecht.
»Es tut mir leid, menschliches Wesen Elaine. Also hier hat wirklich niemand etwas zu tun. Wir alle, die ganze Gesellschaft, sind völlig illegal. Dieser Korridor ist ein Gedankenschutzraum, es können also keine Gedanken herein oder hinaus. Warte mal! Sieh an die Decke ... Jetzt!«
Ein rotes Glühen lief über die Decke und verschwand wieder.
»Die Decke glüht«, sagte Charley-ist-mein-Darling, »jedesmal wenn gegen sie *gedacht* wird. Der ganze Tunnel ist draußen als ›Abwassertank, organische Abfälle‹ registriert, so daß die schwachen Anzeichen für Leben, die vielleicht nach außen dringen, nicht als ganz unerklärlich gelten. Die Menschen haben ihn für ihre eigenen Zwecke gebaut, vor einer Million Jahren.«
»Vor einer Million Jahren waren die Menschen noch gar nicht auf Fomalhaut III«, fuhr Elaine ihn an. Wieso, fragte sie sich, fahre ich ihn so an? Er war kein Mensch, nur ein sprechendes Tier, das aus Versehen nicht in die nächstbeste Verbrennungsanlage gebracht worden war.
»Tut mir leid, Elaine«, sagte Charley-ist-mein-Darling, »ich hätte es dir schon längst sagen sollen. Wir Untermenschen haben kaum Gelegenheit, richtig Geschichte zu lernen. Aber wir benutzen diesen Korridor. Irgend jemand mit einem makabren Sinn für Humor hat diesen Ort Clowntown genannt. Wir leben hier zehn oder zwanzig oder hundert Jahre, und dann entdecken uns Menschen oder Roboter und

töten uns allesamt. Das ist der Grund, warum Mabel so außer sich war. Sie dachte, der Tod sei diesmal in deiner Gestalt gekommen. Aber du bist ja nicht der Tod. Du bist *Elaine*. Das ist wundervoll, einfach wundervoll.« Sein pfiffiges, überschlaues Gesicht strahlte vor durchsichtiger Aufrichtigkeit. Es mußte ein ziemlicher Schock für ihn sein, aufrichtig zu sein.

»Du wolltest mir sagen, wofür das Untermädchen da ist«, sagte Elaine.

»Das ist Crawlie«, sagte er. »Sie tut überhaupt nichts. Eigentlich hat niemand von uns etwas zu tun. Wir sind sowieso alle verdammt. Sie ist ein bißchen ehrlicher als wir übrigen. Sie weist uns in unsere Schranken. Sie macht, daß wir uns alle minderwertig vorkommen. Wir glauben, daß sie ein wertvolles Mitglied der Gruppe ist. Wir haben alle unseren Stolz, was ohnehin hoffnungslos ist, aber Crawlie behält ihren Stolz ganz bei sich, ohne jemals etwas dagegen zu tun. Sie erinnert uns irgendwie. Wenn wir sie in Frieden lassen, läßt sie uns auch in Frieden.«

Komische Wesen seid ihr, dachte Elaine, ihr seid den Menschen so ähnlich, aber dabei so unbeholfen, als müßtet ihr alle »sterben«, bevor ihr wirklich gelernt habt, was es heißt, lebendig zu sein. Laut konnte sie nur sagen: »Ich habe noch nie so jemanden gekannt.«

Crawlie mußte gespürt haben, daß sie über sie sprachen, denn sie warf Elaine einen kurzen, raschen Blick zu, der von tödlichem Haß erfüllt war. Crawlies hübsches Gesicht erstarrte in einem Ausdruck konzentrierter Feindseligkeit und Verachtung; dann begannen ihre Augen zu wandern, und Elaine fühlte, daß sie, Elaine, für die Tierfrau nicht mehr existierte, außer als Verweis, der erteilt und vergessen worden war. Nie hatte sie ein so in sich selbst verschlossenes Wesen wie Crawlie gesehen. Und doch war dieses Wesen, woraus es auch immer gemacht sein mochte, nach menschlichen Begriffen unerhört liebreizend.

Eine wüste alte Vettel, deren Körper mit mausgrauem Fell bedeckt war, kam angerannt und blieb

vor Elaine stehen. Die Mausfrau war die Baby-Baby, die nach dem Wasser geschickt worden war. Sie hielt Elaine mit einer langen Zange eine Tasse hin. Darin war Wasser.
Elaine nahm die Tasse.
Sechzig oder siebzig Untermenschen, darunter das kleine Mädchen mit dem blauen Kleid, das sie draußen gesehen hatte, sahen zu, wie sie die Tasse an die Lippen setzte. Das Wasser war gut. Sie trank es aus. Als sie die Tasse absetzte, atmeten alle hörbar aus, als hätten sie nur auf diesen Moment gewartet. Elaine wollte die Tasse wegstellen, aber die Mausfrau war schneller. Mit der Zange nahm sie ihr die Tasse aus der Hand, damit sie nicht durch die Berührung eines Untermenschen verseucht wurde.
»So ist's recht, Baby-Baby«, sagte Charlie-ist-mein-Darling, »jetzt können wir sprechen. Es ist bei uns der Brauch, mit einem Neuankömmling nicht zu sprechen, bevor wir ihm nicht den Begrüßungstrunk gereicht haben. Laß mich offen sein. Wir werden dich womöglich töten müssen, wenn diese ganze Geschichte sich als ein Fehler herausstellt, aber laß mich dir versichern, daß ich, falls ich dich wirklich töten muß, es auf eine nette Art und ohne die geringste Bosheit tun werde. In Ordnung?«
Elaine wußte nicht, was daran in Ordnung sein sollte, und sagte das auch. Sie stellte sich vor, wie ihr der Kopf abgedreht wurde. Abgesehen von dem Schmerz und der Erniedrigung kam ihr das auch fürchterlich unappetitlich vor – sein Leben in einem Abwasserkanal zu beenden, unter Wesen, die nicht einmal ein Recht hatten, noch auf der Welt zu sein.
Er ließ sie gar nicht zu Wort kommen, sondern erklärte weiter: »Angenommen, es wird alles gut. Angenommen, du bist wirklich die Esther-Elaine-oder-Eleanor, auf die wir alle gewartet haben – jene Frau, die etwas mit H'jeanne machen und uns allen Hilfe und Erlösung bringen wird, die uns, mit einem Wort, Leben, *echtes* Leben bringen wird –, was sollen wir dann tun?«

»Ich weiß nicht, woher du das alles hast. Warum bin ich Esther-Elaine-oder-Eleanor? Was tue ich mit H'jeanne? Warum ich?«
Charley-ist-mein-Darling sah sie an, als verstünde er ihre Fragen nicht. Mabel zog die Stirn in Falten, als fände sie keine Worte, um zu sagen, was sie meinte. Baby-Baby, die sich mit der plötzlichen Flinkheit einer Maus wieder zu den anderen gesellt hatte, schaute sich um, als erwarte sie, daß jemand aus dem Hintergrund etwas sagen werde. Sie hatte recht. Crawlie wandte ihr Gesicht Elaine zu und sagte mit unendlicher Herablassung:
»Ich wußte gar nicht, daß echte Menschen schlecht informiert oder dumm sein können. Du bist offenbar beides. Wir haben all unsere Informationen von der Lady Panc Ashash. Da sie tot ist, hat sie keine Vorurteile gegen uns Untermenschen. Da sie sonst nicht viel zu tun hat, hat sie für uns Milliarden und aber Milliarden von Wahrscheinlichkeiten errechnet. Wir wissen alle, worauf die meisten Wahrscheinlichkeiten hinauslaufen – auf plötzlichen Tod durch Krankheit oder Gas, oder vielleicht darauf, daß wir in großen Polizei-Ornithoptern in die Schlachthäuser abtransportiert werden. Aber die Lady Panc Ashash fand heraus, daß vielleicht einmal eine Person mit einem Namen wie dem deinen kommen würde, ein menschliches Wesen mit einem alten Namen und nicht einem Nummern-Namen, daß diese Person mit dem Jäger zusammentreffen würde, daß sie und der Jäger dem Unterkind H'jeanne eine Botschaft mitteilen und diese Botschaft die Welten verändern würde. Wir haben ein Kind nach dem anderen H'jeanne genannt und hundert Jahre gewartet. Jetzt tauchst du auf einmal auf. Vielleicht bist du diese eine, die gemeint ist. Du siehst mir aber nicht sehr kompetent aus. Wofür bist du gut?«
»Ich bin eine Hexe«, sagte Elaine.
Crawlie konnte ihre Überraschung nicht verbergen.
»Eine Hexe? Wirklich?«
»Ja«, sagte Elaine ziemlich kleinlaut.

»Ich möchte keine sein«, sagte Crawlie. »Ich habe meinen Stolz.« Sie wandte ihr Gesicht ab, und ihre Züge nahmen wieder den verschlossenen Ausdruck ewiger Gekränktheit und Verachtung an.
Charley-ist-mein-Darling sprach leise mit den Umstehenden, ohne darauf zu achten, ob Elaine ihn hörte oder nicht. »Das ist ja wundervoll, einfach wundervoll. Sie ist eine Hexe. Eine menschliche Hexe. Vielleicht ist der große Tag gekommen! Elaine«, sagte er demütig, »siehst du uns bitte an?«
Elaine sah sie an. Als sie sich einen Augenblick Zeit nahm, darüber nachzudenken, wo sie war, schien es ihr unglaublich, daß die leere alte untere Stadt Kalma nur ein paar Meter entfernt war, hinter dieser Wand, und die geschäftige neue Stadt ganze fünfunddreißig Meter über ihr. Dieser Korridor war eine Welt für sich. Man kam sich auch vor wie in einer anderen Welt, umgeben von den häßlichen Gelb- und Brauntönen, dem schwachen Licht der alten Lampen, dem Gestank von Mensch und Tier, der wegen der unzureichenden Lüftung unerträglich war. Baby-Baby, Crawlie, Mabel und Charley-ist-mein-Darling gehörten zu dieser Welt. Sie waren real; aber sie waren außerhalb, draußen, jedenfalls soweit es Elaine betraf.
»Laßt mich gehen«, sagte sie. »Eines Tages werde ich wiederkommen.«
Charley-ist-mein-Darling, der unverkennbar der Führer war, sprach wie in Trance: »Du verstehst nicht, Elaine. ›Gehen‹ kann für dich jetzt nur bedeuten, daß du in den Tod gehst. Es gibt nur diese eine Richtung. Wir können nicht dein altes Selbst zu dieser Tür hinausgehen lassen, nicht wenn die Lady Panc Ashash dich zu uns hereingestoßen hat. Entweder du gehst vorwärts, deinem Schicksal entgegen, unserem Schicksal entgegen, entweder du tust das, und alles wird gut, so daß du uns liebst und wir dich lieben«, fuhr er träumerisch fort, »oder ich muß dich mit meinen eigenen Händen umbringen. Auf der Stelle. In diesem Moment. Ich könnte dir vorher noch

eine Tasse klares Wasser zu trinken geben. Aber das wäre alles. Es steht dir nicht viel zur Wahl, menschliches Wesen Elaine. Was, glaubst du, würde geschehen, wenn du hinausgingest?«

»Nichts, hoffe ich«, sagte Elaine.

»Nichts!« schnaubte Mabel, und ihr Gesicht nahm wieder den ursprünglichen indignierten Ausdruck an. »Die Polizei würde in ihrem Ornithopter angeflattert kommen ...«

»Und sie würden in deinem Gehirn herumschnüffeln«, sagte Baby-Baby.

»Und schon wären wir verraten und verkauft«, ergänzte ein großer blasser Mann, der bisher noch nichts gesagt hatte.

»Und wir alle«, ließ Crawlie sich von ihrem Stuhl vernehmen, »würden in höchstens ein oder zwei Stunden sterben. Würde dir das etwas ausmachen, Madame und Elaine?«

»Und«, fügte Charley-ist-mein-Darling hinzu, »sie würden die Verbindung zu der Lady Panc Ashash unterbrechen, so daß zu guter Letzt auch noch die Kopie dieser lieben alten Dame beseitigt wäre und es überhaupt kein Erbarmen mehr in dieser Welt gäbe.«

»Was ist ›Erbarmen‹?« erkundigte sich Elaine.

»Offenbar hast du das Wort noch nie gehört«, sagte Crawlie.

Die alte Mausvettel Baby-Baby kam dicht an Elaine heran. Sie schaute zu ihr auf und flüsterte durch ihre gelben Zähne: »Laß dir keine Angst einjagen, Mädchen. So schlimm ist der Tod gar nicht, nicht einmal für euch echte Menschen mit euren vierhundert Lebensjahren, und erst recht nicht für uns Tiere, denen ständig das Schlachthaus droht. Der Tod ist *wann*, nicht *was*. Er ist für uns alle dasselbe. Hab keine Angst. Geh nur unverzagt deinen Weg, und vielleicht findest du Erbarmen und Liebe. Die sind viel wertvoller als der Tod, du mußt sie nur finden. Sobald du sie gefunden hast, wird der Tod nicht mehr so wichtig sein.«

»Ich weiß immer noch nicht, was *Erbarmen* ist«, sagte Elaine, »aber ich dachte, ich wüßte, was *Liebe* ist, und ich erwarte nicht, meinen Geliebten in einem dreckigen alten Korridor voller Untermenschen zu finden.«
»Ich meine nicht diese Art Liebe«, lachte Baby-Baby und wehrte mit einem Wedeln ihrer Klauenhand Mabel ab, die sich einmischen wollte. Das alte Mausgesicht leuchtete vor Begeisterung. Elaine konnte sich plötzlich vorstellen, wie Baby-Baby auf einen Maus-Untermann gewirkt haben mußte, als sie jung und glatt und grau war. Jugend erhellte die alten Züge, als Baby-Baby weitersprach: »Ich meine nicht die Liebe zu einem Geliebten, Mädchen. Ich meine Liebe zu sich selbst, Liebe zum Leben. Liebe zu allem Lebendigen. Liebe sogar zu mir. Deine Liebe zu mir. Kannst du dir das vorstellen?«
Elaine war todmüde, aber sie versuchte, die Frage zu beantworten. Sie musterte in dem trüben Licht die runzlige alte Mausvettel mit ihren dreckigen Kleidern und ihren kleinen roten Augen. Das flüchtige Bild der schönen jungen Mausfrau war verblaßt; übriggeblieben war dieses billige, nutzlose alte Weib mit ihren unmenschlichen Forderungen und ihren sinnlosen Bitten. Menschen liebten Untermenschen nicht. Sie benutzten sie, wie Stühle oder Türklinken. Seit wann beanspruchten Türklinken für sich die Charta der Alten Rechte?
»Nein«, sagte Elaine ruhig und gefaßt, »ich kann mir nicht vorstellen, daß ich dich je lieben werde.«
»Ich wußte es«, sagte Crawlie von ihrem Stuhl aus. In ihrer Stimme war Triumph.
Charley-ist-mein-Darling schüttelte den Kopf, wie um besser sehen zu können. »Weißt du nicht einmal, wer Fomalhaut III regiert?«
»Die Instrumentalität«, sagte Elaine, »aber müssen wir noch weiterreden? Laßt mich gehen, oder tötet mich, oder macht, was ihr wollt. Das hat doch keinen Zweck. Ich war schon müde, als ich herkam, und jetzt bin ich noch tausendmal müder.«

Mabel sagte: »Bring sie weg.«
»In Ordnung«, sagte Charley-ist-mein-Darling. »Ist der Jäger da?«
Das Kind H'jeanne antwortete ihm. Sie hatte in der hintersten Reihe gestanden. »Er ist auf der anderen Seite hereingekommen, als sie vorne hereinkam.«
»Du hast mich belogen«, sagte Elaine zu Charley-ist-mein-Darling. »Du sagtest, es gebe nur einen einzigen Weg.«
»Ich habe nicht gelogen«, sagte er. »Es gibt nur einen Weg für dich oder mich oder die Freunde der Lady Panc Ashash. Der Weg, den du gekommen bist. Der andere Weg ist der Tod.«
»Was meinst du damit?«
»Ich meine«, sagte er, »daß er direkt in die Schlachthäuser der Menschen führt, die du nicht kennst, der Lords der Instrumentalität, die hier auf Fomalhaut III sind. Da ist einmal der Lord Femtiosex, der gerecht und ohne Mitleid ist. Dann der Lord Limaono, der in den Untermenschen eine potentielle Gefahr sieht und der Meinung ist, man hätte sie von Anfang an gar nicht züchten sollen. Weiter die Lady Goroke, die nicht weiß, wie man betet, die aber versucht, über die Geheimnisse des Lebens nachzusinnen, und den Untermenschen stets Freundlichkeiten erwiesen hat, solange diese Freundlichkeiten nicht gegen die Gesetze verstießen. Und schließlich die Lady Arabella Underwood, deren Gerechtigkeit kein Mensch versteht. Und auch kein Untermensch«, schloß er mit einem Kichern.
»Wer ist sie? Ich meine, woher hat sie den komischen Namen? Es ist keine Nummer drin. Er ist genauso schlecht wie eure Namen. Oder mein eigener«, sagte Elaine.
»Sie ist aus Altnordaustralien, der Stroon-Welt, und wurde an die Instrumentalität ausgeliehen. Sie befolgt die Gesetze, nach denen sie erzogen wurde. Der Jäger kann durch die Räume und Schlachthäuser der Instrumentalität gehen, aber könntest du das? Könnte ich es?«

»Nein«, sagte Elaine.
»Also dann vorwärts«, sagte Charley-ist-mein-Darling, »deinem Tod oder großen Wundern entgegen. Darf ich vorausgehen, Elaine?«
Elaine nickte wortlos.
Die Mausvettel Baby-Baby tätschelte Elaines Arm, und in ihren Augen glomm seltsame Hoffnung. Als Elaine an Crawlies Stuhl vorbeikam, sah das stolze, schöne Mädchen sie an, mit einem ausdruckslosen, tödlichen, strengen Blick. Das Hundemädchen H'jeanne schloß sich der kleinen Prozession an, als sei es dazu eingeladen worden.
Sie gingen in den Korridor hinein, tiefer und immer tiefer. Tatsächlich war es jedoch kaum ein halber Kilometer. Aber die endlosen braunen und gelben Wände, die sonderbaren Gestalten der gesetzlosen und unbeaufsichtigten Untermenschen, die widerwärtigen Gerüche und die stickige, drückende Luft gaben Elaine das Gefühl, sie lasse alle bekannten Welten hinter sich.
Das tat sie auch wirklich, aber sie ahnte nicht, daß ihr eigener Verdacht sich bewahrheiten könnte.

5

Am Ende des Korridors war ein rundes Tor mit einer Tür aus Gold oder Messing.
Charley-ist-mein-Darling blieb stehen.
»Ich kann nicht mehr weitergehen«, sagte er. »Du mußt mit H'jeanne weitergehen. Das ist das vergessene Vorzimmer zwischen dem Tunnel und dem oberen Palast. Der Jäger ist in diesem Raum. Geh weiter. Du bist ein Mensch. Du hast nichts zu fürchten. Untermenschen sterben gewöhnlich, wenn sie da hineingehen. Geh weiter.« Er zog sie am Ellenbogen und machte die Schiebetür auf.
»Aber das kleine Mädchen«, sagte Elaine.
»Sie ist kein Mädchen«, sagte Charley-ist-mein-Darling. »Sie ist nur ein Hund – genau wie ich kein Mensch bin, sondern nur eine Ziege, die geschoren

und zurechtgestutzt und aufgehellt wurde, um wie ein Mensch zu wirken. Wenn du wiederkommst, Elaine, werde ich dich lieben wie Gott, oder ich werde dich töten. Es kommt darauf an.«
»Kommt worauf an?« fragte Elaine. »Und was ist ›Gott‹?«
Charley-ist-mein-Darling lächelte sein rasches, listiges Lächeln, das völlig unaufrichtig und überaus freundlich war, beides zugleich. Wahrscheinlich war das in normalen Zeiten das Kennzeichnen seiner Persönlichkeit, »Wer Gott ist, wirst du woanders erfahren, wenn überhaupt. Nicht von uns. Und das, worauf es ankommt, ist etwas, worauf du von allein kommen wirst. Du wirst nicht darauf zu warten brauchen, daß ich es dir sage. Geh jetzt. In ein paar Minuten ist alles vorüber.«
»Aber H'jeanne!« protestierte Elaine.
»Wenn es schiefgeht«, sagte Charley-ist-mein-Darling, »können wir jederzeit eine neue H'jeanne großziehen und auf eine neue Elaine warten. Die Lady Panc Ashash hat uns das versprochen. Geh hinein!«
Er gab ihr einen kräftigen Stoß, so daß sie durch die Tür taumelte. Grelles Licht blendete sie, und die reine Luft war so erfrischend wie das erste Wasser nach einer langen Reise im Raumschiff.
Das kleine Hundemädchen war mit ihr zusammen hereingetrottet.
Hinter ihnen fiel die Gold- oder Messingtür dröhnend zu.
Elaine und H'jeanne standen still, Seite an Seite, und schauten nach vorne und in die Höhe.
Es gibt viele berühmte Gemälde von dieser Szene. Auf den meisten Bildern ist Elaine in Lumpen und mit dem verzerrten, leidenden Gesicht einer Hexe dargestellt. Das ist absolut unhistorisch. Sie trug ihre normale Alltagskleidung, Hosenrock, Bluse und eine doppelte Handtasche mit Schulterriemen, als sie am anderen Ende Clowntown betrat. Das war damals auf Fomalhaut III die übliche Kleidung. Sie hatte

nichts getan, wobei sie sich die Kleider hätte schmutzig machen oder zerreißen können, weshalb sie noch genauso ausgesehen haben muß, als sie herauskam. Und H'jeanne – nun, jeder weiß, wie H'jeanne aussah.
Der Jäger kam.

Der Jäger kam, und neue Welten begannen.
Er war ein nicht sehr großer Mann, mit schwarzem, gekräuseltem Haar, schwarzen Augen, die vor Lachen tanzten, breiten Schultern und langen Beinen. Er ging mit raschen, sicheren Schritten. Seine Hände hingen ruhig zu beiden Seiten herab, aber sie wirkten nicht hart und schwielig, als hätten sie schon oft ein Leben beendet, und sei es nur das Leben eines Tieres.
»Kommt und setzt euch«, begrüßte er sie. »Ich habe auf euch beide gewartet.«
Elaine stolperte nach oben und vorwärts. »Gewartet?« fragte Elaine verständnislos.
»Daran ist nichts Geheimnisvolles«, sagte er. »Ich hatte den Bildschirm an. Den, auf dem der Tunnel zu sehen ist. Seine Leitungen sind abgeschirmt, die Polizei kann also nicht mitgesehen haben.«
Elaine blieb wie angewurzelt stehen. Auch das kleine Hundemädchen, einen Schritt hinter ihr, blieb stehen. Sie versuchte, sich zu ihrer vollen Größe aufzurichten. Sie war ungefähr genauso groß wie er. Es war schwierig, denn er stand vier oder fünf Stufen über ihnen. Es gelang ihr zu verhindern, daß ihre Stimme zitterte, als sie fragte:
»Sie wissen also?«
»Was?«
»Alles, was die andern gesagt haben.«
»Natürlich weiß ich es«, lächelte er. »Warum nicht?«
»Aber«, stammelte Elaine, »das über Sie und mich, daß wir uns lieben werden, wissen Sie auch das?«
»Auch das«, lächelte er wieder. »Ich habe es mein halbes Leben lang gehört. Kommt, setzt euch, und eßt etwas. Wir haben heute nacht viel vor, wenn die

Geschichte sich durch uns erfüllen soll. Was möchtest du essen, kleines Mädchen?« fragte er H'jeanne freundlich. »Rohes Fleisch oder Menschennahrung?«
»Ich bin ein fertiges Mädchen«, sagte H'jeanne, »deshalb möchte ich am liebsten Schokoladenkuchen mit Vanilleeis.«
»Das sollst du bekommen«, sagte der Jäger. »Kommt beide, und setzt euch.«
Sie waren die Treppe hinaufgestiegen. Ein üppig gedeckter Tisch stand für sie bereit. Um ihn herum standen drei Couches. Elaine sah sich um, ob noch ein Dritter da sei, der mit ihnen essen würde. Erst als sie sich setzte, begriff sie, daß der Jäger auch das Hundemädchen einladen wollte.
Er sah ihre Überraschung, aber er äußerte sich nicht dazu.
Statt dessen sagte er zu H'jeanne:
»Du kennst mich, kleines Mädchen, nicht wahr?«
H'jeanne lächelte und entspannte sich zum erstenmal, seit Elaine mit ihr zusammen war. Das Hundemädchen war auffallend schön, als die Spannung aus seinem Gesicht wich. Die Aufmerksamkeit, die Ruhe, die potentielle Unruhe – das waren Hundeeigenschaften. Jetzt wirkte das Kind ganz menschlich und erstaunlich reif für sein Alter. Ihr weißes Gesicht hatte dunkelbraune, sehr dunkle Augen.
»Ich habe dich schon sehr oft gesehen, Jäger. Und du hast mir gesagt, was geschehen würde, wenn sich herausstellte, daß ich wirklich *die* H'jeanne sei. Daß ich die Nachricht verbreiten und großen Prüfungen unterzogen würde. Daß ich vielleicht sterben würde, oder auch nicht, daß aber Menschen und Untermenschen sich noch nach Jahrtausenden an meinen Namen erinnern würden. Du hast mir fast alles gesagt, was ich weiß – bis auf die Dinge, über die ich nicht mit dir sprechen kann. Du weißt auch das, aber du wirst nicht darüber sprechen, nicht wahr?« sagte das Mädchen flehendlich.
»Ich weiß, du warst auf der Erde«, sagte der Jäger.

»Sprich es nicht aus! Bitte sprich es nicht aus!« bat das Mädchen.
»Auf der Erde, der Heimat der Menschen?« rief Elaine. »Wie um der Sterne willen bist du dorthin gekommen?«
Der Jäger griff ein. »Drängen Sie sie nicht, Elaine. Es ist ein großes Geheimnis, und sie möchte es bewahren. Sie werden heute nacht mehr erfahren, als je einer sterblichen Frau gesagt wurde.«
»Was bedeutet ›sterblich‹?« fragte Elaine, die altmodische Wörter nicht leiden konnte.
»Es bezeichnet Wesen, deren Leben einmal ein Ende hat.«
»Das ist töricht«, sagte Elaine. »Alles hat einmal ein Ende. Nehmen Sie nur einmal die armen Menschen, die über die gesetzlich erlaubten vierhundert Jahre hinausgingen.« Sie sah sich um. Schwere Vorhänge in Schwarz und Rot hingen von der Decke bis auf den Fußboden. Auf einer Seite des Raumes stand ein Möbelstück, das sie noch nie gesehen hatte. Es war wie ein Tisch, aber es hatte kleine, breite, niedrige Türen an der Vorderseite, die von der linken bis zur rechten Kante reichten; es war reich mit unbekannten Hölzern und Metallen verziert. Aber wie auch immer, es gab Wichtigeres zu besprechen als Möbel.
Sie sah den Jäger aufmerksam an (keine organische Krankheit; vor längerer Zeit Verwundung am linken Arm; etwas zu häufige Sonnenbestrahlung; eventuell Korrektur für Nahsehen erforderlich) und fragte ihn:
»Werde auch ich von Ihnen gefangen?«
»Gefangen?«
»Sie sind Jäger. Sie machen Jagd auf Lebewesen. Um sie zu töten, nehme ich an. Dieser Untermensch dort drinnen, der Ziegenbock, der sich Charley-ist-mein-Darling nennt...«
»Das tut er nie!« rief das Hundemädchen H'jeanne dazwischen.
»Was tut er nie?« fragte Elaine, verärgert über die Un-

terbrechung.
»Er nennt sich nie selbst so. Andere Menschen, Untermenschen, meine ich, nennen ihn so. Er heißt Balthasar, aber niemand ruft ihn bei diesem Namen.«
»Was macht das schon, kleines Mädchen?« sagte Elaine. »Ich spreche über mein Leben. Dein Freund sagte, er würde mich ums Leben bringen, wenn etwas Bestimmtes nicht einträfe.«
Weder H'jeanne noch der Jäger sagten etwas.
Elaine merkte, daß ihre Stimme einen angstvollen Unterton bekam. »Sie haben es selbst gehört«, sagte sie zu dem Jäger, »Sie haben es auf dem Bildschirm gesehen.«
Die Stimme des Jägers klang heiter und beruhigend: »Wir drei haben noch viel zu tun, bevor diese Nacht zu Ende geht. Wir werden es nicht schaffen, wenn Sie ängstlich oder unruhig sind. Ich kenne die Untermenschen, aber ich kenne auch die Lords der Instrumentalität – alle vier. Die Lords Limaono und Femtiosex und die Lady Goroke. Und auch die Norstrilierin. Sie werden Sie schützen. Charley-ist-mein-Darling will Sie vielleicht ums Leben bringen, weil er Angst hat, weil er befürchtet, der Tunnel Engloks, in dem Sie gerade waren, könnte entdeckt werden. Ich aber kenne Mittel und Wege, ihn und auch Sie zu schützen. Haben Sie einstweilen doch Vertrauen zu mir. Das kann doch nicht so schwer sein, oder?«
»Aber«, protestierte Elaine, »der Mann – oder die Ziege – oder was er auch sein mag, Charley-ist-mein-Darling, er hat gesagt, es würde alles sofort passieren, sobald ich hier mit Ihnen zusammentreffen würde.«
»Wie kann denn etwas passieren«, sagte die kleine H'jeanne, »wenn du die ganze Zeit redest?«
Der Jäger lächelte.
»Das stimmt«, sagte er. »Wir haben genug geredet. Jetzt müssen wir ein Liebespaar werden.«
Elaine sprang auf. »Nein, nicht mit mir, das dürfen Sie nicht. Nicht hier, wo sie dabei ist. Nicht, solange

ich meine Arbeit noch nicht gefunden habe. Ich bin eine Hexe. Man erwartet von mir, daß ich etwas tue, aber ich weiß bis heute nicht, was das sein soll.«
»Sehen Sie sich das an«, sagte der Jäger ruhig, ging zur Wand hinüber und zeigte mit dem Finger auf ein verschlungenes Kreisornament.
Elaine und H'jeanne sahen es beide an.
Der Jäger sprach mit eindringlicher Stimme. »Siehst du es, H'jeanne? Siehst du es wirklich? Die Zeitalter drehen sich, warten auf diesen Moment, mein Kind. Siehst du es? Erkennst du dich selbst darin?«
Elaine sah das kleine Hundemädchen an. H'jeanne hatte fast zu atmen aufgehört. Sie starrte auf das sonderbare symmetrische Muster, als sei es ein Fenster zu verzauberten Welten.
Der Jäger schrie aus Leibeskräften: »H'jeanne! Jeanne! Jeannine!«
Das Kind reagierte nicht.
Der Jäger ging zu ihr hin, schlug ihr leicht auf die Wange, schrie abermals. H'jeanne starrte gebannt das verschlungene Muster an.
»Jetzt«, sagte der Jäger, »können wir uns lieben, du und ich. Das Kind ist weit weg, in einer Welt glücklicher Träume. Dieses Zeichen ist ein Mandala, ein Überbleibsel aus unvorstellbar ferner Vergangenheit. Es bannt das menschliche Bewußtsein. H'jeanne hört und sieht nichts mehr von uns. Wir können ihr nicht helfen, ihrem Schicksal entgegenzugehen, wenn wir uns nicht vorher lieben.«
Elaine hatte sich die Hand auf den Mund gelegt und versuchte, im Geiste eine Liste mit Symptomen durchzugehen, um damit das Gleichgewicht ihrer Gedanken zu erhalten. Aber es nützte nichts. Eine Gelöstheit überkam sie, ein Gefühl der Ruhe und des Glücks, wie sie es seit ihrer Kindheit nicht mehr gekannt hatte.
»Hast du geglaubt«, sagte der Jäger, »daß ich mit meinem Körper jage und mit meinen Händen töte? Hat dir nie jemand gesagt, daß das Wild mir mit Freuden zuläuft, daß die Tiere sterben, während sie

vor Lust schreien? Ich bin ein Telepath, und ich arbeite mit Lizenz. Und ich habe meine jetzige Lizenz von der toten Lady Panc Ashash.«
Elaine wußte, daß sie jetzt genug geredet hatten. Zitternd, glücklich, angstvoll fiel sie ihm in die Arme und ließ sich von ihm zu der Couch an der Wand des schwarzgoldenen Raumes führen.

Tausend Jahre später küßte sie ihn aufs Ohr und murmelte Liebesworte, Worte, von denen sie nie gewußt hatte, daß sie sie kannte. Sie mußte, so überlegte sie, aus den Storyboxen mehr aufgeschnappt haben, als ihr je bewußt geworden war.
»Du bist mein Geliebter«, sagte sie, »mein einziger, mein Schatz. Nie, niemals darfst du mich verlassen; nie darfst du mich verstoßen. Oh, Jäger, ich liebe dich so sehr!«
»Wir gehen auseinander«, sagte er, »ehe der morgige Tag zu Ende ist, aber wir werden uns wiedersehen. Ist dir klar, daß das alles kaum länger als eine Stunde gedauert hat?«
Elaine errötete. »Und ich«, stammelte sie, »ich – ich habe Hunger.«
»Ganz natürlich«, sagte der Jäger. »Wir werden gleich das kleine Mädchen wecken und gemeinsam essen. Und dann wird die Geschichte ihren Gang nehmen, es sei denn, es tritt jemand dazwischen und hält uns auf.«
»Aber, Liebling«, sagte Elaine, »kann es denn nicht so bleiben – wenigstens eine Weile noch? Ein Jahr? Einen Monat? Schick das kleine Mädchen noch für eine Weile in den Tunnel zurück.«
»Nein, das geht nicht«, sagte der Jäger, »aber ich singe dir das Lied, das mir über dich und mich eingefallen ist. Über Teile davon habe ich seit langem nachgedacht, aber heute ist es wirklich geschehen. Hör zu.«
Er nahm ihre beiden Hände in die seinen und sah ihr ungezwungen und aufrichtig in die Augen. Nichts an ihm deutete auf telepathische Kräfte hin.

Er sang ihr das Lied, das wir als *Ich liebte und verlor dich* kennen.

Ich kannte und liebte,
gewann dich in Kalma.
Ich liebte, gewann
und verlor dich, mein Liebling!

Der Himmel von Waterrock,
dunkelte über uns,
Nur erhellt von den Blitzen
unserer Liebe.

Unsere Zeit war kurz,
eine Stunde des Glücks nur –
Wir kosteten Freude
und litten Versagung.

Unser beider Geschichte
ist bittersüß, traurig,
Kurz wie ein Schuß
doch so lang wie der Tod.

Wir trafen und liebten,
vergeblich bemühten uns,
Die Schönheit zu retten
vor erstickendem Krieg.

Keine Zeit hatte die Zeit,
die Minuten kein Mitleid.
Wir liebten, verloren uns,
und die Welt geht weiter.

Wir verloren und küßten
und trennten uns, Liebling!
Im Herzen bewahren wir
was uns geblieben.

Erinnerte Schönheit,
schöne Erinnerung . . .
Ich liebte, gewann
und verlor dich, in Kalma.

Seine Finger bewegten sich in der Luft und erzeugten eine leise Musik wie von einer Orgel. Sie hatte schon oft von Musikstrahlen gehört, aber nie hatte jemand für sie auf einem gespielt.
Als er geendet hatte, schluchzte sie. Es war alles so wahr, so wundervoll, so herzergreifend.
Er hatte ihre Rechte in seiner linken Hand gehalten. Nun ließ er sie auf einmal los. Er stand auf.
»Erst die Arbeit, dann das Essen. Es naht sich uns jemand.«
Er ging rasch zu dem kleinen Hundemädchen hinüber, das noch immer auf dem Stuhl saß und mit offenen, schlafenden Augen das Mandala ansah. Er nahm sanft, aber bestimmt ihren Kopf zwischen seine Hände und drehte ihn zur Seite, so daß ihre Augen nicht mehr auf das Zeichen gerichtet waren. Sie wehrte sich einen Moment lang gegen seine Hände, doch dann schien sie ganz zu erwachen.
Sie lächelte. »Das war schön. Ich habe geruht. Wie lange war es – fünf Minuten?«
»Noch länger«, sagte der Jäger freundlich. »Ich möchte, daß du Elaines Hand nimmst.«
Noch vor ein paar Stunden hätte Elaine sich gegen das Ansinnen verwahrt, einem Untermenschen die Hand zu geben. Jetzt aber sagte sie nichts, sondern gehorchte. Liebevoll sah sie den Jäger an.
»Ihr beide braucht nicht viel zu wissen«, sagte der Jäger. »Du, H'jeanne, wirst alles bekommen, was in uns und in unseren Gedächtnissen ist. Du wirst wir werden, wir beide. Für immer. Dein ruhmreiches Schicksal wird sich erfüllen.«
Das kleine Mädchen schauderte. »Ist der Tag also wirklich gekommen?«
»Ja«, sagte der Jäger. »Zukünftige Epochen werden an diese Nacht zurückdenken.«
»Und du, Elaine«, sagte er zu ihr, »hast nichts zu tun, außer mich zu lieben und ganz still zu stehen. Verstehst du? Du wirst gewaltige Dinge sehen, auch furchterregende Dinge. Aber nichts davon wird real sein. Bleib einfach still stehen.«

Elaine nickte wortlos.
»Im Namen«, sagte der Jäger, »des Ersten Vergessenen, im Namen des Zweiten Vergessenen, im Namen des Dritten Vergessenen. Bei der Liebe der Menschen, die ihnen das Leben geben werden. Bei der Liebe, die ihnen einen sauberen Tod geben wird und wahrhafte . . .« Seine Worte waren deutlich, aber Elaine verstand sie nicht.
Der Tag der Tage war gekommen.
Sie wußte es.
Sie wußte nicht, daß sie es wußte, und doch war es so.
Die Lady Panc Ashash kam durch den massiven Fußboden heraufgekrochen, in ihrem freundlichen Roboter-Körper. Sie trat nahe an Elaine heran und murmelte:
»Hab keine Angst, keine Angst.«
Angst? dachte Elaine. Das ist nicht der Augenblick, um Angst zu haben. Dafür ist es viel zu spannend.
Wie als Antwort auf Elaines Gedanken kam eine klare, laute, maskuline Stimme von nirgendwoher:
Das ist die Zeit für die kühne Vereinigung.
Als diese Worte gesprochen wurden, war es, als sei eine Blase aufgestochen worden. Elaine spürte, wie ihr Selbst und das H'jeannes sich vereinigten. Bei normaler Telepathie wäre das furchteinflößend gewesen, aber das war nicht Kommunikation, das war Sein.
Sie war Jeanne geworden. Sie spürte den reinen kleinen Körper in seinen sauberen Kleidern. Sie merkte, daß sie wieder die Gestalt eines kleinen Mädchens hatte. Es war ein merkwürdig angenehmes, vertrautes, seit langer, langer Zeit verschollenes Gefühl, sich zu erinnern, daß sie früher einmal diese Gestalt gehabt hatte – die glatte, unschuldig flache Brust, die unkomplizierte Leistengegend, die Finger, die sich noch anfühlten, als sei jeder einzelne für sich allein beweglich und lebendig. Aber erst das Bewußtsein – das Bewußtsein *dieses* Kindes! Es war wie ein riesiges Museum, erhellt von Fenstern mit prächtigen Glasmalereien, angefüllt mit mannigfaltigen, schönen und kostbaren Gegenständen, erfüllt vom

Duft fremdartigen Weihrauchs, der langsam die ruhende Luft durchzog. H'jeanne hatte ein Bewußtsein, das ganz bis zur Farbe und zum Ruhm der Frühzeit des Menschen zurückreichte. H'jeanne war ein Lord der Instrumentalität gewesen, ein Affenmensch, der auf Raumschiffen das Universum durchstreift hatte, eine Freundin der lieben toten Lady Panc Ashash, und Panc Ashash selbst.

Kein Wunder, daß das Kind reich und merkwürdig war: H'jeanne war zur Erbin aller Zeitalter gemacht worden.

Das ist die Zeit für den gleißenden Gipfel der Wahrheit in der reinen Vereinigung, sagte die namenlose, klare, laute Stimme in ihr. *Das ist die Zeit für dich und ihn.*

Elaine merkte, daß sie auf hypnotische Eingebungen reagierte, die die Lady Panc Ashash dem Bewußtsein des kleinen Hundemädchens eingepflanzt hatte – Eingebungen, die in dem Moment schlagartig ihre volle Macht entfalteten, als sie alle drei in telepathischen Kontakt kamen.

Für einen Sekundenbruchteil nahm sie nichts wahr als grenzenloses Erstaunen in sich selbst. Sie sah nichts außer sich selbst – jedes Detail, jedes Geheimnis, jeden Gedanken, jedes Gefühl und jeden Umriß des Fleisches. Sonderbar deutlich fühlte sie, wie ihre Brüste herabhingen, wie ihre Bauchmuskeln sich anspannten, um ihr weibliches Rückgrat gerade und aufrecht zu halten ...

Weibliches Rückgrat?

Warum hatte sie daran gedacht, daß sie ein weibliches Rückgrat hatte?

Und dann wußte sie es.

Sie dachte die Gedanken des Jägers, während dessen Bewußtsein ihren Körper durchströmte, ihn trank, sich an ihm erfreute, ihn abermals liebte, doch diesmal von drinnen nach draußen.

Sie wußte irgendwie, daß das kleine Hundemädchen alles ruhig, wortlos beobachtete, von ihnen beiden in vollen Zügen die Wahrheit darüber in sich aufnahm,

was es heißt, ein echter Mensch zu sein.
Noch in ihrem Delirium wurde sie verlegen. Vielleicht war es nur ein Traum, aber es war trotzdem zuviel. Sie begann, ihr Bewußtsein zu verschließen, und es kam ihr der Gedanke, sie könnte ihre Hände denen des Jägers und des Hundemädchens entziehen.
Aber dann kam das Feuer ...

6

Feuer schlug aus dem Fußboden und brannte unfühlbar rings um sie. Elaine spürte nichts ... aber sie fühlte die Berührung der Hand des kleinen Mädchens.
Flammen um die Damen kamen, sagte eine idiotische Stimme aus dem Nichts. Feuer laufen um den Scheiterhaufen, sagte eine andere Stimme. Heißes Feuer rot, tot, sagte eine dritte.
Plötzlich erinnerte sich Elaine an die Erde, aber es war nicht die Erde, die sie kannte. Sie selbst war H'jeanne und nicht H'jeanne. Sie war ein großer, starker Affenmensch, nicht zu unterscheiden von einem richtigen Menschen. Sie/er war unheimlich wach im Herzen während sie/er über den Friedensplatz in An-Fang ging, den Alten Platz in An-Fang, wo alle Dinge beginnen. Sie/er bemerkte die Diskrepanz. Manche der Gebäude waren nicht da.
Die echte Elaine dachte bei sich: »Das ist es also, was sie mit dem Kind angestellt haben – sie haben ihr die Erinnerungen anderer Untermenschen aufgeprägt. Von anderen – die wagemutig waren und ferne Welten besuchten.«
Das Feuer erlosch.
Elaine sah den schwarzgoldenen Raum einen Moment lang klar und ungestört, bevor der grüne, weißgekrönte Ozean hereinbrach. Das Wasser ergoß sich über sie drei, ohne sie im geringsten naßzumachen. Die grüne Flut umspülte sie ohne Druck, ohne Ersticken.

Elaine war der Jäger. Riesige Drachen schwebten am Himmel über Fomalhaut III. Sie fühlte, wie sie über einen Hügel wanderte, singend vor Liebe und Sehnsucht. Sie hatte das Bewußtsein des Jägers, sein Gedächtnis. Der Drache erfühlte ihn und kam herabgeflogen. Die gigantischen Reptilienschwingen waren schöner als ein Sonnenuntergang, zarter als Orchideen. Ihr Schlagen in der Luft war sanft wie der Atem eines Säuglings. Sie war nicht nur Jäger, sondern auch Drache; sie fühlte, wie ein Bewußtsein in dem anderen aufging und der Drache glückselig starb.
Irgendwie war das Wasser verschwunden. Und mit ihm H'jeanne und der Jäger. Sie war nicht mehr in dem Raum. Sie war die abgespannte, müde, sorgenvolle Elaine und schaute eine namenlose Straße hinunter, nach hoffnungslosen Bestimmungsorten suchend. Sie hatte Dinge getan, die nie getan werden konnten. Das falsche Ich, die falsche Zeit, der falsche Ort – und ich bin allein, ich bin allein, ich bin allein, schrie ihre Seele. Der Raum war wieder da, desgleichen die Hände des Jägers und des kleinen Mädchens.
Nebel begann aufzusteigen.
Noch ein Traum? dachte Elaine. Ist es noch nicht genug?
Aber irgendwo war noch eine andere Stimme, eine Stimme, die schrillte wie eine Säge, die Knochen durchschneidet, wie eine defekte Maschine, die sich, auf vollen Touren laufend, selbst zerstört. Es war eine böse Stimme, eine furchteinflößende Stimme.
Vielleicht war das nun wirklich der »Tod«, für den die Untermenschen im Tunnel sie gehalten hatten.
Die Hand des Jägers gab sie frei. Sie selbst ließ H'jeanne los.
Eine sonderbare Frau war in dem Raum. Sie trug das Gehänge der Autorität und das Trikot einer Reisenden.
Elaine starrte sie an.
»Du wirst bestraft werden«, sagte die schreckliche

Stimme, die jetzt aus der Frau kam.
»W-w-was?« stammelte Elaine.
»Du konditionierst ohne Erlaubnis einen Untermenschen. Ich weiß nicht, wer du bist, aber der Jäger sollte wissen, was er zu tun hat. Das Tier wird natürlich sterben müssen«, sagte die Frau und sah H'jeanne an.
Der Jäger sagte leise, halb als Begrüßung zu der Fremden, halb erklärend zu Elaine, als wüßte er nicht, was er sonst sagen sollte:
»Lady Arabella Underwood.«
Elaine konnte sich nicht vor ihr verbeugen, obschon sie es wollte.
Für die Überraschung sorgte das kleine Hundemädchen.
Ich bin deine Schwester Jeanne, sagte sie, *und für dich kein Tier.*
Die Lady Arabella hörte anscheinend hart. (Elaine selbst konnte nicht unterscheiden, ob sie gesprochene Worte hörte oder die Botschaft direkt mit ihrem Verstand aufnahm.)
Ich bin Jeanne, und ich liebe dich.
Die Lady Arabella schüttelte sich, als sei sie mit Wasser bespritzt worden. »Natürlich bist du Jeanne. Du liebst mich. Und ich liebe dich.«
Menschen und Untermenschen begegnen sich unter dem Zeichen der Liebe.
»Liebe. Liebe, natürlich. Du bist ein braves kleines Mädchen. Und du hast ja so recht.« *Du wirst mich vergessen,* sagte Jeanne, *bis wir uns wieder begegnen und uns lieben.*
»Ja. Liebling. Aber für diesmal leb wohl.«
Endlich sprach Jeanne in richtigen Worten. Zu dem Jäger und zu Elaine sagte sie: »Es ist erledigt. Ich weiß, wer ich bin und was ich tun muß. Elaine wird am besten mit mir kommen. Wir sehen uns bald wieder, Jäger – falls wir am Leben bleiben.«
Elaine sah die Lady Arabella an, die stocksteif dastand und blicklos starrte wie eine Blinde. Der Jäger lächelte Elaine mit seinem weisen, gütigen, wehmü-

tigen Lächeln an.
Das kleine Mädchen führte Elaine nach unten, immer weiter nach unten, bis zu der Tür, die in Engloks Tunnel zurückführte. Gerade, als sie durch die Messingtür gingen, hörte Elaine, wie die Stimme der Lady Arabella zum Jäger sagte:
»Was machst du hier so ganz allein? Der Raum riecht komisch. Hast du Tiere hier gehabt? Hast du etwa getötet?«
»Ja, Madame«, sagte der Jäger, als H'jeanne und Elaine durch die Tür traten.
»Was?« rief die Lady Arabella.
Der Jäger mußte seine Stimme zu durchdringender Schrillheit gesteigert haben, weil er wollte, daß die anderen beiden ihn auch hören konnten:
»Ich habe getötet, Madame«, sagte er, »wie immer – mit Liebe. Diesmal war es ein System.«
Sie schlüpften durch die Tür, während die protestierende Stimme der Lady Arabella, herrisch und inquisitorisch, noch immer auf den Jäger eindrang.
Jeanne ging voraus. Ihr Körper war der Körper eines hübschen Mädchens, aber ihre Persönlichkeit war das volle Erwachen all der Untermenschen, die ihr aufgeprägt worden waren. Elaine konnte das nicht wissen, weil Jeanne immer noch das kleine Hundemädchen war, aber Jeanne war jetzt auch Elaine, auch der Jäger. Es war kein Zweifel daran möglich, wohin sie gingen; das Kind, das jetzt kein Untermädchen mehr war, ging voraus, und Elaine, Mensch oder nicht, folgte.
Die Tür ging hinter ihnen zu. Sie waren wieder in dem braunen und gelben Korridor. Die meisten Untermenschen warteten schon auf sie. Dutzende starrten sie an. Die starken tierisch-menschlichen Gerüche des alten Tunnels schlugen ihnen entgegen wie dicke, träge Wellen. Elaine spürte an den Schläfen ein beginnendes Kopfweh, aber sie war viel zu gespannt, um darauf zu achten.
Einen Augenblick lang standen H'jeanne und Elaine vor den Untermenschen.

Wohl jeder hat schon einmal Gemälde oder Theatervorstellungen gesehen, die auf dieser Szene basieren. Das berühmteste Bild ist zweifellos die phantastische »Einlinien-Zeichnung« von San Shigonanda – der Hintergrund ist fast gleichmäßig grau, mit einer Andeutung von Braun und Gelb auf der linken und einer Andeutung von Schwarz und Rot auf der rechten Seite, und in der Mitte die merkwürdige weiße Linie – man könnte sie fast als einen Farbschmierer bezeichnen –, die irgendwie die Gestalten des verwirrten Mädchens Elaine und des mit Verdammung gesegneten Kindes Jeanne andeutet.
Charley-ist-mein-Darling war natürlich der erste, der seine Stimme wiederfand. (Elaine sah an ihm nichts mehr von einem Ziegenmenschen. Er wirkte wie ein ernster, freundlicher Mann mittleren Alters, der tapfer gegen seine schwache Gesundheit und ein unsicheres Leben ankämpfte. Sie fand sein Lächeln jetzt charmant und gewinnend. Warum, dachte Elaine, habe ich ihn vorher nicht so gesehen? Habe ich mich verändert?)
Charley-ist-mein-Darling sprach, bevor Elaine sich wieder gefangen hatte. »Er hat es getan? Bist du H'jeanne?«
»Bin ich H'jeanne?« fragte das Kind die Menge der mißgestalteten, unheimlich anzusehenden Leute in dem Tunnel. »Glaubt ihr, daß ich H'jeanne bin?«
»Nein, Nein! Du bist die Lady, die uns verheißen wurde – du bist die Brücke-zum-Menschen«, rief eine große gelbhaarige alte Frau, an die Elaine sich nicht erinnern konnte. Die Frau warf sich vor dem Kind auf die Knie und versuchte, H'jeannes Hand anzufassen. Das Kind nahm seine Hände hoch, ruhig, aber bestimmt, und die Frau begrub ihr Gesicht im Rock des Kindes und weinte.
»Ich bin Jeanne«, sagte das Kind, »und ich bin kein Hund mehr. Ihr seid jetzt Menschen, richtige Menschen, und wenn ihr mit mir sterbt, dann sterbt ihr als Menschen. Ist das nicht besser, als es je war? Und du, Ruthie«, sagte sie zu der Frau, die ihr zu Füßen

lag, »steh auf, und hör auf zu weinen. Freue dich. Dies sind die Tage, in denen ich bei dir sein werde. Ich weiß, daß deine Kinder dir genommen und alle getötet wurden, Ruthie, und es tut mir leid. Ich kann sie dir nicht wiedergeben. Aber ich machte dich zur Frau. Ich habe sogar aus Elaine einen Menschen gemacht.«

»Wer bist du?« fragte Charley-ist-mein-Darling. »Wer bist du?«

»Ich bin das kleine Mädchen, das du vor einer Stunde weggeschickt hast, damit es lebe oder sterbe. Aber jetzt bin ich Jeanne, nicht mehr H'jeanne, und ich bringe euch eine Waffe. Ihr seid Frauen. Ihr seid Männer. Ihr seid Menschen. Ihr könnt die Waffe anwenden.«

»Was für eine Waffe?« Das war Crawlies Stimme, und sie kam ungefähr aus der dritten Reihe der Zuschauer.

»Leben und Leben-mit«, sagte das Kind Jeanne.

»Sei keine Närrin«, sagte Crawlie. »Was ist die Waffe? Versuch nicht, uns mit Worten abzuspeisen. Worte und Tod haben wir bekommen, seit die Welt der Untermenschen besteht. Das ist es, was die *Menschen* uns geben – gute Worte, schöne Prinzipien und kaltblütigen Mord, Jahr für Jahr, Generation für Generation. Erzähl mir nicht, ich sei ein Mensch – ich bin keiner. Ich bin ein Bison, und ich weiß es. Ein Tier, das so umgemodelt wurde, daß es wie ein Mensch aussieht. Gib mir etwas, womit ich töten kann. Laß mich kämpfend sterben.«

Die kleine Jeanne sah sonderbar aus mit ihrem jungen Körper und ihrer kleinen Statur; und sie hatte noch immer das kleine blaue Kittelkleid an, in dem Elaine sie zum erstenmal gesehen hatte. Sie stand im Mittelpunkt. Sie hob die Hand, und das leise Gesumm vieler Stimmen, das sich während Crawlies Geschrei erhoben hatte, ebbte wieder ab.

»Crawlie«, sagte sie mit einer Stimme, die bis in den hintersten Winkel drang, »Friede sei mit dir in Ewigkeit.«

Crawlie blickte finster. Sie besaß immerhin soviel Anstand, ihre Verwirrung über Jeannes Worte nicht zu verbergen, aber sie sagte nichts.
»Sagt nichts zu mir, liebe Menschen«, sagte die kleine Jeanne. »Gewöhnt euch erst an mich. Ich bringe euch Leben-mit. Das ist mehr als Liebe. Liebe ist ein hartes, trauriges, schmutziges Wort, ein kaltes Wort, ein altes Wort. Es besagt zuviel und verspricht zuwenig. Ich bringe euch etwas viel Größeres als Liebe. Wenn ihr lebendig seid, seid ihr lebendig. Wenn ihr lebendig-mit seid, dann wißt ihr, daß es auch das andere Leben gibt – beide Seiten von euch, jeder von euch, ihr alle. Tut nichts. Grapscht nicht, umklammert nicht, besitzt nicht. *Seid* einfach. Das ist die Waffe. Keine Flamme, kein Gewehr, kein Gift vermag etwas gegen sie auszurichten.«
»Ich möchte dir glauben«, sagte Mabel, »aber ich weiß nicht, wie.«
»Glaubt mir nicht«, sagte die kleine Jeanne. »Wartet einfach ab, was geschieht. Laßt mich durch, gute Leute. Ich muß ein bißchen schlafen. Elaine wird mich bewachen, während ich schlafe, und wenn ich aufgewacht bin, sage ich euch, warum ihr keine Untermenschen mehr seid.«
Jeanne tat einen Schritt vorwärts . . .
Ein wildes, kreischendes Geheul gellte durch den Korridor.
Alle sahen sich um, wo es herkam.
Es klang fast wie das Kreischen eines kämpfenden Vogels, aber es kam aus ihrer Mitte.
Elaine sah es als erste.
Crawlie hatte ein Messer in der Hand, und gerade als der Schrei verhallte, warf sie sich auf Jeanne.
Kind und Frau fielen zu Boden, ihre Kleider ein einziges Knäuel. Die große Hand stieß zweimal zu, und als das Messer das zweite Mal hochkam, war es rot.
An dem heißen stechenden Schmerz in ihrer Seite erkannte Elaine, daß auch sie einen Stich abbekommen haben mußte. Sie wußte nicht, ob Jeanne noch lebte.
Die Untermänner rissen Crawlie von dem Kind weg.

Crawlie war weiß vor Wut. »Worte, Worte, Worte. Sie wird uns alle töten mit ihren Worten.«
Ein großer, dicker Mann mit der Schnauze eines Bären in einem ansonsten menschlichen Gesicht ging um den Mann herum, der Crawlie festhielt. Er versetzte ihr einen einzigen gewaltigen Schlag. Sie stürzte bewußtlos zu Boden. Das ganz mit Blut beschmierte Messer fiel auf den alten, verschlissenen Teppich. (Elaine dachte automatisch: Für sie später ein Stärkungsmittel; Halswirbel untersuchen; Blutung kein Problem.)
Zum erstenmal in ihrem Leben fungierte Elaine wirklich als Hexe. Sie half den Leuten, der kleinen Jeanne die Kleider auszuziehen. Der winzige Körper mit dem dicht unter dem Brustkasten hervorsprudelnden dicken, dunkelroten Blut sah verwundet und hinfällig aus. Elaine griff in ihre linke Handtasche. Sie hatte eine chirurgische Radarsonde. Sie hielt sie sich ans Auge und untersuchte alle Schichten der Wunde. Das Bauchfell war perforiert, die Leber verletzt, und die oberen Windungen des Dickdarms waren an zwei Stellen durchlöchert. Als sie das sah, wußte sie, was sie zu tun hatte. Sie schob die Umstehenden beiseite und ging an die Arbeit.
Zuerst klebte sie die Schnitte wieder zusammen, wobei sie mit der Leberverletzung anfing und von innen nach außen arbeitete. Bevor sie den Klebstoff aufbrachte, sprühte sie jedesmal auf die verletzte Stelle ein bißchen Recordierpuder, das dafür da war, die Fähigkeit des verletzten Organs, sich selbst zu regenerieren, zu unterstützen. Das Sondieren, Pressen, Drücken dauerte elf Minuten. Jeanne wurde schon vorher wach und fragte leise:
»Muß ich sterben?«
»Überhaupt nicht«, sagte Elaine, »es sei denn, diese menschlichen Arzneien vergiften dein Hundeblut.«
»Wer war es?«
»Crawlie.«
»Warum?« fragte das Kind. »Warum? Ist sie auch verletzt? Wo ist sie? Wie geht es ihr?«

»So schlecht geht es ihr jedenfalls nicht, wie es ihr später noch gehen wird« sagte der Ziegenmensch Charley-ist-mein-Darling. »Wenn sie noch lebt, päppeln wir sie wieder auf, verurteilen sie und liquidieren sie.«
»Nein, das werdet ihr nicht tun«, sagte Jeanne. »Ihr werdet sie lieben. Das müßt ihr.«
Der Ziegenmensch schaute verständnislos.
In seiner Verwirrung wandte er sich an Elaine. »Sieh dir lieber Crawlie auch einmal an«, sagte er. »Womöglich hat Orson sie mit seinem Schlag umgebracht. Er ist nämlich ein Bär, weißt Du.«
»Das habe ich schon gemerkt«, erwiderte Elaine trocken. Wofür, meinte er, hielt sie den Mann, für einen Kolibri?
Sie ging zu der am Boden liegenden Crawlie hinüber. Als sie ihre Schultern berührte, wußte sie, daß sie Ärger bekommen würde. Ihr Äußeres war menschlich, nicht aber die Muskulatur. Sie vermutete, daß die Laboratorien Crawlie ihre furchtbare Kraft und Ausdauer gelassen hatten, aus irgendeinem unerfindlichen ökonomischen Grunde. Sie holte eine Gehirnsonde hervor, ein telepathisches Gerät, das nur auf kurze Entfernungen und nur für kurze Zeit relativ schwach arbeitete, um festzustellen, ob Crawlies Verstand noch funktionierte. Als sie Crawlies Kopf berührte, um das Gerät zu befestigen, wurde das bewußtlose Mädchen mit einem Schlag wieder lebendig, sprang auf und sagte:
»Nein, das tust du nicht, du schnüffelst nicht in meinem Gehirn herum, du dreckiger Mensch!«
»Halt still, Crawlie!«
»Von dir lasse ich mich nicht kommandieren, du Monstrum!«
»Crawlie, so was darfst du nicht sagen.« Es war unheimlich, eine so herrische Stimme aus dem Mund eines kleinen Mädchens zu vernehmen. So klein sie war, Jeanne beherrschte die Situation vollkommen.
»Wieso denn nicht? Ihr haßt mich ja doch alle.«
»Das ist nicht wahr, Crawlie.«

»Du bist ein Hund, und auf einmal bist du ein Mensch. Du bist eine geborene Verräterin. Hunde haben sich schon immer auf die Seite der Menschen geschlagen. Du hast mich auch schon gehaßt, bevor du in dieses Zimmer gegangen bist und dich in etwas anderes verwandelt hast. Und jetzt wirst du uns alle umbringen.«

»Es kann sein, daß wir sterben, Crawlie, aber es wird nicht meine Schuld sein.«

»Jedenfalls haßt du mich. Du hast mich immer gehaßt.«

»Du wirst es vielleicht nicht glauben«, sagte Jeanne, »aber ich habe dich immer geliebt. Du warst die hübscheste Frau in unserem ganzen Korridor.«

Crawlie lachte. Elaine bekam eine Gänsehaut davon. »Angenommen, ich glaube dir. Wie könnte ich weiterleben, wenn ich glaubte, daß die Menschen mich lieben? Wollte ich dir glauben, so müßte ich mich selbst in Stücke reißen, mir an der Wand den Schädel einschlagen, mich...« Das Lachen schlug in Schluchzen um, aber es gelang ihr trotzdem weiterzusprechen: »Ihr Kreaturen seid so dumm, daß ihr nicht einmal merkt, daß ihr Monstren seid. Ihr seid keine Menschen. Ihr werdet nie Menschen sein. Ich selbst bin eine von euch. Aber ich bin ehrlich genug zuzugeben, daß ich nichts Besseres bin. Wir sind Dreck, wir sind nichts, wir sind Sachen, die weniger wert sind als Maschinen. Wir verstecken uns in der Erde wie Dreck, und wenn die Menschen uns umbringen, weinen sie nicht. Jedenfalls haben wir uns bis jetzt immer versteckt. Jetzt kommst du daher, du und deine zahme menschliche Frau« – Crawlie warf Elaine einen raschen Blick zu – »und willst sogar das ändern. Ich bring dich noch mal um, wenn ich kann, du Stück Dreck, du Schlampe, du Hündin! Was machst du mit diesem Körper eines Kindes? Wir wissen noch nicht einmal, wer du jetzt bist. Kannst du uns das vielleicht sagen?«

Der Bärenmensch hatte sich wieder an Crawlie herangemacht, ohne daß sie es bemerkt hatte, und war

bereit, sie abermals niederzuschlagen, falls sie die kleine Jeanne nicht in Ruhe ließ.
Jeanne sah ihn direkt an und befahl ihm mit einer bloßen Bewegung der Augen, Crawlie nicht zu schlagen.
»Ich bin müde«, sagte sie. »Ich bin müde, Crawlie. Ich bin mit fünf schon tausend Jahre alt. Und ich bin jetzt Elaine, und ich bin auch der Jäger, und ich bin die Lady Panc Ashash, und ich weiß viel, viel mehr, als ich mir je erhofft hätte. Auf mich wartet Arbeit, Crawlie, weil ich dich liebe, und ich glaube, ich werde bald sterben. Aber bitte, ihr lieben Leute, laßt mich erst eine Weile ruhen.«
Der Bärenmensch stand rechts von Crawlie. Links von ihr war eine Schlangenfrau aufgetaucht. Ihr Gesicht war hübsch und menschlich, bis auf die gespaltene Zunge, die immer wieder wie eine ersterbende Flamme aus ihrem Mund hervorzuckte. Sie hatte wohlgeformte Schultern und Hüften, aber überhaupt keine Brüste. Sie trug leere Büstenhalterschalen aus Gold, die auf ihrer Brust hin und her schwangen. Ihre Hände sahen aus, als wären sie härter als Stahl.
Crawlie wollte auf Jeanne zugehen, aber die Schlangenfrau zischte.
Es war das Schlangenzischen von der Alten Erde.
Sekundenlang hielt jeder Untermensch in dem Korridor den Atem an. Sie starrten alle auf die Schlangenfrau. Sie zischte abermals und sah dabei Crawlie an. Das Geräusch klang in dem engen Raum unendlich widerwärtig. Elaine sah, daß Jeanne alle Muskeln spannte wie ein Hund. Charley-ist-mein-Darling sah aus, als wollte er mit einem einzigen Satz zwanzig Meter weit springen, und Elaine selbst spürte einen Impuls, zu schlagen, zu töten, zu vernichten. Das Zischen war eine Herausforderung an sie alle.
Die Schlagenfrau sah sich ruhig um, im Vollbewußtsein der Aufmerksamkeit, die sie sich verschafft hatte.
»Macht euch keine Sorgen, liebe Leute. Seht, ich benutze Jeannes Namen für uns alle. Ich werde Crawlie

nichts tun, solange sie Jeanne nichts tut. Wenn sie ihr aber was tut, wenn irgend jemand sie anrührt, bekommt er es mit mir zu tun. Ihr wißt sehr gut, wer ich bin. Wir S-Menschen haben viel Kraft, große Intelligenz und überhaupt keine Angst. Ihr wißt, daß wir uns nicht fortpflanzen können. Die Menschen müssen jeden von uns einzeln herstellen, aus gewöhnlichen Schlangen. Kommt mir nicht in die Quere, gute Leute. Ich möchte mehr über diese neue Liebe erfahren, die Jeanne uns bringt, und niemand wird Jeanne anrühren, solange ich hier bin. Hört ihr mich, Leute? Niemand. Versucht es, und ihr seid des Todes. Ich bin sicher, ich könnte euch fast alle töten, bevor ich selbst sterben würde, selbst wenn ihr euch alle gleichzeitig auf mich stürzen würdet. Hört ihr mich, Leute? *Laßt Jeanne in Frieden.* Das gilt auch für dich, du sanfte menschliche Frau. Ich hab' auch vor dir keine Angst. Du da«, sagte sie zu dem Bärenmann, »nimm Jeanne auf die Arme und trage sie in ein ruhiges Bett. Sie braucht Schlaf. Sie muß eine Weile Ruhe haben. Und auch ihr haltet euch alle ruhig, Leute, oder ihr sollt mich kennenlernen. Mich.« Ihr schwarzen Augen musterten flink die Gesichter der Umstehenden. Die Schlangenfrau ging auf sie zu, und sie bildeten eine Gasse für sie, als sei sie das einzige Wesen aus Fleisch und Blut in einer Schar von Geistern.
Ihr Blick ruhte einen Moment lang auf Elaine. Elaine hielt dem Blick stand, aber es war ihr unbehaglich dabei. Die schwarzen Augen ohne Brauen und Wimpern schienen voller Intelligenz, aber bar jeder Empfindung. Orson, der Bärenmann, folgte gehorsam. Er trug die kleine Jeanne.
Während Jeanne an Elaine vorbeigetragen wurde, versuchte sie wach zu bleiben. Sie murmelte: »Mach mich größer. Bitte mach mich größer. Jetzt gleich.«
»Ich weiß nicht, wie ...« sagte Elaine.
Das Kind schüttelte sich, um wieder ganz wach zu werden. »Auf mich wartet Arbeit. Arbeit ... und vielleicht der Tod, den ich sterben muß. Es wird alles um-

sonst sein, wenn ich so klein bleibe. Mach mich größer.«
»Aber ...« protestierte Elaine wieder.
»Wenn du es nicht weißt, frag die Lady.«
»Welche Lady?«
Die S-Frau war stehengeblieben, um zu hören, was die beiden miteinander sprachen. Sie mischte sich ein.
»Die Lady Panc Ashash natürlich. Die tote. Glaubst du, eine lebende Lady der Instrumentalität würde irgend etwas anderes tun, als uns alle zu töten?«
Während die Schlangenfrau und Orson Jeanne fortbrachten, trat Charley-ist-mein-Darling zu Elaine und sagte: »Möchtest du hingehen?«
»Wohin?«
»Zur Lady Panc Ashash natürlich.«
»Ich?« fragte Elaine. »Jetzt?« fragte sie noch eindringlicher. »Natürlich nicht«, sagte Elaine und sprach dabei jedes Wort so aus, als sei es ein Gesetz. »Wofür hältst du mich? Vor ein paar Stunden wußte ich noch nicht einmal, daß es euch gibt. Ich war mir nicht sicher, was das Wort ›Tod‹ bedeutet. Ich dachte einfach, daß alles nach vierhundert Jahren zu Ende ist, wie es ja eigentlich sein soll. Es waren Stunden der Gefahr, und die ganze Zeit über hat jeder jeden bedroht. Ich bin müde, und ich bin schläfrig, und ich bin schmutzig, ich muß mich herrichten, und außerdem ...«
Sie verstummte plötzlich und biß sich auf die Lippe. Und außerdem, hatte sie sagen wollen, ist mein Körper noch ganz erschöpft von der traumhaften Liebesstunde, die der Jäger und ich hatten. Aber das ging Charley-ist-mein-Darling nichts an. Schließlich war er ein Ziegenbock. Er hatte einen Ziegenverstand und würde nicht begreifen, wie würdig und rein das alles gewesen war.
Der Ziegenmann sagte mit sanfter, freundlicher Stimme: »Du machst Geschichte, Elaine, und wenn man Geschichte macht, kann man sich nicht auch noch ständig um Kleinigkeiten kümmern. Bist du glücklicher, und fühlst du dich wichtiger als je zuvor?

Ja? Bist du nicht ein anderer Mensch als der, der vor ein paar Stunden Balthasar kenngelernt hat?«
Elaine war ergriffen von seinem Ernst. Sie nickte.
»Bleib hungrig und müde. Bleib schmutzig. Nur noch ein Weilchen. Wir dürfen keine Zeit vergeuden. Du kannst mit der Lady Panc Ashash sprechen. Laß dir von ihr sagen, was wir mit der kleinen Jeanne tun müssen. Wenn du mit neuen Instruktionen zurückkommst, werde ich mich selbst um dich kümmern. Dieser Tunnel ist als Stadt gar nicht so übel, wie es aussieht. Wir haben alles, was du je brauchen wirst, in Engloks Zimmer, Englok selbst hat es vor langer Zeit gebaut. Arbeite nur noch ein Weilchen, und dann kannst du essen und dich ausruhen. Wir haben alles hier. ›Ich bin Bürger einer Stadt, die sich sehenlassen kann.‹ Aber erst mußt du Jeanne helfen. Du liebst sie doch, nicht wahr?«
»Oh, ja, ich liebe sie«, sagte sie.
»Dann hilf uns noch ein bißchen.«
Mit Tod? dachte sie. Mit Mord? Mit der Übertretung von Gesetzen? Aber – aber es war alles für Jeanne.
So kam es, daß Elaine an die getarnte Tür trat, wieder hinausging unter den freien Himmel, die große Schüssel von Ober-Kalma sah, die über der Alten Unteren Stadt hing. Sie sprach mit der Stimme der Lady Panc Ashash und nahm von ihr gewisse Instruktionen sowie andere Botschaften entgegen. Später konnte sie zwar wiederholen, was die Lady ihr gesagt hatte, aber sie war zu müde, um es wirklich zu begreifen.
Taumelnd ging sie zur Wand zurück, zu der Stelle, wo sie die Tür vermutete, und lehnte sich dagegen, aber nichts geschah.
»Weiter unten, Elaine, weiter unten. Beeil dich! Als ich noch ich selbst war, wurde ich auch müde«, kam das eindringliche Flüstern der Lady Panc Ashash, »aber mach schnell!«
Elaine trat von der Wand zurück und sah sie an.
Ein Lichtstrahl erfaßte sie.
Die Instrumentalität hatte sie entdeckt.

Sie warf sich voller Verzweiflung gegen die Wand.
Die Tür ging für einen Augenblick auf. Die starke, willkommene Hand von Charley-ist-mein-Darling zog sie hinein.
»Das Licht! Das Licht!« schrie Elaine. »Ich habe uns allen den Tod gebracht. Sie haben mich gesehen.«
»Noch nicht«, sagte der Ziegenmann mit seinem raschen, unaufrichtigen, intelligenten Lächeln. »Ich bin vielleicht ungebildet, aber ich bin auf Draht.«
Er streckte den Arm nach dem inneren Tor aus, schaute noch einmal abschätzend Elaine an und schob dann einen Roboter von der Größe eines Menschen durch die Tür.
»So, der wäre draußen, ein Kehrer, der ungefähr deine Größe hat. Kein Gedächtnisspeicher. Ein verbrauchtes Gehirn. Ganz einfache Motivationen. Wenn sie herunterkommen, um genauer zu betrachten, was sie entdeckt zu haben glauben, werden sie ihn statt deiner sehen. Wir haben immer ein paar von ihnen in der Nähe der Tür greifbar. Wir gehen selten hinaus, aber wenn wir es mal tun, ist es praktisch, diese Kerle als Deckung zur Hand zu haben.«
Er nahm sie am Arm. »Während du ißt, kannst du mir berichten. Können wir sie größer machen . . .?«
»Wen?«
»Na, Jeanne natürlich. Unsere Jeanne. Deswegen bist du doch hinausgegangen.«
Elaine mußte in ihrem Gedächtnis Inventur machen, um festzustellen, was die Lady Panc Ashash ihr gesagt hatte. Dann erinnerte sie sich wieder.
»Du brauchst eine Kapsel. Und ein Geleebad. Und Narkotika, denn es wird weh tun. Vier Stunden.«
»Wunderbar«, sagte Charley-ist-mein-Darling, während er sie immer tiefer in den Tunnel hineinführte.
»Aber was hat das noch für einen Sinn«, fragte Elaine, »wo ich uns doch alle ruiniert habe? Die Instrumentalität hat mich hereinkommen sehen. Sie werden euch alle töten, auch Jeanne. Wo ist der Jäger? Sollte ich nicht erst schlafen?« Sie fühlte, wie ihre Lippen vor Erschöpfung dick wurden; sie hatte

weder geruht noch gegessen, seit sie aus einer Laune heraus die kleine Tür zwischen der Waterrocky-Road und der Shopping Bar aufgemacht hatte.

»Du bist in Sicherheit, Elaine, du bist in Sicherheit«, sagte Charley-ist-mein-Darling, und sein listiges Lächeln war sehr herzlich, und seine weiche Stimme hatte den Klang aufrichtiger Überzeugung. Dabei glaubte er selbst kein Wort davon. Er war der Meinung, daß sie alle in Gefahr schwebten, aber es hatte keinen Zweck, Elaine Angst einzujagen. Elaine war der einzige richtige Mensch auf ihrer Seite, abgesehen von dem Jäger, der aber ein Sonderfall und selbst beinahe ein Tier war, und der Lady Panc Ashash, die zwar sehr gütig war, aber eben doch schon tot. Er hatte selbst Angst, aber er hatte auch Angst vor der Angst. Vielleicht waren sie alle verloren.

In gewissem Sinne hatte er recht.

7

Die Lady Arabella Underwood hatte die Lady Goroke gerufen.

»Etwas hat in meinen Verstand eingegriffen.«

Die Lady Goroke war ungemein schockiert. Sie gab die Anfrage zurück. »Setz doch eine Sonde an.«

»Hab' ich schon getan. Nichts.«

»Nichts?«

Ein neuer Schock für die Lady Goroke. »Dann gib Alarm«.

»O nein, o nein, nein, nein. Es war ein freundliches, angenehmes Eingreifen.«

Die Lady Arabella Underwood war eine Altnordaustralierin und deshalb reichlich förmlich: Sie dachte zu ihren Freunden immer in ganzen Worten, selbst beim telepathischen Kontakt. Sie strahlte niemals bloße unformulierte Ideen ab.

Aber das ist doch im höchsten Grade ungesetzlich. Du bist ein Teil der Instrumentalität. Es ist ein Verbrechen! dachte die Lady Goroke.

Sie bekam ein Kichern zur Antwort.
»Du lachst...?« fragte sie.
»Es kam mir nur eben der Gedanke, ein neuer Lord könnte hier sein. Von der Instrumentalität. Der mich unter die Lupe nehmen will.«
Die Lady Goroke war sehr auf Anstand bedacht und leicht zu schockieren. Wir würden so etwas nicht tun!
Die Lady Arabella dachte bei sich selbst, ohne zu senden: »Dir kann das nicht passieren, meine Liebe. Du bist viel zu prüde.« Der anderen sendete sie: »Dann vergiß es.«
Verwirrt und beunruhigt dachte die Lady Goroke: Na schön, von mir aus. Ende?
»Ja, Ende.«
Die Lady Goroke runzelte die Stirn. Sie schlug mit der flachen Hand an ihre Wand. Zentralplanet, dachte sie gegen die Wand.
Ein gewöhnlicher Mann saß an seinem Schreibtisch.
»Ich bin die Lady Goroke«, sagte sie.
»Selbstverständlich, Lady«, erwiderte er.
»Polizeifieber, ein Grad. Nur ein Grad. Bis zur Entwarnung. Klar?«
»Klar, Mylady. Der ganze Planet?«
»Ja«, sagte sie.
»Möchten Sie eine Begründung angeben?« Seine Stimme war ehrerbietig und sachlich.
»Muß ich das?«
»Natürlich nicht, Lady.«
»Also keine Begründung. Ende.«
Er salutierte und sein Bild verschwand von der Wand.
Sie steigerte ihre telepathischen Kräfte auf das Niveau eines hellen, klaren Rufes. Nur an Instrumentalität, nur an Instrumentalität. Ich habe Befehl gegeben, das Polizeifieber um 1^0 zu erhöhen. Grund persönliche Unruhe. Ihr kennt meine Stimme. Ihr kennt mich. Goroke.

Am anderen Ende der Stadt flog ein Polizist-Ornithopter langsam die Straße entlang.

Der Polizei-Roboter photographierte einen Straßenkehrer, den defektesten Straßenkehrer, den er je gesehen hatte.
Der Straßenkehrer raste mit polizeiwidriger Geschwindigkeit die Straße entlang – es mußten fast dreihundert Kilometer pro Stunde sein –, hielt mit einem Quietschen von Kunststoff auf Stein plötzlich an und begann, Staubkörnchen vom Pflaster aufzusammeln.
Als der Ornithopter ihn erreichte, raste der Straßenkehrer wieder los, umrundete zwei oder drei Ecken mit atemberaubender Geschwindigkeit und widmete sich dann wieder seiner idiotischen Beschäftigung.
Als sich dieses Spielchen zum drittenmal wiederholte, schoß der Roboter in dem Ornithopter ihn bewegungsunfähig, flog hinab und packte ihn mit den Greifarmen seiner Maschine.
Er sah ihn jetzt aus der Nähe.
»Vogelhirn. Altes Modell. Vogelhirn. Gut, daß sie die heute nicht mehr einsetzen. Das Ding hätte einen Menschen verletzen können. Ich bin nach einer Maus geprägt, nach einer richtigen Maus mit jeder Menge Gehirn.«
Er flog mit dem ausgedienten Kehrer zum zentralen Müllabladeplatz. Der Kehrer war verletzt, aber noch bei Bewußtsein, und versuchte, Staubkörnchen von den Greifern aufzusammeln, die ihn gepackt hielten.
Unter ihnen verschwamm die Alte Stadt mit ihren seltsamen geometrischen Linien aus dem Blickfeld. Die neue Stadt, in ihren weichen, ewigen Lichterglanz getaucht, erstrahlte unter dem Nachthimmel von Fomalhaut III. Weit draußen kochte der immerwährende Ozean unter seinen privaten Stürmen.

Auf der Bühne können die Schauspieler nicht viel anfangen mit dem Zwischenspiel, in dessen Verlauf Jeanne binnen einer einzigen Nacht von der Größe eines fünfjährigen Kindes auf die einer fünfzehn oder sechzehn Jahre alten jungen Dame gebracht

wurde. Die biologische Maschine arbeitete gut, wenn auch unter Gefahr für Jeannes Leben. Sie machte eine vitale, robuste junge Person aus ihr, ohne ihren Verstand im geringsten zu verändern. Das darzustellen, ist für jede Schauspielerin eine schwierige Aufgabe. Die Storyboxen haben es da leichter. Sie können die Maschine mit allen möglichen Verbesserungen zeigen – mit Blitzlichtern, Stücken von Lichtnacht, geheimnisvollen Strahlen. In Wirklichkeit sah sie aus wie eine Badewanne voll brodelnden braunen Gelees, das Jeanne vollständig bedeckte.
Elaine saß unterdessen hungrig in Engloks eigenem Prachtzimmer. Das Essen war sehr sehr alt, und sie hatte, als Hexe, Zweifel in bezug auf seinen Nährwert, aber es stillte ihren Hunger. Die Einwohner von Clowntown hatten diesen Raum für sich selbst als unbetretbar erklärt, aus Gründen, die Charley-ist-mein-Darling nicht klarstellen konnte. Er stand in der Tür und sagte ihr, was sie tun mußte, um das Essen zu finden, das Bett aus dem Fußboden hochkommen zu lassen und das Badezimmer zu öffnen. Alles war sehr altmodisch, und nichts reagierte auf einen einfachen Gedanken oder einen bloßen Schlag mit der Hand.
Etwas Merkwürdiges geschah.
Elaine hatte sich die Hände gewaschen, hatte gegessen und bereitete sich jetzt darauf vor, ein Bad zu nehmen. Sie hatte fast alle Kleider ausgezogen, denn sie dachte, Charley-ist-mein-Darling sei ein Tier, kein Mensch, und deshalb sei nichts dabei.
Plötzlich wußte sie, daß doch etwas dabei war.
Er war vielleicht ein Untermensch, aber für sie war er ein Mann. Sie wurde rot bis zum Hals, lief in das Badezimmer und rief zu ihm hinaus:
»Geh jetzt. Ich nehme ein Bad und lege mich dann schlafen. Weck mich erst, wenn du mußt, nicht früher.«
»Ja, Elaine.«
»Und ... und ...«
»Ja?«

»Ich danke dir«, sagte sie. »Ich danke dir sehr. Weißt du was, ich hab noch nie ›danke‹ zu einem Untermenschen gesagt.«
»Schon gut«, sagte Charley-ist-mein-Darling und lächelte. »Das tun die meisten echten Menschen nicht. Schlaf gut, liebe Elaine. Wenn du aufwachst, mußt du dich auf große Dinge gefaßt machen. Wir werden einen Stern vom Himmel holen und tausend Welten in Brand setzen . . .«
»Was war das?« frage sie und steckte den Kopf aus dem Badezimmer.
»Nur so eine Redensart«, lächelte er. »Ich wollte damit nur sagen, daß du nicht viel Zeit haben wirst. Schlaf schön. Vergiß nicht, deine Kleider in die automatische Kammerzofe zu tun. Unsere in Clowntown sind alle kaputt, aber da wir diesen Raum nie benutzt haben, müßte deine funktionieren.«
»Welche ist es?« fragte sie.
»Der rote Deckel mit dem goldenen Griff. Du brauchst ihn nur anzuheben.« Mit diesem hausfraulichen Ratschlag verließ er sie. Er ging fort und machte Pläne für das Schicksal von hundert Milliarden Menschenleben.

Sie sagten ihr, es sei schon spät am Vormittag, als sie aus Engloks Zimmer kam. Woher hätte sie es wissen sollen? Der braune und gelbe Korridor mit seinen trüben alten gelben Lichtern war genauso düster und gestankerfüllt wie eh und je.
Die Leute schienen sich alle verwandelt zu haben.
Baby-Baby war keine Mausvettel mehr, sondern eine auffallend starke und sehr zärtliche Frau. Crawlie war so gefährlich wie eine menschliche Feindin, sie starrte Elaine an, und ihr schönes Gesicht war vor unterdrücktem Haß geradezu liebenswürdig geworden. Charley-ist-mein-Darling war fröhlich, freundlich und gewinnend. Sie glaubte sogar, auf den Gesichtern von Orson und der Schlangenfrau einen Ausdruck wahrzunehmen, so grotesk ihre Züge auch waren.

Nachdem sie von allen Seiten außerordentlich höflich begrüßt worden war, fragte sie: »Und was kommt jetzt?«
Eine neue Stimme ließ sich hören – eine Stimme, die sie kannte und doch nicht kannte.
Elaine schaute zu einer Nische in der Wand hinüber.
Die Lady Panc Ashash! Und wer stand dort neben ihr?
Noch während sie sich diese Frage stellte, wußte Elaine schon die Antwort. Es war Jeanne, die groß gewordene Jeanne, nur noch einen halben Kopf kleiner als die Lady Panc Ashash oder sie selbst. Es war eine neue Jeanne, stark, glücklich und ruhig; aber es war auch noch ganz die liebe kleine alte Jeanne.
»Willkommen«, sagte die Lady Panc Ashash, »bei unserer Revolution.«
»Was ist eine Revolution?« fragte Elaine. »Und überhaupt, ich dachte, Sie könnten wegen der Gedankenabschirmung gar nicht hier hereinkommen?«
Die Lady Panc Ashash hob einen Draht hoch, der von ihrem Roboter-Körper herabhing. »Ich habe das zusammengebastelt, um den Körper benutzen zu können. Vorsichtsmaßnahmen haben keinen Zweck mehr. Eine Revolution ist ein Mittel zur Veränderung von Systemen und Menschen. Das hier ist eine. Du gehst voran, Elaine. Hier entlang.«
»Um zu sterben? Ist es das, was Sie meinen?«
Die Lady Panc Ashash lachte herzlich. »Du kennst mich doch jetzt schon. Du kennst meine Freunde hier. Du weißt, was dein eigenes Leben hier war, als nutzlose Hexe hast du in einer Welt gelebt, die dich nicht haben wollte. Wir werden vielleicht sterben, aber es kommt darauf an, was wir tun, bevor wir sterben. Das ist Jeanne, die auf dem Weg ist, sich ihrem Schicksal zu stellen. Du gehst voran bis zur Oberen Stadt. Dann geht Jeanne voran. Und was dann geschieht, wird sich zeigen.«
»Du meinst, all diese Leute gehen auch mit?« Elaine betrachtete die vielen Untermenschen, die sich in dem Korridor schon in einer Zweierreihe aufstellten.

Die beiden Reihen verdickten sich, wo Mütter ein Kind an der Hand führten oder ein Kleinkind auf dem Arm trugen. Hier und dort wurden die Reihen von riesigen Untermenschen akzentuiert.
Sie waren nichts, dachte Elaine, und ich war auch nichts. Jetzt werden wir alle etwas tun, obwohl man dafür womöglich unser Leben beenden wird. »Womöglich«, dachte sie, »bestimmt« wäre das richtige Wort. Aber der Einsatz lohnt sich, wenn Jeanne die Welten ändern kann, und sei es nur ein bißchen, und sei es nur für andere Menschen.
Jeanne ergriff das Wort. Ihre Stimme war mit ihrem Körper gewachsen, aber es war noch dieselbe liebe Stimme, die das kleine Hundemädchen vor sechzehn Stunden (es kommt mir vor, als wären es sechzehn Jahre, dachte Elaine) gehabt hatte, als Elaine sie zum erstenmal gesehen hatte, an der Tür zu Engloks Tunnel.
Jeanne sagte: »Liebe ist nicht etwas Besonderes, das nur den Menschen allein vorbehalten wäre.
Liebe ist nicht stolz. Liebe hat keinen richtigen Namen. Liebe ist Liebe zum Leben selbst, und wir haben das Leben.
Durch Kampf können wir nicht gewinnen. Die Menschen sind in der Überzahl, sie schießen, laufen, kämpfen besser als wir. Aber die Menschen haben uns nicht erschaffen. Was immer die Menschen erschaffen hat, hat auch uns erschaffen. Ihr kennt es alle, aber wollen wir den Namen sagen?«
Ein Gemurmel erhob sich, aus dem immer wieder *nein* und *nie* herauszuhören war.
»Ihr habt auf mich gewartet. Auch ich habe gewartet. Es ist jetzt vielleicht Zeit zu sterben, aber wir werden sterben, wie die Menschen früher gestorben sind, bevor alles leicht und grausam für sie wurde. Sie leben in Lethargie und sterben im Traum. Es ist kein guter Traum, und wenn sie aufwachen, werden sie wissen, daß auch wir Menschen sind. Haltet ihr zu mir?«
Alle murmelten ja. »Liebt ihr mich?« Wieder murmelten sie Zustimmung. »Sollen wir hinausgehen und

uns dem Tag stellen?« Alle jubelten ihr begeistert zu. Jeanne wandte sich an die Lady Panc Ashash. »Ist alles, wie du es gewünscht und befohlen hast?«
»Ja«, sagte die liebe tote Frau in dem Roboter-Körper. »Jeanne geht vor euch her, um euch zu führen. Elaine geht vorneweg, um Roboter oder gewöhnliche Untermenschen zu vertreiben. Wenn ihr auf wirkliche Menschen trefft, werdet ihr sie lieben. Jeanne wird euch zeigen, wie. Und jetzt kümmert euch nicht mehr um mich. Alles fertig?«
Jeanne hob die rechte Hand und sagte ein paar Worte zu sich selbst. Die Leute beugten ihre Köpfe, Gesichter und Schnauzen und Rüssel von allen Farben und Größen. Im Hintergrund wimmerte irgendein Kleinkind mit dünnem Piepsstimmchen.
Als sie sich schon nach vorne gewandt hatte, um die Prozession anzuführen, drehte Jeanne sich noch einmal um und fragte: »Crawlie, wo bist du?«
»Hier, in der Mitte«, sagte eine klare, ruhige Stimme weit hinten.
»Liebst du mich jetzt, Crawlie?«
»Nein, H'jeanne. Ich mag dich jetzt noch weniger als früher, wo du noch ein kleiner Hund warst. Aber das hier sind meine Leute so gut wie deine. Ich bin tapfer. Ich kann gehen. Ich werde euch keine Schwierigkeiten machen.«
»Crawlie«, sagte Jeanne, »wirst du die Menschen lieben, wenn wir welchen begegnen?«
Alle Gesichter wandten sich dem schönen Bisonmädchen zu. Elaine konnte sehen, daß ihr Gesicht vor Erregung leichenblaß geworden war. Ob aus Angst oder Wut, hätte sie nicht zu sagen gewußt.
Schließlich sprach Crawlie. »Nein, ich werde keine Menschen lieben. Und ich werde auch dich nicht lieben. Ich habe meinen Stolz.«
Leise, leise, wie der Tod selbst an einem stillen Krankenlager, sprach Jeanne: »Du kannst noch hierbleiben, Crawlie. Du kannst zurückbleiben. Es ist keine große Chance, aber es ist eine Chance.«
Crawlie sah sie an. »Ich wünsche dir alles Schlechte,

Hundefrau, dir und dem verfluchten Menschenweib, das da oben neben dir steht.«
Elaine stellte sich auf die Zehenspitzen, um zu sehen, was passieren würde. Plötzlich verschwand Crawlies Gesicht, als würde es nach unten weggezogen.
Die Schlangenfrau bahnte sich einen Weg nach vorne, stellte sich dicht neben Jeanne, wo die andern sie sehen konnnten, und sang mit einer Stimme, die so klar war wie Metall:
»Singt ›arme, arme Crawlie‹, liebe Leute. Singt ›ich liebe Crawlie‹, Leute. Sie ist tot. Ich habe sie eben getötet, auf daß wir alle von Liebe erfüllt wären. Ich liebe euch auch«, sagte die S-Frau, auf deren reptilienhaften Zügen kein Zeichen von Liebe oder Haß zu sehen war.
Jeanne erhob wieder ihre Stimme, offenbar auf Wunsch der Lady Panc Ashash. »Wir lieben Crawlie wirklich, liebe Freunde. Denkt an sie, und laßt uns vorwärts gehen.«
Charley-ist-mein-Darling stieß Elaine leicht an. »Na komm, du mußt vorangehen.«
Wie im Traum, zutiefst verwirrt, ging Elaine voran.
Sie fühlte sich glücklich, lebendig, tapfer, als sie nahe an der starken Jeanne vorbeiging, die so groß und doch genauso wie vorher war. Jeanne lächelte ihr zu und sagte leise: »Sag mir, daß ich es richtig mache, menschliche Frau. Ich bin ein Hund, und Hunde haben eine Million Jahre lang vom Lob des Menschen gelebt.«
»Du hast recht, Jeanne, du hast völlig recht! Ich bin auf deiner Seite. Soll ich jetzt gehen?«
Jeanne nickte, und ihre Augen standen voller Tränen.
Elaine ging vorneweg.
Jeanne und die Lady Panc Ashash folgten, Hund und Tote an der Spitze der Prozession.
Dahinter kamen die übrigen Untermenschen, zwei und zwei nebeneinander.
Als sie die geheime Tür aufmachten, flutete Tageslicht in den Korridor. Elaine spürte fast, wie die

schale, übelriechende Luft mit ihnen ins Freie hinausströmte. Als sie zum letztenmal in den Tunnel zurückblickte, sah sie Cralies Leichnam ganz allein auf dem Boden liegen.
Elaine wandte sich den Treppenstufen zu und begann, allen voran hinaufzusteigen.
Noch hatte niemand die Prozession bemerkt.
Elaine hörte den Draht der Lady Panc Ashash über den Stein und das Metall der Treppe schleifen, während sie Stufe für Stufe emporstiegen.
Als sie oben an der Tür angelangt war, zauderte Elaine einen Augenblick, plötzlich von panischer Angst ergriffen. »Das ist mein Leben, mein Leben«, dachte sie. »Ich habe kein anderes. Was habe ich getan? Oh, Jäger, Jäger, wo bist du? Hast du mich verraten?«
Da sagte Jeanne hinter ihr leise: »Geh weiter! Geh! Das ist ein Krieg der Liebe. Bleib nicht stehen.«
Elaine öffnete die Tür zu der oberen Straße. Die Straße war voller Menschen. Über den Häusern flatterten drei Polizei-Ornithopter. Das war eine ungewöhnlich große Zahl. Elaine blieb abermals stehen.
»Geh weiter«, sagte Jeanne, »schick die Roboter weg.«

8

Die Revolution dauerte sechs Minuten und spielte sich auf einer Strecke von einhundertzwölf Metern ab.
Die Polizei kam sofort herbeigeflogen, als die ersten Untermenschen aus der Tür strömten.
Der erste Ornithopter segelte herab wie ein großer Vogel, und seine Stimme sagte: »Weist euch aus! Wer seid ihr?«
Elaine sagte: »Entferne dich. Das ist ein Befehl.«
»Weisen Sie sich aus«, sagte die vogelartige Maschine und stellte sich schräg in der Luft, und das Linsenauge des Roboters in der Mitte glotzte Elaine an.
»Entferne dich« sagte Elaine. »Ich bin ein echter Mensch, und ich befehle es dir.«

Der erste Polizei-Ornithopter rief anscheinend über Funk die anderen herbei. Gemeinsam kamen sie in die Schlucht zwischen den hohen Gebäuden heruntergeflattert.
Auf der Straße hatte sich schon ein Menschenauflauf gebildet. Die Gesichter der echten Menschen zeigten fast alle einen verständnislosen Ausdruck, einige schienen interessiert oder amüsiert oder verängstigt beim Anblick so vieler Untermenschen auf einem Haufen.
Jeannes Stimme hob zu singen an, in der denkbar klarsten Artikulation der Alten Gemeinsprache:
»Liebe Menschen, wir sind Menschen. Wir lieben euch. Wir lieben euch.«
Die Untermenschen stimmten einen eigenartigen Choral an, *Liebe, Liebe, Liebe,* dessen Melodie reich an Halbtönen war. Die echten Menschen wichen zurück. Jeanne selbst gab ein Beispiel, indem sie eine junge Frau umarmte, die ungefähr ihre Größe hatte. Charley-ist-mein-Darling packte einen menschlichen Mann an den Schultern und rief:
»Ich liebe dich, Kamerad! Glaube mir, ich liebe dich wirklich. Es ist wunderbar, dich kennenzulernen.«
Der menschliche Mann erschrak darüber, daß ein Untermensch ihn anfaßte, und noch mehr über die aufrichtige Wärme in der Stimme des Ziegenmannes. Er stand mit herabhängendem Kiefer reglos da und war vor schierer, äußerster, jäher Verblüffung sprachlos.
Irgendwo im Hintergrund schrie jemand.
Ein Polizei-Ornithopter kam zurückgeflattert. Elaine wußte nicht, ob es einer von den dreien war, die sie fortgeschickt hatte, oder ein neuer. Sie wartete, bis er nahe genug war, um sie zu hören, damit sie ihm sagen konnte, er solle sich entfernen. Zum erstenmal machte sie sich Gedanken über den tatsächlichen physischen Charakter der Gefahr. Konnte die Polizeimaschine ihr eine Kugel durch den Körper jagen? Oder einen Feuerstrahl auf sie richten? Oder sie pakken und als schreiendes Bündel in ihren eisernen

Klauen wegtragen, an einen Ort, wo sie hübsch und sauber und niemals mehr sie selbst sein würde? »Oh, Jäger, wo bist du jetzt? Hast du mich vergessen? Hast du mich verraten?«
Die Untermenschen drängten noch immer vorwärts und mischten sich unter die echten Menschen, hielten sie an Händen oder Kleidern fest und sagten immer wieder mit ihren vielerlei sonderbaren Stimmen:
»Ich liebe dich. Oh, bitte, ich liebe dich! Wir sind Menschen. Wir sind eure Brüder und Schwestern ...«
Die Schlangenfrau hatte nicht viel Glück. Sie hatte einen menschlichen Mann mit ihrer mehr als eisernen Hand gepackt. Elaine hatte nicht gesehen, ob sie etwas zu ihm gesagt hatte, aber der Mann war auf der Stelle in Ohnmacht gesunken. Die Schlangenfrau trug ihn über den Arm drapiert wie einen Mantel und sah sich nach jemand anderem um, den sie lieben konnte.
Hinter Elaine sagte eine Stimme: »Er wird bald kommen.«
»Wer?« fragte Elaine die Lady Panc Ashash. Sie wußte recht gut, wen sie meinte, aber sie wollte es nicht zugeben. Dabei beobachtete sie aufmerksam die kreisenden Ornithopter.
»Der Jäger natürlich«, sagte der Roboter mit der Stimme der lieben alten Dame. »Er kommt dich holen. Dir wird nichts geschehen. Ich bin am Ende meines Drahtes. Schau weg, Liebes. Sie werden mich abermals töten, und ich fürchte, der Anblick würde dir Kummer bereiten.«
Vierzehn Roboter, Fußgängermodelle, marschierten mit militärischer Entschlossenheit in die Menge. Die echten Menschen ließen sich dadurch ermutigen, und einige von ihnen verschwanden in Hauseingängen. Aber die meisten echten Menschen waren noch immer so verblüfft, daß sie einfach dastanden, während die Untermenschen ihre Pfoten nach ihnen ausstreckten und immer wieder ihre Liebe beteuerten, wobei ihren Stimmen die animalische Herkunft deut-

lich anzumerken war.
Der Roboter-Wachtmeister kümmerte sich nicht darum. Er ging auf die Lady Panc Ashash zu, doch Elaine stand ihm im Weg.
»Ich befehle dir«, sagte sie mit dem ganzen Nachdruck einer Hexe im Dienst, »ich befehle dir, von hier wegzugehen.«
Seine Augenlinsen waren wie dunkelblaue, in Milch schwimmende Murmeln. Sie wirkten trübe und nicht richtig scharfgestellt, während er sie musterte. Er gab ihr keine Antwort, sondern ging um sie herum, so rasch, daß sie ihn nicht aufhalten konnte. Er trat vor die liebe tote Lady Panc Ashash hin.
Verwirrt stellte Elaine fest, daß der Roboter-Körper der Lady menschlicher wirkte als je zuvor. Der Roboter-Wachtmeister stand dicht vor ihr.
Das ist die Szene, an die wir uns alle erinnern, die erste authentische Bildaufzeichnung von dem ganzen Vorfall:
Der goldene und schwarze Wachtmeister, der mit seinen milchigen Augen die Lady Panc Ashash anstarrt.
Die Lady selbst, in ihrem liebenswerten alten Roboter-Körper, hebt gebieterisch die Hand.
Elaine, die erschrocken herumfährt, als wollte sie den Roboter am rechten Arm packen. Ihr Kopf dreht sich dabei so rasch, daß ihr schwarzes Haar flattert.
Charley-ist-mein-Darling ruft einem gutaussehenden kleinen Mann mit mausgrauem Haar zu: »Ich liebe, liebe, liebe!« Der Mann schluckt und bringt keinen Ton heraus.
Das alles kennen wir.
Dann kommt das Unglaubliche, das wir jetzt glauben, das Ereignis, auf das die Sterne und Welten nicht vorbereitet waren.
Meuterei.
Roboter-Meuterei.
Ungehorsam am hellichten Tag.
Die Worte sind auf dem Band der Aufzeichnung schwer zu verstehen, aber man bekommt trotzdem

heraus, was gesagt wurde. Das Registriergerät in dem Polizei-Ornithopter hatte das Gesicht der Lady Panc Ashash genau im Bildfeld. Wer von den Lippen ablesen kann, erkennt jedes einzelne Wort; wer es nicht kann, versteht die Worte, wenn er das Band drei oder viermal durchlaufen läßt.

Die Lady sagte: »Bezwungen.«

Der Wachtmeister sagte: »Nein, du bist ein Roboter.«

»Sieh selbst. Lies meine Gedanken. Ich bin ein Roboter. Aber ich bin auch eine Frau. Du kannst Menschen nicht den Gehorsam verweigern. Ich bin ein Mensch. Ich liebe dich. Außerdem, du bist auch ein Mensch. Du denkst. Wir lieben einander. Versuch's doch. Versuche, mich anzugreifen.«

»Ich, ich kann nicht«, sagte der Roboter-Wachtmeister, und seine milchigen Augen rollten vor Erregung. »Du liebst mich? Du meinst, ich *lebe?* Ich existiere?«

»Wenn du liebst, ja«, sagte die Lady Panc Ashash. »Sieh dir das Mädchen an«, sagte die Lady und zeigte auf Jeanne, »sie hat dir Liebe gebracht.«

Der Roboter sah hin und verstieß gegen das Gesetz. Seine ganze Streife sah hin.

Er drehte sich wieder zu der Lady hin und verbeugte sich vor ihr: »Dann wissen Sie, was wir tun müssen, wenn wir Ihnen nicht gehorchen und den anderen nicht ungehorsam sein können.«

»Tut es«, sagte sie traurig, »aber seid euch klar darüber, was ihr damit tut. In Wahrheit entzieht ihr euch zwei menschlichen Befehlen. Ihr trefft eine Wahl. Ihr. Das macht euch zu Menschen.«

Der Wachtmeister wandte sich an seine Streife mannsgroßer Roboter: »Habt ihr das gehört? Sie sagt, wir sind *Menschen*. Ich glaube es. Glaubt ihr es auch?«

»Ja«, riefen sie fast einstimmig.

An dieser Stelle endet die Bandaufzeichnung, aber wir können uns vorstellen, wie es weiterging. Elaine war dicht hinter dem Wachtmeister-Roboter stehengeblieben. Die anderen Roboter drängten sich hinter ihr. Charley-ist-mein-Darling hatte aufgehört zu reden. Jeanne stand im Begriff, segnend die Hände zu erheben, und ihre warmen braunen Hundeaugen hatten sich vor Mitgefühl und Verstehen geweitet. Menschen haben die Dinge aufgezeichnet, die wir nicht sehen können.

Offenbar sagte der Roboter-Wachtmeister: »Lebt wohl, liebe Leute, wir lieben euch. Wir sind ungehorsam und sterben.« Er winkte Jeanne zu. Es ist nicht sicher überliefert, ob er auch noch sagte: »Lebe wohl, unsere Gebieterin und Befreierin.« Vielleicht hat irgendein Dichter diesen zweiten Ausspruch erfunden; dagegen wissen wir bestimmt, daß er den ersten Ausspruch getan hat. Und genauso sicher wissen wir, daß er das nächste Wort aussprach, denn darüber sind sich alle Historiker und Dichter einig. Er wandte sich an seine Männer und sagte: »Zerstören.«

Vierzehn Roboter, der schwarzgoldene Wachtmeister und seine dreizehn silberblauen Infanteristen, standen plötzlich in Flammen, mitten auf der Straße in Kalma. Sie hatten auf ihre Selbstmordknöpfe gedrückt und damit die Termitkapseln in ihren eigenen Köpfen zur Detonation gebracht. Sie hatten etwas ohne jeden menschlichen Befehl getan, auf die Anweisung eines anderen Roboters hin, des Körpers der Lady Panc Ashash, und diese besaß ihrerseits keinerlei menschliche Autorität, sondern nur das Wort des kleinen Hundemädchens Jeanne, das in einer einzigen Nacht zur Erwachsenen gemacht worden war.

Vierzehn weiße Flammen zwangen Menschen und Untermenschen, ihre Augen abzuwenden. Mitten in das Licht stieß ein Polizei-Ornithopter herab. Ihm entstiegen die beiden Ladys, Arabella Underwood und Goroke. Sie hielten sich die Unterarme vors Gesicht, um sich vor dem gleißenden Licht der sterbenden Roboter zu schützen. Sie sahen den Jäger nicht, der an einem offenen Fenster über der Straße stand – wer weiß, wie er dorthin gelangt war – und die Szene beobachtete, indem er sich die Hände vor die Augen hielt und durch die Ritzen zwischen seinen

Fingern hindurchspähte. Während die Leute alle noch geblendet dastanden, spürten sie, wie der erste gewaltige telepathische Schock vom Geist der Lady Goroke die Situation unter Kontrolle bekam. Das war ihr Recht als Erste Lady der Instrumentalität. Manche der Menschen, aber nicht alle, fühlten auch den sonderbaren Gegenschock von Jeannes Geist, der sich ausbreitete, um die Lady Goroke zu erreichen.

»Ich befehle«, dachte die Lady Goroke, und ihr Geist blieb offen für alle Wesen.

»Das stimmt«, dachte Jeanne, »aber ich liebe, ich liebe Sie.«

Die erstrangigen Kräfte trafen aufeinander.

Sie maßen sich.

Die Revolution war vorüber. Eigentlich war nichts geschehen, aber Jeanne hatte die Menschen gezwungen, sich ihr zu stellen. Es war nicht so, wie es in dem Gedicht beschrieben wird, Menschen und Untermenschen vermischten sich nicht. Die Vermischung kam viel später, sogar erst nach der Zeit von K'mell. Das Gedicht ist hübsch, aber es geht völlig an der Wahrheit vorbei. Sehen Sie selbst:

> Mich solltest du fragen,
>   Mich, mich, mich,
> Denn ich weiß es –
> Ich lebte einst
>   An der östlichen Küste.
> Männer sind keine Männer
> Und Frauen keine Frauen,
> Und Menschen sind keine Menschen mehr.

Eine Ostküste gibt es auf Fomalhaut III ohnehin nicht; die Krise Menschen/Untermenschen kam erst viel später. Die Revolution war fehlgeschlagen, aber die Geschichte hatte ihren neuen Wendepunkt erreicht, den Streit der beiden Ladys. Sie ließen aus schierer Überraschung ihren Geist offen. Selbstmörderische Roboter und weltliebende Hunde waren unerhört. Es war schlimm genug, daß illegale Untermenschen

frei herumliefen, aber diese neuen Kreaturen – ah!
»Zerstört sie alle«, sagte die Lady Goroke.
»Warum?« dachte die Lady Arabella Underwood.
»Sie sind defekt«, erwiderte Goroke.
»Aber es sind doch keine Maschinen!«
Dann kam die Antwort, die unser eigenes Zeitalter geschaffen hat. Sie kam von der Lady Arabella Underwood, und ganz Kalma hörte sie:
»Vielleicht sind es Menschen. Sie haben Anspruch auf einen Prozeß.«
Das Hundemädchen Jeanne fiel auf die Knie. »Es ist mir geglückt, es ist mir geglückt, es ist mir geglückt! Ihr könnt mich töten, liebe Menschen, aber ich liebe, liebe, liebe euch!«
Die Lady Panc Ashash sagte leise zu Elaine: »Ich hatte gedacht, ich würde in diesem Augenblick schon tot sein. Endgültig tot diesmal. Aber ich lebe. Ich habe die Welten sich wenden gesehen. Elaine, und du hast gesehen, wie sie sich mit mir wandten.«
Die Untermenschen waren still geworden, während sie dem lauten telepathischen Wortwechsel der beiden großen Ladys lauschten.
Die echten Soldaten fielen vom Himmel, pfeifend stießen ihre Ornithopter herab. Sie rannten zu den Untermenschen und fingen an, sie mit Stricken zu binden.
Einer der Soldaten warf einen einzigen Blick auf den Roboter-Körper der Lady Panc Ashash. Er berührte sie mit seinem Stock, und der Stock wurde rotglühend von der Hitze. Der Roboter-Körper, plötzlich all seiner Wärme beraubt, zerfiel zu einem Häufchen Eiskristalle.
Elaine ging zwischen dem eisigen Abfall und dem rotglühenden Stock hindurch. Sie hatte den Jäger erblickt.
Sie sah nicht, wie der Soldat, der sich Jeanne genähert hatte und sie binden wollte, zu Boden fiel und stammelte: »Sie liebt mich! Sie liebt mich!«
Der Lord Femtiosex, der die einfliegenden Soldaten befehligte, band Jeanne unbeeindruckt von ihren

Worten mit einem Strick.
Grimmig antwortete er ihr: »Natürlich liebst du mich. Du bist ein guter Hund. Du wirst bald sterben, Hündchen, aber bis dahin wirst du gehorchen.«
»Ich gehorche ja«, sagte Jeanne, »aber ich bin ein Hund *und* ein Mensch. Öffne deinen Geist, Mensch, und du wirst es fühlen.«
Anscheinend öffnete er wirklich seinen Geist und fühlte, wie der Ozean von Liebe in ihn hineinflutete. Er war erschüttert. Er hob den Arm und zielte mit der Handkante nach Jeannes Nacken, um ihr den uralten Tötungsschlag zu verabreichen.
»Nein, das tust du nicht«, dachte die Lady Arabella Underwood. »Dieses Kind bekommt einen ordnungsgemäßen Prozeß.«
Er sah sie an und dachte, eine Lady fällt einem Lord nicht in den Arm. Laß mich los.
Da dachte die Lady Arabella zu ihm, unverhohlen und in aller Öffentlichkeit: »Also dann, einen Prozeß.«
In seiner Wut nickte er ihr zu. Er wollte vor all den anderen Menschen nicht mit ihr denken oder sprechen.
Ein Soldat brachte Elaine und den Jäger vor ihn.
»Herr und Meister, das sind Menschen, keine Untermenschen. Aber sie haben Hundegedanken, Katzengedanken, Ziegengedanken und Roboterideen im Kopf. Wollen Sie selbst sehen?«
»Wozu?« sagte der Lord Femtiosex, der so blond war wie Baldur auf den alten Bildern, und oft auch so arrogant. »Der Lord Limaono kommt gerade. Damit sind wir vollzählig. Der Prozeß kann unverzüglich beginnen, hier an Ort und Stelle.«
Elaine spürte, wie die Stricke ihr die Handgelenke abschnürten; sie hörte den Jäger Trostworte murmeln, Worte, die sie nicht ganz verstand.
»Sie werden uns nicht töten«, murmelte er, »doch sie werden wünschen, daß sie es getan hätten, bevor dieser Tag zu Ende geht. Alles vollzieht sich genauso, wie sie es vorhergesagt hatte, und . . .«

»Wen meinst du mit ›sie‹?« unterbrach ihn Elaine.
»Sie? Die Lady natürlich. Die liebe tote Lady Panc Ashash, die nach ihrem eigenen Tod Wunder gewirkt hat, mit dem bloßen Abdruck ihrer Persönlichkeit auf der Maschine. Wer glaubst du hat mir gesagt, was zu tun sei? Warum haben wir gewartet, bis du kamst und Jeanne für die Größe konditioniertest? Warum haben die Leute tief drunten in Clowntown eine H'jeanne nach der anderen großgezogen, in der Hoffnung, daß Hoffnung und ein großes Wunder sich einstellen würden?«
»Du wußtest es?« fragte Elaine. »Du wußtest es, bevor es geschah?«
»Natürlich«, sagte der Jäger, »nicht bis ins einzelne, aber so ungefähr. Sie verbrachte nach ihrem Tod Jahrhunderte in diesem Computer. Sie hatte Zeit für Milliarden Gedanken. Sie wußte, wie es sein würde, wenn es sein mußte, und ich ...«
»Haltet den Mund, ihr Menschen!« brüllte der Lord Femtiosex. »Ihr macht die Tiere unruhig mit eurem Geplapper. Haltet den Mund, oder ich betäube euch!«
Elaine verstummte.
Der Lord Femtiosex sah sie an, beschämt, weil er vor einem anderen Menschen seinem Zorn freien Lauf gelassen hatte. Ruhiger fügte er hinzu:
»Der Prozeß wird gleich beginnen, der, den die große Lady angeordnet hat.«

9

Ihr alle habt von dem Prozeß gehört. Es ist also unnötig, sich zu lange damit aufzuhalten. Auch hiervon gibt es ein Bild von San Shigonanda, eins aus seiner konventionellen Periode. Darauf ist alles deutlich zu sehen.
Die Straße hatte sich mit echten Menschen gefüllt, die sich stießen und drängten, um etwas zu sehen, was die Langeweile der Perfektion und der Zeit lindern würde. Sie hatten alle Nummern oder Nummerncodes anstelle von Namen. Sie waren schön, gesund, in Ein-

falt glücklich. Sie waren sich sogar alle sehr ähnlich, in ihrer Schönheit, ihrer Gesundheit und ihrer untergründigen Langeweile. Jeder von ihnen hatte insgesamt vierhundert Jahre zu leben. Keiner von ihnen wußte wirklich, was Krieg ist, obwohl der übertriebene Diensteifer der Soldaten jahrhundertelange Ausbildung verriet. Die Menschen waren schön, aber sie kamen sich nutzlos vor, und sie waren insgeheim verzweifelt, ohne es selbst zu wissen. Das alles ist aus dem Bild ersichtlich, dank der unnachahmlichen Art, in der San Shigonanda seine Figuren in aufgelockerten Gruppen anordnete und das ruhige blaue Tageslicht auf ihre ebenmäßigen, hoffnungslosen Züge herabscheinen ließ.

Wahre Wunder vollbrachte der Künstler bei der Behandlung der Untermenschen. Jeanne selbst ist in Licht getaucht. Ihr hellbraunes Haar und ihre braunen Hundeaugen drücken Sanftheit und Zärtlichkeit aus. Es gelingt ihm sogar, den Eindruck zu vermitteln, daß ihr neuer Körper schrecklich neu und stark ist, daß sie jungfräulich ist und bereit zu sterben, daß sie nur ein Mädchen ist und doch völlig furchtlos. Die Haltung der Liebe ist an ihren Beinen zu sehen: Sie steht gelöst da. Liebe spricht aus ihren Händen: Sie sind nach außen gedreht, den Richtern entgegen. Liebe liegt in ihrem Lächeln: Es ist zuversichtlich.

Und erst die Richter!

Auch sie sind dem Künstler gelungen. Der Lord Femtiosex hat sich wieder beruhigt, und seine schmalen scharfen Lippen verraten einen ewigen Haß gegen ein Universum, das ihm zu klein geworden ist. Der Lord Limaono, weise, zweimal wiedergeboren, scheinbar träge, doch wach wie eine Schlange unter den schläfrigen Augen und dem langsamen Lächeln. Die Lady Arabella Underwood, der größte wahre Mensch auf dem Bild, mit ihrem norstrilischen Stolz und der Arroganz großen Reichtums, aber auch der launischen Zärtlichkeit großen Reichtums; in ihrer ganzen Haltung kommt zum Ausdruck, daß sie über ihre Richterkollegen zu Gericht sitzt, und nicht über die Gefangenen. Die Lady Goroke, nun endlich verwirrt, die Stirn runzelnd über ein Spiel des Schicksals, das sie nicht begreift. Sie alle hat der Künstler auf seinem Bild versammelt.

Und man kann sich auch die authentischen Bildbänder ansehen, wenn man sich die Mühe machen will, in ein Museum zu gehen. Die Wirklichkeit ist nicht so dramatisch wie das berühmte Gemälde, aber sie hat ihren eigenen Wert. Jeannes Stimme, seit so vielen Jahrhunderten tot, ist immer noch seltsam bewegend. Es ist die Stimme eines zum Menschen geformten Hundes, aber es ist auch die Stimme einer großen Lady. Das Abbild der Lady Panc Ashash mußte sie das gelehrt haben, nebst dem, was sie in dem Vorzimmer über Engloks Braunen und Gelben Korridor von Elaine und dem Jäger gelernt hatte.

Die Worte, die bei der Verhandlung gesprochen wurden, auch sie sind erhalten. Viele von ihnen haben Berühmtheit erlangt, bis hin zu den fernsten Welten.

Jeanne sagte während des Verhörs: »Aber es ist die Pflicht des Lebens, mehr als Leben zu finden und sich selbst gegen dieses höhere Gut einzutauschen.«

Jeannes Schlußwort nach dem Urteilsspruch: »Mein Körper gehört euch, nicht aber meine Liebe. Meine Liebe gehört mir, und ich werde euch inbrünstig lieben, während ihr mich tötet.«

Als die Soldaten Charley-ist-mein-Darling getötet hatten und vergeblich versuchten, der S-Frau den Kopf abzuschlagen, bis einer von ihnen auf den Gedanken kam, sie in Eiskristalle aufzulösen, sagte Jeanne:

»Sollten wir Fremde für euch sein, wir Tiere der Erde, die ihr selbst zu den Sternen gebracht habt? Wir teilten uns in dieselbe Sonne, dieselben Ozeane, denselben Himmel. Wir kommen alle aus der Heimat des Menschen. Woher wollt ihr wissen, daß wir euch nicht eingeholt hätten, wären wir alle zusammen zu Hause geblieben? Meine Leute waren Hunde. Sie liebten euch, bevor ihr ein Wesen in Frauengestalt aus meiner Mutter machtet. Sollte ich euch nicht immer noch lieben? Das Wunder ist nicht, daß ihr Menschen aus uns gemacht habt. Das Wunder ist, daß ihr so lange gebraucht habt, um es zu lernen. Wir sind jetzt Menschen, und ihr auch. Ihr werdet bereuen, was ihr mir antun werdet, doch vergeßt nicht, ich werde auch euren Kummer lieben, denn große und gute Dinge werden aus ihm erwachsen.«

Der Lord Limaono fragte listig: »Was ist ein ›Wunder‹?«

Und ihre Antwort lautete: »Es gibt irdisches Wissen, das ihr noch nicht wiederentdeckt habt. Es gibt den Namen des Namenlosen. Es gibt Geheimnisse, die die Zeit vor euch verbirgt. Nur die Toten und die Ungeborenen kennen sie jetzt schon: Ich bin beides.«

Die Szene ist uns vertraut, und doch werden wir sie nie begreifen.

Wir wissen, was die Lords Femtiosex und Limaono zu tun glaubten. Sie erhielten die etablierte Ordnung aufrecht und zeichneten sie auf Band auf. Ein menschlicher Geist kann mit anderen nur zusammen leben, wenn grundlegende Ideen ausgetauscht werden. Bis heute hat niemand ein Verfahren ersonnen, Telepathie direkt mit einem Gerät aufzuzeichnen. Wir bekommen Bruchstücke und einzelne Töne und ein wildes Durcheinander zu hören, aber nie eine zufriedenstellende Aufzeichnung davon, was einer der Großen einem anderen sendete. Die beiden Lords wollten alles über diese Episode aufzeichnen, aus der unvorsichtige Menschen lernen sollten, daß man nicht mit dem Leben von Untermenschen spielen darf. Sie versuchten sogar, den Untermenschen die Regeln und Muster begreiflich zu machen, aufgrund deren sie von Tieren in die höchsten Diener des Menschen verwandelt worden waren. Das wäre angesichts der verwirrenden Ereignisse der letzten Stunden schon von einem Lord der Instrumentalität zum anderen ein schwieriges Unterfangen gewesen; bei der breiten Öffentlichkeit war es fast unmöglich. Der

Ausbruch aus dem Braunen und Gelben Korridor war völlig unerwartet gekommen, obwohl die Lady Goroke Jeanne überrascht hatte; die Meuterei der Roboter-Polizei warf Probleme auf, die in der halben Milchstraße würden diskutiert werden müssen. Außerdem tat das Hundemädchen Aussprüche, die eine gewisse verbale Gültigkeit besaßen. Hätte man sie in der Form bloßer Worte belassen, ohne sie in den richtigen Zusammenhang zu stellen, hätten sie achtlose oder labile Geister beeinflussen können. Ein schädlicher Gedanke kann sich ausbreiten wie ein mutierter Keim. Wenn er nicht gänzlich uninteressant ist, kann er, von Kopf zu Kopf überspringend, das halbe Universum durchqueren, bevor ihm Einhalt geboten wird. Man denke nur an die verderblichen Angewohnheiten und lächerlichen Modetorheiten, die selbst in Zeiten vollkommenster Ordnung die Menschheit verwirrt haben. Wir wissen heute, daß Abwechslung, Flexibilität, Gefahr und die Würze von ein bißchen Haß der Liebe und dem Leben zu nie gekannter Blüte verhelfen können; wir wissen, daß es besser ist, mit den Komplikationen von dreizehntausend alten, aus der fernen, toten Vergangenheit ausgegrabenen Sprachen zu leben als mit der kalten, in eine Sackgasse führenden Perfektion der Alten Gemeinsprache. Wir wissen vieles, was den Lords Femtiosex und Limaono verborgen war, und bevor wir sie für dumm oder grausam erklären, müssen wir uns ins Gedächtnis rufen, daß Jahrhunderte vergingen, ehe die Menschheit endlich das Problem der Untermenschen in den Griff bekam und sich darüber klarwurde, was »Leben« innerhalb der Grenzen der menschlichen Gemeinschaft bedeutet.
Und schließlich haben wir das Zeugnis der beiden Lords selbst. Sie erreichten beide ein sehr hohes Alter, und in ihren letzten Jahren waren sie beide bekümmert und verärgert darüber, daß die Episode mit Jeanne all die schlechten Dinge überschattete, die während ihrer langen Amtszeiten nicht passiert waren – schlechte Dinge, die zu verhüten sie sich zum

Wohle von Fomalhaut III stets größte Mühe gegeben hatten –, und es schmerzte sie, sich selbst als gewissenlose, grausame Männer geschildert zu sehen, da sie doch in Wahrheit nichts dergleichen gewesen waren. Hätten sie vorausgesehen, daß die Geschichte von Jeanne auf Fomalhaut III sich jemals zu dem auswachsen würde, was sie heute ist – einer der großen Romanzen der Menschheit, durchaus ebenbürtig der Geschichte von K'mell oder der Romanze der Lady, die auf der Seele segelte –, sie wären nicht nur enttäuscht gewesen, sondern sie hätten sich auch mit Recht geärgert über den Wankelmut der Menschen. Ihre Rollen sind klar, weil sie sie klar machten. Der Lord Femtiosex übernimmt die Verantwortung für den Vorschlag mit dem Feuer; der Lord Limaono räumt ein, daß er der Entscheidung zustimmte. Beide sahen sich viele Jahre später die Bänder der Szene an und waren sich einig, daß etwas, was die Lady Arabella Underwood gesagt oder gedacht hatte ...
Irgend etwas hatte sie dazu verleitet.
Doch selbst nachdem sie mit den Bändern ihrem Gedächtnis aufgeholfen und ihre Erinnerungen geklärt hatten, wußten sie nicht zu sagen, was es gewesen war.
Wir haben sogar Computer dafür eingesetzt, jedes Wort und jeden Unterton der ganzen Verhandlung zu katalogisieren, aber auch sie haben den kritischen Punkt nicht herauszuschälen vermocht.
Und die Lady Arabella – sie wurde nie verhört. Niemand hätte das gewagt. Sie kehrte auf ihren eigenen Planeten Altnordaustralien zurück, umgeben von den ungeheuren Schätzen der Santaclara-Droge, und kein Planet ist gewillt, die runde Summe von zwei Milliarden Credits pro Tag für die Erlaubnis zu bezahlen, einen Forscher auszuschicken, damit er sich mit einem Haufen störrischer, einfältiger, reicher norstrilischer Bauern unterhalte, die ohnehin mit keinem Außerweltler reden. Diesen Betrag nämlich verlangen die Norstrilier für die Einreise eines Gastes, den sie nicht selbst eingeladen haben; so wer-

den wir also nie erfahren, was die Lady Arabella Underwood sagte oder tat, nachdem sie nach Haus zurückgekehrt war. Die Norstrilier erklärten, sie seien an einer Diskussion über diese Angelegenheit nicht interessiert, und wenn wir nicht auf eine Lebensdauer von bloßen siebzig Jahren zurückgeworfen werden wollen, täten wir gut daran, uns nicht mit dem einzigen Planeten anzulegen, auf dem Stroon produziert wird.

Und die Lady Goroke – sie, das arme Ding, wurde wahnsinnig.

Jahrelang war sie wahnsinnig.

Die Menschen erfuhren es erst später, aber es war kein Wort aus ihr herauszubringen. Sie ist verantwortlich für die absonderlichen Maßnahmen, die wir heute der Dynastie der Lords Jestocost zuschreiben, die sich durch Fleiß und Meriten der Instrumentalität andienten und über zwei Jahrhunderte im Amt blieben. Aber zum Fall von Jeanne hatte sie nichts zu sagen.

Der Prozeß ist deshalb eine Szene, über die wir alles wissen – und nichts.

Wir glauben, daß wir Bescheid wissen über die äußeren Umstände des Lebens von H'jeanne, die später Jeanne wurde. Wir wissen von der Lady Panc Ashash, die den Untermenschen unermüdlich von einer Gerechtigkeit raunte, die erst noch kommen werde. Wir kennen die gesamte Lebensgeschichte der unglücklichen Elaine und die Rolle, die sie in dem Fall spielte. Wir wissen, daß es in jenen Jahrhunderten, als die Untermenschen sich zum erstenmal entwickelten, viele unterirdische Gänge gab, in denen illegale Untermenschen dank ihrem nahezu menschlichen Verstand, ihrer animalischen Schläue und ihrer Redegewandtheit überlebten, auch wenn die Menschen sie für überflüssig erklärt hatten. Der Braune und Gelbe Korridor war keineswegs der einzige seiner Art. Wir wissen sogar, was mit dem Jäger geschah.

Was die anderen Untermenschen betrifft – Charley-

ist-mein-Darling, Baby-Baby, Mabel, die S-Frau, Orson und all die anderen –, über sie geben die Originalbänder des Prozesses Auskunft. Sie wurden von niemandem verhört. Sie wurden auf der Stelle von den Soldaten niedergemacht, sobald feststand, daß sie nicht als Zeugen benötigt wurden. Wer doch aussagen mußte, konnte noch ein paar Minuten oder eine Stunde länger leben; als Tiere standen sie schon außerhalb der Gesetze.
Ah, wir wissen jetzt über all dies Bescheid, und doch wissen wir nichts. Sterben ist einfach, obwohl wir das gerne verschweigen. Das *Wie* des Sterbens ist von geringem wissenschaftlichem Interesse; das *Wann* des Sterbens ist für jeden von uns ein Problem, ob er nun auf dem altmodischen Planeten lebt, wo noch die Lebenserwartung von 400 Jahren gilt, oder auf einem der radikal neuen, wo Krankheit und Unfall wieder erlaubt sind; das *Warum* ist für uns noch genauso schockierend wie für den präatomaren Menschen, der die Körper seiner Toten in Holzkisten verpackt auf seinem Acker einzugraben pflegte. Diese Untermenschen starben, wie nie zuvor Tiere gestorben waren. Mit Freuden.
Eine Mutter hielt dem Soldaten all ihre Kinder hin, damit er sie umbrächte.
Sie mußte von Ratten abstammen, denn sie hatte Siebenlinge, die sich alle sehr ähnlich waren.
Auf dem Band sehen wir, wie der Soldat auf sie zukommt.
Die Rattenfrau lächelt ihm entgegen und hält ihm ihre sieben Babys hin. Kleine Blondschöpfe sind es, mit rosa oder blauen Hauben, und alle haben sie rote Bäckchen und helle kleine blaue Augen.
»Leg sie auf den Boden«, sagte der Soldat. »Ich werde dich jetzt töten, und dann auch deine Kinder.« Auf dem Band hören wir den nervösen, anmaßenden Unterton seiner Stimme. Er sagte noch etwas, ein einziges Wort, als glaubte er schon, sich vor diesen Untermenschen rechtfertigen zu müssen. »Befehl«, sagte er.

»Ich kann sie dabei auch halten, Soldat. Ich bin ihre Mutter. Es wird leichter für sie sein, wenn sie bei ihrer Mutter sind, wenn sie sterben müssen. Ich liebe dich, Soldat. Ich liebe alle Menschen. Du bist mein Bruder, auch wenn mein Blut Rattenblut ist und deines Menschenblut. Mach nur, Soldat, töte sie ruhig. Ich kann dir doch nichts tun. Verstehst du das nicht? *Ich liebe dich, Soldat.* Wir haben dieselbe Sprache, dieselben Hoffnungen, dieselben Ängste, denselben Tod. Das hat Jeanne uns alle gelehrt. Der Tod ist nicht schlimm, Soldat. Er kommt nur manchmal zur Unzeit, aber du wirst dich an mich erinnern, wenn du mich und meine Babys getötet hast. Du wirst dich daran erinnern, daß ich dich jetzt liebe . . .«
Der Soldat, wir sehen es auf dem Band, hält es nicht mehr aus. Er schwingt seine Waffe wie eine Keule, schlägt die Frau nieder; die Babys fallen auf den Boden. Wir sehen, wie sein Stiefelabsatz sich hebt und auf ihre Köpfe herabfährt. Wir hören das nasse platzende Geräusch, wenn einer der kleinen Köpfe zertreten wird, hören das Gewimmer der Babys abrupt aufhören, wie sie eins nach dem andern sterben. Die Rattenfrau selbst kommt noch ein letztes Mal ins Bild. In der Zeit, bis auch ihr siebtes Baby getötet wurde, ist sie wieder auf die Beine gekommen. Sie streckt dem Soldaten ihre Hand hin. Ihr Gesicht ist dreckig und verschwollen, Blut rinnt ihr über die linke Wange. Auch jetzt noch, da wir wissen, daß sie eine Ratte ist, ein Untermensch, ein modifiziertes Tier, ein Nichts, selbst jetzt, Jahrhunderte später, spüren wir, daß sie irgendwie menschlicher geworden ist, als wir selbst es sind – daß sie Erfüllung gefunden hat und als Mensch stirbt. Wir wissen, sie hat über den Tod triumphiert – wir nicht.
Wir sehen, wie der Soldat sie in unheimlichem Entsetzen anstiert, als sei ihre schlichte Liebe eine undurchschaubare Kriegslist.
Wir hören auf dem Band ihre nächsten Worte:
»Soldat, ich liebe euch alle . . .«

Seine Waffe hätte sie im Bruchteil einer Sekunde töten können, wenn er sie richtig gehandhabt hätte. Aber er tat es nicht. Statt dessen schlug er damit auf sie ein, als sei der Einfrierstock eine hölzerne Keule und er ein Wilder und nicht ein Angehöriger der Elitetruppe von Kalma.

Wir wissen, was nun geschieht.

Sie bricht unter seinen Schlägen zusammen. Sie streckt die Hand aus. Sie zeigt auf Jeanne, die in Feuer und Rauch gehüllt ist.

Die Rattenfrau schreit noch einmal auf, schreit in die Linse der Roboter-Kamera, als gälten ihre Worte nicht dem Soldaten, sondern der ganzen Menschheit: »*Sie* könnt ihr nicht töten... Ihr könnt die Liebe nicht töten. Denk daran...« Sein letzter Schlag trifft sie mitten ins Gesicht.

Sie fällt rückwärts auf das Pflaster. Er tritt mit seinem Stiefel, wir sehen es auf dem Band, direkt auf ihren Hals. Er springt auf seltsam verdrehte Art hoch und landet mit seinem ganzen Gewicht auf ihrem zierlichen Hals. Noch im Sprung dreht er sich halb herum, und wir sehen sein Gesicht, das in diesem Moment voll von der Kamera erfaßt wird.

Es ist das Gesicht eines weinenden Kindes, schmerzverzerrt und entstellt durch die Erwartung noch größeren Schmerzes.

Er war gekommen, seine Pflicht zu tun, aber mit seiner Pflicht war irgend etwas furchtbar schiefgegangen.

Der arme Mann. Er muß einer der ersten Menschen in den neuen Welten gewesen sein, der versuchte, Waffen gegen die Liebe einzusetzen. Liebe ist bitter und stark, wenn man in der Aufregung einer Schlacht mit ihr konfrontiert wird.

Die Untermenschen starben alle auf diese Art. Die meisten von ihnen starben lächelnd und mit dem Wort »Liebe« oder dem Namen »Jeanne« auf den Lippen.

Der Bärenmann Orson war bis zum Schluß aufgespart worden.

Er starb auf sehr merkwürdige Weise. Er starb lachend.
Der Soldat brachte seinen kleinkalibrigen Kugelwerfer in Anschlag und zielte genau auf Orsons Stirn. Die Kugeln hatten 22 mm Durchmesser und eine Mündungsgeschwindigkeit von 125 Meter pro Sekunde. Deshalb konnte man mit dieser Waffe widerspenstige Roboter oder rebellierende Untermenschen zur Räson bringen, ohne das Risiko einzugehen, daß die Kugeln Gebäudemauern durchschlugen und womöglich echte Menschen verletzten, die sich in den Häusern aufhielten.
Auf den Bändern, die von den Robotern aufgenommen wurden, macht Orson den Eindruck, als wüßte er ganz genau, was das für eine Waffe ist. (Wahrscheinlich wußte er es auch wirklich. Untermenschen lebten vom Tage ihrer Geburt bis zu ihrer Beseitigung mit dem Damoklesschwert eines gewaltsamen Todes über sich.) Er läßt keine Angst vor der Waffe erkennen, auf den uns zur Verfügung stehenden Bildern; er fängt zu lachen an. Sein Lachen ist herzlich, großzügig, gelöst – wie das freundliche Lachen eines glücklichen Ziehvaters, der sein Kind schuldbewußt und verängstigt vorfindet und genau weiß, daß es die Strafe fürchtet, aber keine Strafe bekommen wird.
»Schieß doch, Mann. Du kannst mich nicht töten. Mann. Ich bin in dir. Ich liebe dich. Jeanne hat es uns gelehrt. Hör mir zu, Mann. Es gibt keinen Tod. Nicht für Liebe. Ho, ho, ho, du armer Kerl, hab keine Angst vor mir. Schieß! Du bist der Unglückliche. Du wirst leben. Und dich erinnern. Und dich erinnern. Und dich erinnern. Ich habe einen Menschen aus dir gemacht, Kamerad.«
Der Soldat krächzt: »Was hast du gesagt?«
»Ich errette dich, Mann. Ich mache einen echten Menschen aus dir. Mit Jeannes Hilfe. Durch die Macht der Liebe. Armer Kerl! Mach schon und erschieß mich, wenn dir das Warten unbehaglich ist. Du wirst es sowieso tun.«

Diesmal sehen wir das Gesicht des Soldaten nicht, aber die Verkrampfung seiner Rücken- und Halsmuskeln verrät seine innere Anspannung.
Wir sehen das große breite Bärengesicht in einen riesigen Patzen Rot aufblühen, als die schweren weichen Kugeln es treffen.
Dann schwenkt die Kamera auf ein anderes Objekt.
Einen kleinen Jungen, wahrscheinlich ein Fuchs, aber schon von vollkommener Menschengestalt.
Er war schon größer als ein Baby, aber nicht wie die anderen Unterkinder groß genug, um die todlose Bedeutung von Jeannes Lehre zu begreifen.
Er war der einzige in der ganzen Gruppe, der sich wie ein normaler Mensch verhielt. Er riß sich los und rannte davon.
Er war geschickt. Er lief zwischen den Zuschauern hindurch, so daß der Soldat weder Kugeln noch den Einfrierstab anwenden konnte, ohne auch die echten Menschen zu gefährden. Er rannte und sprang und wich aus, kämpfte passiv, doch verzweifelt um sein Leben.
Schließlich stellte ihm einer der Zuschauer ein Bein – ein großer Mann mit einem silbernen Hut. Der Fuchsjunge fiel aufs Pflaster und schürfte sich Handflächen und Knie auf. Gerade als er aufblickte, um zu sehen, wer sich auf ihn stürzen würde, traf ihn eine Kugel mitten in den Kopf. Er fiel leicht vornüber und war tot.
Die Menschen sterben. Wir wissen, wie sie sterben. Wir haben sie schüchtern und ruhig in Sterbehäusern sterben gesehen. Wir haben andere in die 400-Jahr-Räume gehen sehen, die keine Türklinken und keine eingebauten Kameras haben. Wir haben viele Bilder von Menschen gesehen, die bei Naturkatastrophen ums Leben kamen, wo die Robotermannschaften Bildbänder für Archivzwecke und für die anschließende Untersuchung aufnahmen. Der Tod ist nichts Ungewöhnliches, und er ist sehr unangenehm.
Diesmal aber war der Tod selbst anders. Alle – bis auf

den kleinen Fuchsjungen, der zu jung war, um zu begreifen, und zu alt, um in den Armen seiner Mutter auf den Tod zu warten – hatten ihre Angst vor dem Tod verloren. Sie stellten sich bereitwillig dem Tod, mit Liebe und Ruhe in ihren Körpern, ihren Stimmen, ihrem Betragen. Es spielte keine Rolle, ob sie lange genug am Leben blieben, um zu erfahren, was Jeanne selbst widerfuhr: Sie hatten ohnehin unbegrenztes Vertrauen in sie.

Dies war tatsächlich die neue Waffe, Liebe und ein guter Tod.

Crawlie mit ihrem Stolz hatte das alles verpaßt.

Die Untersuchungsbeamten fanden später Crawlies Leichnam in dem Korridor. Es war nicht mehr zu rekonstruieren, wer sie gewesen und was ihr zugestoßen war. Der Computer, in dem das körperlose Abbild der Lady Panc Ashash noch ein paar Tage nach dem Prozeß am Leben blieb, wurde natürlich gefunden und zerlegt. Niemand dachte damals daran, sie nach ihrer Meinung und ihren letzten Worten zu fragen. Darüber hat schon mancher Historiker mit den Zähnen geknirscht.

Die Einzelheiten sind deshalb klar. In den Archiven finden sich sogar die Fragen und Antworten der langen Beratungen, die nach der Beweisaufnahme über Elaine angestellt wurden. Aber wir wissen nicht, wer auf die Idee mit dem Feuer kam.

Irgendwo, außerhalb des Blickfeldes des Aufnahmegerätes, muß das Wort unter den vier hohen Herrschaften, den Lords und Ladys, die den Prozeß führten, die Runde gemacht haben. Und dann war da der Protest des Chefs der Vögel (Roboter) oder Polizeichefs von Kalma, eines Mannes namens Fisi.

Sein Auftritt ist auf den Bändern festgehalten. Er kommt von rechts ins Bild, verbeugt sich ehrerbietig vor den vier Würdenträgern und hebt die Hand zu dem traditionellen Zeichen »bitte unterbrechen zu dürfen«, eine seltsame Verdrehung der erhobenen Hand, die zu kopieren den Schauspielern stets schwergefallen ist, wenn sie versucht haben, die Ge-

schichte von Jeanne und Elaine in einem einzigen Stück darzustellen. (Natürlich hätte er sich nicht träumen lassen, sowenig wie alle andern, daß künftige Zeitalter seinen Auftritt bei diesem Prozeß eingehend studieren würden. Die ganze Episode war aus heutiger Sicht durch Oberflächlichkeit und vorschnelle Entscheidungen gekennzeichnet.) Der Lord Limaono sagte:
»Unterbrechung nicht genehmigt. Wir treffen gerade eine Entscheidung.«
Der Chef der Vögel sprach trotzdem.
»Meine Worte sind für Ihre Entscheidung bestimmt, meine Lords und meine Ladys.«
»Also dann sprich«, befahl die Lady Goroke, »aber fasse dich kurz.«
»Schicken Sie die Zuschauer fort. Vernichten Sie dieses Tier. Unterziehen Sie die Augenzeugen einer Gehirnwäsche. Nehmen Sie selbst für diese eine Stunde Amnesia. Diese ganze Szene ist gefährlich. Ich bin nur Aufseher über die Ornithopter und halte alles absolut in Ordnung, aber ich ...«
»Wir haben genug gehört«, unterbrach ihn der Lord Femtiosex. »Kümmere du dich um deine Vögel, und überlasse es uns, die Welten zu regieren. Wie kannst du es wagen, ›wie ein Lord‹ zu denken? Wir haben Aufgaben, von denen du nichts ahnen kannst. Entferne dich.«
Fisi, so ist auf den Bildern zu sehen, tritt zurück, mit verdrossener Miene. Gleichzeitig sieht man, wie einige Zuschauer weggehen. Es war Zeit zum Mittagessen, und sie waren hungrig geworden; sie ahnten nicht, daß sie die schlimmste Greueltat der Geschichte verpassen würden, über die einst tausend große Opern geschrieben werden sollten.
Dann kam der Höhepunkt. Femtiosex sagte: »Mehr Wissen, nicht weniger, ist der Schlüssel zu diesem Problem. Ich habe von etwas gehört, was nicht so schlimm ist wie der Planet Schayol, was sich aber genausogut für eine Schaustellung in einer zivilisierten Welt eignet. Du da«, sagte er zu Fisi, dem

Chef der Vögel, »bring Öl und einen Sprühapparat, aber sofort.«
Jeanne sah ihn mitfühlend und sehnsüchtig an, aber sie sagte nichts. Sie ahnte schon, was er tun würde. Als Mädchen, als Hund, sträubte sie sich innerlich dagegen; als Revolutionärin begrüßte sie es als höchste Vollendung ihrer Mission.
Der Lord Femtiosex hob die rechte Hand. Er krümmte den Ringfinger und den kleinen Finger und legte den Daumen darüber. Die anderen beiden Finger blieben ausgestreckt. Damals bedeutete dieses Zeichen eines Lords an seine Kollegen: »Geheimkanäle, telepathisch, sofort.« Seither haben es die Untermenschen als ihr Emblem für politische Einigkeit übernommen.
Die vier Herrscher verfielen in einen tranceähnlichen Zustand und teilten sich gegenseitig ihr Urteil mit.
Jeanne fing zu singen an, ein leises, protestierendes, hundeartiges Geheul, auf der Grundlage des disharmonischen Chorals, den die Untermenschen unmittelbar vor der Stunde der Entscheidung gesungen hatten, als sie aus dem Braunen und Gelben Korridor herausgekommen waren. Ihre Worte waren nichts Besonderes, sie wiederholte nur immer wieder »Menschen, liebe Menschen, ich liebe euch«, was sie schon die ganze Zeit über getan hatte, seit sie an die Oberfläche von Kalma gekommen war. Aber die Art, in der sie sang, hat sich über die Jahrhunderte hinweg als unnachahmlich erwiesen. Es gibt Tausende von Liedertexten und Melodien, die sich *Das Lied von Jeanne* nennen, aber keines dieser Lieder kommt an das herzzerreißende Pathos der Originalbänder heran. Ihr Gesang war genauso einmalig wie ihre Persönlichkeit.
Die Wirkung war stark. Selbst die echten Menschen versuchten ihr zuzuhören, schauten von den vier reglos dasitzenden Herrschern weg und zu dem braunäugigen singenden Mädchen hin. Manche von ihnen konnten es einfach nicht ertragen. Nach typisch menschlicher Art vergaßen sie, warum sie gekom-

men waren, und gingen zerstreut nach Hause zum Essen.
Plötzlich hörte Jeanne auf.
Mit weithin hallender Stimme rief sie über die Köpfe der Menge hinweg: »Das Ende ist nahe, liebe Menschen. Das Ende ist nahe.«
Aller Augen lagen wieder auf den zwei Lords und den zwei Ladys der Instrumentalität. Die Lady Arabella Underwood wirkte nach der telepathischen Beratung grausam und unbarmherzig. Das Gesicht der Lady Goroke war gramzerfurcht. Die beiden Lords sahen streng und entschlossen drein.
Der Lord Femtiosex sprach für alle vier.
»Wir haben dich vor Gericht gestellt, Tier. Dein Vergehen ist schwer. Du hast illegal gelebt. Darauf steht die Todesstrafe. Du hast auf eine Art, die wir nicht verstehen, Roboter durcheinandergebracht. Das ist ein völlig neues Verbrechen, weshalb die Strafe über ein bloßes Todesurteil hinausgehen muß; ich habe eine Bestrafung vorgeschlagen, wie sie auf einem Planeten des Veilchensterns üblich war. Du hast weiterhin viele ungesetzliche und ungerechte Dinge gesagt und damit das Glück und die Sicherheit der Menschheit beeinträchtigt. Die Strafe dafür wäre Umerziehung, aber da du bereits zweimal zum Tode verurteilt bist, spielt das keine Rolle mehr. Hast du noch etwas zu sagen, bevor ich das Urteil verkünde?«
»Wenn Sie heute ein Feuer anzünden, Mylord, wird es für alle Zeiten in den Herzen der Menschen weiterbrennen. Sie können mich vernichten. Sie können meine Liebe zurückweisen. Sie können aber nicht die Güte in sich selbst zerstören, sosehr Sie auch meine Güte erzürnen mag ...«
»Halt den Mund!« schrie er. »Ich habe um ein Schlußwort gebeten, nicht eine Volksrede. Du wirst durch Feuer sterben, hier und jetzt. Was sagst du dazu?«
»Ich liebe euch, liebe Menschen.«
Femtiosex nickte den Männern des Chefs der Vögel zu, die ein Ölfaß mit einem Sprühapparat über die Straße geschleift und vor Jeanne aufgestellt hatten.

»Bindet sie an diesen Pfahl«, befahl er, »besprüht sie. Zündet sie an. Sind die Bandgeräte scharfgestellt? Wir wollen, daß dies aufgezeichnet wird, damit alle davon erfahren. Sollten die Untermenschen wieder so etwas versuchen, werden sie daraus lernen, daß die Menschheit die Welten beherrscht.« Er sah Jeanne an, doch es schien, als schaue er durch sie hindurch. Mit ungewohnter Stimme sagte er: »Ich bin kein schlechter Mensch, kleines Hundemädchen, aber du bist ein schlechtes Tier, und wir müssen an dir ein Exempel statuieren. Verstehst du das?«
»Femtiosex«, rief sie, den Titel weglassend, »du tust mir sehr leid. Ich liebe auch dich.«
Bei diesen Worten verdüsterte sich sein Gesicht wieder vor Ärger und Wut. Seine Hand fuhr herab wie bei einem Handkantenschlag.
Fisi machte dieselbe Bewegung, und die Männer an dem Ölfaß mit dem Sprühapparat lenkten einen zischenden Ölstrahl auf Jeanne. Zwei Wachen hatten sie bereits an eine Straßenlampe gefesselt, wofür sie aus Handschellen eine Kette improvisiert hatten, um sicherzustellen, daß sie aufrecht stehenblieb und alle sie sehen konnten.
»Feuer«, sagte Femtiosex.
Elaine fühlte, wie der Körper des Jägers neben ihr sich heftig verkrampfte, offenbar machte er eine ungeheure Anstrengung. Was sie selbst betraf, so fühlte sie sich genauso wie damals, als sie aufgetaut und aus der adiabatischen Kapsel genommen worden war, in der sie die Reise von der Erde nach Fomalhaut III gemacht hatte – es war ihr speiübel, der Kopf drehte sich ihr, ein Gefühl jagte das andere.
Der Jäger flüsterte ihr zu: »Ich habe versucht, ihren Geist zu erreichen, um ihr das Sterben leichter zu machen. Aber ein anderer war vor mir da. Ich ... weiß nicht, wer es ist.«
Elaine sah wie gebannt zu Jeanne hin.
Das Feuer wurde gebracht. Plötzlich kam es mit dem Öl in Berührung, und Jeanne flammte auf wie eine menschliche Fackel.

Die Verbrennung von H'jeanne auf Fomalhaut dauerte nicht lange, aber die Zeitalter werden sie nicht vergessen.
Femtiosex hatte den grausamsten Schritt von allen getan.
Durch telepathische Invasion hatte er ihren menschlichen Geist unterdrückt, so daß nur das primitive Hundewesen übrigblieb.
Jeanne stand nicht still wie eine gemarterte Königin.
Sie kämpfte gegen die Flammen an, die an ihr aufzüngelten, an ihr hochstiegen. Sie heulte und jaulte wie ein verletzter Hund, wie ein Tier, dessen Gehirn – so gut es auch sein mag – die Sinnlosigkeit menschlicher Grausamkeit nicht begreifen kann.
Das Ergebnis war das genaue Gegenteil von dem, was der Lord Femtiosex sich vorgestellt hatte.
Die Menschenmenge rückte langsam näher, nicht aus Neugier, sondern aus Mitleid. Sie gingen um die Stellen herum, wo die toten Untermenschen auf der Straße lagen, wie sie getötet worden waren, manche in ihrem eigenen Blut, andere von Roboterhand zermalmt, wieder andere zu kleinen Häufchen von Eiskristallen aufgelöst. Sie gingen über die Toten hinweg, um die Sterbende zu sehen, aber ihr Zuschauen war nicht die hirnlose Langeweile von Menschen, die nie ein Schauspiel zu sehen bekommen; es war die Reaktion, die instinktive und tiefempfundene Reaktion lebender Wesen auf den Anblick eines anderen Lebewesens im Augenblick seiner Bedrohung und Vernichtung.
Selbst der Wachmann, der Elaine und den Jäger festhielt – selbst er tat unwillkürlich ein paar Schritte vorwärts. Elaine sah sich in der vordersten Zuschauerreihe stehen, der scharfe, ungewohnte Geruch brennenden Öls stach ihr in die Nase, das Geheul des sterbenden Hundemädchens drang ihr durch die Trommelfelle bis ins Gehirn. Jeanne krümmte und

wand sich jetzt in dem Feuer, versuchte den Flammen auszuweichen, die sie dichter umhüllten als ein Gewand. Ein sonderbarer, ekelerregender Geruch erreicht die Menge. Nur wenige von ihnen hatten jemals den Gestank brennenden Fleisches gerochen.
Jeanne stöhnte.
In den darauffolgenden Sekunden der Stille hörte Elaine etwas, wovon sie nie gedacht hatte, daß sie es jemals hören würde – das Weinen erwachsener menschlicher Wesen. Männer und Frauen standen da und wußten nicht, warum sie schluchzten.
Femtiosex thronte über der Menge, fassungslos über den Fehlschlag seiner Vorführung. Er wußte nicht, daß der Jäger, der tausend Tötungen hinter sich hatte, sich des empörenden Vergehens schuldig machte, die Gedanken eines Lords der Instrumentalität zu belauschen.
Der Jäger sagte leise zu Elaine: »In einer Minute versuche ich es. Sie hat etwas Besseres verdient als das ...«
Elaine fragte nicht, was. Auch sie weinte.
Die ganze Menge hörte, daß ein Soldat etwas rief. Sie brauchten mehrere Sekunden, um sich vom Anblick der brennenden, sterbenden Jeanne loszureißen.
Der Soldat war ein Gemeiner. Vielleicht war es derselbe, der es vor ein paar Minuten, als die Lords Jeannes Festnahme verfügt hatten, nicht über sich gebracht hatte, sie zu fesseln.
Er schrie jetzt, außer sich vor Wut und Erbitterung, und drohte dem Lord Femtiosex mit der Faust.
»Du bist ein Lügner, du bist ein Feigling, du bist ein Narr, ich fordere dich heraus ...«
Der Lord Femtiosex wurde auf den Mann aufmerksam und hörte, wie er ihn beschimpfte. Er erwachte aus seiner tiefen Konzentration und sagte, erstaunlich ruhig für einen so chaotischen Augenblick:
»Was soll das heißen?«
»Das ist ein wahnwitziges Schauspiel. Es ist überhaupt kein Mädchen da. Kein Feuer. Nichts. Du hyp-

notisierst uns alle, aus irgendeinem infamen Grunde, und ich fordere dich dafür heraus, du Tier, du Narr, du Feigling.«
In normalen Zeiten mußte selbst ein Lord eine Herausforderung annehmen oder die Angelegenheit mit offenen, gesprochenen Worten bereinigen.
Dies war keine normale Zeit.
Der Lord Femtiosex sagte: »Das ist alles wirklich. Ich täusche niemanden.«
»Wenn es Wirklichkeit ist, bin ich mit dir, Jeanne!« schrie der junge Soldat. Er sprang in den Ölstrahl, bevor die anderen Soldaten ihn abstellen konnten, und war mit einem Satz neben Jeanne im Feuer.
Ihr Haar war schon verbrannt, aber ihre Züge waren noch unversehrt. Sie hatte mit ihrem hundeartigen jaulenden Wimmern aufgehört. Femtiosex war unterbrochen worden. Sie schenkte dem Soldaten, der sich aus freien Stücken neben sie gestellt und zu brennen begonnen hatte, das zärtlichste Lächeln, das man sich vorstellen kann. Dann zog sie die Stirn in Falten, als versuche sie, sich an etwas zu erinnern, was sie noch tun mußte, trotz der Schmerzen und des Entsetzens, die sie umgaben.
»Jetzt!« flüsterte der Jäger. Er begann den Lord Femtiosex zu jagen, so unerbittlich, wie er je Jagd gemacht hatte auf die fremdartigen, einheimischen Geister von Fomalhaut III.
Die Menge wußte nicht, was mit dem Lord Femtiosex passiert war. War er zum Feigling geworden? War er verrückt geworden? (In Wahrheit hatte es der Jäger, unter Aufbietung auch des letzten Grammes seiner geistigen Kräfte, Femtiosex für einen Augenblick auf Freiersschwingen am Himmel überrascht; er und Femtiosex waren beide männliche vogelartige Kreaturen, die mit lauten Rufen das schöne Weibchen anzulocken versuchten, das versteckt drunten in der Landschaft lag, weit, weit unter ihnen.)
Jeanne war frei, und sie wußte, daß sie frei war.
Sie sandte ihre Botschaft aus. Die Botschaft traf den Jäger und Femtiosex mit solcher Wucht, daß sie kei-

nen Gedanken mehr fassen konnten; sie überflutete Elaine; sie ließ sogar Fisi, den Chef der Vögel, ruhiger atmen. Sie rief so laut, daß binnen einer Stunde Botschaften aus anderen Städten in Kalma eintrafen, in denen gefragt wurde, was denn geschehen sei. Jeanne dachte eine einzige Botschaft, nicht mehrere Worte. Doch in Worten besagte sie Folgendes:
»Geliebte Menschen, ihr tötet mich. Das ist mein Schicksal. Ich bringe Liebe, und Liebe muß sterben, um weiterleben zu können. Liebe verlangt nichts, tut nichts. Liebe denkt nichts. Liebe heißt, euch selbst zu kennen und alle anderen Menschen und Dinge zu kennen. Zu kennen – und sich zu freuen. Ich sterbe jetzt für euch alle, meine geliebten Menschen ...«
Sie schlug ein letztes Mal ihre Augen auf, machte den Mund auf, sog die rohe Flamme ein und sackte vornüber. Der Soldat, der bisher die Nerven behalten hatte, während seine Kleider und sein Körper brannten, sprang aus dem Feuer und rannte, er selbst ein Teil des Feuers, auf seine Streife zu. Ein Schuß stoppte ihn, und er fiel der Länge nach aufs Pflaster.
Das Weinen der Menschen war in allen umliegenden Straßen zu hören. Untermenschen, zahme, zugelassene, standen ohne Scham unter ihnen und weinten ebenfalls.
Der Lord Femtiosex wandte sich müde seinen Kollegen zu.
Das Gesicht der Lady Goroke war eine gemeißelte, erstarrte Karikatur der Trauer.
Er wandte sich an die Lady Arabella Underwood. »Es scheint, ich habe etwas falsch gemacht, Lady. Bitte übernimm du.«
Die Lady Arabella erhob sich. Sie rief Fisi den Befehl zu: »Macht das Feuer aus.«
Sie blickte über die Menge hin. Ihre harten, ehrlichen norstrilischen Züge verrieten nichts. Elaine, die sie beobachtete, schauderte bei dem Gedanken an einen ganzen Planeten voller Menschen, die so zäh, so unerbittlich, so gerisssen waren wie diese Frau.

»Es ist vorbei«, sagte die Lady Arabella. »Menschen, geht weiter. Roboter, räumt auf. Untermenschen, an die Arbeit.«
Sie sah zu Elaine und dem Jäger herüber. »Ich weiß, wer ihr seid, und ich glaube, ich weiß auch, was ihr getan habt. Soldaten, führt sie ab.«
Jeannes Leichnam war rußgeschwärzt. Das Gesicht sah nicht mehr sehr menschlich aus; der letzte Ausbruch des Feuers hatte ihr Nase und Augen verbrannt. Ihre jungen, mädchenhaften Brüste zeigten mit herzergreifender Schamlosigkeit, daß sie einmal jung und weiblich gewesen war. Jetzt war sie tot, einfach tot.
Die Soldaten hätten sie in eine Kiste geworfen, wäre sie ein Untermensch gewesen. Statt dessen erwiesen sie ihr die militärischen Ehren, die sonst ihren eigenen Kameraden oder in Katastrophenzeiten prominenten Zivilisten vorbehalten waren. Sie entrollten eine Bahre, legten den kleinen, verkohlten Körper darauf und deckten ihn mit ihrer eigenen Flagge zu. Niemand hatte sie das geheißen.
Während sie mit ihrem eigenen Soldaten die Straße hinauf zum Waterrock gingen, wo die Gebäude und Büros der Militärs lagen, sah Elaine, daß auch er geweint hatte.
Sie wollte ihn fragen, wie er darüber denke, aber der Jäger hielt sie mit einem Kopfschütteln davon ab. Später sagte er ihr, der Soldat wäre womöglich bestraft worden, wenn er mit ihnen gesprochen hätte.
Als sie in das Büro kamen, stellten sie fest, daß die Lady Goroke schon da war.
Die Lady Goroke ist schon da ... Das wurde in den folgenden Wochen zum Alptraum für Elaine und den Jäger. Sie hatte ihren Kummer überwunden und leitete die Untersuchung im Falle Elaine und Jeanne.
Die Lady Goroke ist schon da ... Sie wartete, wenn sie schliefen. Ihr Abbild, oder vielleicht auch sie selbst, saß bei all den endlosen Verhören dabei. Sie interessierte sich besonders für das zufällige Zusammentreffen der toten Lady Panc Ashash, der depla-

zierten Hexe Elaine und des nichtangepaßten Menschen, des Jägers.
Die Lady Goroke ist schon da ... Sie fragte sie nach allem, aber sie sagte ihnen nichts.
Bis auf das eine Mal.
Einmal platzte sie heraus, plötzlich ganz persönlich, nach endlosen Stunden formeller, offizieller Arbeit: »Euer Verstand wird gesäubert, wenn wir fertig sind, es macht also nichts aus, wenn ihr noch mehr erfahrt. Wißt ihr, daß mich das verletzt hat – mich! – bis hin zum Kern all dessen, woran ich glaube?«
Sie schüttelten den Kopf.
»Ich werde ein Kind bekommen, und ich gehe zurück in die Heimat der Menschen, um es zu gebären. Ich werde den genetischen Code für meinen Sohn selbst festsetzen. Ich werde ihn Jestocost nennen. Das ist in einer der Alten Sprachen, in Paroskii, das Wort für ›Grausamkeit‹, um ihn daran zu erinnern, wo er herkommt und warum. Und er, oder sein Sohn, oder dessen Sohn, wird der Welt die Gerechtigkeit wiederbringen und das Rätsel der Untermenschen lösen. Was haltet ihr davon? Das heißt, wenn ich es mir überlege, denkt lieber nicht darüber nach. Es geht euch nichts an, und ich werde es so oder so tun.«
Sie sahen sie mitfühlend an, aber sie waren zu sehr mit den Problemen ihres eigenen Überlebens beschäftigt, um für sie viel Sympathie oder guten Rat übrig zu haben. Jeannes Leichnam war pulverisiert und in den Wind gestreut worden, weil die Lady Goroke befürchtete, die Untermenschen würden eine *Feenstätte* daraus machen; sie hätte das selbst gern getan, und wenn sie schon in Versuchung kam, dann würden die Untermenschen, das wußte sie, erst recht in Versuchung kommen.
Elaine erfuhr nie, was mit den Leichnamen all der anderen geschah, die sich, unter Jeannes Führung, aus Tieren in Menschen verwandelt und den abenteuerlichen, törichten Marsch aus dem Tunnel Engloks in die Obere Stadt von Kalma unternommen hatten. Aber war er wirklich abenteuerlich, war er

wirklich töricht gewesen? Wären sie geblieben, wo sie waren, dann hätten sie vielleicht noch ein paar Tage oder Monate oder Jahre zu leben gehabt, doch früher oder später hätten die Roboter sie entdeckt, und sie wären beseitigt worden wie Ungeziefer – das sie ja auch waren. Vielleicht war es besser, daß sie den Tod wählten. Jeanne hatte gesagt: »Es ist dem Leben aufgegeben, stets nach etwas Besserem als es selbst Ausschau zu halten und dann zu versuchen, das Leben selbst gegen Bedeutung einzutauschen.«
Am Schluß rief die Lady Goroke sie hinein und sagte: »Lebt wohl, ihr beiden. Es ist töricht, Lebewohl zu sagen, wo ihr euch schon in einer Stunde nicht mehr an mich und auch nicht an Jeanne erinnern werdet. Ihr habt eure Arbeit hier beendet. Ich habe eine hübsche Aufgabe für euch gefunden. Ihr werdet nicht in einer Stadt zu leben brauchen. Ihr werdet Wetterbeobachter sein, über die Hügel streifen und nach all den kleinen Veränderungen Ausschau halten, die die Maschinen nicht rasch genug auswerten können. Euer ganzes Leben lang werdet ihr miteinander wandern und Picknick machen und unter freiem Himmel euer Lager aufschlagen. Ich habe den Technikern eingeschärft, daß sie sehr vorsichtig sein sollen, weil ihr beide euch sehr liebt. Wenn sie eure Synapsen neu anordnen, soll euch eure Liebe erhalten bleiben.«
Sie knieten beide nieder und küßten ihre Hand. Von da an sahen sie die Lady Goroke nie mehr, jedenfalls nicht mit Bewußtsein. In späteren Jahren sahen sie manchmal einen modischen Ornithopter langsam über ihr Lager hingleiten, aus dem an der Seite eine elegante Dame herausschaute; sie hatten keine Erinnerungen mehr, die ihnen gesagt hätten, daß dies die Lady Goroke war, die, von ihrer geistigen Umnachtung genesen, über sie wachte.

Ihr neues Leben war ihr endgültiges Leben.
Von Jeanne und dem Braunen und Gelben Korridor blieb keine Spur.

Sie brachten beide den Tieren große Sympathie entgegen, aber das hätte auch so sein können, wenn sie nie an dem aberteuerlichen politischen Glücksspiel der lieben toten Lady Panc Ashash beteiligt gewesen wären.
Einmal geschah etwas Seltsames. Ein von Elefanten abstammender Untermensch arbeitete in einem kleinen Tal; er schuf einen exquisiten Steingarten für irgendeinen hohen Beamten der Instrumentalität, der sich später vielleicht den Garten ein- oder zweimal im Jahr ansehen würde. Elaine war mit der Beobachtung des Wetters beschäftigt, und der Jäger hatte vergessen, daß er jemals gejagt hatte, so daß keiner von beiden versuchte, die Gedanken des Untermenschen zu belauschen. Er war ein Hüne, hart an der Grenze der erlaubten Höchstgröße – fünfmal so groß wie ein Durchschnittsmensch. Er hatte ihnen schon öfter freundlich zugelächelt.
Eines Abends brachte er ihnen Früchte. Und was für welche! Seltenste Arten aus fremden Welten, wie sie einfache Leute wie sie auch mit einjähriger Antragsfrist nicht bekommen hätten. Er lächelte sein breites, schüchternes Elefantenlächeln, stellte das Obst hin und wollte wieder davontrotten.
»Warte doch mal«, rief Elaine ihm nach, »warum schenkst du uns das? Warum uns?«
»Um Jeannes willen«, sagte der Elefantenmann.
»Wer ist Jeanne?« fragte der Jäger.
Der Elefantenmann sah sie freundlich an. »Schon gut. Ihr erinnert euch nicht an sie, aber ich schon.«
»Aber was hat diese Jeanne getan?« erkundigte sich Elaine.
»Sie hat euch geliebt. Sie hat uns alle geliebt«, sagte der Elefantenmann. Er wandte sich rasch ab, als wollte er nichts mehr sagen. Mit einer für einen so schweren Mann unglaublichen Behendigkeit stieg er eilig in die wildromantischen Felsen über ihnen hinauf und war verschwunden.
»Ich wollte, wir hätten sie gekannt«, sagte Elaine. »Es scheint, daß sie sehr nett war.«

In diesem Jahr wurde der Mann geboren, der einmal der erste Lord Jestocost werden sollte.

Das trunkene Schiff

Vielleicht ist dies die traurigste, schaurigste, abenteuerlichste Begebenheit in der ganzen langen Geschichte des Universums. Es stimmt, daß kein anderer jemals so etwas getan hatte, daß noch niemand über solche Entfernungen, mit solcher Geschwindigkeit und mit solchen Mitteln gereist war. Dabei wirkte der Held wie ein ganz gewöhnlicher Mensch – wenn die Leute ihn zum erstenmal sahen. Beim zweiten Mal allerdings – ja, da war es etwas anderes.
Und die Heldin. Klein war sie, und aschblond, intelligent, lebhaft und verletzt. Verletzt – ja, das ist das richtige Wort. Sie machte den Eindruck, als brauchte sie Trost oder Hilfe, selbst wenn es ihr gut ging. Männer fühlten sich mehr als Männer, wenn sie in der Nähe war. Sie hieß Elisabeth.
Wer hätte gedacht, daß ihr Name dereinst laut und klar durch das wilde, wüste Nichts hallen würde, das den Raum ausmachte?
Er nahm eine uralte Rakete von altertümlicher Bauart. Mit ihr überholte, überflügelte, übersprang er alle Maschinen, die es bis dahin gegeben hatte. Man könnte fast meinen, er flog so schnell, daß er die großen Gewölbe des Himmel erschütterte, so daß alte Gedichte für ihn hätten geschrieben sein können: »Alle Sterne entsagten den Speeren und netzten den Himmel mit ihren Zähren.«
Und wie er flog, so schnell, so weit, daß die Leute es zuerst einfach nicht glauben wollten. Sie dachten, es handle sich um einen Witz unter Männern, eine Farce, die das Gerücht weiterspann, eine abenteuerliche Geschichte, mit der man sich an einem Sommernachmittag die Zeit vertreibt.
Wir wissen jetzt seinen Namen.
Und unsere Kinder und ihre Kinder werden ihn nie mehr vergessen.
Rambo. Artyr Rambo von Erde Vier.
Aber er folgte seiner Elisabeth dorthin, wo kein

Raum war. Er gelangte an Orte, wo die Menschen nicht hinkonnten, nie gewesen waren, sich nicht hinwagten, in Gegenden, an die die Menschheit nicht einmal dachte.

Er tat das alles aus freien Stücken.

Natürlich hielten es die Leute zuerst für einen Witz und dichteten alberne Spottlieder auf die angebliche Reise.

»Grab mir ein Loch für das schwüle Gefühl . . .!« sang der eine.

»Drück auf den Knopf für die Wahl der Zahl . . .!« sang ein anderer.

»Wo ist das Schiff dieses hitzigen Witzbolds . . .?« sang ein dritter.

Dann wurde allen klar, daß es stimmte. Manche blieben stocksteif stehen und bekamen eine Gänsehaut. Andere flüchteten sich eilends in alltägliche Verrichtungen. Der Raum[3] war entdeckt worden, und er war perforiert worden. Ihre Welt würde nie mehr dieselbe sein wie früher. Der massive Fels hatte sich in eine offene Tür verwandelt.

Der Raum selbst, so rein, so leer, so ordentlich, wirkte jetzt wie eine Million Millionen Lichtjahre von Tapioka-Pudding – gummiartig, matschig, klebrig, nicht zum Atmen, nicht zum darin Schwimmen geeignet.

Wie kam es dazu?

Jeder wollte es gewesen sein, jeder auf seine Art.

1

»Er kam zu mir«, sagte Elisabeth, »ich starb, und er kam zu mir, weil die Maschinen mir mein Leben völlig verdarben, als sie versuchten, meinen schrecklichen, nutzlosen Tod zu heilen.«

2

»Ich fuhr selbst hin«, sagte Rambo. »Sie versuchten es mit Tricks, sie belogen mich und hielten mich zum Narren, aber ich nahm das Schiff, und ich wurde das

Schiff, und ich kam hin. Niemand hat mich geheißen, es zu tun. Ich war zornig, aber ich fuhr hin. Und ich bin wieder zurückgekommen, oder?«
Auch er hatte recht, auch wenn er sich wand und heulte auf dem grünen Gras der Erde, als sein Schiff in einem Raum verlorengegangen war, der so schrecklich weit weg und so merkwürdig war, daß er gleich hinter seinem Rücken oder auch eine halbe Milchstraße entfernt sein konnte.
Wer vermöchte das zu sagen, bei Raum hoch drei?
Rambo war es, der zurückkam, auf der Suche nach seiner Elisabeth. Er liebte sie. Also war es seine Reise, und ihm gebührt auch der Ruhm.

3

Aber der Lord Crudelta sagte, viele Jahre später, als er mit leiser Stimme in vertrautem Kreise sprach: »Das Experiment war von mir. Ich ersann es. Ich wählte Rambo aus. Ich trieb die Selektoren zum Wahnsinn mit meinem Wunsch, sie sollten mir einen Menschen finden, der diesen Anforderungen genügen würde. Und ich ließ diese Rakete nach den uralten Plänen bauen. Es war einer der Apparate, wie die Menschen sie benutzten, als sie zum erstenmal ein Stückchen aus der Luft heraussprangen, wie fliegende Fische, die von einer Welle zur nächsten hüpfen, und sich deshalb schon gleich für Adler hielten. Hätte ich eines der normalen Planoform-Schiffe verwendet, so wäre es mit einer Art umgekehrtem Gurgeln verschwunden, hätte einen kleinen milchigen Fleck im Raum hinterlassen, während es sich in Unflat und Vernichtung aufgelöst hätte. Aber das wollte ich nicht riskieren. Ich stellte die Rakete auf eine Startrampe. *Und die Startrampe selbst war ein Interstellarschiff!* Da wir schon einmal eine alte Rakete verwendeten, strichen wir sie auch richtig an, die alten, geheimnisvollen Buchstaben malten wir darauf. Wir ließen sogar den Namen unserer Organisation auf dem Rumpf anbringen – I und D und M – für

›die Instrumentalität der Menschheit‹, in schönen, klaren Buchstaben.«

»Woher sollte ich wissen«, fuhr der Lord Crudelta fort, »daß wir mehr Erfolg haben würden, als wir angestrebt hatten, daß Rambo den Raum selbst aus den Angeln heben und das Schiff zurücklassen würde, bloß weil er Elisabeth so sehr, so schrecklich sehr liebte?«

Crudelta seufzte.

»Ich weiß es, und ich weiß es nicht. Ich bin wie der Urmensch, der mit einem Wasserschiff in der verkehrten Richtung um den Planeten Erde fahren wollte und statt dessen eine neue Welt fand. Kolumbus hieß er. Und das Land, das war Australien oder Amerika oder irgend so etwas. Genau dasselbe ist mir passiert. Ich schickte Rambo in dieser uralten Rakete aus, und er fand einen Weg durch Raum^3. Und jetzt ist keiner von uns mehr davor sicher, daß plötzlich jemand aus dem Fußboden aufsteigt oder vor seinen Augen sozusagen aus dem Nichts auftaucht.«

Beinahe wehmütig fuhr Crudelta fort: »Was nützt es, die Geschichte zu erzählen? Sie ist sowieso allgemein bekannt. Meine Rolle darin ist nicht gerade sehr rühmlich. Aber das Ende der Geschichte, das ist doch hübsch. Der Bungalow am Wasserfall, und all die wundervollen Kinder, die andere Leute ihnen gaben – ein Gedicht könnte man darüber schreiben. Aber was vor dem Ende geschah, wie er hilflos und wahnsinnig in dem Krankenhaus auftauchte, auf der Suche nach seiner Elisabeth. Das war traurig und unheimlich, das war furchterregend. Ich bin froh, daß es zu dem glücklichen Ende mit dem Bungalow am Wasserfall kam, aber es hat verdammt lange gedauert, bis es so weit war. Und Teile davon werden wir wohl nie ganz begreifen, die nackte Haut im nackten Raum, die Augäpfel, die auf etwas fuhren, was viel schneller war, als es das Licht je gewesen ist. Wißt ihr, was ein Papagei ist? Es ist ein urzeitlicher Vogel, der auf der Alten Erde lebte, und heute noch, Jahrtausende später, kommt er in einem Kinderreim vor. Die Tiere sind ausgestorben, aber der Reim hat sich erhalten. Genauso wird es eines Tages mit Rambo sein. Alle Welt wird seinen Namen kennen und über sein trunkenes Schiff Bescheid wissen, aber man wird vergessen, was für eine wissenschaftliche Pioniertat er vollbrachte, als er sich in seiner alten Rakete, die kaum noch von einem Planeten zum andern flog, auf die Suche nach seiner Elisabeth machte ... Wie? Ach, der Kinderreim. Kennt ihr den nicht? Ein albernes kleines Gedichtchen. Es geht so:

Nimm aufs Korn den linken Finken.
(Jetzt redest du aber Speck und Schinken!)
Schieß doch auf den Papagei.
(Glaub nicht, daß es dein Papa sei!)

Fragt mich nicht, was ›Speck‹ und ›Schinken‹ ist. Wahrscheinlich Teile von Urtieren, wie Beefsteak oder Lende. Aber die Kinder sagen die Worte immer noch auf. Eines Tages werden sie es mit Rambo und seinem trunkenen Schiff genauso machen. Vielleicht werden sie sogar die Geschichte von Elisabeth erzählen. Aber die Episode, wo er ins Krankenhaus kommt, werden sie bestimmt weglassen. Dieser Teil ist zu schrecklich, zu real, zu traurig und am Ende zu wundervoll. Sie fanden ihn im Gras. Wohlgemerkt, nackt im Gras, und kein Mensch wußte, wo er herkam!«

4

Sie fanden ihn nackt im Gras, und keiner wußte, wo er herkam. Sie hatten nicht einmal von der alten Rakete gehört, die der Lord Crudelta mit den Buchstaben I, D und M beschriftet und bis ans Ende von Nirgendwo geschickt hatte. Sie wußten nicht, daß das Rambo war, der den Raum hoch drei durchquert hatte. Die Roboter sahen ihn als erste und trugen ihn hinein, und dabei photographierten sie alles, was sie taten. Sie waren darauf programmiert worden, um sicherzugehen, daß jedes besondere Vorkommnis aufgezeichnet wurde.

Dann fanden ihn die Schwestern in einem der äußeren Zimmer.
Sie nahmen an, daß er noch am Leben war, denn tot war er nicht, aber sie konnten auch nicht beweisen, daß er lebte.
Das machte den Fall noch rätselhafter.
Die Ärzte wurden hinzugezogen. Echte Doktoren, keine Maschinen. Es waren sehr bedeutende Männer. Bürgerdoktor Timofejew, Bürgerdoktor Grosbeck und der Direktor persönlich, Sir und Doktor Vomact. Sie übernahmen den Fall.
(Drüben auf der anderen Seite des Krankenhauses wartete Elisabeth, bewußtlos, und niemand hatte eine Ahnung davon. Dieselbe Elisabeth, für die er den Raum übersprungen und die Sterne durchdrungen hatte, aber das wußte noch niemand!)
Der junge Mann konnte nicht sprechen. Als man seine Augenabdrücke und Fingerabdrücke in die Bevölkerungsmaschine eingab, stellte sich heraus, daß er auf der Erde selbst gezüchtet, aber als eingefrorenes und ungeborenes Baby auf Erde Vier gebracht worden war. Mit gewaltigem Kostenaufwand wurde eine »dringende Anfrage« an Erde Vier gerichtet, die jedoch nur ergab, daß der junge Mann, der in dem Krankenhaus lag, von einer intergalaktischen Reise mit einem Versuchsschiff nicht zurückgekehrt war und seither als vermißt geführt wurde.
Vermißt.
Kein Schiff und keine Spur von einem Schiff.
Aber er war wieder da.
Sie standen am äußersten Rand des Alls und wußten nicht, was sie da vor sich hatten. Sie waren Ärzte, und es war ihre Aufgabe, Menschen zu reparieren oder neu aufzubauen, aber nicht, sie in der Weltgeschichte herumzuschicken. Wie sollten solche Männer etwas vom Raum^3 wissen, wo sie noch nicht einmal etwas vom Raum^2 wußten, außer daß die Menschen Planoform-Schiffe bestiegen und ihn damit durchquerten? Sie suchten nach Krankheit, und hatten in Wirklichkeit Technik vor Augen. Sie behandelten

ihn, der doch in Wahrheit gesund war.
Alles, was er brauchte, war Zeit, um über den Schock der phantastischsten Reise hinwegzukommen, die je ein menschliches Wesen gemacht hatte, aber die Ärzte wußten das nicht und versuchten, seine Genesung zu beschleunigen.
Als sie ihm Kleider anzogen, wurde sein Koma durch mechanische Zuckungen abgelöst, und er riß sich die Kleider vom Leibe. Kaum war er wieder nackt, legte er sich einfach auf den Boden und verweigerte Nahrung und Auskunft.
Sie ernährten ihn mit Spritzen, während doch – aber das wußten sie ja nicht – die ganze Energie des Weltraums in neuen Formen von seinem Körper ausstrahlte.
Sie sperrten ihn allein in einem Zimmer ein und beobachteten ihn durch das Guckloch.
Er war ein gutaussehender junger Mann, obwohl sein Geist leer und sein Körper starr und bewußtlos war. Sein Haar war sehr blond, und seine Augen waren hellblau, doch sein Gesicht verriet Charakter – ein eckiges Kinn; ein schöner, entschlossener, mürrischer Mund; alte Linien in seinem Gesicht, die aussahen, als müsse er, als er noch bei Bewußtsein war, tage- oder monatelang am Rande der Raserei gelebt haben.
Als sie den Patienten schon den dritten Tag im Krankenhaus beobachteten, war noch immer nicht die geringste Veränderung festzustellen.
Er hatte sich wieder den Schlafanzug heruntergerissen und lag nackt, mit dem Gesicht nach unten, auf dem Boden.
Sein Körper war so unbeweglich und starr wie am Tag zuvor.
(Ein Jahr später sollte dieses Zimmer in ein Museum umgewandelt werden, in dem auf einer Bronzetafel die Inschrift stand: »Hier lag Rambo, nachdem er die Alte Rakete verlassen hatte, mit der er den Raum hoch drei durchquert hatte.« Aber die Ärzte wußten immer noch nicht, womit sie es zu tun hatten.)

Sein Gesicht war so stark zur Seite gedreht, daß die Halsmuskeln hervortraten. Der rechte Arm stand steif und gerade vom Körper ab. Der linke Arm bildete genau einen rechten Winkel mit dem Körper, und Unterarm und Hand standen rechtwinklig zum Oberarm starr nach oben. Die Beine waren in grotesker Parodie einer Laufstellung angewinkelt.
Doktor Grosbeck sagte: »Ich finde, es sieht aus, als schwämme er. Legen wir ihn doch mal in einen Wassertank; vielleicht bewegt er sich dann.« Grosbeck verfiel oft auf drastische Problemlösungen.
Timofejew bezog Posten am Guckloch. »Krampfzustand, immer noch« murmelte er. »Hoffentlich bekommt der arme Kerl keine Schmerzen, wenn seine kortikalen Abwehrmechanismen versagen. Wie kann sich ein Mensch gegen Schmerzen wehren, wenn er nicht einmal weiß, was ihm geschieht?«
»Und Sie, Sir und Doktor«, sagte Grosbeck zu Vomact, »was sehen Sie?«
Vomact brauchte gar nicht hinzusehen. Er war schon früher dagewesen und hatte den Patienten lange und in aller Ruhe durch das Gucklock beobachtet, bevor die Doktoren eingetroffen waren. Vomact war ein weiser Mann von tiefer Einsicht und reicher Intuition. Er brachte in einer Stunde mehr heraus, als eine Maschine in einem ganzen Jahr zu diagnostizieren vermochte; er vermutete bereits, daß es sich hier um eine Krankheit handelte, die noch kein Mensch je gehabt hatte. Dennoch, es gab Heilmittel, die man ausprobieren mußte.
Die drei Ärzte probierten sie aus.
Sie probierten es mit Hypnose, Elektrotherapie, Massage, Infraschall, Atropin, Surgital, einer ganzen Familie Digitaliniden und mehreren quasinarkotischen Viren, die im Weltraum gezüchtet worden waren, wo sie schnell mutiert hatten. Sie erzielten die Andeutung einer Reaktion, als sie Gashypnose zusammen mit einem elektronisch verstärkten Telepathen einsetzten; daraus war zu ersehen, daß im Gehirn des Patienten noch etwas vor sich ging. Andernfalls

hätte man das Gehirn für bloßes Fettgewebe ohne Nerven betrachten müssen. Die anderen Versuche waren ergebnislos verlaufen. Das Gas lieferte Hinweise auf eine schwache Abwehrreaktion gegen Angst und Schmerz. Der Telepath registrierte flüchtige visuelle Eindrücke von unbekannten Himmeln. (Die Ärzte schickten den Telepathen unverzüglich zur Weltraumpolizei, so daß diese versuchen konnte, die Sternenmuster zu codieren, die der Telepath im Geist des Mannes erkannt hatte, aber die Muster paßten nicht. Der Telepath war zwar ein sehr scharfsinniger Mann, aber er konnte sich nicht genau genug an die Muster erinnern, als daß man sie mit den vorhandenen Matrizen hätte vergleichen können.)
Die Ärzte versuchten es deshalb erneut mit ihren Drogen und mit uralten Heilmitteln – Morphium und Koffein, die sich in ihrer Wirkung gegenseitig aufheben sollten, und einer harten Massage, die ihn wieder in Traumzustand versetzen sollte, damit der Telepath die Eindrücke auffangen konnte.
Aber weder an diesem noch am folgenden Tag ergaben sich neue Anhaltspunkte.

Unterdessen wurden die Erdbehörden nervös. Sie fanden, völlig zu Recht, daß das Krankenhaus hinreichend bewiesen habe, daß der Patient sich noch wenige Augenblicke, bevor die Roboter ihn im Gras entdeckten, nicht auf der Erde befunden hatte. Wie war er auf die Wiese gekommen?
Der Luftraum der Erde hatte keinen Eindringling bemerkt, kein Fahrzeug, das sich durch einen leuchtenden Bogen weißglühender Luft an Metall verraten hätte, kein leises Geräusch von den gewaltigen Kräften, die ein Planoform-Schiff durch Raum² trieben.
(Crudelta kroch mit Schiffen, die mit mehrfacher Lichtgeschwindigkeit fuhren, langsam wie eine Schnecke zur Erde zurück, um zu sehen, ob Rambo vor ihm dort angekommen sei.)
Am fünften Tag begann sich eine Wende abzuzeichnen.

5

Elisabeth war gestorben.
Das wurde erst viel später durch eine sorgfältige Überprüfung der Unterlagen des Krankenhauses festgestellt.
Die Ärzte erfuhren nur soviel:
Man hatte gerade Patienten den Korridor entlanggefahren, mit Leintüchern zugedeckte Gestalten auf fahrbaren Betten.
Plötzlich rollten die Betten nicht mehr weiter.
Eine Schwester schrie auf.
Die starke Wand aus Stahl und Kunststoff buchtete sich aus. Eine langsame, lautlose Kraft stieß die Wand in den Korridor.
Die Wand barst.
Eine menschliche Hand tauchte auf.
Eine der beherzteren Schwestern schrie:
»Schiebt die Betten weiter, schiebt sie weg von hier.«
Die Schwestern und die Roboter gehorchten.
Die Betten schaukelten wie Boote auf einer Woge, als sie an die Stelle kamen, wo der Fußboden, der fest mit der Wand verbunden war, sich aufgeworfen hatte, als die Wand nach innen gedrückt worden war. Das pfirsichfarbene Licht der Lampen flackerte.
Roboter erschienen.
Eine zweite menschliche Hand kam durch die Wand.
In entgegengesetzten Richtungen ziehend, rissen die beiden Hände die Wand auf, als sei es nasses Papier.
Der Patient von der Wiese steckte seinen Kopf durch.
Er schaute blicklos den Korridor entlang, seine Augen schienen nicht richtig scharfgestellt zu sein, seine Haut glomm von der Verbrennung im offenen Raum in einem seltsamen Rötlichbraun.
»Nein«, sagte er. Nur dies eine Wort.
Aber dieses »Nein« wurde gehört. Obwohl er nicht laut gesprochen hatte, hallte es durch das ganze Krankenhaus. Das interne Telekommunikationssystem übertrug es. Jeder Schalter in der ganzen Umgebung sprang in die »Aus«-Stellung. Aufgeregte

Schwestern und Roboter, denen diesmal sogar die Ärzte halfen, beeilten sich, alle Maschinen wieder anzustellen – die Pumpen, die Ventilatoren, die künstlichen Nieren, die Gehirnrecorder und auch die einfachen Luftmaschinen, die die Atmosphäre sauber hielten.

Hoch oben trudelte ein Flugzeug. Sein dreifach gesicherter »Aus«-Schalter war plötzlich in die negative Stellung gesprungen. Glücklicherweise konnte ihn der Roboterpilot wieder einschalten, bevor die Maschine auf der Erde zerschellte.

Der Patient wußte offenbar nicht, daß sein Wort diese Wirkung hatte.

(Später wußte die Welt, daß dies ein Teil des Effekts war, den das trunkene Schiff hervorgerufen hatte. Der Mann selbst hatte die Fähigkeit entwickelt, sein neurophysiologisches System zur direkten Steuerung von Maschinen einzusetzen.)

In dem Korridor war der Maschinenroboter eingetroffen, der als Polizist Dienst tat. Er trug sterile, gepolsterte Samthandschuhe; mit seinen Händen konnte er einen Druck von sechzig Tonnen ausüben. Er näherte sich dem Patienten. Der Roboter war sorgsam darauf trainiert worden, alle Arten von Gefahren von seiten deliröser oder psychotischer Menschen zu erkennen; später berichtete er, daß er auf allen Empfangsbändern »äußerste Gefahr« registriert hätte. Er hatte sich schon darauf vorbereitet, den Patienten mit unwiderstehlicher Gewalt zu pakken und ihn in sein Bett zurückzubringen, doch da die Luft von einer derartigen Gefahr summte, ließ er sich auf keine Experimente ein. In sein Handgelenk war eine Spritzpistole eingebaut, die mit komprimiertem Argon arbeitete.

Er streckte den Arm nach dem unbekannten nackten Mann aus, der in dem klaffenden Loch in der Wand stand. Die Handgelenkwaffe zischte, und eine ansehnliche Menge Condamin, das stärkste Narkotikum im ganzen bekannten Universum, wurde Rambo unter die Haut am Hals gespritzt. Der Patient brach

zusammen.
Der Roboter faßte ihn sanft und liebevoll an, hob ihn aus dem Loch in der Wand heraus, trat gegen die Tür, daß das Schloß ausriß, und legte ihn wieder aufs Bett. Der Roboter hörte die Ärzte nicht kommen, deshalb benutzte er seine gewaltigen Hände, um die Stahlwand wieder zu glätten. Arbeitsroboter oder Untermenschen konnten später die Feinarbeit machen, aber einstweilen sah es immerhin besser aus, wenn dieser Gebäudeteil wieder im Winkel war.
Doktor Vomact erschien, dicht gefolgt von Grosbeck.
»Was ist passiert?« schrie er, zum erstenmal in seinem Leben völlig aus der Fassung. Der Roboter zeigte auf die geborstene Wand.
»Er hat sie aufgerissen. Ich habe sie wieder geglättet«, sagte der Roboter.
Die Ärzte traten ans Bett, um sich den Patienten anzusehen. Er war schon wieder aus dem Bett gekrochen und lag auf dem Boden, aber seine Atmung war ruhig und natürlich.
»Was hast du ihm gegeben?« schrie Vomact den Roboter an.
»Condamin«, sagte der Roboter, »nach Vorschrift 47-B. Die Droge darf außerhalb des Krankenhauses nicht erwähnt werden.«
»Das weiß ich selbst«, sagte Vomact zerstreut und ein bißchen ärgerlich. »Du kannst jetzt gehen. Danke.«
»Es ist nicht üblich, sich bei Robotern zu bedanken«, sagte der Roboter, »aber Sie können eine Belobigung in meine Personalakte eintragen lassen, wenn Sie möchten.«
»Scher dich zum Teufel!« schrie Vomact den übereifrigen Roboter an.
Der Roboter blinzelte. »Ich weiß nicht, wo der Teufel ist, aber ich nehme an, Sie möchten, daß ich mich entferne. Dann gehe ich also, mit Ihrer Erlaubnis!«
Er machte mit wunderlich graziösen Bewegungen einen Bogen um die beiden Ärzte, fingerte zerstreut an dem kaputten Türschloß herum, als wollte er es gerne reparieren, doch als er Vomacts wütenden

Blick sah, verließ er das Zimmer endgültig.
Gleich darauf hörte man dumpfe Schläge draußen vor dem Zimmer. Beide Ärzte hörten einen Moment hin und resignierten dann. Der Roboter war auf dem Korridor und glättete vorsichtig den aufgeworfenen Fußboden. Er war ein ordnungsliebender Roboter, der wahrscheinlich ein verstärktes Hühnergehirn besaß, und wenn er ein Objekt für seine Ordnungsliebe entdeckte, wurde er hartnäckig.
»Zwei Fragen, Grosbeck«, sagte Sir und Doktor Vomact.
»Zu Diensten, Sir!«
»Wo stand der Patient, als er die Wand in den Korridor drückte, und woher hatte er die Kraft dafür?«
Grosbeck verengte ratlos die Augen. »Wenn Sie mich so fragen, muß ich sagen, daß ich keine Ahnung habe, wie er das bewerkstelligt hat. Eigentlich kann er es nicht getan haben. Aber er hat es getan. Und die andere Frage?«
»Was halten Sie von Condamin?«
»Gefährlich, natürlich, wie immer. Sucht kann ...«
»Gibt es Sucht ohne kortikale Aktivität?« unterbrach ihn Vomact.
»Ja sicher«, erwiderte Grosbeck prompt. »Gewebesucht.«
»Also suchen Sie nach Anzeichen dafür«, sagte Vomact.
Grosbeck kniete sich neben den Patienten und tastete mit den Fingerspitzen nach den Muskelenden. Er befühlte den Nacken, die Schultern, den Rücken.
Als er wieder aufstand, zeigte sein Gesicht einen ratlosen Ausdruck. »Ich habe noch nie einen menschlichen Körper untersucht, der sich so anfühlte wie dieser. Ich bin nicht einmal sicher, daß es noch ein menschlicher Körper ist.«
Vomact sagte nichts. Die beiden Ärzte standen sich gegenüber. Grosbeck wurde es unter dem stetigen Blick seines Vorgesetzten ungemütlich. Schließlich platzte er heraus:

»Sir und Doktor, ich weiß, was wir tun könnten.«
»So«, sagte Vomact ruhig, ohne die leiseste Andeutung einer Ermutigung oder Warnung, »und das wäre?«
»Es wäre nicht das erste Mal, daß man so etwas in einem Krankenhaus macht.«
»Was?« sagte Vomact, und seine Augen – diese furchteinflößenden Augen! – trieben Grosbeck, etwas zu sagen, was er nicht sagen wollte.
Grosbeck lief rot an. Er beugte sich vor, um leiser sprechen zu können, obwohl kein Mensch in der Nähe war. Als er dann sprach, klangen seine Worte wie der hastig vorgebrachte unsittliche Antrag eines Verliebten.
»Töten Sie den Patienten, Sir und Doktor. Töten Sie ihn. Wir haben eine Menge Unterlagen über ihn. Wir können uns eine Leiche aus dem Keller holen und sie so herrichten, daß sie ihm zum Verwechseln ähnlich sieht. Wer weiß, was er noch unter der Menschheit anrichten wird, wenn wir ihn gesund werden lassen.
»Wer weiß?« wiederholte Vomact mit tonloser, unbewegter Stimme. »Aber, Bürger und Doktor, was ist die zwölfte Pflicht eines Arztes?«
»›Nie das Gesetz selbst in die Hand zu nehmen, sich auf das Heilen zu beschränken und dem Staat oder der Instrumentalität zu geben, was des Staates oder der Instrumentalität ist.‹« Grosbeck seufzte, als er seinen Vorschlag zurücknahm. »Sir und Doktor, ich nehme es zurück. Nicht Medizin hatte ich im Sinn. Was ich vorschlug, ist in Wahrheit Sache der Regierung und der Politiker.«
»Also was dann?« fragte Vomact.
»Ihn heilen oder nichts tun und warten, daß er von selbst wieder in Ordnung kommt.«
»Und was von beidem würden Sie tun?«
»Ich würde versuchen, ihn zu heilen.«
»Wie?« fragte Vomact.
»Sir und Doktor«, rief Grosbeck, »reiten Sie nicht auf meiner Schwäche in diesem Fall herum! Ich weiß,

daß Sie mich schätzen, weil ich ein entschlossener, zuversichtlicher Mann bin. Verlangen Sie nicht von mir, mich so zu verhalten, wie es meine Art ist, wenn wir noch nicht einmal wissen, wo dieser Körper herkommt. Wäre ich so entschlossen wie sonst, würde ich ihm Typhus und Condamin verabreichen und Telepathen bereitstellen. Aber das ist etwas Neues in der sogenannten Menschheitsgeschichte. Wir sind Menschen, und er ist vielleicht kein Mensch mehr. Vielleicht repräsentiert er die Kombination des Menschen mit irgendeiner neuartigen Macht. Wie gelangte er von der anderen Seite von Nirgendwo hierher? Wie viele millionenmal wurde er vergrößert und verkleinert. Wir wissen nicht, was er ist oder was mit ihm geschehen ist. Wie können wir einen Menschen behandeln, wenn wir in Wahrheit die Kälte des Raums, die Hitze der Sonnen, die Frigidität der Entfernung behandeln? Wir wissen, was wir mit Fleisch tun müssen, aber das hier ist im Grunde gar kein Fleisch mehr. Fühlen Sie selbst, Sir und Doktor! Sie werden etwas berühren, was noch kein Mensch berührt hat.«

»Ich habe ihn schon abgetastet«, erklärte Vomact. »Sie haben recht. Wir werden es einen letzten Tag lang mit Typhus und Condamin versuchen. In zwölf Stunden wollen wir uns hier treffen. Ich werde den Schwestern und Robotern sagen, was sie in der Zwischenzeit zu tun haben.«

Sie warfen beide einen letzten Blick auf die gespreizte Gestalt auf dem Fußboden. Grosbeck empfand bei dem Anblick so etwas wie Abscheu, in den sich Furcht mischte; Vomact zeigte keine Gemütsbewegung, abgesehen von einem wehmütigen, matten Lächeln des Mitleids.

Vor der Tür wartete die Oberschwester auf die beiden Ärzte. Grosbeck war erstaunt über die Befehle seines Vorgesetzten.

»Madame und Schwester, haben Sie einen waffensicheren Keller in diesem Krankenhaus?«

»Ja, Sir«, sagte sie. »Wir haben früher unsere Unterlagen darin aufbewahrt, bis wir sie alle in die Computer-Umlaufbahn telemittierten. Jetzt ist der Keller schmutzig und leer.«

»Lassen Sie ihn putzen. Installieren Sie eine Ventilatorröhre. Wer ist ihr militärischer Beschützer?«

»Mein was?« rief sie überrascht.

»Jeder Mensch auf der Erde steht unter militärischem Schutz. Wo sind Ihre Streitkräfte, die Soldaten, die ihr Krankenhaus beschützen?«

»Mein lieber Sir und Doktor!« rief sie aus, »Mein lieber Sir und Doktor! Ich bin eine alte Frau, und ich darf hier seit dreihundert Jahren arbeiten. Aber ich bin nie auf einen solchen Gedanken gekommen. Wozu brauche ich Soldaten?«

»Erkundigen Sie sich nach ihnen und sorgen sie dafür, daß Sie sich bereit halten. Auch sie sind Spezialisten, wenn auch von anderer Art als wir. Sie sollen sich bereit halten. Kann sein, daß sie gebraucht werden, bevor dieser Tag zu Ende ist. Berufen Sie sich gegenüber dem Leutnant oder Feldwebel auf mich. Und jetzt sage ich Ihnen, welche Arzneimittel Sie dem Patienten verabreichen sollen.«

Ihre Augen weiteten sich, während er weitersprach, aber sie war eine disziplinierte Frau und nickte gehorsam zu jedem Punkt. Ihre Augen wirkten zum Schluß sehr traurig und müde, aber sie war selbst eine ausgebildete Expertin und hatte Hochachtung vor dem Können und der Weisheit von Sir und Doktor Vomact. Sie hegte auch herzliches, feminines Mitleid für den unbeweglichen jungen Mann auf dem Fußboden, der für immer und ewig schwamm auf dem schweren Fußboden, schwamm zwischen Archipelen, von denen kein Lebender bisher geträumt hatte.

6

Die Krise trat in dieser Nacht ein.

Die Innenwand des Kellergewölbes wies tiefe Abdrücke von den Händen des Patienten auf, aber er

war nicht entkommen.
Die Soldaten, die mit ihren im hellen Licht des Krankenhaus-Korridors glänzenden Waffen einen erstaunlich wachen Eindruck machten, langweilten sich in Wirklichkeit fast zu Tode, wie es immer der Fall ist bei Soldaten, die auf einen Posten abkommandiert sind, wo sich nichts rührt.
Ihr Leutnant war bis aufs äußerste angespannt. Das Drahtende in seiner Hand summte wie ein gefährliches Insekt. Sir und Doktor Vomact, der mehr von Waffen verstand, als die Soldaten gedacht hätten, sah, daß das Drahtende auf HOCH eingestellt war und deshalb fünf Stockwerke nach oben und nach unten sowie einen Kilometer im Umkreis jeden Menschen zu lähmen vermochte. Er sagte nichts. Er dankte lediglich dem Leutnant und betrat das Kellergewölbe, dicht gefolgt von Grosbeck und Timofejew.
Der Patient schwamm auch hier.
Er war zu einer Arm-über-Arm-Bewegung übergegangen und trat mit den Beinen gegen den Fußboden. Es war, als wäre er auf dem anderen Fußboden nur geschwommen, um sich über Wasser zu halten, und hätte jetzt erst eine Richtung entdeckt, in der er sich bewegen konnte, wenn auch nur sehr langsam. Seine Bewegungen waren bewußt, steif und verkrampft und liefen in einem solchen Zeitlupentempo ab, daß es schien, als bewegte er sich überhaupt nicht. Der zerrissene Schlafanzug lag neben ihm auf dem Boden.
Vomact sah sich um und fragte sich, was für Kräfte der Mann mobilisiert haben konnte, um der Stahlwand so tiefe Abdrücke mit seinen Händen beizubringen. Er entsann sich Grosbecks Warnung, man solle den Patienten lieber töten, als zuzulassen, daß er die gesamte Menschheit neuen, nicht auszudenkenden Gefahren aussetze, doch obwohl er ihm gefühlsmäßig recht gab, konnte er der Empfehlung unmöglich folgen.
Fast gereizt sinnierte der große Arzt – wo konnte der

Mann hin wollen?
(Zu Elisabeth, lautete die Antwort, zu Elisabeth, die jetzt nur sechzig Meter von ihm entfernt war. Erst viel später wurde den Leuten klar, was Rambo gewollt hatte – sechzig Meter hatte er überwinden wollen, um seine Elisabeth zu erreichen, nachdem er schon unzählige Lichtjahre übersprungen hatte, um zu ihr zurückzukehren. Zu seiner einzigen, über alles geliebten Elisabeth, die ihn brauchte!)
Das Condamin hinterließ nicht die charakteristische Wirkung tiefer Mattigkeit und glühender Haut; vielleicht war der Typhus ein gutes Gegenmittel. Rambo wirkte lebhafter als zuvor. Der Name war über das reguläre Nachrichtennetz gemeldet worden, aber er sagte dem Sir und Doktor Vomact noch immer nichts. Aber das sollte sich ändern. Das sollte sich ändern.
Unterdessen hantierten die anderen beiden Doktoren, die schon vorher unterwiesen worden waren, an dem Apparat, den die Roboter und die Schwestern aufgestellt hatten.
Vomact sagte halblaut zu den andern: »Ich glaube, es geht ihm besser. Er ist insgesamt nicht mehr so verkrampft. Ich versuche es mal mit lautem Rufen.«
So beschäftigt waren sie, daß sie nur nickten.
Vomact schrie den Patienten an: »Wer sind Sie, Was sind Sie? Woher kommen Sie?«
Die traurigen blauen Augen des Mannes auf dem Fußboden sahen ihn mit einem erstaunlich raschen Blick an, aber sonst deutete nichts darauf hin, daß er ihn verstanden hätte. Die Glieder vollführten weiter ihre Schwimmbewegungen auf dem rauhen Betonfußboden des Kellers. Zwei der Bandagen, die man ihm angelegt hatte, waren schon wieder durchgescheuert. Das rechte Knie, aufgeschürft und voller blauer Flecke, hinterließ eine sechzig Zentimeter breite Blutspur – teils altes, schwarzes, geronnenes, teils frisches, helles, flüssiges Blut – auf dem Fußboden, während es hin und her scheuerte.
Vomact stand auf und besprach sich mit Grosbeck

und Timofejew. »Jetzt«, sagte er, »wollen wir mal sehen, was passiert, wenn wir den Schmerz anwenden.«
Die beiden traten zurück, obwohl es ihnen niemand angeschafft hatte.
Timofejew gab einem kleinen, weiß emaillierten Roboter, der in der Tür stand, ein Handzeichen.
Das Schmerzensnetz, ein Käfig aus dünnem Draht, fiel von der Decke herab.
Es war Vomacts Pflicht als leitender Arzt, das größte Risiko auf sich zu nehmen. Der Patient lag ganz unter dem Drahtnetz, doch Vomact ließ sich auf Hände und Knie nieder, hob das Netz an einer Ecke mit der rechten Hand an und hielt den eigenen Kopf darunter, dicht neben den Kopf des Patienten. Doktor Vomacts Kittel hing auf den sauberen Zementfußboden herab und streifte an einer Stelle die schwarzen alten Blutflecken, die vom »Schwimmen« des Patienten während der vergangenen Nachtstunden herrührten.
Vomacts Mund war jetzt nur Zentimeter vom Ohr des Patienten entfernt.
»Oh«, sagte Vomact.
Das Netz summte.
Der Patient unterbrach seine langsamen Bewegungen, krümmte den Rücken und sah den Doktor unverwandt an.
Die Doktoren Grosbeck und Timofejew sahen, wie Vomacts Gesicht unter der Einwirkung der Schmerzensmaschine weiß wurde, aber er behielt seine Stimme unter Kontrolle und sagte laut und deutlich zu dem Patienten:
»*Wer – sind – Sie?*«
Der Patient sagte tonlos: »Elisabeth.«
Die Antwort war unsinnig, aber der Ton war vernünftig.
Vomact nahm seinen Kopf unter dem Netz hervor und rief den Patienten abermals an: »Wer – sind – Sie?«
Der nackte Mann antwortete ganz deutlich:

»Pinke, panke, tinke, tach,
ich fühle mich so schwach!«

Vomact runzelte die Stirn und flüsterte dem Roboter zu: »Schmerz verstärken. Geh auf höchste Schmerzstufe.«

Der Körper schlegelte unter dem Netz und versuchte, die Schwimmbewegungen auf dem Beton wieder aufzunehmen.

Ein lauter, wilder, gellender Schrei entrang sich dem Opfer unter dem Netz. Es hörte sich an wie der durch das laute Schreien entstellte Name Elisabeth, von weit her kommend wie ein dumpfes Echo.

Das gab keinen Sinn.

Vomact schrie noch einmal: »*Wer – sind – Sie?*«

Mit unverhoffter Klarheit und Lautstärke drang die Stimme des sich aufbäumenden Körpers unter dem Netz der Schmerzen:

»Ich bin der verschiffte Mann, der verblüffte Mann, der verlorene Mann, der geschorene Mann, der gebannte Mann, der verbrannte Mann, der versuchte Mann, der verfluchte Mann, der gepeinigte Mann, der gesteinigte Mann, aah!« Seine Stimme erstickte in einem Schrei, und er fing wieder an, auf dem Fußboden zu schwimmen, trotz der Intensität des Schmerzes, den das Netz über ihm ausstrahlte.

Der Doktor hob die Hand. Das Schmerzensnetz hörte zu summen auf und wurde hoch hinaufgehoben.

Er fühlte dem Patienten den Puls. Er war schnell. Er zog ihm ein Augenlid hoch. Die Reaktionen waren schon viel normaler.

»Tretet zurück«, sagte er zu den anderen.

»Schmerz auf uns beide«, sagte er zu dem Roboter.

Das Netz senkte sich über beide.

»*Wer sind Sie?*« schrie Vomact aus Leibeskräften dem Patienten direkt ins Ohr und richtete ihn dabei halb auf, obwohl er nicht so recht wußte, ob nicht dieser Körper, der Stahlwände zerriß, auch sie beide zerreißen konnte, wie sie so dastanden.

Der Mann lallte als Antwort: »Ich bin der Rostmann, der Postmann, der Kostmann, der Mostmann, der

Ostmann, der Frostmann, Nein! Nein! Nein!«
Er wehrte sich in Vomacts Armen. Grosbeck und Timofejew wollten ihrem Chef schon zu Hilfe eilen, als der Patient plötzlich ganz ruhig und mit klarer Stimme fortfuhr:
»Ihre Methode ist in Ordnung, Doktor, wer immer Sie sind. Bitte noch mehr Fieber. Und ein bißchen von dem Rauschgift, gegen den Schmerz. Sie reißen mich zurück. Ich weiß, daß ich auf der Erde bin. Elisabeth ist ganz in der Nähe. Bringen Sie mir um Himmels willen Elisabeth! Aber lassen Sie mir Zeit. Ich brauche noch Tage, um wieder in Ordnung zu kommen.«
Diese Wende zur Normalität kam so überraschend, daß Grosbeck, ohne die Anordnung von Vomact, dem Chefarzt, abzuwarten, den Befehl gab, das Netz hochzunehmen.
Der Patient begann wieder zu plappern: »Ich bin der Dreimann, der Eimann, der Beimann, der Freimann, der Dreimann, der Dreimann . . .« Seine Stimme erstarb und er sackte ohnmächtig zusammen.
Vomact verließ das Gewölbe. Er war ein bißchen unsicher auf den Beinen.
Seine Kollegen stützten ihn.
Er lächelte ihnen müde zu: »Ich wollte, es wäre legal . . . Ich könnte selbst ein bißchen von dem Condamin gebrauchen. Kein Wunder, daß die Schmerzensnetze die Patienten aufwecken und sogar Tote zucken lassen! Bringt mir einen Schnaps. Mein Herz ist nicht mehr das jüngste.«
Grosbeck half ihm, sich hinzusetzen, während Timofejew loslief, um den Schnaps zu holen.
Vomact murmelte: »Wie sollen wir denn *seine* Elisabeth finden? Es muß doch Millionen davon geben. Außerdem ist er von Erde Vier.«
»Sir und Doktor«, sagte Grosbeck, »Sie haben Wunder gewirkt. Selbst unter das Netz zu gehen. Ein solches Risiko auf sich zu nehmen. Ihn zum Sprechen zu bringen. So etwas werde ich nie mehr erleben. Was ich heute gesehen habe, reicht für ein Leben.«

»Aber was machen wir als nächstes?« fragte Vomact müde und beinahe verzweifelt.
Diese Frage bedurfte keiner Antwort.

7

Der Lord Crudelta hatte die Erde erreicht.
Nach der Landung brach sein Pilot vor schierer Erschöpfung an den Instrumenten zusammen.
Von den Begleitkatzen, die neben dem Raumschiff in Miniaturschiffen mitgeflogen waren, waren drei tot, eine lag im Koma und die fünfte war rasend geworden und spuckte Gift und Galle.
Als die Hafenbehörden versuchten, den Lord Crudelta zu verlangsamen, um seine Autorität zu verifizieren, rief er den Notstand aus, übernahm im Namen der Instrumentalität den Oberbefehl über die Truppen, verhaftete jeden, der sich blicken ließ, mit Ausnahme des Truppenkommandeurs, und befahl diesem, ihn zum Krankenhaus zu bringen. Die Computer auf dem Hafen hatten ihm gesagt, daß ein gewisser Rambo, »unbekannter Herkunft«, auf der Wiese vor einem bestimmten Krankenhaus angekommen sei.
Vor dem Krankenhaus angelangt, rief der Lord Crudelta abermals den Notstand aus, unterstellte alle Bewaffneten seinem Kommando, ordnete an, daß ein Monitor all seine Aktionen aufzeichnen solle, für den Fall, daß er später vor ein Kriegsgericht dirigiert würde, und ließ jeden verhaften, der sich blicken ließ.
Die in Kampfaufstellung marschierende Kolonne schwerbewaffneter Soldaten überholte Timofejew, der gerade mit dem Schnaps zu Vomact zurückeilte.
Die Männer stampften in Zweierreihe durch den Korridor. Alle hatten sie lebende Helme auf, und ihre Drahtenden summten.
Schwestern liefen den Eindringlingen entgegen, um sie hinauszutreiben, kehrten aber schleunigst wieder um, als sie den grausam stechenden Schmerz der Be-

täubungsstrahlen spürten. Das ganze Krankenhaus war in Aufruhr.

Der Lord Crudelta gab später zu, daß er damals einen schweren Fehler gemacht hatte.

Der Zweiminütige Krieg brach gleich darauf aus.

Man muß den Aufbau der Instrumentalität kennen, um zu verstehen, wie das passieren konnte. Die Instrumentalität war ein durch Kooptation sich selbst erneuerndes Gremium mit ungeheueren Machtbefugnissen und einer strengen Satzung. Jedes Mitglied war für sich allein ein Plenum der unteren, mittleren und höheren Gerichtsbarkeit. Jedes Mitglied konnte alles tun, was es für nötig hielt, um die Macht der Instrumentalität zu erhalten und den Frieden zwischen den Welten zu bewahren. Aber wenn einer der Lords einen Fehler machte oder ein Unrecht beging – ja dann sah plötzlich alles ganz anders aus. Jeder Lord konnte in einer Notsituation jeden anderen Lord töten, aber ihm selbst waren Tod und Schande sicher, wenn er diese Verantwortung auf sich nahm. Der einzige Unterschied zwischen Billigung und Ablehnung lag darin, daß Lords, die in einer Notsituation einen Kollegen töteten und damit, wie sich bei einer späteren Untersuchung herausstellen konnte, ein Unrecht begangen hatten, auf eine sehr schmachvolle Liste gesetzt wurden, während jene, die zu Recht andere Lords töteten, in eine Ehrenliste eingetragen, trotzdem aber getötet wurden.

Bei drei Lords lagen die Dinge anders. Drei Lords bildeten einen Notstandsrat; wenn sie gemeinsam handelten, in gutem Glauben, und laufend den Computern der Instrumentalität berichteten, blieb ihnen eine Bestrafung erspart, nicht jedoch die Schande und gegebenenfalls die Degradierung zum Bürger. Sieben Lords, oder alle zu einer bestimmten Zeit auf einem bestimmten Planeten regierenden Lords, waren über jede Kritik erhaben, bis auf die Möglichkeit, daß ihre Maßnahmen später auf ehrenhafte Weise rückgängig gemacht wurden, falls es sich erwies, daß sie im Unrecht gewesen waren.

Das waren die ganzen Satzungen der Instrumentalität. Die Instrumentalität hatte den Wahlspruch »Beobachten, aber nicht eingreifen; Kriege beenden, aber keine Kriege führen; schützen, aber nicht kontrollieren; und vor allem überleben!«
Der Lord Crudelta hatte sich der Truppen bemächtigt – nicht seiner eigenen Truppen, sondern der leichten Infanterie der Erdregierung – weil er befürchtete, daß die größte Gefahr in der Geschichte der Menschheit von dem Mann ausgehen könne, den er selbst durch Raum[3] geschickt hatte.
Er hatte nicht damit gerechnet, daß die Truppen seinem Kommando entzogen werden würden – durch eine überragende Macht, verstärkt durch Roboter-Telepathie und das unvergleichliche, zugleich offene und geheime Kommunikationsnetz, verstärkt durch Jahrtausende der Täuschung, der Niederlage, der Geheimhaltung, des Sieges und der Erfahrung – Fertigkeiten, die die Instrumentalität vervollkommnet hatte, seit sie siegreich aus den Alten Kriegen hervorgegangen war.
Überragend, überragt!
Dies waren die Kommandos, die von der Instrumentalität schon in prähistorischer Zeit angewandt wurden. Manchmal setzten sie ihre Widersacher mit juristischen Mitteln außer Gefecht, manchmal durch den raschen und tödlichen Einsatz von Waffen, meistens jedoch dadurch, daß sie sich in die mechanischen und sozialen Steuermechanismen anderer Menschen einschalteten und taten, was diese wollten, nur um die Kontrolle genauso wieder fallenzulassen, wie sie sie übernommen hatten.
Bei den eilig zusammengetrommelten Truppen Crudeltas machten sie es anders.

8

Der Krieg begann mit einer Kehrtwendung.
Zwei Trupps Soldaten besetzten den Teil des Krankenhauses, in dem Elisabeth lag und auf das ewig

wiederkehrende Geleebad wartete, das ihren armen geschundenen Körper wiederherstellen sollte.
Die Trupps machten eine Kehrtwendung.
Die Überlebenden konnten nicht erklären, was geschehen war.
Sie gaben hinterher alle an, sie seien plötzlich völlig verwirrt gewesen.
Damals hatte es den Anschein, daß sie den klaren, logischen Befehl erhalten hätten, kehrtzumachen und die Frauenabteilung zu verteidigen, indem sie ihr eigenes Hauptbataillon angriffen, das dicht hinter ihnen war.
Das Krankenhaus war sehr massiv gebaut. Andernfalls wäre es wohl dahingeschmolzen oder in Flammen aufgegangen.
Die vordersten Soldaten drehten sich unvermittelt um, suchten Deckung und richteten ihre Drahtenden auf die Kameraden, die ihnen folgten. Die Drahtenden waren so eingestellt, daß sie organische Stoffe zerstörten, anorganische dagegen relativ unversehrt ließen. Ihre Energie bezogen sie aus Energie-Umsetzern, von denen jeder Soldat einen auf dem Rücken trug.
In den ersten zehn Sekunden nach der Kehrtwendung wurden siebenundzwanzig Soldaten, zwei Schwestern, drei Patienten und ein Pfleger getötet. Hundertneun Menschen wurden bei diesem ersten Feuerwechsel verletzt.
Der Truppenkommandeur hatte noch nie ein Gefecht mitgemacht, aber er war gut ausgebildet. Er ließ sofort seine Reserveleute an allen Eingängen des Krankenhauses Posten beziehen und schickte seine Lieblingstruppen unter dem Kommando von Feldwebel Lansdale, dem er absolut vertraute, in den Keller hinunter, damit die Leute von unten nach oben in die Frauenabteilung vordringen und feststellen konnten, wer der Gegner war.
In diesem Moment hatte er noch keine Ahnung davon, daß es seine eigenen Soldaten waren, die sich umgedreht hatten und nun ihre Kameraden bekämpften.

Später, bei der Verhandlung, sagte er aus, er habe selbst keine ungewöhnliche Beeinflussung seiner Gedanken wahrgenommen. Er habe nur gewußt, daß seine Männer unerwartet auf bewaffneten Widerstand gestoßen waren und daß diese Gegner – Identität unbekannt! – mit denselben Waffen ausgerüstet waren wie seine Soldaten. Da der Lord Crudelta sie eigens für den Fall angefordert hatte, daß es Kämpfe mit Gegnern unbekannter Herkunft geben würde, sei er verständlicherweise der Meinung gewesen, der Lord der Instrumentalität werde schon wissen, was er tue. Das mußte der Feind sein.
In weniger als einer Minute war ein Gleichgewicht zwischen den beiden Seiten erreicht. Die Frontlinie war bis in seine eigenen Leute vorgedrungen. Die vorderen Leute, von denen manche verwundet waren, drehten sich einfach um und begannen, sich gegen ihre unmittelbaren Hintermänner zu verteidigen. Es war, als trennte eine unsichtbare, sich rasch verlagernde Linie die beiden Gruppen.
Der ölige schwarze Rauch aufgelöster Körper begann sich an den Ventilatoren zu stauen.
Patienten schrien, Ärzte fluchten, Roboter stapften herum und Schwestern versuchten sich bei all dem Lärm zu verständigen.
Der Krieg war zu Ende, als der Truppenkommandeur den Feldwebel Lansdale, den er selbst nach oben geschickt hatte, einen Ausfall aus der Frauenabteilung heraus machen sah – einen Angriff auf seinen eigenen Kommandeur.
Der Offizier verlor den Kopf nicht.
Er ließ sich auf den Boden fallen und rollte sich zur Seite, während die Luft um ihn herum von den Ausstrahlungen von Lansdales Drahtende schwirrte, die alle Bakterien in der Luft töteten. Er stellte das Sprechgerät in seinem Helm auf HÖCHSTE LAUTSTÄRKE und UNTEROFFIZIERE ein und gab, einer plötzlichen Eingebung seines Mutterwitzes folgend, den Befehl:
»Gute Arbeit, Lansdale, weitermachen!«

Lansdales Antwort kam ganz leise, wie von einem anderen Planeten: »Wir lassen sie in diesen Trakt nicht herein, Sir!«
Der Truppenkommandeur antwortete sehr laut, aber in normalem Tonfall, um sich nicht anmerken zu lassen, daß er den Feldwebel für verrückt hielt:
»Nur keine Aufregung. Halten Sie die Stellung. Ich bin gleich bei Ihnen.«
Er schaltete auf den anderen Kanal um und sagte zu den Männern, die bei ihm waren: »Feuer einstellen. In Deckung gehen und abwarten.«
Ein gellender Schrei ertönte in seinen Kopfhörern.
Es war Lansdale. »Sir! Sir! Ich kämpfe gegen *Sie*, Sir. Ich begreife jetzt erst. Es überkommt mich wieder. Sehen Sie sich vor.«
Das Summen und Brummen der Waffen brach plötzlich ab.
Der Lärm von menschlichen Stimmen hallte weiterhin durch das Krankenhaus. Ein hochgewachsener Arzt mit den Insignien eines ranghohen Chefarztes kam auf den Truppenkommandeur zu und sagte liebenswürdig:
»Sie können jetzt aufstehen und Ihre Soldaten abziehen, junger Mann. Der Kampf beruhte auf einem Irrtum.«
»Ich unterstehe nicht Ihrem Befehl«, brauste der junge Offizier auf. »Ich bin dem Lord Crudelta unterstellt. Er hat diese Truppen von der Regierung angefordert. Wer sind Sie?«
»Sie können mich grüßen, Hauptmann«, sagte der Arzt. »Ich bin Generaloberst Vomact von der Medizinischen Reserve Erde. Aber Sie sollten lieber nicht auf den Lord Crudelta warten.«
»Wieso, wo ist er?«
»In meinem Bett«, sagte Vomact.
»In Ihrem Bett?« rief der junge Offizier entgeistert.
»Im Bett, ja. Bis oben hin mit Drogen vollgepumpt. Ich habe ihn versorgt. Er war hochgradig erregt. Ziehen Sie Ihre Leute ab. Die Verwundeten behandeln wir draußen auf dem Rasen. Die Gefallenen können

Sie sich in ein paar Minuten unten in den Kühlschränken ansehen, bis auf diejenigen, die einen Volltreffer bekommen und sich in Rauch aufgelöst haben.«

»Aber der Kampf . . .?«

»Ein Irrtum, junger Mann, oder aber . . .«

»Oder aber was?« schrie der junge Offizier, den die totale Konfusion dieses Gefechts völlig aus der Fassung gebracht hatte.

»Oder aber eine Waffe, wie noch kein Mensch sie gesehen hat. Ihre Truppen haben sich gegenseitig bekämpft. Ihr Befehl wurde abgefangen.«

»Das habe ich selber gemerkt«, fauchte der Offizier, »als ich sah, wie Lansdale auf mich losging.«

»Aber wissen Sie auch, was ihn umgedreht hat?« fragte Vomact freundlich, während er den Offizier am Arm nahm und ihn zum Ausgang führte. Der Hauptmann war so gespannt auf die nächsten Worte des anderen, daß er sich widerstandslos führen ließ und gar nicht merkte, wohin sie gingen.

»Ich glaube, ich weiß es«, sagte Vomact. »Eines anderen Mannes Träume. Träume, die gelernt haben, wie sie sich selbst in Elektrizität oder Kunststoff oder Stein verwandeln können. Oder sonst etwas. Träume, die aus dem Raum^3 zu uns kommen.«

Der junge Offizier nickte benommen. Das war zuviel. »Raum hoch drei?« murmelte er. Er kam sich vor, als hätte man ihm gesagt, draußen auf dem Rasen warteten Eindringlinge aus einer völlig fremden Welt auf ihn, mit deren Ankunft die Menschen seit vierzehn Jahrtausenden rechneten, die aber nie jemand gesehen hatte. Bis jetzt war der Raum hoch drei ein mathematischer Begriff, ein romantischer Tagtraum gewesen, aber nicht eine Tatsache.

Der Sir und Doktor Vomact fragte den jungen Offizier nicht einmal. Er strich ihm sanft über den Halsansatz und spritzte ihm ein Beruhigungsmittel ein. Dann führte Vomact ihn auf den Rasen hinaus. Der junge Hauptmann stand allein da und pfiff fröhlich

zu den Sternen am Himmel hinauf. Hinter ihm sortierten seine Feldwebel und Obergefreiten die Überlebenden aus und sorgten dafür, daß die Verwundeten behandelt wurden.
Der Zweiminütige Krieg war vorbei.
Rambo träumte nicht mehr, daß seine Elisabeth in Gefahr sei. Er hatte sogar in seinem tiefen kränklichen Schlaf gemerkt, daß das Getrampel auf dem Korridor von Bewaffneten herrührte. Sein Verstand hatte Abwehrmechanismen in Gang gesetzt, um Elisabeth zu schützen. Er hatte das Kommando über die Vorhut übernommen und sie dazu gebracht, die übrigen aufzuhalten. Die Kräfte, die er im Raum³ bekommen hatte, machten das zu einem Kinderspiel für ihn, obwohl er nicht wußte, daß er es tat.

9

»Wie viele Tote?« fragte Vomact seine Mitarbeiter Grosbeck und Timofejew.
»An die zweihundert.«
»Und wieviel davon sind unwiderruflich tot?«
»Alle, die sich in Rauch aufgelöst haben. Ich schätze ein Dutzend, vielleicht vierzehn. Die anderen Toten können wir wieder zurechtflicken, aber die meisten von ihnen werden neue Persönlichkeiten bekommen müssen.«
»Wissen Sie eigentlich, was passiert ist?« fragte Vomact.
»Nein, Sir und Doktor«, antworteten sie im Chor.
»Aber ich. Das heißt, ich glaube, ich weiß es. Nein, ich *weiß* es. Es ist das unglaublichste Ereignis in der ganzen Menschheitsgeschichte. Unser Patient hat es getan – Rambo. Er hat den Befehl über die Truppen übernommen und sie aufeinandergehetzt. Dieser Lord der Instrumentalität, der die Aktion ausgelöst hat – Crudelta. Ich kenne ihn seit langem. Er steckt dahinter. Er dachte, daß die Truppen helfen würden, und ahnte nicht, daß Truppen einen Angriff herausfordern würden. Und dann ist da noch was anderes.«

»Ja?« sagten sie wie aus einem Mund.
»Rambos Frau – die, nach der er sucht. Sie muß hier sein.«
»Warum?« fragte Timofejew.
»Weil *er* hier ist.«
»Sie nehmen also an, daß er aus eigenem freiem Willen hierherkam, Sir und Doktor?«
Vomact lächelte das weise, verschlagene Lächeln seiner Familie; es war fast so etwas wie das Warenzeichen des Hauses Vomact.
»Ich bin in allen Dingen, die ich nicht beweisen kann, auf Annahmen angewiesen«, sagte Vomact.
»Erstens nehme ich an, daß er hier nackt aus dem Weltraum ankam, getrieben von einer Kraft, von deren Wesen wir uns keine Vorstellung machen können.
Zweitens nehme ich an, daß er *hierher* kam, weil er hier etwas suchte. Eine Frau namens Elisabeth, die bereits hier gewesen sein muß. Nachher können wir gleich mal alle unsere Elisabeths durchsehen.
Drittens nehme ich an, daß der Lord Crudelta etwas davon wußte. Er hat die Truppen ins Haus gelassen. Er fing an zu toben, als er mich sah. Ich weiß genau wie ihr, meine Brüder, was hysterische Erschöpfung ist, und gab ihm deshalb Condamin, damit er die Nacht schlafen kann.
Viertens wollen wir unseren Mann jetzt in Ruhe lassen. Es wird noch Verhöre und Gerichtsverhandlungen genug geben, weiß der Weltraum, wenn all diese Ereignisse erst einmal wieder aufgerollt werden.«
Vomact hatte recht.
Wie gewöhnlich.
Es gab Gerichtsverhandlungen.
Es traf sich gut, daß auf der Alten Erde Zeitungen und Fernsehnachrichten nicht mehr erlaubt waren. Die Bevölkerung hätte sich zu Aufruhr und Terror hinreißen lassen, wäre jemals ruchbar geworden, was sich im Alten Hauptkrankenhaus ein paar Kilometer westlich von Meeya Meefla abgespielt hatte.

10

Einundzwanzig Tage danach wurden Vomact, Timofejew und Grosbeck zur Verhandlung gegen den Lord Crudelta vorgeladen. Ein komplettes Kollegium von sieben Lords der Instrumentalität war aufgeboten worden, um Crudelta Gelegenheit zu geben, sich zu verteidigen, und ihn, falls nötig, auf der Stelle zum Tode zu verurteilen und hinrichten zu lassen. Die Doktoren wurden als die behandelnden Ärzte von Elisabeth und Rambo sowie als Zeugen für den die Untersuchungen leitenden Lord vorgeladen.
Elisabeth, gerade erst vom Tod genesen, war schön wie ein neugeborenes Baby in erlesener, erwachsener Frauengestalt. Rambo konnte die Augen nicht von ihr lassen, aber jedesmal, wenn sie ihm ein freundliches, ruhiges, leicht entrücktes Lächeln schenkte, huschte Verwirrung über sein Gesicht. (Man hatte ihr gesagt, daß sie sein Mädchen sei, und sie war bereit, es zu glauben, aber sie konnte sich weder an ihn noch an irgend etwas anderes erinnern, das mehr als sechzig Stunden zurücklag, als man ihr die Sprache wiedergab; und er für seinen Teil tat sich noch immer hart mit dem Sprechen und unterlag Belastungen, über deren Art die Ärzte sich nicht ganz im klaren waren.)
Der Lord, der die Untersuchung leitete, war ein Mann namens Starmount.
Er bat das Kollegium, sich zu erheben.
Die Lords standen auf.
Er wandte sich mit tiefem Ernst an den Lord Crudelta. »Sie sind gehalten, Lord Crudelta, die Fragen dieses Gerichts rasch und klar zu beantworton.«
»Jawohl, mein Lord«, erwiderte er.
»Wir haben die höchste Gewalt.«
»Sie haben die höchste Gewalt. Ich erkenne sie an.«
»Sie werden die Wahrheit sagen, oder aber lügen.«
»Ich werde die Wahrheit sagen, oder ich werde lügen.«
»Sie können, wenn Sie es wünschen, lügen, was Tat-

sachen und Meinungen anbetrifft, aber Sie werden auf keinen Fall lügen, wenn es um menschliche Beziehungen geht. Falls Sie aber auch in solchen Angelegenheiten lügen, werden Sie darum bitten, in das Buch der Schande eingetragen zu werden.«
»Ich kenne dieses Kollegium und die Rechte dieses Kollegiums. Ich werde lügen, wenn ich es wünsche – obwohl ich nicht glaube, daß es nötig sein wird«, und dabei schenkte er ihnen allen ein müdes, intelligentes Lächeln, »aber ich werde nicht lügen, wenn es um Beziehungen geht. Falls doch, werde ich um Schande bitten.«
»Sie wurden selbst gut als Lord der Instrumentalität ausgebildet?«
»Ja, ich habe eine solche Ausbildung erhalten, und ich liebe die Instrumentalität. Ich selbst bin ja die Instrumentalität, genau wie Sie und die ehrenwerten Lords neben Ihnen. Ich werde mich gebührend verhalten, solange ich diesen Nachmittag lebe.«
»Wollen Sie ihm glauben, meine Lords?« fragte Starmount.
Die Mitglieder des Kollegiums nickten mit ihren mitrageschmückten Köpfen. Sie waren dem Anlaß entsprechend zeremoniell gekleidet.
»Haben Sie ein Verhältnis mit der Frau Elisabeth?«
Die Mitglieder des Richterkollegiums hielten den Atem an, als sie sahen, daß Crudelta totenbleich wurde: »Meine Lords!« rief er und antwortete weiter nichts.
»Es ist der Brauch«, sagte Starmount streng, »daß Sie prompt antworten oder aber sterben.«
Der Lord Crudelta faßte sich wieder. »Ich antworte ja. Ich wußte überhaupt nicht, wer sie war, außer daß Rambo sie liebte. Ich sandte sie von Erde Vier, wo ich mich damals aufhielt, zur Erde. Dann sagte ich Rambo, sie sei ermordet worden und schwebe in höchster Todesgefahr; sie brauche nur seine Hilfe, um auf die grünen Gefilde des Lebens zurückkehren zu können.«
»War das die Wahrheit?« fragte Starmount.

»Mein Lord, meine Lords, es war eine Lüge.«
»Warum haben Sie gelogen?«
»Um Rambo in Wut zu bringen und ihm einen übermächtigen Grund für den Wunsch zu geben, schneller als je ein Mensch zuvor auf die Erde zu kommen.«
»A-a-ah! A-a-ah!« schrie Rambo zweimal gequält auf, und es war eher der Schrei eines Tieres als ein menschlicher Laut.
Vomact sah seinen Patienten an und fühlte in sich selbst eine unbändige Wut aufsteigen. Rambos Kräfte, in den Tiefen des Raums^3 gezeugt, hatten wieder zu wirken begonnen. Vomact machte ein Zeichen. Der Roboter war emailliert, um wie ein strahlend weißer Krankenpfleger zu wirken, war aber in Wirklichkeit ein starker Polizei-Roboter, ausgerüstet mit einer elektronischen Großhirnrinde, die auf dem tiefgefrorenen Gehirn eines alten Wolfes basierte. (Der Wolf war ein seltenes Tier, dem Hunde verwandt.) Der Roboter berührte Rambo, worauf dieser einschlief. Doktor Vomact spürte, wie der Zorn in seinem eigenen Gemüt verflog. Er hob leicht die Hand; der Roboter nahm das Signal wahr und hörte auf, die narkoleptische Strahlung auszusenden. Rambo schlief normal; Elisabeth sah besorgt zu dem Mann hinüber, der, wie man ihr gesagt hatte, der ihre war. Die Lords, die ebenfalls zu Rambo hingesehen hatten, wandten sich wieder dem Angeklagten zu.
Mit schneidender Stimme fragte ihn Starmount: »Warum haben Sie das getan?«
»Weil ich wollte, daß er den Raum durchquerte.«
»Wozu?«
»Um zu zeigen, daß es möglich ist.«
»Und wollen Sie, mein Lord Crudelta, behaupten, dieser Mann habe tatsächlich eine Reise durch den Raum^3 unternommen?«
»Ja.«
»Lügen Sie?«
»Ich habe das Recht zu lügen, aber ich habe nicht den Wunsch, es zu tun. Im Namen der Instrumenta-

lität selbst sage ich Ihnen, daß dies die Wahrheit ist.«
Die Mitglieder des Kollegiums waren erschüttert. Jetzt gab es keinen Ausweg mehr. Entweder sprach der Lord Crudelta die Wahrheit, *und das hätte bedeutet, daß alle bisherigen Zeitalter ein Ende gefunden hatten und eine neue Epoche für alle Arten der Menschheit begann,* oder er log trotz der stärksten Bekräftigungsformel, die sie alle kannten.
Selbst Starmount schlug jetzt einen anderen Ton an. Seine aufreizende ruhelose, intelligente Stimme hatte plötzlich einen freundlichen Unterton.
»Sie behaupten also, daß dieser Mann ohne jedes Hilfsmittel, nur von seiner nackten Haut bedeckt, von außerhalb unserer Milchstraße zurückgekehrt ist? Ohne Instrumente? Ohne Energie?«
»Das habe ich nicht gesagt«, erwiderte Crudelta. »Obschon manche Leute mir nachsagen wollen, ich hätte solche Worte gebraucht. Ich versichere Ihnen, meine Lords, daß ich zwölf aufeinanderfolgende Erdentage und -nächte lang planoformierte. Einige von Ihnen werden sich vielleicht erinnern, wo der Vorposten Baiter Gator ist. Nun, ich hatte einen guten Go-Kapitän, und er brachte mich in vier großen Etappen bis über diesen Punkt hinaus, in den intergalaktischen Raum. Dort ließ ich diesen Mann zurück. Als ich auf der Erde anlangte, war er schon rund zwölf Tage da. Ich habe deshalb angenommen, daß er für diese Reise praktisch überhaupt keine Zeit gebraucht hat. Ich war noch auf dem Rückweg nach Baiter Gator, nach irdischer Zeit, als dieser Arzt dort den Mann auf dem Gras vor dem Krankenhaus fand.«
Vomact hob die Hand. Der Lord Starmount erteilte ihm Sprecherlaubnis. »Meine Sirs und Lords, wir haben diesen Mann nicht auf dem Rasen gefunden. Die Roboter fanden ihn und machten eine Aufzeichnung davon. Aber selbst die Roboter haben seine Ankunft weder beobachtet noch photographiert.«
»Das wissen wir«, sagte Starmount ungehalten, »und

wir wissen auch, daß man uns gesagt hat, nichts sei, mit welchen Mitteln auch immer, in der fraglichen Viertelstunde auf der Erde gelandet. Fahren Sie fort, mein Lord Crudelta. In welcher Beziehung stehen Sie zu Rambo?«
»Er ist mein Opfer.«
»Erläutern Sie das!«
»Ich habe ihn per Computer suchen lassen. Ich fragte die Maschinen, wo ich am ehesten einen Mann mit einem ungeheuren Potential an Wut finden könnte, und erhielt die Antwort, auf Erde Vier sei das Wutniveau auf einem recht hohen Stand belassen worden, weil dieser Planet noch einen großen Bedarf an Forschern und Abenteurern hätte, für die Wut eine der wichtigsten Voraussetzungen für das Überleben darstelle. Als ich mich zur Erde Vier begeben hatte, wies ich die Behörden an, für mich festzustellen, welche Grenzfälle das erlaubte Höchstniveau an Wut überschritten hätten. Sie nannten mir vier Männer. Der eine war viel zu groß. Zwei waren alt. Dieser Mann war der einzige Kandidat für mein Experiment. Ich entschied mich für ihn.«
»Was sagten Sie ihm?«
»Was ich ihm sagte? Ich sagte ihm, sein Schatz sei tot oder liege im Sterben.«
»Nein, nein«, sagte Starmount. »Nicht im Augenblick der Krise. Was sagten Sie ihm zu Anfang, um ihn überhaupt zum Mitmachen zu überreden?«
»Ich sagte ihm«, antwortete der Lord Crudelta gleichmütig, »ich sei ein Lord der Instrumentalität und würde ihn eigenhändig töten, wenn er mir nicht gehorche, und zwar augenblicklich gehorche.«
»Und nach welchem Recht oder Gewohnheitsrecht handelten Sie dabei?«
»Nichtöffentliches Material«, erwiderte der Lord Crudelta prompt. »Es sind Telepathen hier, die nicht zur Instrumentalität gehören. Ich bitte, diese Frage zurückzustellen, bis wir an einem abgeschirmten Ort weiterverhandeln.«
Mehrere Mitglieder des Kollegiums nickten, und

Starmount stimmte zu.
Er setzte neu an.
»Sie zwangen also diesen Mann, etwas zu tun, was er nicht tun wollte?«
»Das ist richtig«, sagte der Lord Crudelta.
»Warum reisten Sie nicht selbst, da es doch derart gefährlich ist?«
»Ehrenwerte Lords, es lag im Wesen des Experiments, daß der Experimentator selbst beim ersten Versuch nicht geopfert werden durfte. Artyr Rambo hat tatsächlich den Raum hoch drei durchquert. Ich werde zu gegebener Zeit seinem Beispiel folgen. (Der Lord Crudelta machte diese Ankündigung wahr, aber das ist eine Geschichte, die ein andermal zu erzählen sein wird.) »Wäre ich selbst gereist und wäre ich ums Leben gekommen, so wäre dies das Ende der Experimente mit dem Raum hoch drei gewesen, zumindest für unsere Generation.«
»Schildern Sie uns genau die Umstände, unter denen Sie Artyr Rambo zum letztenmal sahen, bevor Sie ihn nach dem Gefecht im alten Haupt-Krankenhaus wiedersahen.«
»Wir hatten ihn in eine Rakete der ältesten Bauart gesetzt. Wir beschrifteten sie auch auf der Außenseite, genau wie die Alten es taten, als sie sich zum erstenmal in den Weltraum hinauswagten. Ah, es war ein technisches und archäologisches Meisterwerk! Wir kopierten alles genau nach den Modellen von vor fünfzehn Jahrtausenden, als die Paruski und die Murkins sich ein Wettrennen im Weltraum lieferten. Die Rakete war weiß, und der Montageturm weiß und rot. Die Buchstaben IDM standen auf der Rakete – womit nicht gesagt sein soll, daß Worte eine Rolle gespielt hätten. Die Rakete ist ins Nichts verschwunden, aber der Passagier sitzt hier. Sie erhob sich auf einem Feuerball. Der Ball wurde zur Säule. Dann verschwand die Startrampe.«
»Und die Startrampe«, sagte Starmount ruhig, »wie sah die aus?«
»Ein modifiziertes Planoform-Schiff. Wir haben es er-

lebt, daß Schiffe im Weltraum milchig wurden, weil sie sich Molekül für Molekül auflösten. Wir haben andere völlig verschwinden sehen. Die Ingenieure hatten das geändert. Wir bauten alle Geräte aus, die für die Navigation, für die Sicherheit und für die Bequemlichkeit der Astronauten nötig waren. Die Startrampe brauchte nur drei oder vier Sekunden zu halten. Dafür bauten wir vierzehn Planoformgeräte ein, die alle in Reihe geschaltet waren, so daß das Raumschiff tun würde, was andere Schiffe tun, wenn sie planoformieren – nämlich eine der uns vertrauten Dimensionen ausschalten und eine neue Dimension aus irgendeiner unbekannten Kategorie des Raums aufnehmen –, aber mit solcher Energie, daß es aus dem sogenannten Raum hoch zwei herauskommen und in den Raum hoch drei hinüberwechseln würde.«
»Und dieser Raum hoch drei, was erwarteten Sie sich von ihm?«
»Ich dachte, er müsse in Relation zu unserem All universal und zeitlos sein. Ich stellte mir vor, daß alles gleich weit von allem andern entfernt sein würde. Daß Rambo, der sein Mädchen wiedersehen wollte, innerhalb einer tausendstel Sekunde aus dem leeren Raum jenseits des Vorpostens Baiter Gator in das Krankenhaus gelangen würde, in dem sie lag.«
»Und worauf, mein Lord Crudelta, gründete sich diese Annahme?«
»Eine Vorahnung, mein Lord, für die Sie mich töten können, wenn Sie es für richtig halten.«
Starmount wandte sich dem Kollegium zu. »Ich glaube fast, meine Lords, Sie werden ihn eher zu einem langen Leben, großer Verantwortung, unermeßlicher Belohnung und der Mühe verurteilen, sein eigenes schwieriges und kompliziertes Selbst zu sein.«
Die Mitren neigten sich leicht nach vorne, und die Mitglieder des Kollegiums erhoben sich.
»Sie, mein Lord Crudelta, werden jetzt schlafen, bis die Verhandlung beendet ist.«

Ein Roboter streichelte ihn, und er schlief ein.
»In fünf Minuten«, sagte der Lord Starmount, »werden wir den nächsten Zeugen hören.«

11

Vomact versuchte zu verhindern, daß Rambo als Zeuge vernommen wurde. Er stritt während der Unterbrechung heftig mit dem Lord Starmount. »Sie, meine Lords, haben mein Krankenhaus zerschossen und zwei meiner Patienten entführt, und jetzt wollen Sie Rambo und Elisabeth der Tortur eines Verhörs unterziehen. Können Sie die beiden nicht in Ruhe lassen? Rambo ist nicht in der Lage, zusammenhängende Antworten zu geben, und Elisabeth könnte Schaden nehmen, wenn sie ihn leiden sieht.«
Der Lord Starmount sagte zu ihm: »Sie haben Ihre Grundsätze, Doktor, und wir die unseren. Diese Verhandlung wird aufgezeichnet, Zentimeter für Zentimeter und Augenblick für Augenblick. Rambo wird nichts geschehen, es sei denn, wir stellen fest, daß er die Macht hat, einen Planeten zu vernichten. Sollte dies der Fall sein, dann würden wir Sie natürlich bitten, ihn ins Krankenhaus zurückzubringen und ihn auf sehr sanfte Weise einzuschläfern. Aber ich glaube nicht, daß es dazu kommen wird. Wir wollen seinen Bericht hören, um unseren Kollegen Crudelta beurteilen zu können. Glauben Sie, die Instrumentalität könnte überleben, wenn sie nicht auf rigorose innere Disziplin achten würde?«
Vomact nickte bekümmert; er ging zu Grosbeck und Timofejew zurück und sagte leise und traurig zu ihnen: »Rambo ist dran. Wir können nichts mehr für ihn tun.«
Das Kollegium trat wieder zusammen. Die Lords setzten ihre Richtermitren auf. Die Lampen in dem Raum gingen aus, und das gespenstische blaue Licht der Gerechtigkeit wurde eingeschaltet.
Der Roboter-Krankenpfleger half Rambo in den Zeugenstand, wo er sich auf den Stuhl setzte.

»Sie sind gehalten«, sagte Starmount, »diesem Gericht rasche und klare Antwort zu geben.«
»Sie sind nicht Elisabeth«, sagte Rambo.
»Ich bin der Lord Starmount«, sagte der die Untersuchung leitende Lord, der, rasch entschlossen, auf alle Formalitäten verzichtete. »Kennen Sie mich?«
»Nein«, sagte Rambo.
»Wissen Sie, wo Sie sind?«
»Erde«, sagte Rambo.
»Wollen Sie lügen oder die Wahrheit sagen?«
»Eine Lüge«, sagte Rambo, »ist die einzige Wahrheit, die Menschen miteinander teilen können. Deshalb werde ich Sie belügen, wie wir es immer tun.«
»Können Sie über Ihre Reise berichten?«
»Nein.«
»Weshalb nicht, Bürger Rambo?«
»Mit Worten kann man sie nicht beschreiben.«
»Erinnern Sie sich an Ihre Reise?«
»Erinnern Sie sich an Ihren Pulsschlag von vor zwei Minuten?« konterte Rambo.
»Ich treibe kein mutwilliges Spiel mit Ihnen«, sagte Starmount. »Wir glauben, daß Sie im Raum hoch drei waren, und wir möchten, daß Sie uns etwas über den Lord Crudelta sagen.«
»Oh!« sagte Rambo. »Ich kann ihn nicht leiden. Ich habe ihn nie leiden können.«
»Möchten Sie trotzdem versuchen, uns zu erzählen, was Ihnen geschah?«
»Soll ich, Elisabeth?« fragte Rambo das Mädchen, das unter den Zuschauern saß.
Sie stotterte nicht. »Ja«, sagte sie mit klarer Stimme, die den ganzen Raum erfüllte. »Sag es ihnen, damit wir unser Leben wiederfinden.«
»Ich werde es Ihnen erzählen«, sagte Rambo.
»Wann haben Sie den Lord Crudelta zum letztenmal gesehen?«
»Als ich ausgezogen und in der Rakete angeschnallt wurde, vier Etappen jenseits des Vorpostens Baiter Gator. Er war unten auf dem Boden. Er winkte mir zum Abschied.«

»Und was geschah dann?«

»Die Rakete hob ab. Ich hatte ein eigenartiges Gefühl, wie noch in keinem anderen Fahrzeug. Ich wog ein Vielfaches der Schwerkraft.«

»Und dann?«

»Die Triebwerke begannen zu arbeiten. Ich wurde aus dem Raum an sich hinauskatapultiert.«

»Wie war das, was fühlten Sie dabei?«

»Die Arbeitsschiffe, die Kleidung und die Nahrung, die durch den Raum geht, ließ ich hinter mir. Ich trieb Flüsse hinab, die nicht existierten. Ich spürte, daß Menschen um mich waren, obwohl ich sie nicht sehen konnte, rothäutige Menschen, die mit Pfeilen nach lebenden Körpern schossen.«

»*Wo* waren Sie?« fragte ein Mitglied des Kollegiums.

»In der Winterzeit, wo es keinen Sommer gibt. In einer Leere wie in der Seele eines Kindes. Auf Halbinseln, die sich vom Festland losgerissen hatten, und ich *war* das Schiff.«

»Sie waren was?« fragte dasselbe Mitglied des Kollegiums.

»Die Spitze der Rakete. Der Rumpf. Das Boot. Ich war trunken. Es war trunken. Ich war selbst das trunkene Schiff«, sagte Rambo.

»Und wohin fuhren Sie?« fragte Starmount weiter.

»Wo blöde Lampen mit Idiotenaugen starrten. Wo die Wellen hin und her schwappten mit den Toten aller Zeitalter. Wo die Sterne zu einem See wurden, ich badete darin. Wo Blau sich in trunkene Glut verwandelte, stärker als Wein, wilder als Musik, vergoren mit dem *Rot, Rot, Rot* der Liebe. Ich sah alle Dinge, die die Menschen immer zu sehen geglaubt haben, aber ich war es, der sie wirklich sah. Ich habe Phosphorlieder singen hören und Wogen gesehen, die wütenden Stieren gleich aus dem Ozean an die Klippen sprangen. Sie werden mir nicht glauben, aber ich sah Floridas seltsame Räume, wo die Blumen Menschenhaut hatten und die Augen von Panthern.«

»Wovon reden Sie eigentlich?« fragte der Lord Starmount.

»Davon, was ich im Raum[3] gefunden habe«, erwiderte Artyr Rambo scharf. »Ob Sie's glauben oder nicht. Das ist es, woran ich mich jetzt erinnere. Vielleicht war es ein Traum, aber es ist alles, was mir geblieben ist. Es waren Jahre und Jahre, und es war ein Augenblick. Ich träumte grüne Nächte. Ich fühlte Orte, wo der ganze Horizont ein riesiger Katarakt wurde. Das Schiff, das ich war, begegnete Kindern, und ich zeigte ihnen El Dorado, wo die Goldmenschen leben. Die im Raum ertrunkenen Menschen glitten sanft an mir vorbei. Ich war ein Schiff, in dem alle verlorenen Raumschiffe zerbrochen und still dalagen. Meerpferde, die nicht wirklich waren, liefen neben mir her. Der Sommermonat kam und schlug die Sonne mit Keulenschlägen herab. Ich schaute Sternenarchipele, wo offener Himmel Glut sich dem Wanderer öffnete. Ich beklagte mich selbst. Ich weinte um den Menschen. Ich wollte das sinkende trunkene Schiff sein. Ich sank. Ich fiel. Es schien mir, als sei das Gras ein See, auf den ein trauriges Kind, auf Händen und Knien, ein Schifflein setzte, zart wie ein Schmetterling im Mai. Ich kann den Stolz der unerinnerten Flaggen nicht vergessen, nicht die Arroganz der Gefängnisse, die ich argwöhnte, das Schwimmen der Geschäftsleute! Dann lag ich im Gras.«
»Das hat vielleicht wissenschaftlichen Wert«, sagte der Lord Starmount, »aber es ist juristisch nicht von Belang. Können Sie uns irgend etwas darüber sagen, was Sie während des Gefechts in dem Krankenhaus getan haben?«
Rambo war schnell und sah vernünftig aus: »Was ich tat, habe ich nicht getan. Was ich nicht tat, kann ich nicht sagen. Lassen Sie mich gehen, denn ich habe genug von Ihnen und vom Raum, von großen Menschen und großen Dingen. Lassen Sie mich schlafen und lassen Sie mich genesen.«
Starmount gebot mit erhobener Hand Ruhe.
Die Mitglieder des Kollegiums sahen ihn aufmerksam an.

Nur ein paar anwesende Telepathen wußten, daß sie alle gesagt hatten: »*Ja. Lassen Sie den Mann gehen. Lassen Sie das Mädchen gehen. Lassen Sie die Ärzte gehen.* Aber lassen Sie den Lord Crudelta später noch einmal holen. Er wird noch eine Menge Ärger bekommen, und wir wollen einiges dazu beitragen.«

12

Die Instrumentalität, die Regierung der Heimat der Menschen, die Verantwortlichen im Alten Hauptkrankenhaus – sie alle waren sich einig in dem Wunsch, Rambo und Elisabeth zu ihrem Glück zu verhelfen.

Als Rambo sich erholte, kehrte ein Großteil der Erinnerungen an sein Leben auf Erde Vier zurück. Die Reise entschwand ihm aus dem Gedächtnis.

Als er Elisabeth wieder kennenlernte, haßte er sie.

Das war nicht sein Mädchen – seine ausgelassene, freche Elisabeth der Märkte und Täler, der beschneiten Hügel und langen Bootsfahrten. Das war ein zaghaftes, süßes, trauriges und hoffnungslos verliebtes Geschöpf.

Vomact kurierte ihn.

Er schickte Rambo in die Luststadt auf den Herperiden, wo freche und geschwätzige Frauen ihm nachstellten, weil er reich und berühmt war.

In wenigen Wochen – in ganz wenigen – sehnte er sich nach *seine*r Elisabeth, diesem eigenartigen schüchternen Mädchen, das gestorben und wieder hochgepäppelt worden war, während er mit seinen zerbrechlichen Knochen den Weltraum durchstreift hatte.

»Sag mir die Wahrheit, Liebling«, sagte er einmal ernst und eindringlich zu ihr, »der Lord Crudelta hat doch nicht den Unfall arrangiert, bei dem du umgekommen bist?«

»Es heißt, er war nicht dort«, sagte Elisabeth. »Die Leute sagen, es sei ein echter Unfall gewesen. Ich weiß es nicht. Ich werde es nie erfahren.«

»Es spielt ja jetzt auch keine Rolle mehr«, sagte Rambo. »Crudelta ist weit weg, auf fremden Sternen. Er sucht nach Schwierigkeiten, und er findet sie. Wir haben unseren Bungalow und unseren Wasserfall und uns.«
»Ja, mein Liebling«, sagte sie, »wir haben uns. Wir brauchen kein phantastisches Florida.«
Er blinzelte bei dieser Erinnerung an die Vergangenheit, aber er sagte nichts. Ein Mann, der den Raum³ durchquert hat, erwartet wenig vom Leben, außer daß er nie mehr in den Raum³ zurück muß. Manchmal träumte er, er sei wieder die Rakete, die alte Rakete, die zu einem unmöglichen Flug startete. Sollen andere Männer es mir gleichtun! dachte er. Sollen andere fliegen! Ich habe Elisabeth, und ich bin hier.

Die Ballade von der verlorenen K'mell

Sie bekam das Was von dem Was-sie-tat,
Verbarg die Glocke, wußte sich Rat,
Einen Hominiden liebte sie dann,
Und das Was von dem Was-sie-tat zerrann.

Sie war ein Girly-Girl, und die anderen waren echte Menschen, die Lords, die Herren der Schöpfung, aber sie strengte ihr Köpfchen gegen sie an, und sie gewann. Nie zuvor war so etwas geschehen, und es wird auch nie wieder geschehen. Aber sie gewann. Sie war nicht einmal menschlicher Abstammung. Sie war ein Katzenabkömmling, wenn auch äußerlich von menschlicher Gestalt, womit das K vor ihrem Namen erklärt ist. Ihr Vater hieß K'mackintosh, und ihr eigener Name war K'mell. Sie gewann mit ihren Tricks gegen die rechtmäßigen und versammelten Lords der Instrumentalität.

Das ganze spielte sich in Erdhafen ab, im größten der Gebäude, in der kleinsten der Städte, fünfundzwanzig Kilometer hoch aufragend an der Westküste der Kleinen See der Erde.

Jestocost hatte ein Büro vor der vierten Schale.

1

Jestocost liebte die Morgensonne, während sich die meisten anderen Lords der Instrumentalität nichts aus ihr machten, so daß ihm niemand das Büro und die Wohnungen streitig machte, die er sich ausgesucht hatte. Sein Hauptbüro war neunzig Meter tief, zwanzig Meter hoch, zwanzig Meter breit. Dahinter erstreckte sich die fast tausend Hektar große »vierte Schale«. Sie war spiralenförmig aufgebaut, wie eine gigantische Schnecke. Jestocosts Wohnung, so groß sie war, bildete nur eins der Taubenlöcher im Schalldämpfer am Rande von Erdhafen. Erdhafen stand wie ein riesiges Weinglas da, das vom Magma bis in

die oberen Schichten der Atmosphäre reichte.
Erdhafen war in der Zeit erbaut worden, als die mechanische Euphorie der Menschheit auf ihrem Höhepunkt war. Obwohl die Menschen schon seit Beginn der kontinuierlichen Geschichte über Nuklearraketen verfügt hatten, waren für den Transport der interplanetarischen ionen- oder atomgetriebenen Fahrzeuge oder die Montage der photonischen Segelschiffe für interstellare Reisen chemisch angetriebene Raketen verwendet worden. Als sie es satt hatten, alles Stück für Stück in den Weltraum zu schaffen, hatten sie eine Rakete mit einer Tragkraft von einer Milliarde Tonnen entwickelt, nur um feststellen zu müssen, daß sie jede Landschaft ruinierte, wo sie landete. Die Daimoni – Menschen irdischer Abstammung, die von irgendwo hinter den Sternen zurückkehrten – hatten den Menschen geholfen, sie aus wetterfestem, rostfreiem, zeitfestem und unbegrenzt belastbarem Material zu bauen. Dann waren sie verschwunden und nie mehr wiedergekommen.
Jestocost sah sich oft in seiner Wohnung um und fragte sich, wie das wohl wäre, wenn weißglühendes Gas, zu einem bloßen Flüstern gedämpft, aus der Schale in sein Zimmer und die dreiundsechzig anderen, genauso großen Zimmer geschossen käme. Jetzt hatte er eine Rückwand aus massivem Holz, und die Schale selbst war eine große Höhle, in der ein paar wilde Tiere hausten. Niemand brauchte mehr soviel Raum. Die Zimmer waren ganz nützlich, aber die Schale hatte keine Funktion mehr. Planoform-Schiffe kamen lautlos von den Sternen herabgeglitten; sie landeten aus Gründen juristischer Opportunität in Erdhafen, aber sie machten keinen Lärm und strömten ganz gewiß keine heißen Gase aus.
Jestocost sah auf die hohen Wolken tief unter sich hinab und sagte zu sich selbst:
»Schöner Tag. Gute Luft. Keine Schwierigkeiten. Besser essen.«
Jestocost führte oft solche Selbstgespräche. Er war ein Individualist, beinahe ein Exzentriker. Als Mit-

glied des Obersten Rates der Menschheit hatte er Probleme, aber es waren keine persönlichen Probleme. Er hatte einen Rembrandt über seinem Bett hängen – den einzigen Rembrandt, den die Welt kannte, genau wie er der einzige Mensch war, der einen Rembrandt zu würdigen wußte. An der Rückwand seiner Wohnung hingen die Gobelins eines vergessenen Reiches. Jeden Morgen spielte die Sonne eine große Oper für ihn, indem sie die Farben für ihn dämpfte und aufhellte und verschob, so daß er sich beinahe vorstellen konnte, die alten Zeiten der Zwietracht, des Mordes und der Tragödien seien wieder auf der Erde eingekehrt. Er besaß ein Exemplar Shakespeare, ein Exemplar Colegrove und zwei Seiten aus dem Prediger Salomo, die er in einer verschließbaren Kiste neben seinem Bett aufbewahrte. Nur zweiundvierzig Menschen im ganzen Universum konnten Altenglisch lesen, und er war einer von ihnen. Er trank Wein, den er mit seinen eigenen Robotern in seinen eigenen Weinbergen an der Abendküste anbaute. Kurzum, er war ein Mann, der privat gut, bequem und egoistisch lebte und deshalb in seinem Amt nicht mit seinen Talenten zu geizen brauchte.

Als er an diesem Morgen erwachte, konnte er nicht wissen, daß ein schönes Mädchen im Begriff stand, sich hoffnungslos in ihn zu verlieben – daß er nach über hundertjähriger Erfahrung in Regierungsgeschäften entdecken sollte, daß es noch eine andere Regierung auf der Erde gab, die genauso mächtig und fast ebenso alt war wie seine eigene –, daß er sich aus freien Stücken in Verschwörung und Gefahr verstricken würde, um einer Sache willen, die er nur halb durchschaute. Das alles verbarg ein gnädiges Schicksal noch vor ihm, so daß ihn nach dem Aufstehen nur die eine Frage beschäftigte, ob er zum Frühstück eine kleine Tasse Weißwein trinken sollte oder nicht. Am 173. Tag jedes Jahres aß er immer Eier. Sie waren eine seltene Delikatesse, und er wollte sich nicht verwöhnen, indem er zu viele davon aß, aber er wollte auch nicht ganz und für immer auf diese Köstlichkeit verzichten. Er trödelte herum und murmelte vor sich hin: »Weißwein? Weißwein?«

K'mell schickte sich an, in sein Leben zu treten, aber er wußte es nicht. Es war beschlossen, daß sie gewinnen würde, aber das wußte auch sie noch nicht.

Seit die Menschheit mit der Wiederentdeckung des Menschen begonnen und Regierungen, Geld, Zeitungen, Nationalsprachen, Krankheit und Unfalltod wieder eingeführt hatte, gab es das Problem der Untermenschen – Personen, die nicht menschlicher Abstammung waren, sondern tierische Vorfahren hatten und nur äußerlich den Menschen glichen. Sie konnten sprechen, singen, lesen, schreiben, arbeiten, lieben und sterben; aber sie unterstanden nicht menschlichem Recht, das sie einfach als »Homunkuli« definierte und sie fast auf eine Stufe mit den Tieren und Robotern stellte. Echte Menschen von außerirdischen Welten wurden stets als »Hominiden« bezeichnet.

Die meisten Untermenschen taten ihre Arbeit und akzeptierten ihren Status als Beinahe-Sklaven, ohne zu murren. Manche wurden berühmt – K'mackintosh war der erste Erdenbewohner gewesen, dem bei normaler Gravitation der 50-Meter-Weitsprung geglückt war. Sein Bild war in tausend Welten zu sehen. Seine Tochter, K'mell, ein Girly-Girl, bestritt ihren Unterhalt, indem sie menschliche Wesen und Hominiden von äußeren Welten begrüßte und ihnen half, sich einzugewöhnen, wenn sie auf der Erde eintrafen. Sie hatte das Privileg, in Erdhafen zu arbeiten, aber auch die Pflicht, sehr hart für ihr bescheidenes Einkommen zu arbeiten. Menschen und Hominiden hatten so lange in einer Überflußgesellschaft gelebt, daß sie nicht mehr wußten, was es hieß, arm zu sein. Aber die Lords der Instrumentalität hatten angeordnet, daß Untermenschen – Abkömmlinge von Tieren – unter den wirtschaftlichen Bedingungen der Alten Welt zu leben hätten; sie mußten mit ihrer eigenen Währung für ihre Zimmer, ihr Essen, ihr Eigentum

und die Erziehung ihrer Kinder bezahlen. Wenn sie bankrott gingen, kamen sie ins Armenhaus, wo sie schmerzlos durch Gas getötet wurden.
Es war offenkundig, daß die Menschheit, nachdem sie alle ihre eigenen Grundprobleme gelöst hatte, noch nicht bereit war, den irdischen Tieren, sosehr sie sich auch verändert haben mochten, die volle Gleichberechtigung mit den Menschen zuzugestehen.
Der Lord Jestocost, der siebte dieses Namens, war ein Gegner dieser Politik. Er war ein Mann, der Liebe kaum und Furcht überhaupt nicht kannte, der frei von falschem Ehrgeiz war und sich mit Hingabe seiner beruflichen Aufgabe widmete; aber es gibt eine Leidenschaft zum Regieren, die genauso tief und verzehrend ist wie das Gefühl der Liebe. Seit zwei Jahrhunderten glaubte der Lord Jestocost sich im Recht, aber immer wieder war er überstimmt worden, und das hatte in ihm den unbezähmbaren Wunsch geweckt, sich endlich einmal mit seinen Ansichten durchsetzen zu können.
Jestocost war einer der wenigen echten Menschen, die an die Rechte der Untermenschen glaubten. Er war der Meinung, die Menschheit würde es nie dahin bringen, uraltes Unrecht wiedergutzumachen, solange nicht die Untermenschen selbst einige der Werkzeuge der Macht besäßen – Waffen, Verschwörung, Wohlstand und (vor allem) Organisation –, um damit die Menschen herauszufordern. Er fürchtete die Revolte nicht, aber seine Sehnsucht nach Gerechtigkeit war von einer Intensität, die alle anderen Überlegungen ausschloß.
Als den Lords der Instrumentalität zu Ohren kam, die Untermenschen bereiteten eine Verschwörung vor, überließen sie es der Roboter-Polizei, die Verdächtigen aufzuspüren und zu bestrafen.
Jestocost machte es nicht so.
Er baute sich eine eigene Polizei auf, und zwar aus Untermenschen, weil er hoffte, Feinde rekrutieren zu können, die einsehen würden, daß er ein freundlicher Feind war, und ihm im Laufe der Zeit Kontakte mit

den Führern der Untermenschen verschaffen würden.
Falls es diese Führer gab, dann waren sie sehr geschickt. Womit hätte ein Girly-Girl wie K'mell sich je anmerken lassen, daß sie der vorgeschobene Posten eines Agentenringes war, der sich in Erdhafen selbst eingenistet hatte? Sie mußten, falls es sie gab, sehr, sehr vorsichtig sein. Die telepathischen Monitoren, Roboter wie Menschen, überwachten jedes Gedankenband durch Stichproben. Selbst die Computer registrierten nichts Auffälligeres als ein überdurchschnittlich starkes Glücksgefühl bei Menschen, die eigentlich keinen Grund hatten, glücklich zu sein.
Der Tod ihres Vaters, des berühmtesten Katzen-Athleten, den die Untermenschen je hervorgebracht hatten, lieferte Jestocost den ersten greifbaren Anhaltspunkt.
Er ging selbst zur Bestattung; der Leichnam wurde in eine Eisrakete gelegt, um in den Weltraum geschossen zu werden. Neben den trauernden Hinterbliebenen hatten sich auch zahlreiche Schaulustige eingefunden. Sport ist international, interrassisch, interweltlich, interartlich. Hominiden waren da: echte, 100%ige Menschen, die aber einen unheimlichen, schrecklichen Anblick boten, weil sie oder ihre Vorfahren zur Anpassung an die Lebensbedingungen auf tausend verschiedenen Welten körperlich modifiziert worden waren.
Auch Untermenschen, »Homunkuli« tierischer Abstammung, waren da, die meisten in ihrer Arbeitskleidung, und sie sahen menschlicher aus als die meisten Menschen von den äußeren Welten. Keiner von ihnen kam über das Jugendalter hinaus, wenn er weniger als halb so groß oder mehr als sechsmal so groß war wie ein Mensch. Sie mußten alle ein menschliches Äußeres und eine akzeptable menschliche Stimme haben. Die Strafe für das Scheitern in ihren Grundschulen war der Tod. Jestocost blickte über die Menge und dachte bei sich: »Wir lassen nur die Widerstandsfähigsten von diesen Leuten überle-

ben, und wir geben ihnen den schrecklichsten Anreiz, das Leben selbst, als Bedingung für den absoluten Fortschritt. Was für Narren sind wir doch, zu glauben, daß sie uns nicht überflügeln werden!« Die echten Menschen in der Trauergemeinde schienen nicht so zu denken. Sie tippten die Untermenschen selbstherrlich mit ihren Spazierstöcken an, wenn sie vorbeiwollten, obwohl es sich um das Leichenbegängnis eines Untermenschen handelte, und die Bärenmenschen, Stiermenschen, Katzenmenschen und andere machten auch bereitwillig und mit einer gemurmelten Entschuldigungsformel Platz.

K'mell stand dicht vor dem Eissarg ihres Vaters.

Jestocost beobachtete sie nicht nur; sie war hübsch anzusehen. Er tat etwas, was bei einem normalen Bürger eine Ungehörigkeit, für einen Lord der Instrumentalität jedoch durchaus legal war: er belauschte ihre Gedanken.

Und er vernahm etwas, was er nicht erwartet hatte.

Als der Sarg die Erde verließ, rief sie: »Ee-telly-kelly. Hilf mir! Hilf mir!«

Sie hatte phonetisch gedacht, nicht in Schriftzeichen, und so mußte er bei seinen Nachforschungen von dem bloßen akustischen Eindruck ausgehen.

Jestocost wäre ohne ein gewisses Maß an Wagemut nicht ein Lord der Instrumentalität geworden. Sein Verstand war flink, zu flink für wahrhaft tiefe Intelligenz. Er dachte in Kategorien der Gestalt, nicht der Logik. Er beschloß, dem Mädchen seine Freundschaft aufzuzwingen.

Er nahm sich vor, eine günstige Gelegenheit abzuwarten, überlegte es sich dann aber anders.

Als sie von der Bestattung heimging, drängte er sich in den Kreis ihrer abweisend blickenden Freunde, Untermenschen, die sie vor Beileidsbezeigungen taktloser, wenn auch wohlmeinender Sportfreunde in Schutz nehmen wollten.

Sie erkannte ihn und erwies ihm den gebührenden Respekt.

»Mein Lord, ich bin überrascht, Sie hier zu sehen.

Kannten Sie meinen Vater?«
Er nickte ernst und richtete mit sonorer Stimme Worte des Trostes und der Trauer an sie, Worte, die bei Menschen wie Untermenschen beifälliges Gemurmel hervorriefen.
Aber mit der linken Hand, die er schlaff an der Seite herabhängen ließ, gab er das Dauersignal *Alarm! Alarm!* – ein wiederholtes Aneinanderdrücken von Daumen und Mittelfinger –, das die Beschäftigten von Erdhafen benutzten, wenn sie sich gegenseitig warnen wollten, ohne daß es einem der Besucher von anderen Welten auffiel.
Sie war so verblüfft, daß sie um ein Haar alles verdorben hätte. Während er immer noch seine geheuchelten Beileidsworte sprach, rief sie mit lauter Stimme:
»Meinen Sie *mich?*«
Und er fuhr fort: »... und ich meine wirklich *Sie,* K'mell, wenn ich von dem Menschen spreche, der vor allen anderen würdig ist, den Namen Ihres Vaters zu tragen. *Sie* sind diejenige, an die wir uns wenden in dieser Zeit gemeinsamer Trauer. *Wen sollte ich sonst meinen als Sie,* wenn ich sage, daß K'mackintosh sich nie mit halben Sachen abgegeben hat und bis zu seinem allzu frühen Tod stets seinem eigenen Gewissen gefolgt ist? Leben Sie wohl, K'mell, ich muß jetzt in mein Büro zurückgehen.«
Sie kam vierzig Minuten später als er.

2

Er ging sofort auf sie zu und sah ihr prüfend ins Gesicht.
»Heute ist ein wichtiger Tag in Ihrem Leben.«
»Ja, mein Lord, ein trauriger.«
»Ich meine nicht«, sagte er, »den Tod und die Bestattung Ihres Vaters. Ich spreche von der Zukunft, der wir alle uns zuwenden müssen. Ich spreche von Ihnen und mir.«
Ihre Augen weiteten sich. Sie hätte sich nie träumen

lassen, daß er zu dieser Sorte Menschen gehörte. Er war ein Beamter, der in Erdhafen viel in Erscheinung trat, oft prominente Besucher aus anderen Welten begrüßte und ein Auge auf das Zeremonialbüro hatte. Sie war Mitglied des Empfangskomitees, ein Girly-Girl, das immer dann gebraucht wurde, wenn es galt, einen enttäuschten Neuankömmling zu besänftigen oder einen Streit hinauszuschieben. Wie die Geisha im alten Japan hatte sie einen ehrenwerten Beruf; sie war kein Flittchen, sondern eine von Berufs wegen kokette Hostess. Sie starrte den Lord Jestocost unverwandt an. Er machte nicht den Eindruck, daß er auf unziemliche Weise persönlich werden wollte. Aber, dachte sie, bei Männern weiß man ja nie.

»Sie kennen sich mit Menschen aus«, sagte er und schob ihr damit die Initiative zu.

»Ich denke schon«, erwiderte sie. Ihr Gesicht hatte einen seltsamen Ausdruck. Sie probierte es gerade mit dem Lächeln Nr. 3 (sehr anhänglich), das sie in der Girly-Girl-Schule gelernt hatte. Als sie merkte, daß es falsch war, versuchte sie es mit einem normalen Lächeln. Sie kam sich vor, als hätte sie ihm ein Gesicht geschnitten.

»Sehen Sie mich an«, sagte er, »und vergewissern Sie sich, ob Sie mir vertrauen können. Ich werde fortan unser beider Leben in die Hand nehmen.«

Sie sah ihn an. Was in aller Welt konnte ihn, einen Lord der Instrumentalität, dazu bringen, sich mit ihr zu befassen? Sie hatten nichts miteinander gemeinsam. Und würden nie etwas haben.

Aber sie sah ihn an.

»Ich möchte den Untermenschen helfen.«

Sie zuckte zusammen. Das war direkt. Normalerweise folgte auf eine solche Einleitung ein besonders bösartiger Schlag gegen die Untermenschen. Aber aus seinem Gesicht sprach tiefer Ernst. Sie wartete.

»Ihre Leute haben nicht genügend politische Macht, um auch nur mit uns zu verhandeln. Ich werde die Rasse der echten Menschen nicht verraten, aber ich möchte Ihrer Seite einen Vorteil verschaffen. Wenn Sie fortan besser mit uns verhandeln, wird das auf lange Sicht uns allen das Leben erleichtern.«

K'mell starrte auf den Lord. Ihr rotes Haar war so seidig wie der Pelz einer Angorakatze. Ihr Kopf wirkte dadurch wie in Feuer gebadet. Ihre Augen sahen menschlich aus, bis auf die Fähigkeit, einfallendes Licht zu reflektieren; die Regenbogenhaut hatte das satte Grün der Urkatzen. Als sie ihm, vom Boden aufschauend, direkt ins Gesicht sah, traf ihn ihr Blick wie ein Hieb. »Was wollen Sie von mir?«

Er hielt ihrem Blick stand. »Schauen Sie mich an. Sehen Sie sich mein Gesicht an. Sind Sie sicher, absolut sicher, daß ich nichts Persönliches von Ihnen will?«

Sie schien verwirrt. »Was sollte man sonst von mir wollen, wenn nicht etwas Persönliches? Ich bin ein Girly-Girl. Ich bin ein völlig belangloser Mensch, und ich bin nicht besonders gebildet. Sie wissen mehr, Sir, als ich je wissen werde.«

»Möglich«, sagte er, ohne den Blick von ihr zu wenden.

Sie fühlte sich nicht mehr als Girly-Girl, sondern als Bürgerin. Das machte sie unsicher.

»Wer«, fragte er mit feierlicher Stimme, »ist eigentlich Ihr Führer?«

»Kommissar Teadrinker, Sir. Er ist für alle außerweltlichen Besucher zuständig.« Sie beobachtete Jestocost genau; er sah immer noch nicht so aus, als wollte er sie hereinlegen.

Er war ein bißchen ungehalten. »Den meine ich nicht. Der gehört ja zu meinem eigenen Stab. Wer ist Ihr Führer bei den Untermenschen?«

»Mein Vater, aber der ist ja nun gestorben.«

Jestocost sagte: »Verzeihen Sie mir. Bitte setzen Sie sich. Aber ich habe etwas andereres gemeint.«

Sie war so müde, daß sie sich mit einer unschuldigen Sinnlichkeit in den Sessel fallen ließ, die jedem anderen Mann den ganzen Tagesablauf durcheinander gebracht hätte. Sie trug Girly-Girl-Kleider, die alltäglich genug geschnitten waren, um hinlänglich modern zu wirken, wenn sie stand. Doch ihrem Beruf entsprechend waren ihre Kleider so zugeschnitten, daß sie unverhofft reizvolle Einblicke gewährten, wenn sie sich hinsetzte. Sie waren zwar nicht so gewagt, daß der Mann sie als schockierend hätte empfinden können, aber immerhin so raffiniert geschlitzt, geteilt und geschnitten, daß sich ihm viel mehr visuelle Reize boten, als er erwartet hätte.

»Ich muß Sie bitten, Ihr Kleid ein bißchen zusammenzuziehen«, sagte Jestocost mit betont sachlicher Stimme. »Ich bin zwar ein Beamter, aber trotzdem ein Mann, und diese Unterredung ist für Sie und mich wichtiger, als es jede Ablenkung sein könnte.«

Sie erschrak ein wenig über seinen Tonfall. Sie hatte ihn nicht provozieren wollen. Überhaupt heute, nach der Bestattung, hätte sie an so etwas schon gar nicht gedacht; diese Art Kleider waren die einzigen, die sie besaß.

Er las das alles in ihrem Gesicht.

Unbeirrt steuerte er weiter auf sein Ziel los.

»Liebes Fräulein, ich habe Sie nach Ihrem Führer gefragt. Sie aber sprechen erst von Ihrem Vorgesetzten und dann von Ihrem Vater. Ich möchte den Namen Ihres Führers wissen.«

»Ich verstehe Sie nicht«, sagte sie, den Tränen nahe, »ich verstehe Sie nicht.«

Dann, dachte er, muß ich eben alles auf eine Karte setzen. Er stach mit seinem geistigen Dolch zu, trieb ihr seine Worte fast wie Stahl mitten ins Gesicht.

»Wer . . .«, sagte er langsam und kalt, »ist. . .Ee. . .telly . . .kelly?«

Das Gesicht des Mädchens war blaß vor Kummer gewesen, cremefarben. Jetzt wurde sie totenbleich. Sie prallte zurück. Ihre Augen waren wie zwei glühende Kohlen.

Ihre Augen . . . wie zwei glühende Kohlen.

(Kein Untermädchen, dachte Jestocost, während ihm schwindlig wurde, kann mich hypnotisieren.)

Ihre Augen . . . waren wie zwei kalt glühende Kohlen.

Das Zimmer rings um ihn löste sich auf. Das Mäd-

chen verschwand. Ihre Augen wurden zu einem einzigen weißen, kalten Feuer.
In diesem Feuer stand die Gestalt eines Mannes. Seine Arme waren Schwingen, aber an den Ellbogen seiner Schwingen wuchsen ihm menschliche Hände. Sein Gesicht war so klar, weiß und kalt wie der Marmor einer antiken Statue; seine Augen waren von einem trüben Weiß. »Ich bin der E-telekeli. Du wirst an mich glauben. Du kannst mit meiner Tochter K'mell sprechen.«
Das Bild verblaßte.
Jestocost sah, wie das Mädchen ihn anstarrte, während sie in unbequemer Stellung in dem Sessel saß, wie sie blicklos durch ihn hindurchschaute. Er wollte gerade einen Scherz über ihre hypnotischen Fähigkeiten machen, als er sah, daß sie noch immer in tiefer Hypnose war, obwohl er selbst schon wieder frei war. Ihr Körper war steif geworden, und abermals war ihr Kleid in planvolle Unordnung geraten. Der Effekt war nicht aufreizend; er war unsagbar rührend, so als sei einem hübschen Kind ein Unfall zugestoßen. Er sprach zu ihr.
Er sprach zu ihr und erwartete eigentlich keine Antwort.
»Wer bist du?« fragte er, um ihre Hypnose zu testen.
»Ich bin der, dessen Name nie laut ausgesprochen wird«, sagte das Mädchen in scharfem Flüsterton. »Ich bin der, dessen Geheimnis du aufgedeckt hast. Ich habe mein Bild und meinen Namen in deinen Geist eingeprägt.«
Mit Gespenstern wie diesem pflegte Jestocost nicht zu streiten. Er stieß eine Entschuldigung hervor: »Wenn ich meinen Geist öffne, wirst du ihn dann durchsuchen, während ich dich ansehe? Bist du gut genug, um das zu tun?«
»Ich bin sehr gut«, zischte die Stimme im Mund des Mädchens.
K'mell stand auf und legte ihm beide Hände auf die Schultern. Sie sah ihm in die Augen. Er hielt ihrem

Blick stand. Jestocost war selbst ein starker Telepath, aber auf die enorme Gedankenspannung, die von ihr auf ihn überging, war er nicht gefaßt gewesen.
Lies meine Gedanken nur, soweit sie die *Untermenschen* betreffen, befahl er.
Ich sehe es, dachte der Geist hinter K'mell.
Siehst du, was ich für die Untermenschen tun will?
Jestocost hörte K'mell schwer atmen, während sein Geist als Relais für ihren fungierte. Er versuchte ruhig zu bleiben, um feststellen zu können, welchen Teil seines Geistes sie absuchte. So weit läuft ja alles bestens, dachte er bei sich selbst. Eine Intelligenz wie diese hier bei uns auf der Erde – und keiner von uns Lords wußte etwas davon!
Das Mädchen stieß ein trockenes, kicherndes Lachen aus.
Jestocost sagte zu ihrem Geist: Verzeihung. Mach weiter.
Dieser Plan von dir – dachte der fremde Geist –, kann ich mehr davon sehen?
Das ist alles, mehr gibt es nicht.
Oh, sagte der fremde Geist, du möchtest, daß ich für dich denke. Kannst du mir die Schlüssel in der Datenbank und der Glocke nennen, die für die Vernichtung der Untermenschen zuständig sind?
Du kannst die Informationsschlüssel haben, wenn ich sie mir je beschaffen kann, dachte Jestocost, aber nicht die Kontrollschlüssel und auch nicht den Hauptschalter der Glocke.
Ein faires Angebot, dachte der fremde Geist, und was habe ich dafür zu zahlen?
Du unterstützt mich in meiner Politik gegenüber der Instrumentalität. Du sorgst nach Möglichkeit dafür, daß die Untermenschen vernünftig bleiben, wenn die Zeit für Verhandlungen reif ist. Du garantierst für Treu und Glauben bei allen späteren Abkommen. Aber wie soll ich an die Schlüssel kommen? Ich werde selbst ein Jahr brauchen, um dahinterzukommen.
Laß das Mädchen einmal hinsehen, dachte der

fremde Geist, und ich werde hinter ihr sein. Fairer Vorschlag?
Ja, dachte Jestocost.
Ende? dachte der Geist.
Wie kommen wir wieder in Verbindung? dachte Jestocost zurück.
Genau wie diesmal. Über das Mädchen. Nenne nie meinen Namen. Denke ihn nicht, wenn es sich irgend machen läßt. Ende?
Ende! dachte Jestocost.
Das Mädchen, das ihn die ganze Zeit über an den Schultern gehalten hatte, zog sein Gesicht herab und küßte ihn fest und warm. Er hatte noch nie einen Untermenschen berührt, und es wäre ihm nie in den Sinn gekommen, eine Unterfrau zu küssen. Es war schön, aber er nahm ihre Arme von seinem Hals, drehte sie halb herum und stützte sie mit seinem Körper.
»Daddy!« seufzte sie glücklich.
Plötzlich machte sie sich steif, sah ihm ins Gesicht und rannte zur Tür. »Jestocost!« schrie sie. »Lord Jestocost! Was mache ich hier?«
»Ihre Pflicht ist getan, Mädchen. Sie können gehen.«
Sie kam in das Zimmer zurückgetaumelt. »Mir wird schlecht«, sagte sie. Sie erbrach sich auf den Fußboden.
Er drückte auf einen Knopf, um einen Putzroboter herbeizurufen, und schlug mit der flachen Hand auf die Schreibtischplatte, um Kaffee zu bekommen.
K'mell ging es wieder besser, und sie sprach über seine Hoffnungen für die Untermenschen. Sie blieb noch eine Stunde. Als sie ging, hatten sie einen Plan gefaßt. Keiner von ihnen hatte E-telekeli erwähnt, keiner hatte über ihr Vorhaben laut gesprochen oder gedacht. Hätten Monitoren sie überwacht, sie hätten nicht einen verdächtigen Satz oder Absatz entdeckt.
Als sie gegangen war, sah Jestocost aus dem Fenster. Er sah die Wolken tief drunten und wußte, daß die Welt unter ihm im Dämmerlicht lag. Er hatte den Plan gefaßt, den Untermenschen zu helfen, und er

hatte Mächte kennengelernt, von denen die organisierte Menschheit nichts sah und nichts wußte. Er lag mit seinen Auffassungen noch richtiger, als er gedacht hatte. Er mußte weitermachen.
Und seine Partnerin – K'mell selbst!
Hatte es in der Geschichte der Welten jemals einen seltsameren Diplomaten gegeben?

3

In weniger als einer Woche hatten sie sich geeinigt, was zu tun sei. Es war der Rat der Lords der Instrumentalität, bei dem sie ansetzen würden – das zentrale Gehirn. Das Risiko war groß, aber die ganze Sache konnte in ein paar Minuten erledigt sein, wenn sie an die Glocke selbst herankamen.
Das war es, worauf es Jestocost ankam.
Er wußte nicht, daß K'mell ihn mit zwei Facetten ihres Geistes beobachtete. Die eine Seite von ihr war seine umsichtige und rückhaltlose Mitverschwörerin, ganz erfüllt von der Hingabe an die revolutionären Ziele, denen sie sich beide verschrieben hatten. Die andere Seite von ihr – war feminin.
Sie war weiblich auf eine viel echtere Art als jede Hominidenfrau. Sie kannte den Wert ihres antrainierten Lächelns, ihres wundervoll gepflegten, seidenweichen roten Haars, ihrer geschmeidigen jungen Figur mit den festen Brüsten und den lockenden Hüften. Sie wußte auf den Millimeter genau, welche Wirkung ihre Beine auf hominide Männer ausübten. Echte Menschen konnten nur wenig vor ihr geheimhalten. Die Männer betrogen sich selbst durch ihre unerfüllbaren Begierden, die Frauen durch ihre unbezähmbare Eifersucht. Aber vor allem kannte sie die Menschen deshalb so gut, weil sie selbst nicht zu ihnen gehörte. Sie mußte durch Nachahmung lernen, und Nachahmung ist bewußt. Tausend Kleinigkeiten, die normalen Frauen selbstverständlich waren oder über die sie nur ein einziges Mal in ihrem ganzen Leben nachdachten, waren für sie Gegenstand

aufmerksamer, intelligenter Beobachtung. Sie war ein Mädchen von Beruf; sie war ein Mensch durch Assimilation: sie war ihrer genetischen Ausstattung nach eine neugierige Katze. Jetzt verliebte sie sich in Jestocost, und sie wußte es.
Doch nicht einmal sie war sich darüber im klaren, daß diese Zuneigung sich herumsprechen, zur Legende ausgeschmückt, zur Romanze verklärt werden würde. Sie konnte nichts ahnen von der Ballade über sie, die lange Zeit später berühmt wurde und mit den folgenden Zeilen begann:

Sie bekam das Was von dem Was-sie-tat,
Verbarg die Glocke, wußte sich Rat,
Einen Hominiden liebte sie dann,
Und das Was von dem Was-sie-tat zerrann.

Das alles lag in ferner Zukunft, und sie wußte nichts davon.
Sie kannte ihre eigene Vergangenheit.
Sie erinnerte sich an den außerirdischen Prinzen, der seinen Kopf in ihren Schoß gelegt und, während er zum Abschied ein Glas Motl trank, gesagt hatte:
»Eigenartig, K'mell, du bist nicht einmal ein Mensch und trotzdem der intelligenteste Mensch, dem ich auf diesem Planeten begegnet bin. Wußtest du, daß es meinen Planeten arm gemacht hat, mich hierherzuschicken? Und was habe ich aus ihnen herausgeholt? Nichts, nichts, tausendmal nichts. Aber jetzt habe ich dich kennengelernt. Wenn du die Regierungen auf der Erde führen würdest, hätte ich bekommen, was mein Volk braucht, und auch diese Welt wäre reicher. Heimat der Menschen nennen sie sie. Heimat der Menschen, du lieber Himmel! Der einzige vernünftige Mensch auf dem ganzen Planeten ist eine weibliche Katze.«
Er streichelte ihre Fesseln. Sie verwehrte es ihm nicht. Es gehörte zur Gastfreundschaft, und sie hatte andere Mittel, dafür zu sorgen, daß die Gastfreundschaft nicht zu weit ging. Die Erdpolizei beobachtete sie; für die war sie ein Gegenstand, den man zur Be-

quemlichkeit der Gäste von anderen Welten angeschafft hatte, so etwas wie ein weicher Sessel in den Empfangshallen von Erdhafen oder ein Trinkbrunnen mit säurehaltigem Wasser für Fremde, die das schale Wasser auf der Erde ungenießbar fanden. Es war nicht vorgesehen, daß sie Gefühle hatte oder sich mit jemandem einließ. Hätte sie jemals einen Zwischenfall verursacht, sie wäre grausam bestraft worden, so wie oft genug Tiere oder Untermenschen bestraft wurden, oder man hätte sie (nach einer Proforma-Gerichtsverhandlung ohne Berufungsmöglichkeit) vernichtet, wie das Gesetz es erlaubte und der Brauch es forderte.
Sie hatte schon tausend Männer geküßt, vielleicht fünfzehnhundert. Sie hatte ihnen das Gefühl gegeben, willkommen zu sein, und hatte ihnen ihre Beschwerden oder Geheimnisse entlockt, bevor sie wieder abgereist waren. Das war auch eine Art des Broterwerbs, emotional ermüdend, aber intellektuell sehr anregend. Manchmal mußte sie lachen, wenn sie die menschlichen Frauen mit ihrer Hochnäsigkeit und ihrem eingebildeten Getue sah und daran dachte, daß sie mehr über die Männer wußte, die zu den menschlichen Frauen gehörten, als die menschlichen Frauen selbst je wissen würden.
Einmal hatte eine Polizistin ihren Bericht über zwei Pioniere vom Neuen Mars prüfen müssen. K'mell hatte die Aufgabe bekommen, ständig engen Kontakt mit den beiden zu halten. Als die Polizistin die Akte durchgelesen hatte, sah sie K'mell an, und ihr Gesicht verzerrte sich vor Eifersucht und prüder Wut.
»Eine Katze willst du sein. Eine Katze! Du bist eine Sau, eine Hündin, ein Tier. Du arbeitest vielleicht für die Erde, aber bilde dir ja nicht ein, du seist genauso gut wie ein Mensch. Ich finde ja, es ist ein Verbrechen, daß die Instrumentalität Ungeheuer wie dich echte Menschen von anderen Welten empfangen läßt! Ich kann es nicht ändern. Aber gnade dir die Glocke, Mädchen, wenn du jemals einen echten Erdenmann

anrührst! Wenn du jemals einem zu nahe kommst! Wenn du hier bei uns irgendwelche Tricks probierst! Haben wir uns verstanden?«

»Ja, Madame«, hatte K'mell geantwortet. Bei sich selbst hatte sie gedacht: »Die Arme, sie ist nicht mal imstande, sich anständige Kleider auszusuchen oder sich ihr Haar zu machen. Kein Wunder, daß sie alle haßt, die es verstehen, sich hübsch zu machen.«

Vielleicht hatte die Polizistin gedacht, roher Haß würde K'mell schockieren. Dem war aber nicht so. Untermenschen waren Haß gewöhnt, und er war roh nicht schwerer zu ertragen, als wenn er mit Höflichkeit gekocht und wie Gift serviert wurde. Sie mußten damit leben.

Aber jetzt hatte sich das alles geändert.

Sie hatte sich in Jestocost verliebt.

Ob er sie auch liebte?

Unmöglich. Nein, nicht unmöglich. Ungesetzlich, unwahrscheinlich, unanständig – ja, all dies, aber nicht unmöglich. Sicher war ihm ihre Liebe nicht ganz verborgen geblieben.

Doch wenn es so war, ließ er es sich jedenfalls nicht anmerken.

Es hatte schon unzählige Liebesaffären zwischen Menschen und Untermenschen gegeben. Die Untermenschen wurden stets vernichtet, die Menschen einer Gehirnwäsche unterzogen. Es gab Gesetze gegen derlei Entgleisungen. Die Wissenschaftler unter den Menschen hatten die Untermenschen geschaffen, hatten sie mit Fähigkeiten ausgestattet, die den echten Menschen fehlten (der Fünfzig-Meter-Sprung, der Telepath zwei Meilen unter der Erde, der Schildkrötenmann, der tausend Jahre an einem Notausgang stand, der Stiermann, der unentgeltlich ein Tor bewachte), und die Wissenschaftler hatten auch vielen Untermenschen menschliche Gestalt gegeben. Es war praktischer so. Das menschliche Auge, die fünffingrige Hand, die menschliche Körpergröße – all dies war für die Techniker praktisch. Dadurch, daß sie den Untermenschen mehr oder weniger dieselbe

Körpergröße und dieselbe Gestalt wie den Menschen gaben, hatten die Wissenschaftler erreicht, daß man nicht zwei oder drei oder ein Dutzend verschiedene Wohnungseinrichtungen brauchte. Die menschliche Gestalt war für alle gut genug.

Aber sie hatten das menschliche Herz vergessen.

Und jetzt hatte sie, K'mell, sich in einen Mann verliebt, einen echten Mann, der der Vater ihres eigenen Großvaters hätte sein können.

Aber ihre Gefühle für ihn waren keineswegs die einer Tochter. Sie erinnerte sich, daß sie mit ihrem Vater eine selbstverständliche Kameradschaft, eine unschuldige Zuneigung verbunden hatte, die den Umstand vergessen ließ, daß er beträchtlich katzenartiger war als sie. Zwischen ihnen herrschte eine schmerzliche Leere ewig ungesagter Worte – Dinge, die keiner von ihnen so recht aussprechen konnte. Sie standen einander so nahe, daß sie sich nicht noch näher kommen konnten. Das schuf eine enorme Distanz, die herzzerreißend war, über die man aber nicht sprechen konnte. Ihr Vater war gestorben, und jetzt war da dieser echte Mann, mit all der Freundlichkeit ...

»Das ist es«, sagte sie leise vor sich hin, »mit all der Freundlichkeit, die eigentlich keiner dieser Männer, die immer gleich wieder aus meinem Leben verschwanden, mir je erwiesen hat. Mit all der Tiefe, die meine armen Untermenschen nie erreichen können. Nicht daß sie es nicht in sich hätten. Aber sie werden wie Dreck geboren, wie Dreck behandelt, wie Dreck beseitigt, wenn sie sterben. Wie könnte irgendeiner meiner Artgenossen wahre Freundlichkeit empfinden? Freundlichkeit ist auf eine ganz besondere Weise erhaben. Sie ist das Beste am Menschen. Und er hat Ozeane davon in sich. Und es ist eigenartig, unerklärlich, unbegreiflich, daß er nie seine echte Liebe einer menschlichen Frau geschenkt hat.«

Sie hielt inne, kalt.

Dann tröstete sie sich und flüsterte weiter: »Oder wenn er doch eine geliebt hat, dann ist es so lange her, daß es jetzt nicht mehr zählt. Er hat ja *mich*. Ob er es weiß?«

4

Der Lord Jestocost wußte es, und doch wußte er es nicht. Er war es gewöhnt, Loyalität von den Menschen zu bekommen, weil er ihnen in seiner täglichen Arbeit Loyalität und Ehre erwies. Er war es sogar gewöhnt, daß Loyalität aufdringlich wurde und physischen Ausdruck suchte, vor allem bei Frauen, Kindern und Untermenschen. Er war bisher noch immer damit fertig geworden. Er setzte auf die Tatsache, daß K'mell ein wundervoll intelligentes Mädchen war und daß sie als Girly-Girl, das als Gästebetreuerin bei der Polizei von Erdhafen arbeitete, gelernt haben mußte, ihre persönlichen Gefühle unter Kontrolle zu halten.

»Wir sind in der falschen Zeit geboren«, dachte er. »Da lerne ich das intelligenteste und schönste weibliche Wesen kennen, dem ich je begegnet bin, und bin gezwungen, alles Private meiner Pflicht unterzuordnen. Aber diese Geschichten zwischen Menschen und Untermenschen sind gefährlich. Sehr gefährlich. Wir müssen da unsere persönlichen Gefühle heraushalten.«

Das dachte er. Und vielleicht hatte er recht.

Wenn der Namenlose, an den er sich nicht zu erinnern wagte, einen Angriff auf die Glocke selbst befahl, so lohnte es sich, dafür ihrer beider Leben aufs Spiel zu setzen. Aber Gefühle hatten dabei nichts zu suchen. Auf die Glocke kam es an, auf Gerechtigkeit, auf die ewige Rückkehr des Menschen zum Fort schritt kam es an. Auf ihn kam es an, denn er hatte den größten Teil seiner Arbeit schon getan. Auf K'mell kam es nicht an, denn nach ihrem Scheitern würde sie für immer auf bloße Untermenschen angewiesen sein. Auf die Glocke kam es an.

Der Preis für das, was er sich vorgenommen hatte, war hoch, aber die ganze Sache konnte in ein paar

Minuten erledigt sein, wenn sie an die Glocke selbst herankamen.
Die Glocke war natürlich in Wirklichkeit gar keine Glocke. Sie war ein dreidimensionaler Situationstisch, von dreifacher Mannshöhe. Er stand im Stockwerk unter dem Konferenzraum und hatte annähernd die Form einer antiken Glocke. Der Konferenztisch der Lords der Instrumentalität hatte in der Mitte ein Loch, so daß sie auf die Glocke hinabschauen und in ihr jede beliebige Situation beobachten konnten, die einer von ihnen manuell oder telepathisch hineinprojizierte. Die darunterliegende, unter dem Fußboden verborgene Datenbank war der zentrale Speicher des ganzen Systems. Duplikate gab es an rund dreißig anderen Orten der Erde. Zwei Duplikate waren im interstellaren Raum versteckt, das eine neben dem goldenen 90-Millionen-Schiff, das von dem Krieg gegen Raumsog übriggeblieben war, das andere als Asteroid getarnt.
Die meisten Lords waren in Geschäften der Instrumentalität unterwegs in anderen Welten.
Außer Jestocost waren nur drei anwesend – die Lady Johanna Gnade, der Lord Issan Olascoaga und der Lord William Nicht-von-hier. (Die Nicht-von-hier waren eine angesehene Norstrilier-Familie, die vor vielen Generationen auf die Erde rückgewandert war.)
Der E-telekeli setzte Jestocost die Grundzüge seines Plans auseinander.
Er sollte K'mell aufgrund einer Vorladung in die Kammern bringen.
Die Vorladung sollte eine ernste Verfehlung betreffen.
Sie sollten ihren summarischen Tod durch ein automatisches Urteil vermeiden, falls die Übertragung nicht funktionierte.
K'mell würde in der Kammer in partielle Trance verfallen.
Er, Jestocost, sollte dann die Dinge in die Glocke projizieren, die E-telekeli herauslesen wollte. Eine einzige Projektion würde reichen. E-telekeli würde selbst

die Verantwortung für das Herauslesen übernehmen. Die anderen Lords würde er, E-telekeli, ablenken.
Ein scheinbar simpler Plan.
Die Komplikationen ergaben sich aus der Durchführung.
Der Plan schien nicht genügend durchdacht, aber Jestocost konnte in diesem Stadium nichts mehr tun. Er verwünschte sich selbst dafür, daß er sich durch seine Passion für die Politik zur Teilnahme an dieser Intrige hatte verleiten lassen. Es war zu spät, um sich noch mit Anstand aus der Affäre zu ziehen; außerdem hatte er sein Wort gegeben; außerdem hatte er K'mell gern – als Wesen, nicht als Girly-Girl –, und es hätte ihm wehgetan, mit ansehen zu müssen, wie sie ihr Leben lang an ihrer Enttäuschung getragen hätte. Er wußte, wie sehr die Untermenschen auf ihre Identität und ihren Status hielten.
Schweren Herzens, aber mit wachen Sinnen, ging er in die Ratskammer. Ein Hundemädchen, eine der routinemäßigen Botinnen, die er seit vielen Monaten draußen vor der Tür gesehen hatte, gab ihm das Protokoll.
Er fragte sich, wie K'mell oder E-telekeli Verbindung mit ihm aufnehmen wollten, wenn er erst einmal in der Kammer mit ihrem dichten Abschirmnetz gegen telepathische Ströme war.
Müde setzte er sich an den Tisch ...
Und es riß ihn beinahe aus seinem Sessel hoch.
Die Verschwörer hatten das Protokoll selbst gefälscht, und der erste Punkt lautete: »K'mell, Tochter von K'mackintosh, Abstammung Katze (reinrassig), Serie 1138. Geständnis liegt vor. Gegenstand: Verschwörung zum Export homunkulären Materials. Referenz: Planet De Prinsensmacht.«
Die Lady Johanna Gnade hatte schon die Knöpfe für den fraglichen Planeten gedrückt. Die Menschen dort stammten von der Erde, waren aber ungeheuer stark; allerdings hatten sie sich die größe Mühe gegeben, ihr ursprüngliches irdisches Äußere zu bewahren.

Einer ihrer höchsten Würdenträger hielt sich gerade auf der Erde auf. Er führte den Titel Prinz des Zwielichts (Prins van de Schemering), und seine Mission war halb diplomatischen, halb handelspolitischen Charakters.
Da Jestocost ein bißchen zu spät gekommen war, wurde K'mell schon hereingebracht, als er noch das Protokoll überflog.
Der Lord Nicht-von-hier bat Jestocost, den Vorsitz zu übernehmen.
»Ich bitte Sie, Sir und Gelehrter«, sagte Jestocost, »mich in dem Antrag zu unterstützen, der Lord Issan möge diesmal den Vorsitz führen.«
Der Vorsitz war reine Formsache. Jestocost konnte Glocke und Datenbank besser im Auge behalten, wenn er nicht außerdem noch präsidieren mußte.
K'mell trug Häftlingskleidung. An ihr wirkte sie gut. Er hatte sie bisher immer nur in Girly-Girl-Kleidern gesehen. In dem hellblauen Gefängniskittel wirkte sie sehr jung, sehr menschlich, sehr zart und sehr verängstigt. Ihre Katzenherkunft verriet sich nur in den feurigen Kaskaden ihres Haars und der geschmeidigen Kraft ihres Körpers, wie sie so ernst und aufrecht auf ihrem Stuhl saß.
Der Lord Issan forderte sie auf: »Sie haben gestanden. Wiederholen Sie ihr Geständnis.«
»Dieser Mann«, und sie zeigte auf ein Bild des Zwielicht-Prinzen, »wollte in ein Etablissement gehen, wo menschliche Kinder zur Belustigung von Zuschauern gequält werden.«
»Was?« riefen drei der Lords wie aus einem Munde,.
»Was ist das für ein Etablissement?« fragte die Lady Johanna, die stets erbittert für Freundlichkeit eintrat.
»Der Besitzer ist ein Mann, der wie dieser Herr hier aussieht«, sagte K'mell und zeigte auf Jestocost. Rasch, damit niemand sie zurückhalten könne, aber demütig, damit niemand an ihr zweifle, ging sie um den Tisch herum und berührte Jestocosts Schulter. Er spürte den starken Strom der Kontakt-Telepathie

und hörte Vogelgezwitscher in ihrem Gehirn. Da wußte er, daß E-telekeli mit ihr in Verbindung stand.
»Der Mann, der das Etablissement führt«, sagte K'mell, »ist fünf Pfund leichter und fünf Zentimeter kleiner als dieser Herr und hat rotes Haar. Sein Etablissement liegt im Viertel des kalten Sonnenuntergangs von Erdhafen, den Boulevard hinunter und unter dem Boulevard. Untermenschen, manche von zweifelhaftem Ruf, leben in diesem Viertel.«
Die Glocke wurde milchig-trüb und zeigte Hunderte von übel beleumundeten Untermenschen in diesem Stadtteil. Jestocost ertappte sich dabei, wie er mit ungewollter Konzentration in das milchig-trübe Geflimmer blickte.
Die Glocke wurde klar.
Sie zeigte das verschwommene Bild eines Raumes, in dem Kinder allerlei Schabernack trieben.
Die Lady Johanna lachte: »Das sind gar keine Menschen. Das sind Roboter. Sie spielen ein albernes altes Spiel.«
»Dann«, fuhr K'mell fort, »wollte er einen Dollar und einen Shilling, um sie mit nach Hause zu nehmen. Echte. Ein Roboter hatte welche gefunden.«
»Worum handelt es sich dabei?« fragte Lord Issan.
»Antikes Geld – die Währung im alten Australien und im alten Amerika«, rief Lord William. »Ich besitze Kopien davon, aber es gibt keine Originale außerhalb des staatlichen Museums.« Er war passionierter, fanatischer Münzsammler.
»Der Roboter fand sie in einem alten Versteck genau unter Erdhafen.«
Lord William schrie beinahe, als er der Glocke den Befehl gab: »Alle Verstecke durchlaufen lassen und mir dieses Geld beschaffen.«
Die Glocke trübte sich ein. Bei der Suche nach den zweifelhaften Stadtvierteln hatte sie jeden Polizeipunkt im Nordwestsektor des Turms aktiviert. Jetzt überprüfte sie alle Polizeipunkte unter dem Turm und ließ in schwindelerregendem Tempo Tausende von Kombinationen durchlaufen, bevor sie das Bild

eines alten Werkzeugschuppens festhielt. Ein Roboter saß dort und polierte runde Metallscheiben.
Als Lord William das sah; wurde er fuchsteufelswild. »Schafft mir das her«, schrie er, »ich will das selbst kaufen!«
»Also gut«, sagte Lord Issan. »Es ist nicht ganz legal, aber von mir aus.«
Die Maschine ließ das Suchsignal aufleuchten und brachte den Roboter zur Rolltreppe.
Der Lord Issan sagte: »An diesem Fall ist nicht viel dran.«
K'mell schluchzte ein bißchen. Sie war eine gute Schauspielerin. »Dann mußte ich ihm ein Homunkulus-Ei besorgen. Eines vom Typ E, mit Vogelabstammung, das wollte er nach Hause mitnehmen.«
Issan stellte das Suchgerät an.
»Vielleicht«, sagte K'mell, »hat es schon jemand für die Beseitigung gekennzeichnet.«
Die Glocke und die Datenbank überprüften alle Beseitigungsanlagen mit einer Geschwindigkeit, daß Jestocost spürte, wie seine Nerven sich aufs äußerste anspannten. Kein menschliches Wesen hätte sich je diese vielen tausend Muster merken können, die da viel zu schnell für menschliche Augen in der Glocke aufblitzten und wieder verschwanden, doch das Gehirn, das durch seine Augen die Glocke beobachtete, war kein menschliches Gehirn. Es war vielleicht sogar selbst in einen Computer eingeschlossen. Es war, dachte Jestocost, eines Lords der Instrumentalität unwürdig, sich als menschliches Fernglas mißbrauchen zu lassen.
Die Maschine schaltete sich ab.
»Sie haben gelogen«, schrie der Lord Issan. »Es gibt keinen Beweis für ihre Behauptung.«
»Vielleicht hat es der Außenweltler nur versucht«, sagte die Lady Johanna.
»Beschattet ihn«, sagte Lord William. »Wenn er antike Münzen stehlen wollte, würde er auch andere Sachen stehlen.«
Die Lady Johanna wandte sich an K'mell. »Sie sind

ein dummes Ding. Sie haben uns die Zeit gestohlen und uns von wichtigen interweltlichen Angelegenheiten abgehalten.«

»Aber das *ist* doch eine interweltliche Angelegenheit«, schluchzte K'mell. Sie ließ ihre Hand von Jestocosts Schulter gleiten, wo sie die ganze Zeit über gelegen hatte. Die Übertragung von Körper zu Körper wurde unterbrochen, und damit brach auch die telepathische Verbindung ab.

»Wir sollten ein Urteil darüber fällen«, sagte Lord Issan.

»Sie hätten dafür bestraft werden können«, sagte Lady Johanna.

Der Lord Jestocost hatte nichts gesagt, aber ein Glücksgefühl durchströmte ihn. Wenn E-telekeli nur halb so gut war, wie es schien, dann besaßen die Untermenschen jetzt eine Liste von Kontrollpunkten und Fluchtwegen, die es ihnen erleichtern würde, der willkürlichen Verurteilung zu einem schmerzlosen Tod zu entgehen, die von den menschlichen Behörden so häufig ausgesprochen wurde.

5

In dieser Nacht hörte man in allen Korridoren singen.

Die Untermenschen brachen ohne ersichtlichen Grund in Jubel aus.

K'mell tanzte einen wilden Katzentanz für den nächsten Kunden, der noch am selben Abend von außerweltlichen Stationen gekommen war. Als sie zu Hause war und zu Bett ging, kniete sie vor dem Bild ihres Vaters K'mackintosh nieder und dankte E-telekeli für das, was Jestocost getan hatte.

Aber ein paar Generationen danach wurde die Geschichte bekannt. Der Lord Jestocost wurde damals schon als Wohltäter der Untermenschen gefeiert, und die Behörden, die immer noch nichts von E-telekeli wußten, akzeptierten die gewählten Vertreter der Untermenschen als Verhandlungspartner bei den

Beratungen über bessere Lebensbedingungen; und K'mell war schon vor langer Zeit gestorben.
Aber vorher hatte sie ein langes, gutes Leben gehabt.
Als sie zu alt wurde, um noch als Girly-Girl zu arbeiten, wurde sie Küchenchefin. Ihr Essen war berühmt. Jestocost besuchte sie einmal. Als er seine Mahlzeit beendet hatte, fragte er sie: »Die Untermenschen haben ein nettes kleines Gedicht. Von den echten Menschen kennt es keiner außer mir.«
»Ich mache mir nichts aus Gedichten«, sagte sie.
»Es hat den Titel ›Das Was-sie-tat‹.«
K'mell errötete bis an den Ausschnitt ihrer fülligen Bluse. Sie war mit den Jahren recht mollig geworden. Ihr Beruf hatte dazu beigetragen.
»Ach, *das* Gedicht!« sagte sie. »Das ist doch albern.«
»Es heißt darin, Sie hätten einen Hominiden geliebt.«
»Nein«, sagte sie. »Das stimmt nicht.« Ihr grünen Augen, schön wie eh und je, senkten sich in die seinen. Jestocost wurde verlegen. Die Sache wurde persönlich. Politische Beziehungen waren ihm lieber; persönliche Dinge machten ihn verlegen.
Das Licht in dem Restaurant wechselte, und ihre Katzenaugen funkelten ihn an. Sie sah aus wie das magische feuerhaarige Mädchen, das sie einmal gewesen war.
»Ich war nicht verliebt. Das kann man nicht sagen ...«
Ihr Herz rief: *Dich habe ich geliebt, dich, dich.*
»Aber in dem Gedicht«, beharrte Jestocost, »heißt es, es sei ein Hominide gewesen. Es war doch wohl nicht der Prins van de Schemering?«
»Welcher war denn das?« fragte K'mell leise, aber ihre Gefühle schrien es hinaus: *Liebster, wirst du es denn nie, niemals wissen?*
»Der starke Mann.«
»Ach, der. Den hatte ich vergessen.«
Jestocost stand vom Tisch auf. »Sie haben ein gutes Leben gehabt, K'mell. Sie sind Bürgerin, Komiteemitglied, eine prominente Frau. Und wissen Sie eigent-

lich noch, wie viele Kinder Sie haben?«
»Dreiundsiebzig«, fauchte sie. »Daß es so viele sind, heißt noch lange nicht, daß wir sie nicht kennen.«
Die Lustigkeit fiel von ihm ab. Sein Gesicht war ernst, seine Stimme freundlich. »Ich hab's nicht böse gemeint, K‹mell.«
Er erfuhr nie, daß sie, als er fort war, in die Küche ging und sich erst mal ausweinte. Jestocost war der Mann, in den sie unglücklich verliebt war, seit sie vor vielen langen Jahren einmal Kameraden gewesen waren.
Auch nachdem sie gestorben war, im vollen Alter von fünfmal zwanzig und drei Jahren, sah er sie immer wieder einmal in den Korridoren und Schächten von Erdhafen. Viele ihrer Urenkelinnen waren ihr wie aus dem Gesicht geschnitten, und viele von ihnen hatten phantastische Erfolge als Girly-Girls.
Sie waren keine halben Sklaven mehr. Sie waren Bürger (unteren Grades) und hatten Lichtbildausweise, die ihr Eigentum, ihre Identität und ihre Rechte schützten. Jestocost war ihrer aller Pate; er wurde oft verlegen, wenn die wollüstigsten Wesen im ganzen Universum ihm verspielt Kußhände zu warfen. Alles, was er vom Leben verlangte, war die Erfüllung seiner politischen Passionen, nicht seiner persönlichen. Er war immer bis zum Wahnsinn verliebt gewesen, bis zum Wahnsinn verliebt . . .
In die Gerechtigkeit.
Endlich kam auch seine Stunde heran und er wußte, daß er sterben würde, und er war nicht traurig darüber. Er hatte eine Frau gehabt, vor Hunderten von Jahren, und hatte sie geliebt; ihre Kinder waren in Generationen der Menschheit eingegangen.
Als das Ende nahte, wollte er noch etwas wissen, und er rief nach einem Namenlosen (oder nach seinem Nachfolger) tief unter der Erde. Er rief ihn mit seinem Geist, bis es ein Schrei war.
Ich habe deinen Leuten geholfen.
»Ja«, ertönte ganz fern ein leises Flüstern in seinem Kopf.

Ich sterbe. Ich muß es wissen. Hat sie mich geliebt?
»Sie lebte ohne dich weiter, so sehr liebte sie dich. Sie ließ dich gehen, um deinetwillen, nicht weil sie es so wollte. Sie hat dich wirklich geliebt. Mehr als den Tod. Mehr als das Leben. Mehr als die Zeit. Ihr werdet nie getrennt sein.«
Nie getrennt?
»Nein, nicht im Andenken der Menschen«, sagte die Stimme und dann nichts mehr.
Jestocost legte sich auf sein Kissen zurück und wartete, daß der Tag zu Ende ginge.

Ein Planet namens Schayol

Es war ein gewaltiger Unterschied zwischen der Behandlung, die Mercer auf dem Passagierschiff zuteil wurde, und der auf der Fähre. Auf dem Passagierschiff machten die Wärter sich über ihn lustig, wenn sie das Essen brachten.

»Schrei, so laut du kannst«, sagte der Steward mit dem Rattengesicht, »dann wissen wir, daß du es bist, wenn sie an Kaisers Geburtstag die Schreie der Sträflinge übertragen.«

Der andere Steward, der dicke, fuhr sich einmal mit der nassen roten Spitze seiner Zunge über seine geschwollenen purpurroten Lippen und sagte: »Klarer Fall, Mann. Wenn du ständig Schmerzen hättest, müßtet ihr alle sterben, der ganze Haufen. Irgendwas mächtig Interessantes muß passieren, außer dem – achichweißnichwas. Vielleicht verwandelst du dich in eine Frau. Vielleicht werden zwei Menschen aus dir. Hör zu, Gevatter, wenn es wirklich was ganz Verrücktes ist, mußt du mir sagen ...« Mercer sagte nichts. Mercer hatte genug eigene Sorgen, als daß er sich mit den Tagträumen widerwärtiger Menschen hätte befassen können.

Auf der Fähre war es anders. Der biopharmazeutische Stab war flink und unpersönlich; ehe er sich versah, hatten sie ihm die Fesseln abgenommen. Sie zogen ihm die Gefängniskleider alle aus und ließen sie auf dem Passagierschiff. Als er an Bord der Fähre ging, nackt, musterten sie ihn, als sei er eine seltene Pflanze oder ein Körper auf dem Operationstisch. In der klinischen Geschicklichkeit ihrer Berührung lag fast etwas wie Freundlichkeit. Sie behandelten ihn nicht als Verbrecher, sondern als interessanten Fall.

Frauen und Männer, alle in Arztkitteln, sahen ihn an, als sei er schon tot.

Er wollte etwas sagen. Ein Mann, der älter war und mehr Autorität ausstrahlte als die anderen, sagte entschieden und unmißverständlich: »Lassen Sie sich

Zeit mit dem Sprechen. Ich werde nachher gleich selbst mit Ihnen sprechen. Was wir jetzt machen, sind die Präliminarien, zur Feststellung ihres physischen Zustands. Drehen Sie sich bitte um.«
Mercer drehte sich um. Ein Krankenpfleger rieb ihm den Rücken mit einer sehr starken antiseptischen Flüssigkeit ab.
»Das wird brennen«, sagte einer der Techniker, »aber es ist nichts Ernstes oder Schmerzhaftes. Wir wollen nur die Festigkeit der verschiedenen Schichten Ihrer Haut prüfen.«
Mercer ärgerte sich über diese unpersönliche Art und sagte, gerade als es ihn über dem sechsten Lendenwirbel zu brennen anfing: »Wissen Sie denn nicht, wer ich bin?«
»Natürlich wissen wir, wer Sie sind«, sagte eine Frauenstimme. »Wir haben alles in einer Akte drüben in der Ecke. Der Chefarzt wird später mit Ihnen über Ihr Verbrechen reden, wenn Sie das möchten. Aber jetzt halten Sie sich ruhig. Wir machen einen Hauttest, und Sie werden sich viel besser fühlen, wenn Sie uns nicht zwingen, ihn unnötig lange auszudehnen.«
Der Ehrlichkeit halber fügte sie noch einen Satz hinzu: »Und wir werden auch bessere Ergebnisse bekommen.«
Sie waren an die Arbeit gegangen, ohne eine Minute Zeit zu verlieren.
Er sah sie schräg von unten herauf an. Er entdeckte nichts an ihnen, was darauf hingedeutet hätte, daß sie menschliche Teufel im Vorzimmer der Hölle waren. Nichts deutete darauf hin, daß dies der Satellit von Schayol war, des letzten und äußersten Ortes der Züchtigung und der Schande. Sie sahen aus wie Mediziner aus der Zeit, bevor er das namenlose Verbrechen begangen hatte.
Sie gingen von einer Routineuntersuchung zur nächsten über. Eine Frau mit einem Mundtuch deutete mit der Hand auf einen weißen Tisch.
»Legen Sie sich bitte da drauf.«

Keiner hatte mehr »bitte« zu Mercer gesagt, seit die Wachen ihn am Rande des Palastes aufgegriffen hatten. Er wollte schon tun, was sie verlangte, als er sah, daß am Kopfende des Tisches gepolsterte Handschellen angebracht waren. Er blieb stehn.
»Bitte gehen Sie«, gebot sie. Zwei oder drei von den anderen drehten sich um und sahen zu ihnen her.
Das zweite »bitte« erschütterte ihn. Er mußte sprechen. Da waren Menschen, und er war wieder eine Person. Er spürte, wie seine Stimme lauter wurde, beinahe in Schrillheit umschlug, als er sie bat: »Bitte sagen Sie mir, Madame, beginnt jetzt die Bestrafung?«

»Hier gibt es keine Bestrafung«, sagte die Frau. »Das hier ist der Satellit. Legen Sie sich auf den Tisch. Wir werden Ihnen jetzt Ihre erste Hautfestigung verabreichen, bevor Sie mit dem Chefarzt sprechen. Dann können Sie ihm von Ihrem Verbrechen erzählen ...«
»Sie kennen mein Verbrechen?« fragte er, beinahe freudig überrascht, als sei von einem Nachbarn die Rede.
»Natürlich nicht«, sagte sie, »aber von allen Menschen, die hier durchkommen, wird angenommen, daß sie Verbrechen begangen haben. Die meisten von ihnen wollen über ihre persönlichen Verbrechen reden. Aber halten Sie mich nicht auf. Ich bin Hauttechnikerin, und drunten auf der Oberfläche von Schayol werden Sie dankbar sein, wenn jeder von uns die denkbar beste Arbeit für Sie geleistet hat. Also legen Sie sich jetzt auf den Tisch. Und wenn Sie dann bereit sind, um mit dem Chefarzt zu sprechen, werden Sie außer Ihrem Verbrechen noch anderen Gesprächsstoff haben.«
Er fügte sich.
Eine andere Person mit Mundtuch, wahrscheinlich ein Mädchen, nahm mit kühlen, sanften Fingern seine Hände und befestigte sie auf eine Art in den gepolsterten Handschellen, wie er es bisher noch

nicht erlebt hatte. Er war bislang der Meinung gewesen, er kenne mittlerweile jede Verhörmaschine im ganzen Reich, aber diese hier war anders als alle anderen.
Die Krankenpflegerin trat ein paar Schritte zurück. »Alles klar, Sir und Doktor.«
»Was ist Ihnen lieber«, fragte die Hauttechnikerin. »Sehr starker Schmerz oder zwei Stunden Bewußtlosigkeit?«
»Warum sollte ich Schmerzen haben wollen?« fragte Mercer zurück.
»Manche Exemplare wollen es so«, sagte die Technikerin, »wenn sie hier ankommen. Ich nehme an, es hängt davon ab, was die Menschen mit ihnen gemacht haben, bevor sie zu uns gelangten. Vermutlich haben Sie noch keine dieser Traumstrafen bekommen?«
»Nein«, sagte Mercer, »die sind mir entgangen.« Ich hätte gar nicht geglaubt, dachte er bei sich, daß mir irgend etwas entgangen ist.
Er dachte an die letzte Gerichtsverhandlung. Er war mit Kabeln und Steckern am Zeugenstand angeschlossen gewesen. Der Raum war hoch und dunkel gewesen. Hellblaues Licht schien auf die Richter, deren Kopfbedeckungen phantastische Parodien auf die Bischofsmützen längst vergangener Zeiten waren. Die Richter sprachen miteinander, aber er verstand nicht, was sie sagten. Für einen Augenblick löste sich die Isolierung, und er hörte einen von ihnen sagen: »Seht euch dieses weiße, teuflische Gesicht an. So ein Mensch ist sämtlicher Verbrechen schuldig. Ich bin für die Schmerzstation.« »Nicht den Planeten Schayol?« fragte eine zweite Stimme. »Die Dromozoen«, sagte eine dritte Stimme, »die wären genau das Richtige für ihn.« Einer der Gerichtstechniker mußte in diesem Moment gemerkt haben, daß der Häftling unerlaubterweise mithörte. Er wurde abgeschaltet. Mercer dachte damals, er hätte schon alles durchgemacht, was die Grausamkeit und die Intelligenz der Menschen erfinden konnte.

Aber diese Frau sagte, er hätte die Traumstrafen versäumt. Konnte es irgendwo im Universum Menschen geben, die noch schlechter dran waren als er? Es mußte eine Menge Leute geben unten auf Schayol. Sie kehrten nie zurück.
Er würde einer von ihnen sein; würden sie sich vor ihm der Taten rühmen, die sie begangen hatten, bevor sie an diesen Ort gebracht worden waren?
»Sie haben es so gewollt«, sagte die Technikerin. »Es ist eine normale Narkose. Geraten Sie nicht in Panik, wenn sie aufwachen. Ihre Haut wird chemisch und biologisch verstärkt und verdickt.«
»Tut es weh?«
»Natürlich«, sagte sie. »Aber Sie haben immer noch eine ganz falsche Vorstellung. Wir bestrafen Sie nicht. Der Schmerz hier ist normaler medizinischer Schmerz. Das kann jedem passieren, der sich einem komplizierten chirurgischen Eingriff unterziehen muß. Die Bestrafung, wenn Sie es so nennen wollen, findet drunten auf Schayol statt. Unsere Aufgabe ist es nur, dafür zu sorgen, daß Sie fähig sind zu überleben, nachdem Sie drunten gelandet sind. Wir retten Ihnen gewissermaßen prophylaktisch das Leben. Wenn Sie möchten, können Sie uns dafür dankbar sein. Unterdessen können Sie sich aber viel Ärger ersparen, wenn Sie sich klarmachen, daß ihre Nervenenden auf die Veränderungen in Ihrer Haut reagieren werden. Sie sollten sich darauf gefaßt machen, daß Sie sich sehr schlecht fühlen werden, wenn Sie aus der Narkose erwachen. Aber auch dagegen werden wir etwas tun können.« Sie legte einen riesigen Hebel um, und Mercer verlor das Bewußtsein.

Als er wieder zu sich kam, lag er in einem normalen Krankenzimmer, aber er merkte es nicht. Er hatte das Gefühl, in Feuer gebettet zu sein. Er hob die Hand, um zu sehen, ob sie brannte. Aber sie sah genauso aus wie sonst, nur ein bißchen gerötet und geschwollen. Er versuchte, sich im Bett herumzudrehen. Das Feuer steigerte sich zu derart sengender Hitze, daß er sich schleunigst wieder auf den Rücken legte. Er stöhnte, ohne es zu wollen.

Eine Stimme sprach: »Sie sind jetzt bereit für eine Dosis Schmerzstiller.«

Es war eine Krankenschwester, ein Mädchen. »Halten Sie den Kopf still«, sagte sie, »Ich gebe Ihnen ein halbes Ampere Lust. Ihre Haut wird Sie dann nicht mehr quälen.«

Sie setzte ihm eine weiche Kappe auf den Kopf. Sie sah aus wie Metall, aber sie fühlte sich an wie Seide.

Er mußte sich die Fingernägel in die Handflächen graben, um nicht vor Schmerz um sich zu schlagen.

»Schreien Sie, wenn Ihnen das etwas hilft«, sagte sie. »Das tun viele. Es dauert nur ein bis zwei Minuten, bis die Kappe den richtigen Lappen in Ihrem Gehirn findet.«

Sie ging in die Ecke und tat etwas, was er nicht sehen konnte.

Ein Schalter klickte.

Das Feuer wich nicht von seiner Haut. Er spürte es immer noch; aber auf einmal machte es ihm nichts mehr aus. Er war ganz erfüllt von einem köstlichen Wohlgefühl, das von seinem Kopf ausströmte und sich, so schien es, pulsierend durch alle Nerven fortsetzte. Er war in den Lustpalästen gewesen, aber so etwas hatte er noch nicht erlebt.

Er wollte sich bei dem Mädchen bedanken und verdrehte den Kopf nach ihr. Er spürte, wie dabei sein ganzer Körper in Schmerz aufflammte, aber der Schmerz war jetzt weit weg. Und das pulsierende Lustgefühl das aus seinem Kopf strömte, das Rückenmark hinab und in die Nerven, war so intensiv, daß der Schmerz nur als fernes, schwaches Signal durchdrang.

Sie stand immer noch regungslos in der Ecke.

»Ich danke Ihnen, Schwester«, sagte er.

Sie antwortete nicht.

Er sah genauer hin, obwohl das Sehen ihm schwerfiel, während das überwältigende Lustgefühl durch

seinen Körper pulsierte wie eine Symphonie in Nervenmassagen. Er stellte seine Augen auf sie ein und sah, daß auch sie eine weiche metallische Kappe aufhatte.
Er zeigte darauf.
Sie errötete bis zum Hals hinunter.
Sie sprach träumerisch: »Sie sahen aus wie ein netter Mensch. Ich dachte, Sie würden mich schon nicht verraten ...«
Er machte einen Versuch, sie freundlich anzulächeln, aber bei dem Schmerz in seiner Haut und dem aus seinem Kopf hervorbrechenden Lustgefühl wußte er nicht, welchen Ausdruck sein Gesicht wirklich zeigte.
»Es ist ein Vergehen gegen das Gesetz«, sagte er. »Es ist ein furchtbares Vergehen. Aber es ist schön.«
»Was glauben Sie, wie wir das hier aushalten?« sagte die Schwester. »Ihr Exemplare kommt hier an und redet wie normale Menschen, und dann müßt Ihr hinunter auf Schayol. Furchtbare Dinge geschehen euch auf Schayol. Dann schickt die Oberflächenstation Teile von euch herauf, immer und immer wieder. Es ist möglich, daß ich Ihren Kopf noch zehnmal zu sehen bekomme, tiefgefroren und fertig zum Aufschneiden, bevor meine zwei Jahre um sind. Ihr Exemplare solltet wissen, wieviel wir leiden«, schmachtete sie, immer noch gelöst und glücklich dank der Aufladung mit Lust, »ihr solltet sterben, sobald ihr unten ankommt, und uns nicht mit euren Martern behelligen. Wir können euch schreien hören, wissen Sie. Ihr schreit immer noch wie Menschen, wenn Schayol schon auf euch zu wirken beginnt. Warum tut ihr das, he?« Sie kicherte dümmlich. »Ihr wißt gar nicht, wie sehr ihr unsere Gefühle verletzt. Kein Wunder, daß ein Mädchen wie ich ab und zu mal eine Dosis braucht. Es ist wirklich traumhaft, und es macht mir nichts aus, Sie fertig zu machen für ihre Fahrt nach Schayol hinab.« Sie kam mit unsicheren Schritten an sein Bett. »Ziehen Sie mir die Kappe herunter, bitte. Ich hab' nicht mehr genug Willenskraft, um meine Hände hochzuheben.«

Mercer sah, daß seine Hand zitterte, als er nach der Kappe griff.
Seine Finger spürten das weiche Haar des Mädchens durch die Kappe. Als er versuchte, seinen Daumen unter den Rand der Kappe zu schieben, um sie ihr abzustreifen, wurde ihm plötzlich klar, daß er sie immer geliebt hatte, immer lieben würde. Ihre Kappe kam herunter. Sie stand steif da, taumelte dann ein paar Schritte und hielt sich an einem Stuhl fest. Sie schloß die Augen und atmete tief.
»Einen Moment mal«, sagte sie mit ihrer normalen Stimme. »Ich bin gleich wieder da. Ich kann mir das selbst immer nur dann genehmigen, wenn einer von euch Besuchern eine Dosis bekommt, damit die Schmerzen auf der Haut nachlassen.«
Sie stellte sich vor den Spiegel, um ihr Haar zu richten. Mit dem Rücken zu ihm sagte sie: »Ich hoffe, ich habe nichts über das da drunten gesagt.«
Mercer hatte noch immer die Kappe auf. Er liebte dieses schöne Mädchen, das sie ihm aufgesetzt hatte. Er hätte weinen können bei dem Gedanken, daß sie dasselbe Lustgefühl verspürt hatte, das er immer noch genoß. Nicht um alles in der Welt hätte er etwas gesagt, was ihre Gefühle hätte verletzen können. Er war sicher, daß sie hören wollte, sie hätte nichts über »das da drunten« – wahrscheinlich der gängige Ausdruck für die Oberfläche von Schayol – gesagt, und deshalb beruhigte er sie: »Sie haben nichts gesagt, kein Wort.«
Sie trat zu ihm ans Bett, beugte sich herab und küßte ihn auf den Mund. Der Kuß war so weit weg wie der Schmerz; er spürte nichts; der Katarakt pulsierender Lust, der sich aus seinem Kopf ergoß, ließ keinen Raum für andere Gefühle. Aber die freundliche Geste machte ihn glücklich. Aus einer öden, vernünftig gebliebenen Ecke seines Bewußtseins kam die geflüsterte Mahnung, dies sei wahrscheinlich das letzte Mal, daß eine Frau ihn küßte, aber er wollte nicht darauf hören.
Mit geschickten Fingern rückte sie die Kappe auf sei-

nem Kopf zurecht. »So ist's besser. Sie sind ein lieber Junge. Ich werde jetzt angeblich vergeßlich sein und Ihnen die Kappe auflassen, bis der Doktor kommt.« Mit einem strahlenden Lächeln drückte er ihr die Schulter.

Sie hastete aus dem Zimmer.

Das Weiße ihres Rockes blitzte hübsch auf, als sie zur Tür hinausging. Er sah, daß sie wunderschöne Beine hatte.

Sie war wirklich nett, aber die Kappe... ah, die Kappe war das Beste vom Ganzen! Er machte die Augen zu und genoß es, wie die Kappe weiterhin angenehme Gefühle in seinen Gehirnzentren hervorrief. Der Schmerz auf seiner Haut war noch da, aber das berührte ihn jetzt sowenig wie der Stuhl in der Ecke. Der Schmerz war etwas, was zufällig im Zimmer war.

Jemand packte ihn unsanft am Arm, und er schlug die Augen auf.

Der ältere, Autorität ausstrahlende Mann stand neben seinem Bett und sah mit einem spöttischen Lächeln auf ihn herab.

»Sie hat's also schon wieder gemacht«, sagte der alte Mann.

Mercer schüttelte den Kopf, um anzudeuten, daß die junge Schwester nichts Unrechtes getan hätte.

»Ich bin Doktor Vomact«, sagte der ältere Mann, »und ich werde Ihnen jetzt diese Kappe abnehmen. Sie werden dann den Schmerz wieder spüren, aber ich denke, es wird nicht so schlimm sein. Sie dürfen die Kappe noch mehrmals aufsetzen, bevor Sie hier herauskommen.«

Mit einer raschen, geübten Bewegung riß er Mercer die Kappe vom Kopf.

Mercer krümmte sich vor Schmerz, denn augenblicklich brannte seine Haut wieder wie Feuer. Er wollte schreien, doch dann sah er, daß Doktor Vomact ihn gleichgültig musterte.

»Es ist – es ist nicht mehr so schlimm«, keuchte er.

»Das wußte ich«, sagte der Doktor. »Ich mußte Ihnen die Kappe abnehmen, um mit Ihnen zu sprechen. Sie müssen jetzt ein paar Entscheidungen treffen.«
»Ja, Doktor«, stöhnte Mercer.
»Sie haben ein schweres Verbrechen begangen und werden dafür auf die Oberfläche von Schayol gebracht werden.«
»Ja«, sagte Mercer.
»Wollen Sie mir von Ihrem Verbrechen erzählen?«
Mercer dachte an die weißen Palastmauern im ewigen Sonnenlicht, an das leise Wimmern der kleinen Wesen, als er sie erreichte. Er spannte Arme, Beine, Rücken und Kiefer an. »Nein«, sagte er, »Ich möchte nicht darüber sprechen. Es ist das namenlose Verbrechen. Gegen die kaiserliche Familie ...«
»Schön«, sagte der Doktor, »das ist eine vernünftige Einstellung. Das Verbrechen ist Vergangenheit. Ihre Zukunft liegt vor Ihnen. Aber weiter – ich kann Ihren Geist zerstören, bevor Sie hinuntergehen – wenn Sie das möchten.«
»Das ist gegen das Gesetz«, sagte Mercer.
Doktor Vomact lächelte freundlich und aufmunternd. »Sicher, das ist es. Eine Menge Dinge sind gegen das menschliche Gesetz. Aber es gibt auch Gesetze der Wissenschaft. Ihr Körper wird drunten auf Schayol der Wissenschaft dienen. Mir persönlich ist es egal, ob dieser Körper Mercers Geist hat oder den eines gewöhnlichen Schellfischs. Ich muß Ihnen nur soviel Geist lassen, daß Ihr Körper funktioniert, aber ich kann Ihr historisches Selbst auslöschen und Ihrem Körper eine bessere Chance verschaffen, glücklich zu sein. Es liegt bei Ihnen, Mercer. Wollen Sie Sie selbst bleiben oder nicht?«
Mercer schüttelte mehrmals den Kopf. »Ich weiß es nicht.«
»Ich gehe selbst ein Risiko ein«, sagte Doktor Vomact, »indem ich Ihnen soviel Entscheidungsfreiheit lasse. Ich an Ihrer Stelle würde es mir machen lassen. Es ist ziemlich ekelhaft da unten.«
Mercer sah in das volle, breite Gesicht. Er traute dem

ermutigenden Lächeln nicht. Womöglich war das ein Trick, um seine Strafe noch zu verschärfen. Die Grausamkeit des Kaisers war sprichwörtlich. Man brauchte bloß daran zu denken, was er mit der Witwe seines Vorgängers, der Lady Da, gemacht hatte. Sie war jünger als der Kaiser selbst, und er hatte sie an einen Ort verbannt, der schlimmer war als der Tod. Wenn man ihn, Mercer, zur Verbannung auf Schayol verurteilt hatte, warum versuchte dann der Doktor, den Bestimmungen zuwiderzuhandeln? Vielleicht war er selbst konditioniert worden und wußte nicht, was er ihm da anbot.

Doktor Vomact las in Mercers Gesicht. »Na schön. Sie lehnen ab. Sie wollen Ihren Geist mit hinunternehmen. Soll mir recht sein. Ich habe Sie nicht auf dem Gewissen. Dann werden Sie mein nächstes Angebot vermutlich auch ablehnen. Soll ich Ihnen die Augen herausnehmen, bevor Sie hinuntergehen? Als Blinder werden Sie es viel leichter haben. Ich *weiß* das, von den Stimmen, die wir für die Warnsendungen im Rundfunk aufnehmen. Ich kann die Sehnerven kauterisieren, so daß es ausgeschlossen ist, daß Sie jemals ihre Sehfähigkeit wiedererlangen.«

Mercer wand sich auf dem Bett. Der feurige Schmerz war in ein allgegenwärtiges Jucken übergegangen, aber seine seelische Qual war noch größer als das Unbehagen, das seine Haut ihm bereitete.

»Sie lehnen auch das ab?« fragte der Doktor.

»Ja, ich glaube schon«, sagte Mercer.

»Dann brauche ich nichts weiter zu tun, als die Formalitäten für Ihre Entlassung zu erledigen. Sie können einstweilen noch ein bißchen die Kappe aufsetzen, wenn Sie möchten.«

Mercer sagte: »Können Sie mir vorher noch sagen, was dort unten passiert?«

»Ein paar Hinweise kann ich Ihnen geben«, erwiderte der Doktor. »Es ist ein Wärter unten. Er ist ein Mann, aber kein menschliches Wesen. Er ist ein Homunkulus aus tierischem Material. Er ist intelligent und sehr gewissenhaft. Ihr Häftlinge werdet auf der Oberfläche von Schayol freigelassen. Die Dromozoen sind eine besondere Art von Lebewesen, die nur dort vorkommt. Wenn sie sich in Ihrem Körper eingenistet haben, schneidet B'dikkat – so heißt der Wärter – sie mit einem Anästhetikum heraus und schickt sie uns herauf. Wir frieren diese Gewebekulturen ein, und sie sind mit fast allen sauerstoffatmenden Lebewesen kompatibel. Die Hälfte aller chirurgischen Transplantationen im ganzen Universum wird mit Teilen durchgeführt, die wir von hier aus verschicken. Schayol ist ein sehr gesunder Ort, was die Überlebenschancen angeht. Sie werden nicht sterben.«

»Sie meinen«, sagte Mercer, »meine Strafe wird ewig währen?«

»Das habe ich nicht gesagt«, erwiderte Doktor Vomact. »Und wenn, dann habe ich mich versprochen. Sie werden nicht bald sterben. Ich weiß nicht, wie lange Sie dort unten leben werden. Vergessen Sie nicht, wie sehr Sie auch leiden mögen, die Teile, die B'dikkat heraufschickt, helfen Tausenden von Menschen in allen bewohnten Welten. Jetzt können Sie die Kappe wieder aufsetzen.«

»Ich möchte lieber noch mit Ihnen sprechen«, sagte Mercer. »Vielleicht ist das meine letzte Gelegenheit.«

Der Doktor sah ihn merkwürdig an. »Wenn Sie den Schmerz ertragen, dann sprechen Sie ruhig weiter.«

»Kann ich dort unten Selbstmord begehen?«

»Das weiß ich nicht«, sagte der Doktor. »Es ist noch nicht vorgekommen. Und dabei möchte man, nach ihren Stimmen zu urteilen, annehmen, daß sie den Wunsch dazu haben.«

»Ist schon einmal jemand von Schayol zurückgekehrt?«

»Nicht seit der Planet vor rund vierhundert Jahren zum Sperrgebiet erklärt wurde.«

»Kann ich mit den anderen Menschen dort unten sprechen?«

»Ja«, sagte der Doktor.
»Wer bestraft mich dort unten?«
»Niemand, Sie Narr«, schrie Doktor Vomact. »Es ist keine Strafe. Den Menschen gefällt es nicht auf Schayol, und ich glaube auch, es ist besser, Sträflinge hinunterzuschicken und keine Freiwilligen. Aber es ist niemand dort, der Ihnen etwas antun würde.«
»Keine Gefängniswärter?« fragte Mercer mit weinerlicher Stimme.
»Keine Gefängniswärter, keine Vorschriften, keine Verbote. Nur eben Schayol, und B'dikkat, der sich um Sie kümmert. Möchten Sie immer noch Ihren Geist und Ihre Augen behalten?«
»Ich behalte sie«, sagte Mercer. »Ich habe bis hierher durchgehalten, und kann deshalb das letzte Stück auch noch gehen.«
»Dann lassen Sie sich noch einmal die Kappe aufsetzen«, sagte Doktor Vomact.
Der Doktor setzte ihm mit genauso leichten und geübten Bewegungen die Kappe auf, wie es die Schwester getan hatte; allerdings war er schneller. Nichts deutete darauf hin, daß er sich selbst auch eine aufsetzen würde.
Der Ansturm des Lustgefühls war wie ein wilder Rausch. Seine brennende Haut trat wieder in weite Ferne zurück. Der Doktor war räumlich nahe, aber selbst er konnte ihm nichts anhaben. Mercer hatte keine Angst vor Schayol. Das pulsierende Glücksgefühl aus seinem Gehirn war zu groß, um Platz zu lassen für Angst oder Schmerz.
Doktor Vomact streckte ihm die Hand hin.
Mercer fragte sich, warum er das tat, und dann begriff er, daß dieser wundervolle, kappengebende Mann ihm die Hand schütteln wollte. Er hob seine Hand. Sie war schwer, aber auch sein Arm war glücklich.
Sie gaben sich die Hand. Es war eigenartig, dachte Mercer, den Händedruck über der Doppelschicht der zerebralen Lust und dem von der Haut ausgehenden Schmerz zu spüren.

»Leben Sie wohl, Mercer«, sagte der Doktor. »Adieu und gute Nacht.«

2

Der Fährensatellit war ein gastlicher Ort. Die Hunderte von Stunden, die folgten, waren wie ein langer, schwerer Traum.

Noch zweimal schlich sich die junge Schwester in sein Krankenzimmer, wenn er gerade die Kappe bekam, und setzte sich auch eine auf. Es gab Bäder, die seinen ganzen Körper schwielig verhärteten. Unter starker örtlicher Betäubung wurden ihm die Zähne gezogen und durch solche aus rostfreiem Stahl ersetzt. Er bekam Bestrahlungen unter gleißenden Lampen, die den Schmerz auf seiner Haut stillten. Es gab Sonderbehandlungen für seine Finger- und Zehennägel. Langsam verwandelten sie sich in furchterregende Klauen; eines Nachts ertappte er sich dabei, daß er sie an seinem Aluminiumbett schärfte, und sah, daß sie tiefe Kratzspuren hinterließen.

Sein Kopf wurde all die Zeit über nie ganz klar.

Manchmal dachte er, daß er zu Hause bei seiner Mutter sei, daß er wieder ein kleiner Junge sei und Schmerzen hätte. Dann wieder, wenn er die Kappe aufhatte, lachte er manchmal in seinem Bett bei dem Gedanken, daß man ihn zur Strafe auf diesen Planeten schicken würde, wo es doch in Wirklichkeit so furchtbar lustig war. Es gab keine Verhöre, keine Fragen, keine Richter. Das Essen war gut, aber daran dachte er nicht oft; die Kappe war besser. Selbst im wachen Zustand war er immer ein bißchen benommen.

Schließlich legten sie ihn mit der Kappe auf dem Kopf in eine adiabatische Kapsel – eine Einmann-Rakete, die von der Fähre aus auf den Planeten hinabgeschossen werden würde. Er war ganz eingeschlossen, nur sein Gesicht schaute noch heraus.

Doktor Vomact schien ins Zimmer zu schwimmen. »Sie sind stark, Mercer«, rief er, »Sie sind sehr stark!

Können Sie mich hören?«
Mercer nickte.
»Wir wünschen Ihnen alles Gute, Mercer. Was auch geschieht, denken Sie stets daran, daß Sie anderen Menschen hier oben helfen.«
»Kann ich die Kappe mitnehmen?« wollte Mercer wissen.
Statt einer Antwort nahm Doktor Vomact ihm eigenhändig die Kappe ab. Zwei Männer schlossen den Deckel der Kapsel, und Mercer lag in absoluter Finsternis. Sein Kopf begann klar zu werden, und er zerrte in panischer Angst an den Gurten.
Dann kamen ohrenbetäubender Lärm und der Geschmack von Blut.

Als Mercer wieder zu sich kam, war er in einem sehr kühlen Raum; es war viel eisiger hier als in den Krankenzimmern und Operationsräumen des Satelliten. Jemand legte ihn vorsichtig auf einen Tisch.
Er schlug die Augen auf.
Ein riesiges Gesicht, viermal so groß wie jedes menschliche Gesicht, das Mercer je gesehen hatte, blickte auf ihn herab. Riesige braune Augen, an eine Kuh erinnernd in ihrer sanftmütigen Harmlosigkeit, bewegten sich hin und her, während das Gesicht Mercers Verpackung musterte. Das Gesicht war das eines gutausehenden Mannes mittleren Alters, glattrasiert, Haar kastanienbraun, sinnlich volle Lippen und riesige, aber gesunde Zähne, entblößt durch ein zögerndes Lächeln. Das Gesicht sah, wie Mercers Augen sich öffneten, und sprach mit tief dröhnender, freundlicher Stimme.
»Ich bin dein bester Freund. Ich heiße B'dikkat, aber du brauchst mich hier nicht so anzureden. Sag einfach Freund zu mir, und ich werde dir immer helfen.«
»Ich habe Schmerzen«, sagte Mercer.
»Natürlich. Alles tut dir weh. Das ist ein weiter Fall«, sagte B'dikkat.
»Kann ich bitte eine Kappe haben«, bat Mercer. Es war keine Bitte, es war eine Forderung; Mercer

spürte, daß seine private innere Ewigkeit davon abhing.
B'dikkat lachte. »Ich habe hier unten keine Kappen. Ich könnte sie mir ja selbst aufsetzen. Das denken sie jedenfalls. Ich habe andere Sachen, viel bessere. Keine Angst, Kamerad, ich versorg' dich schon.«
Mercer schaute ihn zweifelnd an. Wenn die Kappe ihm auf der Fähre Glück verschafft hatte, würde mindestens eine elektrische Heizung seines Gehirns nötig sein, um ihn unempfindlich für die Qualen zu machen, die Schayol für ihn bereithielt – wie immer die auch aussehen mochten.
B'dikkats Lachen füllte den Raum wie ein zerplatzendes Kissen.
»Hast du schon mal was von Condamin gehört?«
»Nein«, sagte Mercer.
»Das ist ein so starkes Narkotium, daß es nicht einmal in den amtlichen Arzneibüchern aufgeführt werden darf.«
»Und das hast du hier?« fragte Mercer hoffnungsvoll.
»Ich hab' noch was Besseres. Ich hab' Super-Condamin. Es ist nach der neufranzösischen Stadt benannt, wo es entwickelt wurde. Die Chemiker haben noch ein Wasserstoffmolekül zusätzlich hinzugefügt. Das hat dem Zeug erst den richtigen Pfiff gegeben. Wenn du es in deiner jetzigen Gestalt nehmen würdest, wärst du in drei Minuten ein toter Mann, aber diese drei Minuten würden dir im Innern vorkommen wie zehntausend Jahre des Glücks.« B'dikkat rollte ausdrucksvoll seine braunen Kuhaugen und schnalzte mit einer ungeheuer langen Zunge, die zwischen seinen dicken roten Lippen hervorkam.
»Wofür ist es dann gut?«
»Auch du kannst es nehmen«, sagte B'dikkat. »Du kannst es nehmen, wenn du erst mal mit den Dromozoen Bekanntschaft gemacht hast, außerhalb dieser Kabine. Dann spürst du alle guten Wirkungen und keine von den schlechten. Soll ich dir mal was zeigen?«

Die Antwort kann wohl nur »ja« lauten, dachte Mercer sarkastisch; ob der glaubt, ich müßte gleich zum Fünfuhrtee oder was?
»Schau aus dem Fenster«, sagte B'dikkat, »und sag mir, was du siehst.«
Die Luft war klar. Die Oberfläche war wüstenartig, bräunlichgelb mit grünen Streifen, wo Flechten und niedriges Buschwerk wuchsen, die es offenbar schwer hatten, sich gegen starke heiße Winde zu behaupten. Die Landschaft war eintönig. In zwei- oder dreihundert Metern Entfernung war eine Herde von hellrosa Objekten auszumachen, die offenbar lebendig waren, aber Mercer sah sie nicht deutlich genug, um sie beschreiben zu können. Weiter weg, an äußersten rechten Rand seines Blickfeldes, war eine riesige Statue von einem menschlichen Fuß, so hoch wie ein sechsstöckiges Gebäude. Mercer konnte nicht sehen, wie der Fuß sich nach oben fortsetzte. »Ich sehe einen großen Fuß«, sagte er, »aber ...«
»Aber was?« fragte B'dikkat, wie ein riesiges Kind, das aus Neckerei ein ungeheuer lustiges Geheimnis nicht preisgeben will. So groß er war, neben jeder Zehe des gigantischen Fußes hätte er wie ein Zwerg gewirkt.
»Das kann doch kein echter Fuß sein«, sagte Mercer.
»Ist es aber«, sagte B'dikkat. »Das ist Go-Kapitän Alvarez, der Mann, der diesen Planeten entdeckt hat. Jetzt, sechshundert Jahre danach, ist er immer noch in guter Form. Natürlich ist er mittlerweile fast völlig dromozootisch, aber ich glaube, ein bißchen menschliches Bewußtsein hat er schon noch. Weißt du, was ich mit dem immer mache?«
»Was?« fragte Mercer.
»Ich geb' ihm sechs Kubikzentimeter Super-Condamin, und er schnaubt für mich. Ein richtiges glückliches Schnauben ist das. Ein Fremder könnte meinen, es ist ein Vulkan. Da siehst du, was für eine Wirkung das Super-Condamin hat. Und du wirst auch eine Menge davon kriegen. Du bist ein wahrer Glückspilz, Mercer. Du hast mich zum Freund, und du kannst

auf meine Spritze zählen. Ich tu' die ganze Arbeit, und du hast den ganzen Spaß. Ist das nicht eine freudige Überraschung?«

Du lügst, dachte Mercer, du lügst! Wo kommen dann die Schreie her, die wir alle im Radio gehört haben, als Warnung vor dem Tag der Strafe? Warum hat mir dann der Doktor angeboten, mein Gehirn zu neutralisieren oder meine Augen herauszunehmen?

Der Kuhmann sah ihn traurig an, mit einem gekränkten Ausdruck im Gesicht. »Du glaubst mir nicht«, sagte er niedergeschlagen.

»Das nicht gerade«, sagte Mercer betont herzlich, »aber ich glaube, du läßt etwas aus.«

»Nicht viel«, erwiderte B'dikkat. »Es reißt dich natürlich, wenn die Dromozoen in dich eindringen. Du wirst sicher auch aus der Fassung geraten, wenn dir dann neue Körperteile wachsen – Köpfe, Nieren, Hände. Ich hatte mal einen hier, der hat im Laufe einer einzigen Sitzung da draußen achtunddreißig Hände bekommen. Ich habe sie ihm alle abgenommen, eingefroren und nach oben geschickt. Ich kümmere mich um jeden einzelnen. Wahrscheinlich wirst du eine Zeitlang schreien. Aber vergiß nicht, du brauchst bloß Freund zu mir zu sagen, und ich gebe dir die hübscheste kleine Spritze im ganzen Universum. Übrigens, möchtest du jetzt ein paar Spiegeleier? Ich esse selbst keine Eier, aber die meisten echten Menschen mögen sie.«

»Eier?« fragte Mercer. »Was haben denn Eier damit zu tun?«

»Nicht viel. Bloß eine Vergünstigung für euch Menschen. Damit ihr was im Magen habt, wenn ihr rausgeht. Dann überstehst du den ersten Tag besser.«

Ungläubig sah Mercer zu, wie der große Mann zwei kostbare Eier aus einer Kühltruhe nahm, sie fachgerecht in eine Pfanne schlug und die Pfanne auf das Hitzefeld in der Mitte des Tisches stellte, auf dem er erwacht war.

»Freund, ja« grinste B'dikkat. »Du wirst sehen, ich bin ein guter Freund. Denk daran, wenn du rausgehst.«

Eine Stunde später ging Mercer hinaus.
Sonderbar zufrieden mit sich und der Welt, blieb er in der Tür stehen. B'dikkat gab ihm einen kumpelhaften Stoß, der gerade noch sanft genug war, um als Ermunterung aufgefaßt zu werden.
»Zwing mich nicht, meinen Bleianzug anzuziehen, Junge.« Mercer hatte einen Anzug von der Größe einer normalen Raumschiffkabine in einem angrenzenden Raum an der Wand hängen sehen. »Wenn ich diese Tür zumache, geht die äußere auf. Du brauchst nur hinauszugehen.«
»Aber was passiert dann?« fragte Mercer, und die Angst drehte sich in seinem Magen um und griff von innen her nach seinem Hals.
»Fang nicht wieder damit an«, sagte B'dikkat. Eine Stunde lang war er Mercers Fragen nach den Verhältnissen draußen ausgewichen. Eine Landkarte? B'dikkat hatte gelacht über diese Idee. Essen? Darüber solle er sich keine Sorgen machen, hatte er gesagt. Andere Menschen? Die seien da. Waffen? Wofür, hatte B'dikkat erwidert. Immer und immer wieder hatte B'dikkat beteuert, er sei Mercers Freund. Was mit ihm geschehen würde, wollte Mercer wissen. Dasselbe wie mit allen anderen.
Mercer trat hinaus.
Nichts geschah. Es war ein kühler Tag. Der Wind fächelte sanft seine verhärtete Haut.
Mercer blickte furchtsam um sich.
Der Körper von Kapitän Alvarez, mächtig wie ein Berg, verdeckte einen Großteil der Landschaft zur Rechten. Mercer wollte damit nichts zu tun haben. Er sah sich nach der Kabine um. B'dikkat schaute nicht aus dem Fenster.
Mercer ging langsam geradeaus.
Auf dem Boden blitzte etwas auf, nicht heller als eine in der Sonne glitzernde Glasscherbe, Mercer spürte einen Stich im Oberschenkel, als hätte ein spitziges Instrument ihn leicht berührt. Er rieb sich die Stelle.
Es war, als breche der Himmel über ihm zusammen.
Ein Schmerz – es war mehr als ein Schmerz: ein le-

bendiges Pulsieren – durchlief ihn auf der rechten Seite von der Hüfte bis zum Fuß. Das Pulsieren erreichte seine Brust, raubte ihm den Atem. Er fiel hin und tat sich weh auf dem harten Boden. Nichts, was er auf dem Krankenhaus-Satelliten erlebt hatte, ließ sich damit vergleichen. Er lag unter freiem Himmel und versuchte, nicht zu atmen, aber er atmete trotzdem. Bei jedem Atemzug bewegte sich mit seinem Brustkasten auch das Pulsieren. Er lag auf dem Rükken und schaute in die Sonne. Schließlich fiel ihm auf, daß die Sonne weißviolett war.
An Schreien war überhaupt nicht zu denken. Er hatte keine Stimme. Sehnen des Unbehagens zuckten in seinem Innern. Da er nicht ganz zu atmen aufhören konnte, konzentrierte er sich darauf, so Luft zu holen, daß es möglichst wenig weh tat. Tiefe Atemzüge waren zu anstrengend. Winzige Schlückchen Luft schmerzten ihn am wenigsten.
Die Wüste rings um ihn war leer. Er konnte den Kopf nicht drehen, um zur Kabine zurückzuschauen. Ist es das? dachte er. Ist eine Ewigkeit hiervon die Strafe auf Schayol?
Er hörte Stimmen sich nähern.
Zwei Gesichter, grotesk rosa, schauten auf ihn herab. Es hätten Menschengesichter sein können. Der Mann sah fast normal aus, bis auf die Tatsache, daß er zwei Nasen nebeneinander hatte. Die Frau war eine phantastische Spottgeburt. Auf jeder Wange war ihr eine Brust gewachsen, und von ihrer Stirn hing ein ganzes Büschel nackter Babyfinger schlaff herab.
»Ein hübscher Kerl«, sagte die Frau, »ein Neuer.«
»Komm, faß an«, sagte der Mann.
Sie hoben ihn auf und stellten ihn auf die Beine. Er hatte nicht die Kraft, sich zu wehren. Als er etwas zu ihnen sagen wollte, kam nur ein rauher krächzender Laut aus seiner Kehle, wie der Schrei eines häßlichen Vogels.
Sie schafften ihn fort. Er sah, daß sie ihn zu der Herde der rosa Lebewesen hinüberschleiften.
Als sie näherkamen, erkannte er, daß es Menschen

waren. Ein Mann mit dem Schnabel eines Flamingos pickte an seinem eigenen Körper herum. Eine Frau lag auf dem Boden; sie hatte nur einen Kopf, aber außer dem Körper, der offenbar ihr eigener war, wuchs ihr noch ein nackter Knabenkörper seitlich aus dem Hals. Der Knabenkörper war rein und frisch und hilflos gelähmt und rührte sich nicht; nur die atmende Brust hob und senkte sich leicht. Mercer blickte um sich. Der einzige in der ganzen Gruppe, der Kleider trug, war ein Mann mit einem Mantel. Mercer starrte ihn an, bis er schließlich sah, daß dem Mann zwei – oder waren es drei? – Mägen aus dem Unterleib wuchsen. Der Mantel stützte sie. Das durchsichtige Bauchfell wirkte sehr dünn.
»Ein Neuer«, sagte die Frau, die ihn gefunden hatte. Sie und der doppelnasige Mann legten ihn hin.

Die Leute lagen verstreut auf dem Boden.
Mercer lag wie betäubt mitten unter ihnen.
Die Stimme eines alten Mannes sagte: »Ich fürchte, sie werden uns gleich wieder füttern.«
»Oh, nein!« »Das ist zu früh!« »Doch nicht schon wieder!« Von allen Seiten kamen Proteste.
Die Stimme des Alten fuhr fort: »Schaut, dort drüben bei der großen Zehe des Berges!«
Niedergeschlagenes Murmeln der andern bestätigte seine Feststellung.
Mercer wollte fragen, was das alles zu bedeuten hätte, brachte aber nur ein Krächzen zustande.
Eine Frau – war es eine Frau? – kam auf Händen und Knien zu ihm hergekrochen. Abgesehen von ihren regulären Händen waren ihr ganzer Rumpf und die halben Oberschenkel über und über mit Händen bedeckt. Manche Hände sahen alt und vertrocknet aus. Andere waren so frisch und rosa wie die Babyfinger auf dem Gesicht der Frau, die ihn hergebracht hatte. Die Frau schrie ihn an, obwohl es ganz unnötig war zu schreien.
»Die Dromozoen kommen. Diesmal tut es weh. Wenn du dich erst mal eingewöhnt hast, kannst du dich eingraben ...«

Sie zeigte mit der Hand auf die kleinen Hügel rings um die Herde.
»Die haben sich eingegraben«, sagte sie.
Mercer krächzte abermals.
»Mach dir keine Sorgen«, sagte die Frau mit den vielen Händen und stöhnte auf, als ein Lichtblitz sie berührte.
Die Lichter erreichten auch Mercer. Der Schmerz war ähnlich wie beim ersten Mal, aber diesmal eher zögernd, tastend, sondierend. Mercer fühlte, wie seine Augen sich weiteten, während eigenartige Gefühle in seinem Körper zu einer unausweichlichen Schlußfolgerung Anlaß gaben: Diese Lichter, diese Wesen, was immer sie sein mochten, fütterten und kräftigten ihn.
Ihre Intelligenz, wenn sie überhaupt eine besaßen, war nicht menschlich, aber ihre Motive waren offenkundig. Zwischen den einzelnen schmerzhaften Stichen spürte er, wie sie seinen Magen füllten, Wasser in sein Blut mischten, Wasser aus Nieren und Blase absaugten, sein Herz massierten, seine Lungen bewegten.
Alles, was sie taten, war gutgemeint und wohltätig.
Und alles tat weh.
Unvermittelt, wie eine auffliegende Insektenwolke, verschwanden sie, Lärm drang an Mercers Ohr – eine hirnlose, heulende Kaskade häßlichen Lärms. Er sah sich um. Das Geräusch verstummte.
Er selbst war es gewesen, er hatte geschrien. Die häßlichen Schreie eines Psychopathen hatte er von sich gegeben, eines geängstigten Betrunkenen, eines um Sinn und Verstand gebrachten Tieres.
Als er aufhörte, gewahrte er, daß er seine Sprache wiedergefunden hatte.
Ein Mann kam zu ihm, nackt wie die anderen. Ein großer Splitter war ihm durch den Kopf gedrungen. Die Haut rings um die beiden Spitzen war wieder verheilt. »Hallo, Kamerad«, sagte der Mann mit dem Splitter.
»Hallo«, sagte Mercer. Es klang albern und abge-

droschen an diesem Ort.
»Man kann sich nicht selbst umbringen«, sagte der Mann mit dem Splitter im Kopf.
»Doch, man kann es«, sagte die mit Händen bedeckte Frau.
Mercer stellte fest, daß der erste Schmerz vergangen war. »Was geschieht mit mir?«
»Du hast einen Teil bekommen«, sagte der Mann mit dem Splitter. »Sie setzen uns ständig neue Teile ein. Nach einer gewissen Zeit kommt dann B'dikkat und schneidet die meisten davon ab, bis auf die, die noch ein bißchen größer werden sollen. Wie bei ihr«, fügte er hinzu und nickte zu der Frau hinüber, die mit dem aus ihrem Hals herauswachsenden Knaben am Boden lag.
»Und das ist alles?« fragte Mercer. »Die kurzen Stiche für die neuen Teile und der anhaltende Schmerz fürs Füttern?«
»Nein«, sagte der Mann. »Manchmal glauben sie, wir seien zu kalt, und dann füllen sie unser Inneres mit Feuer. Oder sie glauben, wir seien zu heiß, und frieren uns ein, Nerv für Nerv.«
Die Frau mit dem Knabenkörper rief herüber: »Und manchmal glauben sie, wir sind unglücklich, und versuchen uns zu zwingen, glücklich zu sein. *Ich* finde, das ist das Schlimmste von allem.«
»Seid ihr«, stammelte Mercer, »ich – ich meine, seid ihr die einzige Herde?«
Der Mann mit dem Splitter hustete, um nicht zu lachen. »Herde! Das ist gelungen. Das Land ist voller Menschen. Die meisten graben sich ein. Wir sind diejenigen, die noch reden können; wir bleiben zusammen, um Gesellschaft zu haben. Auf diese Weise nimmt B'dikkat uns öfter dran.«
Mercer wollte noch etwas fragen, aber er fühlte, wie seine Kräfte nachließen. Der Tag war zu anstrengend gewesen.
Der Boden schwankte wie ein Schiff im Wasser. Der Himmel schwärzte sich. Er spürte noch, wie jemand ihn packte, während er fiel, und wie er auf den Bo-

den gelegt wurde. Und dann schlief er einen gnädigen, magischen Schlaf.

3

Es dauerte eine Woche, bis er alle Mitglieder der Gruppe gut kannte. Sie waren alle ziemlich zerstreut. Keiner von ihnen wußte, wann das nächste Dromozoon aufblitzen und ihm einen weiteren Teil anfügen würde. Mercer wurde nicht mehr gestochen, aber die Wunde, die er erhalten hatte, kaum daß er aus der Kabine getreten war, verhärtete sich. Der Splitterkopf sah sie sich an, als Mercer verlegen seinen Gürtel aufmachte und die Hose ein Stück herunterstreifte, so daß die Einstichstelle sichtbar wurde.
»Du hast einen Kopf bekommen«, sagte er. »Einen ganzen Babykopf. Die da oben werden sich freuen, wenn B'dikkat ihn dir abschneidet und ihnen hinaufschickt.«
Die Leute in der Gruppe gaben sich Mühe, ihm das Leben zu erleichtern. Sie machten ihn mit dem Mädchen der Herde bekannt. Sie hatte einen Körper nach dem andern entwickelt; ihr Becken hatte sich in Schultern verwandelt, ebenso das neu entstandene Becken darunter, und so fort, bis sie so groß wie fünf Menschen war. Ihr Gesicht war nicht in Mitleidenschaft gezogen worden. Sie gab sich Mühe, freundlich zu Mercer zu sein.
Er war so schockiert von ihrem Anblick, daß er sich in die weiche, krümelige Erde eingrub und lange Zeit drinblieb, hundert Jahre, so schien es ihm. Später stellte er fest, daß es nicht einmal ein ganzer Tag gewesen war. Als er herauskam, wartete das lange, vielleibige Mädchen auf ihn.
»Du hättest bloß meinetwegen nicht herauszukommen brauchen«, sagte sie.
Mercer schüttelte die Erde von sich ab.
Er sah sich um. Die violette Sonne ging unter, und der Himmel hatte blaue und dunkelblaue Streifen, in die sich orangefarbene Töne vom Sonnenuntergang mischten.

Er sah sie an. »Ich bin nicht deinetwegen aufgestanden. Es hat keinen Sinn, einfach da drin zu liegen und auf das nächste Mal zu warten.«
»Ich möchte dir etwas zeigen«, sagte sie. Sie deutete auf einen niedrigen Hügel. »Grab das auf.«
Mercer sah sie an. Sie schien keine bösen Absichten zu haben. Er zuckte die Schultern und scharrte mit seinen kräftigen Klauen die Erde weg. Er stellte fest, daß es ihm mit seiner derben Haut und den starken Nägeln an den Enden seiner Finger leichtfiel, zu graben wie ein Hund. Die Erde spritzte unter seinen wühlenden Händen nach beiden Seiten weg. Etwas Rosafarbenes tauchte am Grund des Loches auf, das er gegraben hatte. Er grub vorsichtiger weiter.
Er wußte, was es sein würde.
Er hatte richtig vermutet. Es war ein Mann; er schlief. Zusätzliche Arme wuchsen ihm in regelmäßigen Abständen aus der einen Körperseite. Die andere Seite schien normal zu sein.
Mercer drehte sich zu dem vielleibigen Mädchen um, das näher herangeschlängelt war.
»Das ist doch, wofür ich es halte, nicht wahr?«
»Ja«, sagte sie. »Doktor Vomact hat ihm das Gehirn ausgebrannt. Und die Augen.«
Mercer setzte sich zurück und sah das Mädchen an. »Du hast mir gesagt, ich sollte ihn ausgraben. Jetzt sag mir auch, wozu das gut war.«
»Damit du es siehst. Damit du es weißt. Damit du nachdenkst.«
»Sonst nichts?« fragte Mercer.
Das Mädchen wand sich auf einmal krampfartig. In all ihren Körpern hob und senkte sich der Brustkorb heftig. Mercer fragte sich, wie die Luft in all diese Oberkörper gelangte. Sie tat ihm nicht leid; keiner außer ihm selbst tat ihm leid. Als der Krampf vorüber war, lächelte das Mädchen entschuldigend.
»Sie haben mir eben eine neue Pflanze gegeben.«
Mercer nickte düster.
»Und was wird es diesmal? Eine Hand? Du hast doch wirklich schon genug.«

»Ach die«, sagte sie und sah an ihren vielen Rümpfen entlang. »Ich habe B'dikkat versprochen, ich würde sie wachsen lassen. Er ist *gut.* Aber dieser Mann da. Sieh dir mal den Mann an, den du ausgegraben hast. Wer ist besser dran, er oder wir?«
Mercer starrte sie an. »Ist das der Grund, warum ich ihn ausgraben sollte?«
»Ja«, sagte das Mädchen.
»Erwartest du eine Antwort von mir?«
»Nein«, sagte das Mädchen, »Jetzt noch nicht.«
»Wer bist du?« fragte Mercer.
»Wir stellen hier nie solche Fragen. Es spielt keine Rolle. Aber weil du neu bist, will ich's dir sagen. Ich war die Lady Da – die Stiefmutter des Kaisers.«
»Du!« rief er aus.
Sie lächelte wehmütig. »Du bist noch so neu hier, daß du meinst, es käme darauf an! Aber ich muß dir etwas Wichtiges sagen.« Sie verstummte und biß sich auf die Lippe.
»Was?« drängte er. »Sag's mir lieber, bevor ich wieder gebissen werde. Dann werde ich nämlich lange Zeit weder denken noch sprechen können. Sag es mir jetzt.«
Sie kam mit ihrem Gesicht ganz nahe an ihn heran. Es war immer noch ein bezaubernd hübsches Gesicht, sogar in dem ersterbenden orangefarbenen Licht dieses violetten Sonnenuntergangs. »Die Menschen leben nicht ewig.«
»Ja«, sagte Mercer. »Das wußte ich.«
»*Glaub* daran«, befahl die Lady Da.
Lichter blitzten über der dunklen Ebene auf, noch weit in der Ferne. Da sagte sie: »Grab dich ein, grab dich für die Nacht ein. Vielleicht übersehen sie dich.«
Mercer begann sich einzugraben. Er warf einen Blick zu dem Mann hinüber, den er freigescharrt hatte. Der hirnlose Körper wühlte sich mit den Bewegungen eines Seesterns unter Wasser wieder in die Erde.
Fünf oder sieben Tage später ging ein Rufen durch die Herde.

Mercer hatte einen Halbmenschen kennengelernt, dessen Unterleib weg war und dessen Eingeweide durch eine Art durchscheinende Kunststoffbandage gehalten wurden. Der Halbmensch hatte ihm beigebracht, wie man stilliegen mußte, wenn die Dromozoen daherkamen, unermüdlich darauf bedacht, Gutes zu tun.

»Du kannst gegen sie nicht kämpfen«, sagte der Halbmensch. »Sie haben Alvarez so groß wie einen Berg gemacht, so daß er sich nie mehr regt. Jetzt versuchen sie, uns glücklich zu machen. Sie füttern und säubern uns und frischen uns auf. Lieg still. Mach dir keine Gedanken, wenn du schreist. Das tun wir alle.«

»Wann kriegen wir die Droge?« sagte Mercer.

»Wenn B'dikkat kommt.«

B'dikkat kam an diesem Tag. Er schob eine Art Schlitten mit Rädern vor sich her. Die Kufen trugen ihn über die Hügel; auf dem Flachen ging es mit den Rädern besser vorwärts.

Ehe er noch da war, verfiel die Herde schon in fieberhafte Betriebsamkeit. Überall gruben die Leute die Schlafenden aus. Bis B'dikkat sie an ihrem Warteplatz erreichte, hatte die Herde wohl das Doppelte ihrer eigenen Zahl an schlafenden rosa Körpern ausgegraben – Männer und Frauen, junge und alte. Die Schläfer sahen nicht besser und nicht schlechter aus als die Wachen.

»Beeilt euch!« sagte die Lady Da. »Er gibt nie auch nur einem von uns die Spritze, bevor wir nicht alle bereit sind.«

B'dikkat trug seinen schweren Bleianzug.

Er hob einen Arm zum freundlichen Gruß, wie ein Vater, der mit guten Sachen für seine Kinder nach Hause kommt. Die Herde sammelte sich um ihn, ohne ihm jedoch auf den Leib zu rücken.

Er griff in den Schlitten. Er nahm eine Flasche mit einem ledernen Traggestell heraus und hängte sie sich auf den Rücken. Er ließ die Schließen an den Riemen einschnappen. Von der Flasche hing ein

Schlauch herab. In der Mitte des Schlauches war eine kleine Hochdruckpumpe eingebaut. Am Ende des Schlauches glitzerte eine Injektionsnadel.
Als er fertig war, winkte B'dikkat sie zu sich heran. Sie näherten sich ihm glückstrahlend. Er ging durch ihre Reihen hindurch und an ihnen vorbei, bis zu dem Mädchen, dem der Knabe aus dem Hals wuchs. Seine mechanische Stimme dröhnte aus dem Lautsprecher, der in seinen Anzug eingebaut war.
»Braves Mädchen. Braves, braves Mädchen. Du kriegst ein schönes großes Geschenk.« Er gab ihr eine so lange Injektion, daß Mercer sehen konnte, wie eine Luftblase von der Pumpe zur Flasche aufstieg.
Dann kam er zu den anderen zurück, sprach hin und wieder ein paar dröhnende Worte, bewegte sich mit staunenswerter Eleganz und Flinkheit unter den Leuten. Seine Nadel glitzerte, während er ihnen nacheinander die Hochdruck-Injektionen verabreichte. Die Leute setzten sich anschließend hin oder legten sich wie im Halbschlaf auf den Boden.

Er erkannte Mercer. »Hallo, Kamerad. Jetzt kannst du deinen Spaß haben. In der Kabine hätte es dich umgebracht. Hast du etwas für mich?«
Mercer stotterte verlegen, denn er wußte nicht, was B'dikkat meinte, und der doppelnasige Mann antwortete an seiner Stelle: »Ich glaube, er hat einen hübschen Babykopf, aber der ist noch zu klein, den kannst du noch nicht abnehmen.«
Mercer merkte gar nicht, daß die Nadel sich in seinen Arm senkte.
B'dikkat hatte sich schon dem nächsten Grüppchen zugewandt, als das Super-Condamin bei Mercer zu wirken begann.
Er wollte hinter B'dikkat herlaufen, den bleiernen Anzug umarmen, B'dikkat sagen, daß er ihn liebte. Er stolperte und fiel hin, aber es tat nicht weh.
Das vielleibige Mädchen lag neben ihm. Mercer sprach mit ihr.
»Ist das nicht herrlich. Du bist schön, schön, schön.

Ich bin so glücklich, daß ich hiersein kann.«
Die mit den wachsenden Händen bedeckte Frau gesellte sich zu ihnen. Sie strahlte Warmherzigkeit und Kameradschaft aus. Mercer dachte, daß sie sehr vornehm und charmant aussähe. Er streifte sich mühsam seine Kleider vom Leib. Es war töricht und versnobt, sie anzubehalten, wo all diese netten Leute nackt waren.
Die zwei Frauen schwatzten und turtelten mit ihm.
Ein kleiner Rest seines nüchternen Verstandes sagte ihm, daß sie eigentlich gar nichts sagten, daß alles nur Ausdruck einer Euphorie war, hervorgerufen durch eine Droge, die so unglaublich stark wirkte, daß sie im ganzen bekannten Universum verboten war. Im übrigen war er glücklich. Er fragte sich, wieso er das Glück gehabt hatte, auf einen so angenehmen Planeten zu kommen. Er wollte es der Lady Da sagen, aber die Worte kamen nicht ganz klar heraus.
Er spürte einen stechenden Schmerz im Unterleib. Die Droge stürzte sich auf den Schmerz und verschlang ihn. Es war wie bei der Kappe im Krankenhaus, nur tausendmal besser. Der Schmerz war weg, obwohl er zunächst fast unerträglich gewesen war.
Er zwang sich zum Nachdenken. Er raffte mit Gewalt seinen Verstand zusammen und sagte zu den zwei Damen, die nackt und rosa neben ihm in der Wüste lagen: »Das war ein Genuß. Vielleicht wächst mir noch ein Kopf. Da würde B'dikkat sich aber freuen!«
Die Lady Da richtete mühsam ihren vordersten Körper auf. »Auch ich bin stark«, sagte sie. »Ich kann sprechen. Denk daran, Mann, denk daran. Die Menschen leben nicht ewig. Auch wir können sterben, wir können sterben wie normale Menschen. Oh, wie fest ich an den Tod glaube!«
Mercer lächelte sie selig an.
»Natürlich kann man sterben. Aber ist das nicht schön . . .«
Dabei fühlte er, wie seine Lippen anschwollen und sein Verstand sich eintrübte. Er war hellwach, aber

er fühlte sich unfähig, irgend etwas zu tun. An diesem schönen Ort, unter all diesen umgänglichen und anziehenden Menschen saß er und lächelte.

B'dikkat sterilisierte seine Messer.

Mercer fragte sich, wie lange die Wirkung des Super-Condamins angehalten haben mochte. Er ertrug die Dienste der Dromozoen, ohne zu schreien oder sich zu bewegen. Die Agonien der Nerven und das Jucken der Haut waren Phänomene, die sich irgendwo in seiner Nähe abspielten, aber ihm nichts bedeuteten. Er beobachtete seinen eigenen Körper mit entferntem, beiläufigem Interesse. Die Lady Da und die Frau mit den vielen Händen blieben bei ihm. Lange Zeit später schleppte der Halbmann sich mit seinen kräftigen Armen zu ihnen herüber. Als er da war, blinzelte er ihnen schläfrig und freundlich zu und sank in die erholsame Apathie zurück, aus der er sich vorübergehend befreit hatte. Mercer sah zufällig einmal die Sonne aufgehen, schloß die Augen für eine Weile und schlug sie wieder auf, um die Sterne über sich blinken zu sehen. Die Zeit hatte keine Bedeutung mehr. Die Dromozoen fütterten ihn auf ihre geheimnisvolle Weise; die Droge unterdrückte sein Bedürfnis nach den Zyklen des Körpers.

Endlich spürte er, daß der Schmerz in sein Inneres zurückkehrte.

Die Schmerzen selbst hatten sich verändert; er hatte sich verändert.

Er wußte, was sich alles auf Schayol zutragen konnte. Er wußte es gut aus seiner glücklichen Periode. Vorher hatte er es nicht bemerkt – jetzt fühlte er es.

Er versuchte, die Lady Da zu fragen, wie lange sie die Droge gehabt hätte, und wie lange sie noch würden warten müssen, bis sie sie wieder bekamen. Sie lächelte ihm mit einem Ausdruck gütiger, entrückter Glückseligkeit zu; offenbar vermochten ihre zahlreichen, auf dem Boden ausgestreckten Rümpfe die Droge länger zu halten als sein Körper. Sie meinte es gut mit ihm, aber sie war nicht imstande, artikuliert

zu sprechen.
Der Halbmann lag auf dem Boden, und es sah hübsch aus, wie die Arterien hinter dem halbtransparenten Schutzfilm über seiner Bauchhöhle pulsierten.
Mercer rüttelte den Mann an der Schulter.
Der Halbmann erwachte, erkannte Mercer und grinste ihn wohlig und schläfrig an.
»›Einen schönen guten Morgen wünsche ich, mein Junge.‹ Das ist aus einem Theaterstück. Hast du jemals ein Theaterstück gesehen?«
»Nein, was ist das?«
»Eine Art Augenmaschine«, erwiderte der Halbmann, »mit echten Menschen anstelle der Figuren.«
»Ich hab' so was nie gesehen«, sagte Mercer, »aber ich . . .«
»Aber du möchtest wissen, wann B-dikkat mit seiner Nadel wiederkommt?«
»Ja«, sagte Mercer, ein wenig beschämt, daß seine Wünsche so leicht zu erraten waren.
»Bald«, sagte der Halbmann. »Deshalb denke ich ja an Theaterstücke. Wir wissen alle, was geschehen wird. Wir wissen alle, wann es geschehen wird. Wir wissen alle, was die Puppen tun werden . . .« Er zeigte auf die Hügel, in denen die enthirnten Menschen schlummerten. »Und wir wissen alle, was die neuen Menschen für Fragen stellen werden. Aber wir wissen nie, wie lange eine Szene dauern wird.«
»Was ist eine ›Szene‹?« fragte Mercer. »Ist das die Bezeichnung für die Nadel?«
Der Halbmann lachte, und es klang belustigt. »Nein, nein, nein. Eine Szene ist ein Teil eines Theaterstückes. Ich meine, wir wissen, in welcher Reihenfolge die Dinge ablaufen, aber wir haben keine Uhren und niemand macht sich die Mühe, die Tage zu zählen oder einen Kalender zu führen, und klimatische Veränderungen gibt es hier auch kaum, so daß keiner von uns so recht weiß, wie lange etwas dauert. Der Schmerz kommt uns kurz vor und die Lust scheint uns lang. Ich neige zu der Auffassung, daß

beides etwa zwei Erdwochen dauert.«
Mercer wußte nicht, was eine »Erdwoche« war, denn er war vor seiner Verurteilung kein belesener Mann gewesen, aber im Augenblick war aus dem Halbmann nicht mehr herauszukriegen. Der Halbmann bekam eine dromozootische Einpflanzung, lief im Gesicht rot an und brüllte Mercer sinnlos an: »Hol es raus, du Narr. Hol es raus aus mir!«
Mercer sah ihn nur hilflos an, und der Halbmann warf sich mühsam auf die Seite, so daß er Mercer seinen staubigen, rosafarbenen Rücken kehrte, und weinte still und bitterlich vor sich hin.

Mercer wußte selbst nicht, wieviel Zeit vergangen war, als B'dikkat wiederkam. Es hätten mehrere Tage gewesen sein können. Es hätten Monate gewesen sein können.
Abermals kam B'dikkat zu ihnen wie ein Vater; abermals umringten sie ihn wie Kinder. Diesmal lächelte B'dikkat erfreut, als er den kleinen Kopf sah, der Mercer aus dem Oberschenkel gewachsen war – der Kopf eines schlafenden Kindes mit einem flaumigen Haarschopf und zierlichen Brauen über den ruhenden Augen. Mercer bekam die wonnespendende Injektion.
Als B'dikkat den Kopf von Mercers Schenkel abschnitt, spürte er, wie das Messer sich knirschend in das Knorpelgewebe grub, das den Kopf mit seinem Körper verband. Er sah die Grimasse auf dem kindlichen Gesicht, während der Kopf abgeschnitten wurde; er spürte das ferne, kühle Aufflammen des Schmerzes, als B'dikkat die Wunde mit einer ätzenden antiseptischen Flüssigkeit abtupfte, die sofort die Blutung stoppte.
Das nächste Mal wuchsen ihm zwei Beine aus der Brust.
Dann war ein zweiter Kopf neben seinem eigenen entstanden.
Oder war das erst nach dem Unterleib des kleinen Mädchens gewesen, der ihm, mit Beinchen und Fü-

ßen und Zehen, aus der Seite gewachsen war?
Er konnte sich an die Reihenfolge nicht mehr erinnern.
Er zählte die Zeit nicht.
Lady Da lächelte ihm oft zu, aber es gab keine Liebe an diesem Ort. Sie hatte ihre zusätzlichen Rümpfe eingebüßt. Zwischen den einzelnen Mißbildungen war sie eine hübsche, wohlgeformte Frau; aber das Netteste an ihrer Beziehung war ihre tausendmal wiederholte, mit Lächeln und Hoffnung wiederholt geflüsterte Mitteilung an ihn – »Die Menschen leben nicht ewig.«
Sie fand das über die Maßen tröstlich, obwohl Mercer sich keinen rechten Reim darauf machen konnte.
So folgte ein Ereignis dem andern, das Aussehen der Opfer wandelte sich, und neue trafen ein. Manchmal brachte B'dikkat die Neuen, die in dem ewig währenden Schlaf ihrer ausgebrannten Gehirne dahindämmerten, in einem geländegängigen Karren zu anderen Herden hinaus. Die Körper auf dem Karren schlugen um sich und wimmerten ohne menschliche Sprache, wenn die Dromozoen sie stachen.
Schließlich brachte Mercer es über sich, B'dikkat einmal zur Tür der Kabine zu folgen. Er mußte gegen das Wohlgefühl des Super-Condamins ankämpfen, um es zu tun. Nur die Erinnerung an früheres Leid, an vergangene Verwirrung und Bestürzung gab ihm die Überzeugung, daß, wenn er B'dikkat nicht fragte, solange er, Mercer, glücklich war, die Antwort nicht mehr zu bekommen sein würde, wenn er sie brauchte. Gegen das Glücksgefühl selbst ankämpfend, bat er B'dikkat, in den Unterlagen nachzusehen und ihm zu sagen, wie lange er schon hier sei.
B'dikkat versprach widerwillig, ihm den Gefallen zu tun, aber er kam nicht aus der Kabine. Er sprach durch die in der Kabine eingebaute Lautsprecheranlage, und seine gewaltige Stimme hallte donnernd über die leere Ebene hin, so daß etwas Bewegung in die rosa Herde schwatzender Menschen kam, die sich in ihrer Seligkeit fragten, was B'dikkat ihnen wohl

mitzuteilen hätte. Was er dann sagte, hielten sie alle für ungemein tiefsinnig, obwohl keiner es verstand, denn es war nichts weiter als die genaue Angabe der Zeit, die Mercer bisher auf Schayol verbracht hatte: »Standardjahre – vierundachtzig Jahre, sieben Monate, drei Tage, zwei Stunden, elfeinhalb Minuten. Alles Gute, Kamerad.«

Mercer wandte sich ab und ging.

Die geheime kleine Ecke seines Verstandes, die durch Glück und Schmerz klar blieb, veranlaßte ihn, über B'dikkat nachzudenken. Was bewog den Kuhmenschen, auf Schayol zu bleiben? Wie schaffte er es, ohne Super-Condamin glücklich zu sein? War B'dikkat ein besessener Sklave seiner Pflicht, oder war er ein Mann, der die Hoffnung hegte, eines Tages auf seinen Heimatplaneten zurückkehren und dort im Kreise einer Familie kleiner Kuhmenschen leben zu können? Trotz seines Glücks weinte Mercer ein bißchen über B'dikkats seltsames Schicksal. Mit seinem eigenen Schicksal hatte er sich abgefunden.

Er dachte daran, wie er zum letztenmal richtig gegessen hatte – richtige Eier aus einer richtigen Pfanne. Die Dromozoen hielten ihn am Leben, aber er wußte nicht, wie sie es anstellten.

Er trottete zu seiner Gruppe zurück. Die Lady Da, nackt auf der staubigen Ebene, winkte ihm einladend zu und gab ihm zu verstehen, daß neben ihr Platz sei, wo er sich hinsetzen könne. Quadratmeilen ungenutzten Raums zum Sitzen umgaben sie, aber er wußte die freundliche Geste dennoch zu schätzen.

4

Die Jahre vergingen – wenn es Jahre waren. Das Land auf Schayol änderte sich nicht.

Manchmal drang das Plätschern von Geysiren leise über die Ebene zu der Menschenherde herüber; diejenigen, die noch sprechen konnten, erklärten es für das Atmen des Kapitäns Alvarez. Es gab Tag und Nacht, aber kein Reifen der Ernte, keinen Jahreszei-

tenwechsel, keine menschlichen Generationen. Die Zeit stand still für diese Menschen, und die Last ihrer Lust war so mit den Stichen und Schmerzen der Dromozoen vermischt, daß die Worte der Lady Da eine sehr entlegene Bedeutung annahmen.
»Die Menschen leben nicht ewig.«
Ihre Feststellung war eine Hoffnung, nicht eine Wahrheit, an die sie glauben konnten. Sie waren nicht gewitzt genug, die Bahnen der Sterne zu verfolgen, miteinander Namen auszutauschen, die Erfahrung jedes einzelnen für die Weisheit aller zu nutzen. Nicht einmal im Traum konnten diese Menschen auf Flucht hoffen. Obwohl sie die altmodischen chemischen Raketen von dem Landeplatz hinter B'dikkats Kabine abheben sahen, schmiedeten sie keine Pläne, sich inmitten der tiefgefrorenen Ernte transmutierten Fleisches zu verstecken.
Vor langer, langer Zeit hatte ein anderer Häftling einen Brief zu schreiben versucht. Er hatte seine Worte in einen Felsen geritzt. Mercer las den Brief, und vor ihm hatten es auch andere schon getan, aber sie wußten nicht, wer ihn geschrieben hatte. Es war ihnen auch egal.
Der in den Stein gekratzte Brief war eine Botschaft an zu Hause gewesen. Der Anfang war noch leserlich: »Einmal war ich wie Ihr, ich trat am Ende des Tages aus meinem Fenster und ließ mich sachte vom Wind an den Ort treiben, wo ich wohnte. Einst hatte ich wie Ihr zwei Hände und zehn Finger an meinen Händen. Der Vorderteil meines Kopfes wurde als Gesicht bezeichnet und ich konnte damit sprechen. Jetzt kann ich nur mehr schreiben, und auch das nur, wenn der Schmerz von mir genommen wird. Einst aß ich wie Ihr normales Essen, trank Flüssigkeiten, hatte einen Namen. Ich entsinne mich meines Namens nicht mehr. Ihr, die Ihr diesen Brief lest, könnt aufrecht stehen. Ich kann nicht einmal mehr aufstehen. Ich warte nur auf die Lichter, daß sie mir Molekül für Molekül meine Nahrung einimpfen und sie mir wieder wegnehmen. Glaubt nicht, daß ich noch

immer bestraft würde. Dieser Ort ist kein Ort der Strafe, er ist etwas anderes.«
In der rosa Herde kam nie einer darauf, was er mit »etwas anderes« gemeint hatte.
Die Neugier war unter ihnen seit langem tot.

Dann kam der Tag der kleinen Menschen.
Es war eine Zeit – nicht eine Stunde, nicht ein Jahr: eine Spanne irgendwo in der Mitte zwischen beidem –, als die Lady Da und Mercer wortlos und glücklich und erfüllt von der Freude aus dem Super-Condamin beisammen saßen. Sie hatten einander nichts zu sagen; die Droge sagte alles für sie.
Ein zorniges Brüllen aus B'dikkats Kabine schreckte sie ein wenig auf.
Diese beiden, und noch zwei oder drei andere, schauten zu dem Lautsprecher für öffentliche Bekanntmachungen hinüber.
Die Lady Da raffte sich auf, etwas zu sagen, obschon die Sache für Worte viel zu belanglos war. »Ich glaube«, sagte sie, »wir haben das früher den Kriegsalarm genannt.«
Sie verfielen wieder in ihren dämmernden Glückszustand.
Ein Mann mit zwei rudimentären Köpfen neben seinem eigenen kam zu ihnen herübergekrochen. Alle drei Köpfe wirkten sehr fröhlich, und Mercer dachte, was für einen erfreulichen, launigen Anblick er doch biete. Unter dem pulsierenden Glühen des Super-Condamins bedauerte Mercer es, daß er nicht die Zeiten, als sein Verstand noch klar gewesen war, dafür genutzt hatte, ihn zu fragen, wer er einst gewesen sei. Er beantwortete ihnen die unausgesprochene Frage. Durch schiere Willenskraft zwang er sich, seine Lider offenzuhalten, salutierte vor Lady Da und Mercer mit dem trägen Abglanz eines militärischen Grußes und sagte: »Suzdal, Madame und Sir, ehemaliger Kreuzerkommandant. Es wird Alarm gegeben. Melde gehorsamst, ich bin ... ich bin ... ich bin nicht ganz bereit zum Gefecht.«

Er schlief ein.
Der sanft gebieterische Ton der Lady Da ließ ihn die Augen wieder öffnen.
»Kommandant, warum wird hier Alarm gegeben? Warum sind Sie zu uns gekommen?«
»Sie, Madame, und der Herr mit den Ohren scheinen von allen Mitgliedern unserer Gruppe am besten denken zu können. Ich dachte, Sie hätten vielleicht Befehle für mich.«
Mercer sah sich nach dem Herrn mit den Ohren um. Er war es selbst. Zu dieser Zeit war sein Gesicht fast vollständig mit einem Wald frischer kleiner Ohren bedeckt, aber er hatte sich keine Gedanken darüber gemacht, außer dem, daß B'dikkat sie ihm zu gegebener Zeit alle abschneiden und daß die Dromozoen ihm etwas anderes geben würden.
Der Lärm aus der Kabine schwoll zu einem ohrenbetäubenden Dröhnen an.
Jetzt regten sich immer mehr Menschen überall in der Herde.
Manche schlugen die Augen auf, blickten sich um, murmelten »es ist ein Geräusch« und dämmerten weiter im Super-Condamin-Rausch.
Die Kabinentür ging auf.
B'dikkat kam herausgestürzt, *ohne seinen Anzug*. Noch nie hatten sie ihn ohne seinen metallenen Schutzanzug im Freien gesehen.
Er kam angerannt, blickte wild um sich, erkannte die Lady Da und Mercer, packte sie beide, unter jeden Arm einen, und rannte mit ihnen zur Kabine zurück. Er schleuderte sie durch die Doppeltür. Sie landeten krachend auf dem Boden und fanden es noch amüsant, so hart aufzuschlagen. Der Fußboden kippte sie in den Raum. Sekunden später folgte B'dikkat.
Er brüllte sie an: »Ihr seid Menschen, oder wart es jedenfalls mal. Ihr versteht die Menschen; ich gehorche ihnen nur. Aber diesmal werde ich nicht gehorchen. Seht euch das an!«
Vier schöne menschliche Kinder lagen auf dem Bo-

den. Die beiden kleinsten schienen Zwillinge zu sein, etwa zwei Jahre alt. Die anderen beiden waren ein fünfjähriges Mädchen und ein Junge von etwa sieben Jahren. Alle hatten sie schlaffe Augenlider. Alle vier hatten dünne rote Linien um Stirn und Schläfen, und ihr abrasiertes Haar verriet, daß ihnen das Gehirn entfernt worden war.

B'dikkat stand, ungeachtet der Gefahr von den Dromozoen, neben der Lady Da und schrie: »Ihr seid richtige Menschen. Ich bin bloß eine Kuh. Ich tue meine Pflicht. Aber das da gehört nicht zu meiner Pflicht. Das sind *Kinder*.«

Der erhalten gebliebene vernünftige Rest von Mercers Bewußtsein registrierte Erschütterung und ungläubiges Entsetzen. Es war schwer, das Gefühl aufrechtzuerhalten, weil das Super-Condamin es überspülte wie eine große Woge und alles schön erscheinen ließ. Der vorderste, ganz von der Droge benebelte Teil seines Verstandes flüsterte ihm ein: »Wäre es nicht hübch, ein paar Kinder bei uns zu haben?« Aber das unzerstörte Innere seines Geistes, in dem sich das Ehrgefühl aus der Zeit vor Schayol erhalten hatte, sagte ihm: »Das ist ein Verbrechen, schlimmer als alle, die wir begangen haben! *Und das Reich hat es getan*.«

»Was hast du getan?« fragte die Lady Da. »Was können wir tun?«

»Ich habe auf dem Satelitten angerufen. Als sie merkten, wovon ich sprach, unterbrachen sie. Schließlich bin ich kein Mensch. Der Chefarzt sagte mir, ich solle meine Arbeit tun.«

»War es Doktor Vomact?« fragte Mercer.

»Vomact?« sagte B'dikkat. »Der ist vor hundert Jahren gestorben, an Altersschwäche. Nein, ein neuer Doktor hat mir das gesagt. Ich habe kein Menschen-Gefühl, aber ich bin auf der Erde geboren, von irdischer Abstammung. Ich habe auch Gefühle. Armselige Vieh-Gefühle. *Das* kann ich nicht zulassen.«

»Was hast du unternommen?«

B'dikkat sah die Witwe an. Auf seinem Gesicht

leuchtete Entschlossenheit, die ihn der Lady Da und Mercer, ganz unabhängig von ihrer durch die Droge hervorgerufenen Zuneigung zu ihm, als den Vater dieser Welt erscheinen ließ – verantwortungsbewußt, ehrenhaft, selbstlos.
Er lächelte. »Sie werden mich wohl dafür töten. Aber ich habe den Galaktischen Alarm ausgelöst – *alle Schiffe hierher.*«
Die Lady Da, die auf dem Boden saß, lehnte sich zurück und sagte: »Aber das ist doch nur für einen Angriff neuer Eroberer vorgesehen! Es ist ein falscher Alarm.« Sie gab sich einen Ruck und stand auf. »Kannst du mir das Zeug abschneiden, jetzt gleich, für den Fall, daß Menschen kommen? Und gib mir was anzuziehen. Und hast du etwas, was die Wirkung des Super-Condamins aufhebt?«
»Das ist es, was ich wollte!« rief B'dikkat. »Ich werde diese Kinder nicht nehmen. Ihr seid meine Führer.«
Augenblicks und auf der Stelle, auf dem Fußboden der Kabine, schnitt er sie auf die normalen Proportionen der Menschenrasse zurück.
Das ätzende Antiseptikum verbreitete sich wie Rauch in der Luft der Kabine. Mercer fand das alles sehr dramatisch und angenehm und nickte unterdessen mehrmals ein. Dann spürte er, wie B'dikkat auch ihn stutzte. B'dikkat zog eine ellenlange Schublade auf und legte die abgenommenen Teile hinein; nach der Kälte zu urteilen, die sich in dem Raum ausbreitete, mußte es sich um eine Kühltruhe handeln.
Er setzte sie beide mit dem Rücken zur Wand.
»Ich habe nachgedacht«, sagte er. »Es gibt kein Gegenmittel für das Super-Condamin. Wer würde so was auch haben wollen? Aber ich kann euch eine von den Spritzen geben, die ich auf meinem Rettungsboot habe. Die sollen jeden wieder aufmöbeln, ganz gleich was ihm draußen im Weltraum zugestoßen ist.«
Über dem Kabinendach ertönte ein Heulen. B'dikkat schlug mit der Faust ein Fenster ein, steckte seinen Kopf hinaus und schaute hinauf.
»Los, kommt rein«, rief er.

Gleich darauf hörte man das Geräusch einer aufsetzenden Landefähre. Türen summten. Mercer fragte sich, wieso auf einmal Menschen es wagten, auf Schayol zu landen. Als sie hereinkamen, sah er, daß es gar keine Menschen waren; es waren Zoll-Roboter, die schneller als jeder Mensch fahren konnten. Einer trug das Abzeichen eines Inspektors.

»Wo sind die Eroberer?«

»Es sind keine . . .« begann B'dikkat.

Die Lady Da, jeder Zoll eine souveräne Gestalt, obwohl sie völlig nackt war, sagte mit überaus klarer Stimme: »Ich bin eine ehemalige Kaiserin, die Lady Da. Kennst du mich?«

»Nein, Madame«, sagte der Roboter-Inspektor. Er wirkte verlegen, soweit ein Roboter überhaupt verlegen wirken konnte. Die Droge ließ Mercer denken, daß es hübsch wäre, Roboter zur Gesellschaft zu haben, draußen auf der Oberfläche von Schayol.

»Ich rufe den Notstand höchster Stufe aus, in den alten Worten. Verstehst du? Verbinde mich mit der Instrumentalität.«

»Wir können nicht . . .« wandte der Inspektor ein.

»Du kannst immerhin fragen«, sagte die Lady Da.

Der Inspektor willigte ein.

Die Lady Da wandte sich an B'dikkat. »Gib jetzt Mercer und mir diese Spritzen. Und dann laß uns hinaus vor die Tür, damit die Dromozoen diese Narben reparieren können. Hol uns wieder herein, sobald die Verbindung hergestellt ist. Wickle uns in Tücher ein, falls du keine Kleider für uns hast. Mercer wird den Schmerz aushalten.«

»Ja«, sagte B'dikkat und vermied es sorgsam, die vier Kinder mit ihren von schlaffen Augenlidern verschlossenen leeren Augenhöhlen anzusehen.

Die Injektion brannte, wie noch nie ein Feuer gebrannt hatte. Das Mittel mußte tatsächlich gegen das Super-Condamin wirken, denn B'dikkat hob sie durch das offene Fenster, damit sie keine Zeit verloren mit dem Gang durch die Tür. Die Dromozoen spürten, daß die beiden reparaturbedürftig waren, und stürzten sich auf sie. Diesmal kämpfte noch etwas anderes gegen das Super-Condamin.

Mercer schrie nicht, aber er lehnte an der Wand und weinte tausend Jahre lang; in objektiver Zeit mußten es mehrere Stunden gewesen sein.

Die Zoll-Roboter machten Bilder. Die Dromozoen blitzten auch an ihnen auf, manchmal in ganzen Schwärmen, aber sie richteten nichts aus.

Mercer hörte, wie drinnen die Stimme des Kommunikators laut nach B'dikkat rief. »Chirurgie-Satellit ruft Schayol. B'dikkat, sprechen Sie!«

Offenbar antwortete er nicht.

Aus dem anderen Kommunikator, den die Zollbeamten in den Raum gebracht hatten, vernahm man gedämpfte Schreie. Mercer war überzeugt, daß die Augenmaschine in Funktion war und Menschen auf anderen Welten zum erstenmal einen Blick auf Schayol werfen konnten.

B'dikkat kam aus der Tür. Er hatte Navigationskarten aus dem Rettungsboot geholt. Mit diesen bekleidete er die beiden.

Mercer bemerkte, daß die Lady Da hier und da kleine Veränderungen an ihrem Gewand vornahm und plötzlich wie eine sehr bedeutende Persönlichkeit wirkte.

Sie gingen wieder durch die Tür in die Kabine.

B'dikkat sagte leise und voller Ehrfurcht: »Die Verbindung mit der Instrumentalität ist zustande gekommen, und ein Lord der Instrumentalität wird gleich mit euch sprechen.«

Für Mercer gab es im Augenblick nichts zu tun; er setzte sich deshalb in eine Ecke und beobachtete die anderen. Die Lady Da, deren Haut verheilt war, stand blaß und nervös in der Mitte des Raumes.

Der Raum füllte sich mit einem geruchlosen, substanzlosen Rauch. Der Rauch wurde dicker. Der Kommunikator war an.

Eine menschliche Gestalt erschien auf dem Bildschirm.

Eine Frau in einer streng konservativ geschnittenen Uniform wandte sich an die Lady Da.
»Dies ist Schayol. Sie sind die Lady Da. Sie haben mich gerufen.«
Die Lady Da wies auf die Kinder auf dem Fußboden. »Das darf nicht sein«, sagte sie. »Dies ist ein Ort der Strafen, gemäß einem Übereinkommen zwischen der Instrumentalität und dem Reich. Von Kindern war nie die Rede.«
Die Frau auf dem Bildschirm sah auf die Kinder hinunter.
»Das ist das Werk von Wahnsinnigen«, rief sie.
Sie sah die Lady Da anklagend an. »Sind sie von kaiserlichem Geblüt?«
»Ich war eine Kaiserin, Madame«, sagte die Lady Da.
»Und Sie lassen das zu?«
»Ich es zulassen?« rief die Lady Da. »Ich hatte damit nichts zu tun.« Ihre Augen weiteten sich. »Ich bin hier selbst eine Gefangene. Verstehen Sie nicht?«
»Nein, das verstehe ich nicht«, fauchte die Frau auf dem Bildschirm.
»Ich«, sagte die Lady Da, »bin eine von denen da. Schauen Sie hinaus, dort drüben die Herde. Vor ein paar Stunden erst hat B'dikkat mich dort weggeholt.«
»Stell mich ein«, sagte die schemenhafte Frau zu B'dikkat. »Ich will diese Herde sehen.«
Ihr aufrecht stehender Körper schwebte in einem gleißenden Bogen durch die Wand und wurde mitten in die Herde versetzt.
Die Lady Da und Mercer beobachteten sie. Sie sahen sogar, wie das Bild der Frau seine Steifheit und Würde verlor. Die Frau winkte mit dem Arm, sie wolle in die Kabine zurückgebracht werden. B'dikkat verstellte etwas an dem Kommunikator, und sie war wieder im Raum.
»Ich muß Sie um Entschuldigung bitten«, sagte das Bild der Frau. »Ich bin die Lady Johanna Gnade, einer der Lords der Instrumentalität.«
Mercer verbeugte sich im Sitzen, verlor das Gleichgewicht und mußte sich wieder vom Boden aufrappeln.

Die Lady Da nahm die Vorstellung mit einem hoheitsvollen Kopfnicken entgegen.
Die zwei Frauen sahen sich an.
»Sie werden eine Untersuchung anstellen«, sagte die Lady Da. »Und wenn diese Untersuchung abgeschlossen ist, dann bitte töten Sie uns alle. Sie wissen von der Droge?«
»Sprechen Sie nicht davon«, mischte B'dikkat sich ein, »erwähnen Sie den Namen nicht einmal gegenüber einem Kommunikator. Es ist ein Geheimnis der Instrumentalität!«
»Ich bin die Instrumentalität«, sagte die Lady Johanna. »Habt Ihr Schmerzen? Ich hätte nicht gedacht, daß von euch noch welche am Leben sind. Ich hatte von den chirurgischen Banken auf eurem verbotenen Planeten gehört, aber ich dachte, Roboter züchteten dort menschliche Körperteile und schickten sie dann mit Raketen ab. Sind hier irgendwelche Menschen? Wer ist der Verantwortliche? Wer hat den Kindern das angetan?«
B'dikkat trat vor das Bild der Frau. Er verbeugte sich nicht. »Ich bin der Verantwortliche.«
»Du bist ein Untermensch!« schrie die Lady Johanna. »Eine Kuh!«
»Ein Bulle, Madame. Meine Familie ist auf der Erde eingefroren, und mit tausend Jahren Dienst erwirke ich ihre und meine Freiheit. Nun zu ihren anderen Fragen, Madame. Ich tue die ganze Arbeit. Die Dromozoen können mir nicht viel anhaben. Allerdings muß ich mir hin und wieder auch einen Teil abnehmen. Die werfe ich aber immer weg. Sie kommen nicht in die Bank. Kennen Sie die Geheimvorschriften für diesen Ort?«
Die Lady Johanna sprach mit jemandem hinter ihr auf einer anderen Welt. Dann sah sie B'dikkat an und befahl: »Erwähne den Namen der Droge nicht und sprich nicht zuviel davon. Aber sonst mußt du mir alles sagen.«

»Wir haben hier«, sagte B'dikkat sehr förmlich,

»dreizehnhunderteinundzwanzig Menschen, bei denen man immer noch damit rechnen kann, daß sie Körperteile liefern, wenn die Dromozoen sie ihnen einpflanzen. Dann haben wir noch weitere siebenhundert, darunter Go-Kapitän Alvarez, die von dem Planeten so vollständig absorbiert worden sind, daß es keinen Zweck hat, sie zu stutzen. Das Reich hat diesen Planeten zu einem Ort der schwersten Strafe erklärt. Aber die Instrumentalität hat durch Geheimbefehl die Verabreichung einer *Medizin*« – er betonte das Wort vielsagend, er meinte damit das Super-Condamin – »angeordnet, um die Strafe abzumildern. Das Reich liefert uns die Häftlinge. Die Instrumentalität verteilt das chirurgische Material.«

Die Lady Johanna gebot Ruhe, indem sie voller Mitgefühl die rechte Hand hob. Sie sah sich in dem Raum um. Ihr Blick fiel wieder auf die Lady Da. Vielleicht ahnte sie, welche Kraft die Lady Da aufbringen mußte, um aufrecht stehenzubleiben, während die beiden Drogen, das Super-Condamin und die Droge aus dem Rettungsboot, in ihren Adern miteinander kämpften.

»Ihr könnt beruhigt sein. Ich möchte euch jetzt sagen, daß alles Erdenkliche für euch getan werden wird. Das Reich besteht nicht mehr. Der Grundvertrag, mit dem die Instrumentalität vor tausend Jahren auf das Reich verzichtet hat, wurde außer Kraft gesetzt. Wir wußten nichts von eurer Existenz. Wir hätten natürlich irgendwann einmal von euch erfahren, aber ich bedaure sehr, daß wir es nicht früher erfahren haben. Kann ich jetzt gleich irgend etwas für euch tun?«

»Alles, was wir haben, ist Zeit«, sagte die Lady Da. »Vielleicht können wir nie mehr Schayol verlassen, wegen der Dromozoen und der *Medizin*. Die ersteren könnten gefährlich werden. Von der letzteren darf niemand etwas erfahren.«

Die Lady Johanna sah sich in dem Raum um. Als ihr Blick B'dikkat traf, fiel dieser auf die Knie und hob flehentlich seine mächtigen Hände.

»Was möchtest du?« fragte sie ihn.
»Um die da geht es mir«, sagte B'dikkat und zeigte auf die verstümmelten Kinder. »Verbieten Sie, daß man so was mit Kindern macht. Verbieten Sie es sofort!« Seine Worte klangen wie ein Befehl, und sie fügte sich dem Befehl. »Und Lady ...« Er verstummte wie aus Schüchternheit.
»Ja? Sprich weiter.«
»Lady, ich bin unfähig, jemanden zu töten. Das ist gegen meine Natur. Arbeiten, helfen, das ja. Aber nicht töten. Was soll ich denn mit ihnen machen?« Er zeigte auf die vier regungslos daliegenden Kinder.
»Behalte sie«, sagte sie. »Behalte sie einfach.«
»Ich kann nicht«, sagte er. »Es gibt keine Möglichkeit, lebendig von diesem Planeten herunterzukommen. Ich hab' kein Essen für sie in der Kabine. Sie werden innerhalb weniger Stunden sterben. Und Regierungen«, fügte er weise hinzu, »brauchen lange Zeit, um etwas zu tun.«
»Kannst du ihnen die *Medizin* geben?«
»Nein, es würde sie umbringen, wenn ich ihnen dieses Zeug gäbe, bevor die Dromozoen ihre Körperfunktionen gefestigt haben.«
Die Lady Johanna Gnade füllte den Raum mit einem scheppernden Lachen, das dem Weinen sehr nahe war. »Narren, arme Narren, aber die größte Närrin bin ich selbst. Wenn Super-Condamin nur *nach* den Dromozoen wirkt, wozu dann die Geheimnistuerei?«
B'dikkat erhob sich gekränkt. Er zog die Stirn in Falten, fand aber nicht die Worte zu seiner Rechtfertigung.
Die Lady Da, Exkaiserin eines untergegangenen Reiches, wandte sich mit Nachdruck und Würde an die andere Dame: »Man sollte sie hinaustragen, damit sie berührt werden. Sie werden Schmerzen haben. Sagen Sie B'dikkat, er soll ihnen die Droge geben, sobald er es für vertretbar hält. Ich bitte, mich zu entschuldigen, Lady ...«

»Ihr habt alle genug durchgemacht«, sagte die Lady

Johanna. Ein Sturmschiff mit Schwerbewaffneten ist zu eurem Fähren-Satelliten unterwegs. Sie werden das medizinische Personal festnehmen und ermitteln, wer dieses Verbrechen an den Kindern begangen hat.«
Mercer nahm allen Mut zusammen und sagte: »Werden Sie den schuldigen Doktor bestrafen?«
»Du rufst nach Bestrafung«, schrie sie, »ausgerechnet du!«
»Es wäre nur fair. Ich wurde bestraft, weil ich Unrecht getan hatte. Warum soll es ihm anders ergehen?«
»Bestrafen – bestrafen!« sagte sie zu ihm. »Wir werden diesen Doktor heilen. Und wir werden auch euch heilen, wenn wir können.«
Mercer fing zu weinen an. Er dachte an das Übermaß an Glück, das ihm das Super-Condamin verschafft hatte, und vergaß darüber die schrecklichen Schmerzen und die Mißbildungen auf Schayol. Würde es keine nächste Spritze mehr geben? Er konnte sich nicht vorstellen, wie das Leben anderswo sein würde, fern von Schayol. Würde nie mehr ein gütiger, väterlicher B'dikkat mit seinen Messern kommen?
Er hob sein tränenverschmiertes Gesicht zu der Lady Johanna Gnade empor und sagte mit erstickter Stimme: »Lady, wir sind hier alle wahnsinnig. Ich glaube nicht, daß wir von hier fortmöchten.«
Sie wandte ihr Gesicht ab, überwältigt von grenzenlosem Mitleid. Ihre nächsten Worte galten B'dikkat. »Du bist weise und gut, wenn du auch kein Mensch bist. Gib ihnen soviel von der Droge, wie sie vertragen. Die Instrumentalität wird entscheiden, was mit euch allen geschehen soll. Ich werde eueren Planeten mit Roboter-Soldaten erforschen. Wird es für die Roboter auch nicht gefährlich werden, Kuh-Mann?«
B'dikkat ärgerte sich über diese taktlose Anrede, aber er ließ sich nichts anmerken. »Den Robotern wird nichts geschehen, Madame, aber die Dromozoen werden erregt sein, wenn sie sie nicht füttern und heilen können. Schicken Sie möglichst wenige. Wir wissen nicht, wie die Dromozoen leben oder sterben.«

»Möglichst wenige«, murmelte sie. Sie hob die Hand, als Befehl an irgendeinen Techniker in unvorstellbarer Ferne. Der geruchlose Rauch hüllte sie ein, und das Bild war verschwunden.
Eine schrille, freudige Stimme ließ sich vernehmen. »Ich habe euer Fenster gerichtet«, sagte der Zoll-Roboter. B'dikkat dankte ihm zerstreut. Er half Mercer und der Lady Da zur Tür. Als sie draußen waren, wurden sie prompt von den Dromozoen gestochen. Es machte ihnen nichts aus.
Dann kam B'dikkat selbst heraus, mit den vier Kindern in seinen zwei riesigen, sanften Händen. Er legte die schlaffen kleinen Körper vor der Kabine auf den Boden. Er sah zu, wie sie beim Angriff der Dromozoen in Krämpfe verfielen. Mercer und die Lady Da sahen, daß seine braunen Kuhaugen rotgerändert und seine riesigen Wangen tränenfeucht waren.
Stunden oder Jahrhunderte.
Wer vermochte sie auseinanderzuhalten?
Die Herde nahm ihr gewohntes Leben wieder auf, nur daß die Spannen zwischen den Injektionen jetzt viel kürzer waren. Der ehemalige Kommandant lehnte die Spritze ab, als er die Neuigkeit erfuhr. Immer wenn seine körperliche Verfassung es ihm erlaubte, folgte er den Zoll-Robotern, die umherstreiften und alles photographierten, Bodenproben entnahmen und die Häftlinge zählten. Vor allem interessierte sie der Berg des Go-Kapitäns Alvarez; sie sagten, sie seien nicht sicher, ob es sich bei ihm um organisches Leben handle oder nicht. Der Berg zeigte eine erkennbare Reaktion auf Super-Condamin, aber sie fanden kein Blut, keinen Herzschlag. Von den Dromozoen bewegte Feuchtigkeit schien die ehemals menschlichen Körperfunktionen übernommen zu haben.

5

Und dann, eines frühen Morgens, öffnete sich der Himmel.

Ein Schiff nach dem andern landete. Menschen entstiegen ihnen, bekleidete Menschen.
Die Dromozoen ignorierten die Neuankömmlinge. Mercer, der sich in einem seligen Rauschzustand befand, konnte sich das trotz mühsamen Nachdenkens nicht erklären, bis ihm aufging, daß die Schiffe bis zum Bersten mit Kommunikationsmaschinen angefüllt waren. Die vermeintlichen Menschen waren entweder Roboter oder bloße Abbilder von Menschen an anderen Orten.
Die Roboter brachten in kurzer Zeit die ganze Herde zusammen. In Schubkarren schafften sie die vielen hundert hirnlosen Menschen zum Landeplatz.
Mercer hörte eine Stimme, die ihm bekannt vorkam. Es war die Lady Johanna Gnade. »Macht mich größer«, befahl sie.
Ihre Gestalt wuchs, bis sie ein Viertel der Größe von Alvarez erreicht zu haben schien. Ihre Stimme wurde lauter.
»Weckt sie alle auf«, befahl sie.
Roboter gingen zwischen den vielen Gruppen umher und sprühten alle mit einem Gas ein, das zugleich Übelkeit erregend und süß war. Mercer merkte, wie sein Verstand klar wurde. Das Super-Condamin wirkte noch in seinen Nerven und Adern weiter, aber seine kortikale Region war frei davon. Er konnte klar denken.
»Ich verkünde euch«, rief die mitfühlende weibliche Stimme der gigantischen Lady Johanna, »das Urteil der Instrumentalität über den Planeten Schayol.
Artikel eins: Die chirurgischen Lieferungen werden aufrechterhalten und die Dromozoen werden nicht behelligt. Teile menschlicher Körper werden hier zurückgelassen, um zu wachsen, und die Transplantate werden von Robotern eingesammelt. Weder Menschen noch Homunkuli werden künftig hier noch leben.
Artikel zwei: Der Untermensch B'dikkat, ein Kuh-Abkömmling, wird mit der sofortigen Rückkehr zur Erde belohnt. Er wird das Doppelte des erwarteten Lohns für tausend Jahre erhalten.«

B'dikkats Stimme war unverstärkt fast so laut wie ihre in dem Lautsprecher. Er schrie ihr seinen Protest entgegen: »Lady, Lady!«
Sie sah auf ihn hinunter, auf seinen mächtigen Körper, der bis an den Saum ihres rauschenden Gewandes reichte, und sagte in sehr unzeremoniellem Tonfall: »Was möchtest du?«
»Lassen Sie mich erst meine Arbeit vollenden«, rief er so laut, daß alle ihn hörten. »Lassen Sie mich diese Menschen pflegen bis zum Schluß.«
Die Exemplare, die noch ihr Gehirn hatten, hörten aufmerksam zu. Die Hirnlosen versuchten, sich mit ihren kräftigen Klauen wieder in die weiche Erde von Schayol einzugraben. Sooft aber einer sich ein Stück eingegraben hatte, packte ihn ein Roboter an einer seiner Gliedmaßen und zog ihn wieder heraus.
»Artikel drei: Kephalektomien werden an allen Personen mit irreparablen Gehirnschäden vorgenommen. Ihre Körper werden hier zurückgelassen. Ihre Köpfe werden fortgeschafft und auf die humanste Weise getötet, die uns möglich ist, wahrscheinlich durch eine Überdosis Super-Condamin.«
»Der letzte kräftige Stoß«, murmelte Kommandant Suzdal, der neben Mercer stand. »Das ist anständig.«
»Artikel vier: Die Kinder wurden als die letzten Erben des Reiches identifiziert. Ein übereifriger Funktionär hatte sie hierhergeschickt, um zu verhüten, daß sie Hochverrat begehen, wenn sie einmal erwachsen sind. Der Arzt führte in blindem Gehorsam die Befehle aus. Sowohl der Funktionär als auch der Arzt konnten geheilt werden, und ihre Erinnerungen an diese Vorkommnisse wurden gelöscht, so daß sie nicht Scham oder Reue über ihre Taten zu empfinden brauchen.«
»Das ist unfair«, schrie ein Halbmann. »Sie sollten genauso bestraft werden wie wir!«
Die Lady Johanna Gnade sah auf ihn hinunter. »Strafen sind abgeschafft. Wir geben euch alles, was ihr wollt, aber nicht die Qual eines anderen. Ich fahre jetzt fort.

Artikel fünf: Da keiner von euch sein früheres Leben wiederaufnehmen möchte, verlegen wir euch auf einen anderen Planeten nicht weit von diesem. Es ist dort ähnlich wie auf Schayol, aber viel schöner. Es gibt dort keine Dromozoen.«

Nach diesen Worten bemächtigte sich Aufruhr der Herde. Sie schrien, weinten, fluchten, bettelten. Sie wollten alle die Nadel, und wenn sie auf Schayol bleiben mußten, um sie zu bekommen, würden sie bleiben.

»Artikel sechs«, sagte das gigantische Bild der Lady, mit seiner weiblichen Stimme ihr Geplärr übertönend, »ihr werdet auf dem neuen Planeten kein Super-Condamin haben, da es euch ohne die Dromozoen umbringen würde. Aber ihr werdet Kappen bekommen. Erinnert euch an die Kappen. Wir werden versuchen, euch zu heilen und wieder Menschen aus euch zu machen. Wenn ihr jedoch aufgeben wollt, werden wir euch nicht mit Gewalt daran hindern. Die Kappen sind sehr wirksam; mit ärztlicher Hilfe könnt ihr viele Jahre unter ihnen leben.«

Die Menge wurde still. Jeder versuchte auf seine Art, die elektrischen Kappen, die ihre Lustzentren aktiviert hatten, mit der Droge zu vergleichen, die sie tausendmal in Lust getaucht hatte. Das Gemurmel klang wie Zustimmung.

»Habt ihr noch irgendwelche Fragen?« fragte die Lady Johanna.

»Wann bekommen wir die Kappen?« erkundigten sich mehrere von ihnen. Sie waren menschlich genug, um über ihre eigene Ungeduld zu lachen.

»Schon bald«, sagte sie beruhigend, »sehr bald.«

»Sehr bald«, beruhigte auch B'dikkat seine Schützlinge, obwohl er jetzt nicht mehr für sie da war.

»Frage«, rief die Lady Da.

»Ja, Lady . . .?« sagte die Lady Johanna, der Kaiserin den gebührenden Respekt erweisend.

»Werden wir heiraten dürfen?«

Die Lady Johanna schien verblüfft. »Ich weiß nicht.«

Sie lächelte. »Aber ich wüßte nicht, was dagegensprӓche.«
»Ich beanspruche diesen Mann, Mercer, für mich«, sagte die Lady Da. »Als die Drogen am tiefsten und die Schmerzen am stärksten waren, versuchte er immer als erster, wieder zu denken. Kann ich ihn haben?«
Mercer fand das Verfahren willkürlich, aber er war so glücklich, daß er nichts sagte. Die Lady Johanna musterte ihn, und dann nickte sie. Sie hob die Arme zu einer segnenden Geste des Abschieds.
Die Roboter begannen die rosa Herde in zwei Gruppen aufzuteilen. Die eine Gruppe sollte in einem fast lautlos fliegenden Schiff einer neuen Welt, neuen Problemen und einem neuen Leben entgegeneilen. Die andere Gruppe wurde, sosehr sich einzelne ihrer Mitglieder auch bemühten, sich in den Dreck zu wühlen, auf die letzte Ehre vorbereitet, die die Menschheit ihnen zur Wiederherstellung ihrer Menschenwürde erweisen konnte.
B'dikkat ließ alle stehen und trabte mit seiner Flasche über die Ebene, um dem Berg-Menschen Alvarez eine besonders große Dosis Lust zu verabreichen.

Epilog

Gemach, lieber Leser, Deine Arbeit ist getan.
Und meine – bis wir wieder einmal ein Buch miteinander teilen.
Du hast die Katsen kennengelernt. Hoffentlich verursachen sie Dir keine Alpträume. Achte darauf, daß keine Kinder unter zwölf diese Geschichte lesen.
Wenn Du dem Trunkenen Schiff auf seiner ersten Reise nicht gefolgt bist, leg das Buch weg und lies die Geschichte nach ein oder zwei Jahren noch einmal. Vielleicht kann dann *Deine* ureigenste schöpferische Phantasie die Lücken ausfüllen, die ich, der ich nur der Autor bin, für Dich offenlassen mußte. Und sieh Dir Rimbauds Dichtungen an, im französischen Original oder in einer Übersetzung. Du kannst dann sehen, mit wieviel Wärme und Enthusiasmus ich diesen Stoff gestohlen habe, und Du kannst selbst beurteilen, wie gut ich ihn gestohlen habe. Es ist sicherlich keine geringe Leistung für einen kleinen Künstler, ein wahres Genie wie Rimbaud zu kopieren; ich habe Dich mit einem der ersten der großen »Dichter des Zweifels« in der modernen Welt vertraut gemacht, und es ist ungewöhnlich, ihn auf dem Umweg über Science Fiction zu finden, aber gefunden hast Du ihn nun.
K'mell ist in meinem eigenen Leben eine sehr, sehr schöne und liebe schwarze Katze, die mich seit neun Jahren liebt und Hunderte von Kindern für mich geboren hat, die nach Katzenart in meinem Hause herumtollen und mit ihrem glockenhellen *»miau, miau«* mein Frühstück verschönen. Du würdest mehr an meine Untermenschen glauben, wenn Du mich und meine guten Freunde, Tiere wie Menschen, kennen würdest, die mit mir in unserer heutigen Zivilisation leben. Ich bin kein lauter Sektierer, aber ich finde viel Glück in den Lehren Jesu, und Er, der größte Psychiater von allen, hat mich gelehrt, die Tiere mehr zu lieben als je zuvor in meinem ganzen Leben.

H'jeanne ist ein wundervolles Mädchen, nicht wahr? Du wirst Echos von ihrer Arbeit und ihren großen Taten auch an anderen Stellen in meinem Werk vernehmen.
Schayol hat Dir vielleicht gesagt, daß man die Hölle selbst nicht allzu sehr zu fürchten braucht, wenn die Menschen in ihr gut zueinander sind.
Noch ein Wort zu den kleinen Gelegenheitsgedichten. Ich bin einer der unbedeutenden Dichter Amerikas, aber ich habe ungeheuer viel Spaß daran, Gedichte in Science-Fiction-Erzählungen einzubauen. Ich bin sehr unglücklich über die schreckliche Entfremdung, die heute zwischen der Poesie und den Menschen in den meisten Ländern der westlichen Welt herrscht. Irgend etwas stimmt nicht mehr. Vielleicht liegt es an den Dichtern, vielleicht an den Menschen, vielleicht an Dir, vielleicht an mir.
Adieu einstweilen. Ich kann mit Freude vermelden, daß ich hoffe, noch viele hundert oder tausend Seiten mit Geschichten vollzuschreiben, bevor ich meinerseits aufhören muß. Wenn Dir diese Auswahl gefallen hat, sag es nicht weiter. Behalte es für Dich. Die stille Zuneigung weniger Auserwählter ist mir lieber als der laute Beifall der großen Masse.
Denn siehst Du, ich habe selbst meine Freude an diesen Geschichten gehabt.

Canberra, A.C.T., Australien
15. April 1965

Copyrightvermerke und Originaltitel

Phantastische Bibliothek
in den suhrkamp taschenbüchern

Violetter Umschlag kennzeichnet die Bände der
»Phantastischen Bibliothek« innerhalb der *suhrkamp taschenbücher*

Band 1 Stanisław Lem, Nacht und Schimmel. Erzählungen. Aus dem Polnischen von I. Zimmermann-Göllheim. st 356

Band 2 H. P. Lovecraft, Das Ding auf der Schwelle. Unheimliche Geschichten. Deutsch von Rudolf Hermstein. st 357

Band 3 Herbert W. Franke, Ypsilon minus. st 358

Band 4 Blick vom anderen Ufer. Europäische Science-fiction. Herausgegeben von Franz Rottensteiner. st 359

Band 5 Gore Vidal, Messias. Roman. Deutsch von Helga und Peter von Tramin. st 390

Band 6 Ambrose Bierce, Das Spukhaus. Gespenstergeschichten. Deutsch von Gisela Günther, Anneliese Strauß und K. B. Leder. st 365

Band 7 Stanisław Lem, Transfer. Roman. Deutsch von Maria Kurecka. st 324

Band 8 H. P. Lovecraft, Der Fall Charles Dexter Ward. Zwei Horrorgeschichten. Aus dem Amerikanischen von Rudolf Hermstein. st. 391

Band 9 Herbert W. Franke, Zarathustra kehrt zurück. st 410

Band 10 Algernon Blackwood, Besuch von Drüben. Gruselgeschichten. Aus dem Englischen von Friedrich Polakovics. st 411

Band 11 Stanisław Lem, Solaris. Roman. Aus dem Polnischen von I. Zimmermann-Göllheim. st 226

Band 12 Algernon Blackwood, Das leere Haus. Phantastische Geschichten. Deutsch von Friedrich Polakovics. st 30

Band 13 A. und B. Strugatzki, Die Schnecke am Hang. Aus dem Russischen von H. Földeak. Mit einem Nachwort von Darko Suvin. st. 434

Band 14 Stanisław Lem, Die Untersuchung. Kriminalroman. Aus dem Polnischen von Jens Reuter und Hans Jürgen Mayer. st 435

Band 15 Philip K. Dick, UBIK. Science-fiction-Roman. Aus dem Amerikanischen von Renate Laux. st 440

Band 16 Stanisław Lem, Die Astronauten. Utopischer Roman. Aus dem Polnischen von Rudolf Pabel. st 441

Band 17 Phaïcon 3. Almanach der phantastischen Literatur. Herausgegeben von Rein A. Zondergeld. st 443

Band 18 Stanisław Lem, Die Jagd. Neue Geschichten des Piloten Pirx. Aus dem Polnischen von Roswitha Buschmann, Kurt Kelm, Barbara Sparing. st 302

Band 19 H. P. Lovecraft, Cthulhu. Geistergeschichten. Deutsch von H. C. Artmann. Vorwort von Giorgio Manganelli. st 29

Band 20 Stanisław Lem, Sterntagebücher. Aus dem Polnischen von Caesar Rymarowicz. Mit Zeichnungen des Autors. st 459
Band 21 Polaris 4. Ein Science-fiction-Almanach von Franz Rottensteiner. st 460
Band 22 Das unsichtbare Auge. Eine Sammlung von Phantomen und anderen unheimlichen Erscheinungen. Erzählungen. Herausgegeben von Kalju Kirde. st 477
Band 23 Stefan Grabiński, Das Abstellgleis und andere Erzählungen. Mit einem Nachwort von Stanisław Lem. Aus dem Polnischen von Klaus Staemmler. st 478
Band 24 H. P. Lovecraft, Berge des Wahnsinns. Zwei Horrorgeschichten. Deutsch von Rudolf Hermstein. st 220
Band 25 Stanisław Lem, Memoiren, gefunden in der Badewanne. Aus dem Polnischen von Walter Tiel. Mit einer Einleitung des Autors. st 508
Band 26 Gerd Maximovič, Die Erforschung des Omega-Planeten. Erzählungen. st 509
Band 27 Edgar Allan Poe, Der Fall des Hauses Ascher. Aus dem Amerikanischen von Arno Schmidt und Hans Wollschläger. st 517
Band 28 Algernon Blackwood, Der Griff aus dem Dunkel. Gespenstergeschichten. Deutsch von Friedrich Polakovics. st 518
Band 29 Stanisław Lem, Der futurologische Kongreß. Aus dem Polnischen von I. Zimmermann-Göllheim. st 534
Band 30 Herbert W. Franke, Sirius Transit. Roman. st 535
Band 31 Darko Suvin, Poetik der Science-fiction. Zur Theorie und Geschichte einer literarischen Gattung. Deutsch von Franz Rottensteiner. st 539
Band 32 M. R. James, Der Schatz des Abtes Thomas. Zehn Geistergeschichten. Aus dem Englischen von Friedrich Polakovics. st 540
Band 33 Stanisław Lem, Der Schnupfen. Kriminalroman. Autorisierte Übersetzung aus dem Polnischen von Klaus Staemmler. st 570
Band 34 Franz Rottensteiner (Hrsg.), ›Quarber Merkur‹. Aufsätze zur Science-fiction und Phantastischen Literatur. st 571
Band 35 Herbert W. Franke, Zone Null. Science-fiction-Roman. st 585
Band 36 Über Stanisław Lem. Herausgegeben von Werner Berthel. st 586
Band 37 Wie der Teufel den Professor holte. Science-fiction-Erzählungen aus Polaris 1. st 629
Band 38 Das Mädchen am Abhang. Science-fiction-Erzählungen aus Polaris 2. st 630
Band 39 Der Weltraumfriseur. Science-fiction-Erzählungen aus Polaris 3. st 631
Band 40 Die Büßerinnen aus dem Gnadenkloster. Phantastische Erzählungen aus Phaïcon 2. Herausgegeben und mit einem Vorwort von Rein A. Zondergeld. st 632

Band 41 Herbert W. Franke, Einsteins Erben. Science-fiction-Geschichten. st 603
Band 42 Edward Bulwer Lytton, Das kommende Geschlecht. Aus dem Englischen übersetzt von Michael Walter. st 609
Band 43 H. P. Lovecraft, Die Katzen von Ulthar und andere Erzählungen. Deutsch von Michael Walter. st 625
Band 44 Phaïcon 4. Almanach der phantastischen Literatur. Herausgegeben von Rein A. Zondergeld. st 636
Band 45 Johanna Braun, Günter Braun, Unheimliche Erscheinungsformen auf Omega XI. Utopischer Roman. st 646
Band 46 Bernd Ulbrich, Der unsichtbare Kreis. Utopische Erzählungen. st. 652
Band 47 Stanisław Lem, Imaginäre Größe. Aus dem Polnischen von Caesar Rymarowicz. st 658
Band 48 H. W. Franke, Paradies 3000. Science-fiction-Erzählungen. st 664
Band 49 Arkadi und Boris Strugatzki, Picknick am Wegesrand. Utopische Erzählung. Aus dem Russischen übersetzt von Aljonna Möckel. Mit einem Nachwort von Stanisław Lem. st 670
Band 50 Louis-Sébastien Mercier, Das Jahr 2440. Deutsch von Christian Felix Weiße (1772). Herausgegeben, mit Erläuterungen und einem Nachwort versehen von Herbert Jaumann. st 676
Band 51 Johanna Braun, Günter Braun, Der Fehlfaktor. Utopisch-phantastische Erzählungen. st 687
Band 52 H. P. Lovecraft, Stadt ohne Namen. Gespenstergeschichten. Aus dem Amerikanischen von Charlotte Gräfin von Klinckowstroem. Mit einem Nachwort von Dirk W. Mosig. st 694
Band 53 Leo Szilard, Die Stimme der Delphine. Utopische Science-fiction-Erzählungen. Mit einem Vorwort von Carl Friedrich von Weizsäcker. st 703
Band 54 Polaris 5. Ein Science-fiction-Almanach. Herausgegeben von Franz Rottensteiner. st 713
Band 55 Arthur Machen, Die leuchtende Pyramide und andere Geschichten des Schreckens. Aus dem Englischen von Herbert Preissler. st 720
Band 56 J. G. Ballard, Der ewige Tag und andere Erzählungen. Deutsch von Michael Walter. st 727
Band 57 Stanisław Lem, Mondnacht. Hör- und Fernsehspiele. Aus dem Polnischen übersetzt von Klaus Staemmler, Charlotte Eckert, Jutta Janke und I. Zimmermann-Göllheim. st 729
Band 58 Herbert W. Franke. Schule für Übermenschen. st 730
Band 59 Joseph Sheridan Le Fanu, Der besessene Baronet und andere Geistergeschichten. Deutsch von Friedrich Polakovics. Mit einem Nachwort von Jörg Krichbaum. st 731

Band 60 Philip K. Dick, LSD-Astronauten. Deutsch von Anneliese Strauß. st 732

Band 61 Stanisław Lem, Terminus und andere Geschichten des Piloten Pirx. Aus dem Polnischen von Caesar Rymarowicz. st 740

Band 62 Herbert W. Franke, Keine Spur von Leben. *Hörspiele.* st 741

Band 63 Johanna Braun, Günter Braun, Conviva Ludibundus. Utopischer Roman. st 748

Band 64 William Hope Hodgson, Stimme in der Nacht. Unheimliche Seegeschichten. Deutsch von Wulf Teichmann. st 749

Band 65 Kōbō Abe, Die vierte Zwischeneiszeit. Aus dem Japanischen von S. Schaarschmidt. st 756

Band 66 Die andere Zukunft. Phantastische Erzählungen aus der DDR. Herausgegeben von Franz Rottensteiner. st 757

Band 67 Michael Weisser, SYN-CODE-7. Science-fiction-Roman. st 764

Band 68 C. A. Smith, Saat aus dem Grabe. Phantastische Geschichten. Aus dem Amerikanischen von Friedrich Polakovics. st 765

Band 69 Herbert W. Franke, Tod eines Unsterblichen. Science-fiction-Roman. st 772

Band 70 Philip K. Dick. Mozart für Marsianer. Science-fiction-Roman. Aus dem Amerikanischen von Renate Laux. st 773

Band 71 H. P. Lovecraft, In der Gruft und andere makabre Geschichten. Deutsch von Michael Walter. st 779

Band 72 A. und B. Strugatzki, Montag beginnt am Samstag. Utopisch-phantastischer Roman. Aus dem Russischen von Hermann Buchner. st 780

Band 73 Stanisław Lem, Die Ratte im Labyrinth. Ausgewählt von Franz Rottensteiner. Aus dem Polnischen von Roswitha Buschmann, Caesar Rymarowicz, Jens Reuter und Klaus Staemmler. st 806

Band 74 Johanna Braun, Günter Braun, Der Irrtum des großen Zauberers. Phantastischer Roman. st 807

Band 75 J. G. Ballard, Kristallwelt. Science-fiction-Roman. Deutsch von Margarete Bormann. st 818

Band 76 Peter Schattschneider, Zeitstopp. Science-fiction-Geschichten. st 819

Band 77 Phantasma. Polnische Geschichten aus dieser und jener Welt. Herausgegeben und übersetzt von Klaus Staemmler. st 826

Band 78 Arkadi und Boris Strugatzki, Die gierigen Dinge des Jahrhunderts. Phantastischer Roman. Aus dem Russischen von Heinz Kübart. st 827

Band 79 J. G. Ballard, Die Tausend Träume von Stellavista und andere Vermilion-Sands-Stories. Aus dem Englischen von Alfred Scholz. st 833

Alphabetisches Gesamtverzeichnis der suhrkamp taschenbücher